最后一个日本王

壹

德川庆喜

とくがわよしのぶ

〔日〕山冈庄八 著
程亮 译

群言出版社
QUNYAN PRESS
·北京·

目录

水户德川氏系图

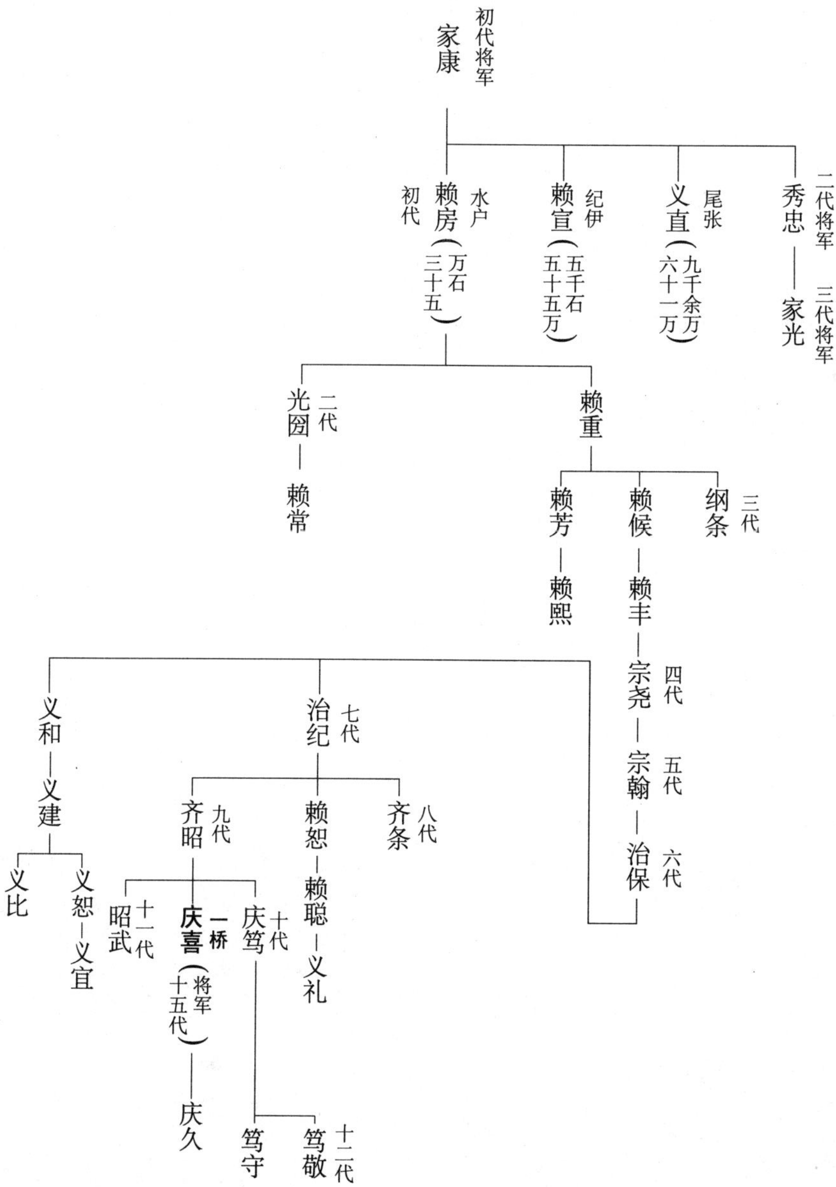

初代将军 家康
二代将军 秀忠
三代将军 家光
尾张 义直（六十一万九千余石）
纪伊 赖宣（五十五万五千石）
水户初代 赖房（三十五万石）
二代 光圀
赖常
赖重
三代 纲条
赖候
赖丰
四代 宗尧
五代 宗翰
六代 治保
赖芳
赖熙
七代 治纪
八代 齐条
赖恕
赖聪
义礼
九代 齐昭
十代 庆笃
一桥 庆喜（将军十五代）
庆久
十一代 昭武
十二代 笃敬
笃守
义和
义建
义恕
义宜
义比

幕末名君及其家臣一览

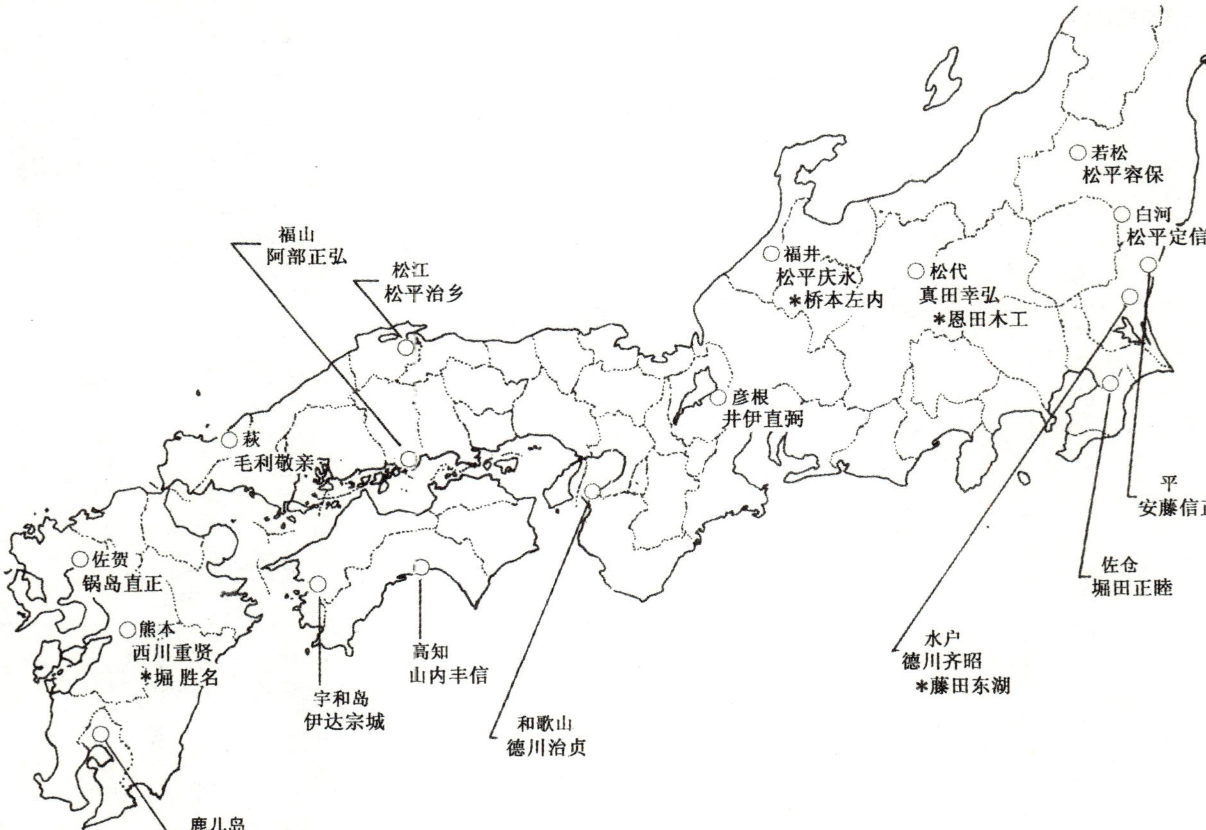

*代表家臣

春风西乡

一

春日的天空洁净蔚蓝，空气格外干燥。微风拂面，宛若细细的茸毛滑过，阳光白晃晃地晒得人昏昏欲睡。西乡吉兵卫昏昏沉沉地走在路上，感觉自己几乎要与头顶广袤的蓝天融为一体。

（人这种生物，纵是在走路时也能睡着。）

路边的草儿稀稀落落地透着几点绿意，四周高高的山坡上零星罗列着几个村庄，褪了色的樱花无精打采地散落一地。远远望去几乎见不到任何花田，甚至铺在河流两岸的大片田地的土壤颜色也显得极为贫瘠。看来在这一带，水户人的生活与萨摩并无多少不同。

西乡昏昏欲睡地走着，不时弯下高大的身躯，抓起一把泥土端详。自从担任郡方书役助[1]一职以来，他便养成了这样的习惯。

庄稼的收成取决于土壤的肥力，人的“收成”却似乎与此无关。在当时的志士心中，水户这片土地犹如圣地，必须亲自踏足走走。水户孕育的人才和水户学风仿佛具有不可思议的魅力，召唤着各地的青年才俊来到这里。

其实，西乡也算是被这召唤声吸引来的。

[1]　郡方书役助，负责文书工作的书记官助理。

西乡被萨摩藩主岛津齐彬任命为御庭方[1]，随其来到江户，接到的第一个命令便是向水户学习。其实，藩主的这道命令用意颇深，不仅要他探明水户的士风，还要他秘密开通联络渠道。尤其在这黑船来航引发骚乱的动荡时期，更可以事先寻找伙伴，掌握所有利弊因素。

西乡请同藩的桦山三元（资之）写好一封介绍信，欲借求教之名前去拜会藤田东湖。藤田东湖号称水户齐昭的智囊，西乡希望能与他结成知己之交。

在桦山写介绍信时，另有一人也极力推荐西乡尽快拜会藤田东湖，此人便是后来在樱田门外献上井伊直弼首级的有村治左卫门之兄——有村俊斋。

西乡将二人的介绍信揣入怀中，立刻出发前往江户小石川的水户藩邸拜会东湖。然而不巧的是，当天早晨因发生了十万火急之事，东湖已出发赶往水户。听闻这一消息，西乡当即将脚下的便鞋换成便于远行的草鞋，随后追赶。

西乡已在江户见过桦山和有村，如今姑且先去水户走一遭。倘若运气够好，在水户便可与东湖相见；若是见不到，亦可随其返回江户后再行拜见，到时还可将事情缘由坦率地解释清楚。

有人诚心诚意渴望拜见自己，并为此在江户和水户之间往来奔波，无论是谁都会禁不住向此人敞开心扉的吧——这种考虑倒也颇有几许西乡的风格。

西乡走到土浦便赶上了东湖，可之后途经府中、小幡、长冈，眼看就要到达水户的时候，却跟丢了人。其实并非跟丢，而是西乡自己睡着了。西乡迷迷糊糊地走着，额头沐浴着春日的阳光，鼻中不时发出阵阵鼾声。当他被自己的鼾声惊醒，睁开双眼时，早已不见了东湖的坐轿。自己一直跟在东湖后面，莫非在途中走岔了路？他向路人打听，方知自己已到了栗原乡。

[1]　御庭方，可以自由出入庭院的小官。

事已至此，西乡只好直接去东湖家中拜访。

他很快便问清了东湖的住所。水户城外约四公里处有一村落，名为竹熊村，据说东湖的宅邸便在村中。至于东湖现在是否在那里，便不得而知了。然而，西乡对此事并不担心。

“可不能再打鼾了，不然得吓到别人。”西乡自言自语地走着，刚走出栗原乡，立刻又生出那种仿佛要与蓝天融为一体的感觉。

二

日头尚高。在西乡右手边是那珂川，不远处的前方还有一条河流，那是发源于水户城附近的仙波湖并流入那珂川的樱川。据说，樱川的河堤尽头便是东湖居住的竹熊村。

“这个时间去拜访恐怕早了些……”

途中有一个名为六反田的村落，在那里西乡遇到一群盛装打扮前往寺院参拜的妇女，便跟随她们来到一条七弯八拐的道路，路的前方有一所非常古老的佛堂，那里便是众香客的目的地——真言宗俱胝山六藏寺。该地藏寺因保佑顺产而远近闻名，前来参拜的香客亦多为腹部隆起的孕妇。西乡混在孕妇中，虔诚地双手合十祷告，随后便在佛堂正殿里休息起来。

实际上，这所寺院中保存着北畠亲房的《神皇正统记》古代手抄本，那是由水户的义公光圀[1]找到的，因此该寺院与水户今日的修史事业及学风养成颇有渊源，而西乡对此一无所知。

西乡在佛堂稍作小憩，他那魁梧的身材令孕妇们看得目瞪口呆，此刻，恐怕她们都在暗中祷告，祈愿腹内胎儿将来也能长得如此伟岸挺拔。

西乡吉兵卫那年二十八岁，是他改掉“吉之助”这个名字而继承父

[1] 义公光圀，即德川光圀，义公是德川光圀的谥号。

亲“吉兵卫”之名的第二年。他身高五尺九寸七分[1]，体重二百一十七斤半，低垂浓眉，紧闭双眼，坐在檐下的石头上沉睡。

“此人莫非是金刚之子？脸上还带着孩子气呢……”

一对母子从他身旁走过，开玩笑地说道。

等到西乡睡醒，已是太阳西沉。天色向晚，来寺院参拜的香客却仍络绎不绝。西乡分开人潮，向竹熊村走去。

藤田东湖并非竹熊村生人。在水户城附近的仙波湖右面有一村落，名为梅香，他是在那里由父亲幽谷抚养长大的，一直居住到弘化四年（1847年）。

当年，水户藩主齐昭受到幕府猜忌，被勒令闭门反省，身为家老[2]的藤田东湖也难逃其责。他先后被监禁在小石川藩邸和向岛的小梅藩邸，后来被允许在水户自家闭门反省，这才迁至竹熊。

东湖的宅邸看上去就像普通百姓的住房，大门前有一棵高大的光叶榉，几株刚发芽的梅树星星点点地一路延伸至玄关。屋内此时已是灯火通明。

西乡微微弯下腰去，开口叫门。伴随着一声清脆的“来了”，玄关的拉门被缓缓拉开。

“哎呀？”西乡不禁下意识地喊出声来。

只见门内走出一位姑娘，双手交叉垂在身前，样貌楚楚动人。这一情景与他之前的想象相去甚远。西乡先从怀中取出两封介绍信，随后报上了自己的姓名和身份。那位姑娘双手一直交叉垂在身前，脸上几度露出似笑非笑的神情，因为这已不是她第一次见到西乡。

“请您稍候。”

那位姑娘转身入内，西乡方才松了口气，看来东湖已经回到家。或许当西乡正在地藏寺里酣睡之时，东湖正在城内奔走办事呢。

---

［1］　约为199厘米。

［2］　家老，大名家的重臣，相当于总管。

“哈哈哈……”屋内传出一阵豪放的笑声，这笑声一路不断，一直来到玄关。

“传说中为了保佑孕妇顺产而降临人间的金刚之子就是你吧！我刚刚还在听小姑娘们讲你的故事，快进来吧。”

东湖那年四十九岁。嗜酒贪杯的他此刻已是一杯酒下肚，趁着方才那位姑娘去准备洗脚水的空当儿，他便站在屋内，滔滔不绝地说了起来。

“虽然你现在只是小小的御庭方，但不愧是岛津大人看中的人，如此引人注目的好汉自然不会偷偷摸摸地到处耍弄花招。对了，听说别人都叫你金刚之子，你也很能喝酒吧？故乡的味道就是好，今晚可得好好对饮三杯！”

东湖虽然身材不及西乡高大，但也是浓眉大眼，相貌与西乡惊人相似。

三

所谓萨藩的御庭方，用今天的话来说就是低级秘书。虽然西乡此后不久便被提升为齐彬的“中小姓”[1]，也只能算是藩主的实习秘书。西乡接到向水户学习的命令后，便一直追到这里，只求与东湖一见，此举自然令东湖十分满意。

东湖将他引入客厅，只见客厅壁龛里挂着齐昭的墨宝。恰逢方才那位姑娘端来饭菜，东湖便先对她作了介绍。

“这位姑娘是我的大恩人，名叫阿房，是那珂郡矶部村富豪金泽吉右卫门之女。她的父亲是一位有志之士，她自己更是巾帼不让须眉，很理解男人的大志。”

“唉，先生又开始兜售我了。”

“这哪里是兜售，我又没叫你嫁给这位好汉，我只是将事实原原本本

[1]　中小姓，地位较低的一种武士。

地说出来而已。她是舍妹的学生，但这只不过是表面身份，其实她是我的财神爷。家中的米缸一见底，这位女子就会拽着马缰从自家赶来。托她的福，我才能安心喝酒啊。”

东湖咕噜咕噜将杯中酒一饮而尽，然后将酒杯递向西乡。

“来，阿虏，斟酒。我一回到故乡就要喝一瓶这种酒。此酒名唤瓮之月，在江户则只喝墨田川……一瓢春诗梅花惹人醉，倘若人生无美酒，不知如何洗胸襟。”

西乡呆呆地接过酒杯，先向那位姑娘望了一眼，然后便看见了隔扇上的书法。只见四扇隔扇上的字迹笔力雄浑，墨迹淋漓，一望便知是醉后戏耍所作。右面一扇上写着东湖自作的《正气歌》中的一节，那是西乡十分喜爱的诗作，旁边则似乎是一首咏酒之诗。

一壶解忧觉有神，
荡然和气养天真，
世间醉客知多少，
贪味之人非爱樽。

从此诗来看，东湖似乎是一杯在手，别无他求。在江户喝墨田川，在水户喝瓮之月。诗的内容多少有些不合逻辑，应该也是醉后所作。西乡心里这样想着，同时将目光移向东湖，开口问道：

“先生，我有事想向您请教。”

“哦？何事？”

“如何用一句话来概括水户的精神……也就是水户学？”

“啊，原来是此事。”东湖既没有多加思考，也未做丝毫停顿，“我家老公[1]齐昭大人便是水户学，便是水户精神。”

---

[1] 老公，对地位、身份高的老人的敬称。

“在我们萨摩，有人认为水户学的根基是朱子学[1]。”

“哈哈哈……”东湖笑着摇了摇头，“真是乱讲。水户学的确是基于朱子学的《通鉴纲目》而形成的，但家父藤田幽谷提倡复归孔子，便满腔热忱地向其中加入了古学[2]。然而，脱离实践的学问在当今之世是毫无用处的。”

“您说得没错。”

“因此，理应尊崇以实践为首的阳明学[3]。我希望你能明白，水户的政教实则是在《通鉴纲目》的基础上添加了古学和阳明学，从始至终贯穿着日本人的天生毅力。”

西乡不禁低声赞叹，同时将酒杯斟满。其实，他当时正痴迷于阳明学和禅学，经常与岛津家的菩提寺、福昌寺的无参和尚共同参禅。因此，当他听到“若想学习水户学，就去拜见齐昭大人吧”这样一句简短的话时，内心十分欢喜。

（看来我是来对了……）

正当此时，东湖仿佛听到了什么声音，慌慌张张地站起身来。

“你先陪着他吧。”他对阿房说完这句话，便急匆匆地离开了客厅。

四

“好像有客人来了。”

西乡朝着茶室的方向侧耳倾听，阿房却只是含糊其辞地敷衍着回答，还将西乡的酒杯斟满，仿佛想将他的注意力从茶室方向移开。

“来客好像是个女人？”

“不是，那个……”

[1] 朱子学，宋代朱熹及其门人创立的学问。

[2] 古学，研究古文经、文字的学问。

[3] 阳明学．又称王学、心学，是由我国明代大儒王守仁发展的儒家理学。

正当此时，突然传来东湖的喊声，其中还夹杂着一个女人愤怒的叫声，两人激烈地争吵起来了。

（是夫妻吵架吗……）

西乡首先产生这种想法。他家中有一妻室，如今留在萨摩，是同藩伊集院兼宽之妹。提亲时尚且顺利，结婚后，家中却发生了翻天覆地的变化。前年（嘉永五年，1852年），西乡家中接连迎来三场葬礼。先是祖父龙右卫门驾鹤西去，接着，父亲吉兵卫又在9月去世，随后，母亲也在11月不幸亡故。这个家庭本就并不富裕，一年内迎来三场葬礼后，家中只剩下一个年仅三岁的弟弟小兵卫，还有信吾、阿安、阿鹰、吉次郎、阿琴等六个妹妹，这六个小姑让新娘忙得心力交瘁。

而此时新郎偏偏又要奉主公之命暂时离家，生活自然不可能风平浪静，夫妻之间已经开始出现吵架的苗头。

（说不定她现在已经因与妹妹阿琴发生冲突哭着回娘家了？）

西乡刚刚微有醉意，听到那女人尖锐的叫声，立时清醒过来。其实，自己的到访或许给人家添了麻烦。他听有村俊斋说过，东湖曾因为饮酒过量而伤神。如此说来，他的家人自然对酒客十分厌恶。

（还是先找个理由离开，然后找个地方住一晚吧……）

西乡刚要放下酒杯，东湖又带着豪放的笑声回到客厅：“哎呀，方才真是多有失礼。来，你身材如此魁梧，应当多喝几杯。汝止襟端坐之时，吾尚未醉；汝几欲醉倒之时，吾尚且醒。一醉一醒于我足矣，且问世之贫富今何在？”

“先生，我还是就此告辞了。”西乡向茶室瞟了一眼，一本正经地说道，“在下实在不忍见夫妻吵架之事。”

“什么？夫妻吵架？”

“是的，但这种事并不会影响我对一个人的评价……”

“啊哈哈……我明白了，我明白了。阿虏，这位好汉看来是将方才之事当成了夫妻吵架。那是我家的赖床公主啊……如此解释你也不会明白。她是舍妹鹿子，在这儿开办女私塾，其实，拙荆人还在江户呢。”

“原来如此，是令妹对您有所不满？”

“是啊。我曾拜托她一件重要的事，我今天来这里是为了见一个人，如今她却不同意了……”东湖向端坐的阿虏瞥了一眼，继续说道，“据说那人貌美尤胜阿虏，就因为这个，她就不同意。唉，就连我家老公齐昭大人对鹿子也是无可奈何啊。”

西乡直挺挺地仰着脸，歪着头，完全听不懂东湖在说什么。

“好汉啊，你应该听说过齐昭大人的公子吧，便是过继到一桥家的七郎麿，也就是一桥庆喜。”

“啊，是的，听说他将来会继承将军之位。”

“一桥刑部卿[1]的婚娶事宜本已谈妥，对方是一条忠香公卿之女，但此女命运不好……”

说到这里，东湖顿了一顿，但或许认为对西乡说这些话并无大碍，便豪爽地点了点头，又将酒杯递了过去。

五

“我继续留在这里不会使您为难吧？”

其实，西乡也希望最好能留在这里，他还有一件事必须要问：一直坚持主张攘夷的水户齐昭究竟是否抱有与黑船一战的决心？答案若是肯定的，西乡还想知道他有多大胜算。

于是，西乡再次接过酒杯。东湖满意地眯着眼睛，继续说道：

“实际上，一条家的女儿得了重病，而庆喜公子又到了理当婚娶的年龄，不能就此拖延婚期。于是，一桥和水户双方母亲共同下达了一道密令，命我从水户挑选一位姑娘。”

西乡睁大眼望着东湖，点了点头。

如今官至刑部卿的一桥庆喜应该已有十六七岁，他的生母是从有栖川亲王家下嫁过来的，据说连名震天下的水户齐昭对她也要退让三分。

[1] 一桥刑部卿，即一桥庆喜，刑部卿是其官职。

“鹿子的花名叫高野，庆喜公子幼年身居水户之时，鹿子曾像乳母般侍奉过他，也算是颇有渊源，夫人吩咐说让鹿子帮忙鉴定一下人选。因此，我便干脆让鹿子帮着选了一个姑娘。经过再三权衡后，最终确定了一个合适的对象。今天我来这里就是为了去看看那位姑娘，可她刚才却又不同意了。我问她理由为何，她的回答却是：那位姑娘长得太漂亮了！”

说到这里，东湖又哈哈大笑起来，

“西乡啊，这可就难办了。被选中的姑娘倘若长得过于漂亮，会有人抢在公子之前出手的，所以说……”

话音未落，伴随着一声尖叫，隔扇被猛地拉开了。刚刚提到的鹿子急匆匆地闯入客厅，打断了东湖的肆意乱语。

“哥！”

鹿子的声音犹如一把尖刀，她瞪了东湖一眼，随后对西乡露出笑容。这位老姑娘连笑容都透着一种倔犟。

“贵客大驾光临，实令蓬荜生辉。我就是这个家里的赖床公主，让您见笑了。”

“哪里哪里，我突然到访，实在是多有打扰。”

西乡与这对兄妹的对话完全不搭调。他毕恭毕敬地向鹿子行了一礼，然后转过身面向东湖。

“抢在公子之前出手……您刚才是这样说的吧？”

“没错，有些人就是素有恶习，看到眼前的鲜花，就会忍不住摘得一朵不剩。”

“哥！”鹿子再次尖叫起来，然后将长柄酒壶伸到西乡面前，“来，干杯！早晨赖床可是我的金字招牌，熬夜也是家常便饭，您就放心大胆地喝吧。”

“可不敢。您当真是一桥卿的乳母吗？”

“呵呵……水户的姑娘在出嫁之前可不懂得如何哺乳，所以我不是他的乳母。”

“哦……原来如此，原来如此……那一桥卿是由何人哺育养大的呢？”

“是牛妈妈的乳汁把他养大的。”

“牛妈妈？您说的是侧室还是……”西乡的提问过于认真，令才气勃发的鹿子哑口无言，“就算齐昭大人再好色，他也不会染指一头母牛吧……”

此时，阿虏正想要匆忙离开客厅，听到二人的对话，她好像突然被地上的食盘绊到了一样踉跄了一下。西乡想笑，但为了不让自己显得失礼，破坏自己全力塑造的儒雅形象，他还是忍住了笑声。

“对，是牛……因为水户的人常拿牛乳喂孩子。”

鹿子自己也意识到了刚才的失言，面红耳赤地给西乡倒酒。

东湖则像个恶作剧的孩子一样，醉眼朦胧地打量着西乡和鹿子。

六

“据我推测，”东湖终于以不怀好意的语气插嘴说道，“一桥庆喜的女侍——也就是这位以凶悍泼辣著称的高野，实际上也曾被那人追求过呢……好汉啊，你对此事有何高见？”

“哥，你又说这种话了……”

“瞧，舍妹都不好意思了。西乡大人，这可是为一桥卿挑选第一房女人，她却坚持认为不能选美女，难道还能特意去挑丑女？但如果不这样，我又对齐昭大人的恶习放心不下。公子真是可怜啊。”

“真受不了！谁说一定要选丑女了？”

“哎呀，你还想吵架？就是因为你的脾气，到现在都嫁不出去。西乡，你们萨摩有没有人愿意买这样的悍妇？”

“唉……我最终要沦落到被拍卖的地步吗？”

鹿子注意到西乡正十分认真地看自己，终于忍不住笑了出来。这里倘若只有他们兄妹二人，一定又会激烈地吵起来。

这时，阿虏回到客厅，端来了东湖最喜欢的凉拌沙丁鱼。

“老师，益子小姐找您。”

益子是鹿子的妹妹。看来阿虏明白，倘若让好胜的鹿子继续坐在这里，场面恐怕会变得尴尬。鹿子点点头，起身向外走去。

“哦，这样啊……那您慢走。”看鹿子要离开，西乡大声说道。他的话带有浓厚的口音，惹得阿虏也一起笑起来。

鹿子离开后，东湖和西乡又继续畅谈了很久，从神州正气一直说到齐昭大人养牛。在当时，黑船来航是一件令整个日本为之震动的大事件，西乡在交谈时有意避开了这个话题。因为这个问题过于重大，他觉得现在提及此事为时尚早。

即便不谈这个话题，齐昭大人继承水户家后便立刻开始养牛一事还是让西乡听得目瞪口呆。虽然萨摩的齐彬大人也具备令守旧老臣震惊的先进意识，但据说在水户，人们不仅用牛奶喂养自己的孩子，还给很多孩子试种牛痘，帮助他们躲过了天花之灾。

据说齐昭大人饲养的牛是从琵琶湖畔的井伊家讨来的近江牛，每年繁殖，采集牛痘来为子嗣防病，有时还食用牛肉，以求强身健体。

西乡与东湖双双醉倒，趴在榻上。过了不久，西乡渐渐醒来，回忆起方才那些稀奇古怪的话题，终于开始理解东湖与鹿子之间对话的含义。

从神皇正统记到神州史的阐明，从朱子学到古学、阳明学、兰学，西乡可谓是一顿狼吞虎咽。享有尊皇和正气之核心美称的水户藩，竟然用四足动物的乳汁来喂养子嗣……倘若要让那些纯洁的神圣论者接受神州正气与牛乳之间的关系，还真不知该作何解释。

想到这里，西乡不禁在被子中嘻嘻笑了起来。直至此时，西乡方才明白东湖揶揄妹妹鹿子的那些话的含义。

（原来她竟是如此喜欢齐昭大人啊。）

或许是常吃牛肉的缘故，实践中，水户无论何事都以身强体健为重。从这一点来看，我们齐彬大人恐怕要自愧不如了。岛津齐彬因吸取父亲的教训，对待女性异常冷淡，以至于子嗣颇少，体质贫弱。此事已成萨摩当前最大的烦恼之一。

七

说到底，西乡的心还是离不开萨摩。放眼整个日本，无论他走到哪里，总会拿萨摩来比较，苦苦追寻的也都是萨摩所欠缺的东西。萨摩所欠缺的东西倘若在其他领国遍地都是，一定会令他感到无比寂寞。

二人在昨晚的谈话中曾经提到，齐昭的儿子仅登记在册的人数就超过了三十人。而且，由于公子的人数实在太多，只有正夫人所生的嫡长子庆笃公子使用的是普通乳名——鹤千代，其余众人皆按出生顺序以数字命名，诸如二郎麿、三郎麿、四郎麿、五郎麿等。在十郎麿之后出生的孩子则被起名为余一麿，大概是觉得自第十个孩子以后出生的都算是意外之喜吧。随后便是余二麿、余三麿，最后又满十人，于是步入二十行列。第二十个孩子名叫廿麿，第二十一个孩子名叫廿一麿，第二十二个孩子名叫廿二麿。听到这里，西乡感到一阵茫然。这在萨摩是绝对不可能的。对一个小藩来说，这个数字足以导致破产，在贫困条件下也不可能活下来如此多人。可是，西乡仍然觉得十分羡慕。

（水户一定是受到了某个神明的保佑！）

今后，这些公子们倘若能在日本团结起来做一番事业，那将是一股不可小觑的势力。而且，水户正在为这种团结思想的形成奠定基础。在这一点上，我们萨摩的明君齐彬大人可要望尘莫及了……西乡对此产生无限慨叹，但事物总是有其两面性的。

想要有很多儿子，就必须临幸很多女人。他那超群的精力是依靠“牛妈妈”来补充的，而他一旦精力过剩，就可能陷入恶性循环。在水户似乎有一条不成文的规矩——不要让齐昭大人看到自己的女儿。连东湖都对齐昭大人没有染指自己的妹妹鹿子感到半信半疑。即便如此，连送到庆喜身边的姑娘的美丑都要考虑，实在可以称得上“无微不至”。

齐昭在大奥[1]的侍女中流传一个绰号，叫做“恶龙”。这里的“恶”绝非现在“恶人”一词中的“恶”，其中包含强龙的意思。

（原来如此，他简直可以称得上是绝世怪兽。）

想起鹿子的面孔，西乡再次忍住笑。他无论如何都无法将那张严肃正经的女儒家的脸与齐昭大人联系在一起。

（啊，那位叫做阿房的姑娘昨晚之所以贸然离开客厅，就是因为觉得鹿子的这种表情好笑吧……）

西乡彻底弄清了前后始末，再度沉沉睡去。等他一觉醒来，发现早晨的气氛颇为紧张忙碌。

自称赖床公主的鹿子尚未现身，她的妹妹益子带头，在阿房的帮助下，正在麻利地进行清晨大扫除。除阿房以外，还有三四位学生模样的姑娘，也不知她们是走读还是寄宿，全都袖子紧挽，一派干活儿模样，茶室和客厅之间也已经摆好了桌子。从这一场面就可以清楚地看到这个家庭的生活状态。

自东湖开始蛰居生活以来，是鹿子依靠女私塾来维持一家的生计。既然阿房是鹿子的学生，那么她的父亲金泽吉右卫门似乎就成了这个家庭的经济后盾。

西乡洗过脸回到客厅，东湖已经端坐在那儿喝煎茶。

“我今天办完事后，明早就要返回江户，所以就派人带你四处逛逛。难得你特意来一次，至少去逛逛弘道馆和偕乐园吧。”

说完，东湖拍了拍手，叫来一名刚剃掉额发的年轻人。这名年轻人是东湖的堂弟，他便是将来被称为德川庆喜左膀右臂、名震江户的原市之进。

---

[1] 大奥，日本德川幕府将军的生母、正室、侧室和各女官的住处，类似于后宫。

八

“岛津齐彬公与齐昭大人是肝胆相照的朋友，客人若有任何疑问，你应当知无不言。”

东湖将原市之进介绍给西乡后，又对他补充了一句。虽然知道这只是外交辞令，西乡仍听得心里舒坦。当时评价一个人，有智者、勇者和仁者三种，若依照此分类法，东湖显然属于“智者”。然而，他同时还拥有凌驾于这三者之上的十足的个人魅力。

东湖坐下来准备吃早餐，他浑身上下丝毫没有那种酒席间的放浪形骸，这位水户栋梁足以配得上三十五万石的俸禄。

西乡又回想起了有村俊斋介绍东湖时，扳着手指细数东湖广交天下友人的情景。据说在天下诸侯之中，最先赏识东湖的是信州松代藩的真田幸贯大人，之后，肥前的锅岛闲叟和土佐的山内丰信（容堂）也相继对东湖推崇备至。萨摩的岛津齐彬似乎也是从那时开始认可东湖的。

据说，除了越前的桥本左内、肥后的横井小楠、松代的佐久间象山等各藩藩士，当今老中首座[1]阿部正弘的心腹石川和介等人也都被东湖的魅力吸引，均以“钦慕”之心与其结交。

（看来果真不是徒有虚名。）

这时，早饭被端了上来。这是由东湖的妹妹益子准备的膳食，堂弟原市之进陪同用餐。三份早饭分完，西乡对比两人与自己的饭菜，不禁感到有些不解。

东湖和市之进的盘子里，放有鱼干、纳豆、咸菜和酱汤，盘子一端放筷子的地方摆着一个大得离谱的奇怪人偶，而西乡的盘子里没有……

---

［1］　老中，直属于将军，总理政务，监督诸侯，在大老未设置的情况下是幕府最高官职。

仔细看去，只见那人偶身穿蓑衣，手持镰刀，拿着斗笠，单腿半蜷，好像是一个坐在地上的老汉形象。

“没什么好招待的……”

益子为三人盛饭，那米饭一望便知是只去掉七分谷壳的糙米。她将米饭递给三人，然后彬彬有礼地客套起来。这位姑娘看上去性情温顺，声音和态度都很柔和，与鹿子大为不同。

“粗茶淡饭，不成敬意。”

说完，东湖拿起筷子，轻闭双眼行了一礼，夹起两三粒米饭，恭恭敬敬地放在木偶老汉的斗笠之中。

“在我藩，人们通过这种做法来纪念百姓的劳苦。”看到西乡仍旧圆睁大眼盯着二人的举动，原市之进便开口解释道，“不仅限于藩士，众位公子和小姐们也是一样，这就是齐昭大人建造与民同乐的偕乐园的真正用意……这就是水户精神。”

其实根本不用解释，当他们一开始将几粒米饭恭恭敬敬地放在斗笠中时，西乡就已经明白了其中的含义。他顿时感到某种情怀在胸中翻滚，以至于差点儿咳嗽起来。

“唉！”西乡无奈地发出一声长长的叹息，益子被吓了一跳，连忙开口问道：“饭菜不合您的胃口？”

“没……没什么，这饭真香。”

吃罢早饭，精心打扮过的鹿子端着东湖的换洗衣服走了进来。

“粗茶淡饭，叫您见笑了。”

鹿子仍旧故作冷漠，看来昨晚有关美女丑女的意见分歧尚未得到解决。西乡和市之进来到门口，在端出一脸漠然样子的鹿子的目送下向城内走去。

水户女子

一

送走西乡后，鹿子回到客厅，坐到东湖面前："还不准备出发吗？"

她的话语和眼神中满是责备之意，言下仿佛是在说——我都已做好了出门的准备，你却为何还不更衣？

东湖则以怜爱的目光凝视着自己的妹妹，开口说道："你还是不同意？"

"即使我不同意，你不也没有改变主意嘛，所以我才打扮好在这里等你。"

"我再问一下，那位姑娘……你该不会是说那位姑娘有什么问题吧？"

"问题？"鹿子高声笑了起来，"那姑娘没有问题，而是齐昭大人和哥哥你的想法有问题，我一开始就该告诉你的……"

"你不要说了。"

"那可不行。要时刻阐明自己的意见，这可是父亲和哥哥你的教诲。"

东湖苦笑着站起身来，拽过乱放在一旁的箱子，自己开始更衣。

"当初将刑部卿过继到一桥家时，我就不同意，因为那样做完全违背了齐昭大人自己说过的话。"

东湖一言不发地扣起裤裙上的纽扣，套上短外褂，仿佛已经放弃争辩，可鹿子仍旧不依不饶。

“自义公以来形成的水户之风至关重要，我觉得这种风气如今已被败坏。刑部卿倘若果真继承将军之位，那将是日本的重大损失，义公在九泉之下恐怕也会大为生气。”

“别说了，快走吧，我已经准备好了。”

东湖轻轻催了一声，便向门厅走去。

其实，东湖也和妹妹一样心里感到不安。鹿子所说的“水户之风”，指的是“水户绝非幕府的家臣”这种思想，这是自义公以来形成的一种自负。一言以蔽之，“将军家是本家，天皇是主人”，这就是二者之间的严格区别。

在漫长的岁月中，幕府与天皇之间也曾发生过激烈冲突，水户每次都会主动支持天皇。若非如此，东照权现[1]的创业精神就会被卑微的私欲玷污。此事既然已是众所周知，便成了藩内藩士都要严格遵守的规矩。因此，历代重臣都尽力避免与江户辖下的人联姻。而且，继初代藩主之后，德川光圀公也遵守着一条不成文的规矩——不向有可能成为幕府阁僚的谱代大名[2]家提供养子。

如今，到了齐昭大人这一代，却将庆喜送到将来或许会继承将军之位的三卿之家——一桥家。不论家庆将军是如何苦苦恳求过继一事，这样做都已给“水户之心”蒙上了一层阴影，所以鹿子才会提出非难。

（这样说也的确不无道理……）

然而，庆喜如今已经成为一桥家的当家。家庆将军死后，他的儿子家定将成为第十三代将军。而家定形同废人，且身有重疾，无法生育。过不了多久，庆喜就会成为第十四代将军。如今国难当头，时局动荡不安，很多大名都在盼着明君掌权的一天，所以必须将一名可靠女子

---

［1］　东照权现，德川家康的谥号。

［2］　谱代大名，江户时代在关原之战前便担任德川家臣的大名，被安排在全国要地，独占幕府要职。

送入大奥的西之丸。

如今，鹿子的话就是在责问哥哥——水户的儿子继承将军之位时，水户究竟是否还能贯彻自义公以来秉持的大义，在发生矛盾之时堂堂正正地与将军家开战。

晴空万里，大门外已备好两乘坐轿，等待二人外出。

“那位姑娘叫须贺对吧？”

“没错，一色须贺，住在栗原。”鹿子的回答仍旧十分冷淡。

“那我们这就过去吧。”东湖顺着她的话头说完，低下略显肥胖的身子，钻入轿中。

二

东湖虽然不住口地责备鹿子，但心里绝对未曾对这个妹妹有过任何失望之感。怎么说也是幽谷的女儿、自家的妹妹，老公的夫人也因为她的才能而对她青睐有加，并让她陪在庆喜身旁。

鹿子极其喜欢读书，经常为此彻夜不眠，所以早晨喜欢赖床。除此之外，可以说再无缺点。而且，她在抚养和教育孩子方面拥有惊人的天分，还能准确把握学生们的性格。实际上，东湖接到齐昭大人和夫人的命令，在水户为一桥庆喜挑选一名女子时，他首先想到的便是让鹿子帮忙选。

（倘若挑选一位鹿子看中的姑娘……）

于是，东湖便隐瞒实情，给妹妹写了一封信，让她推荐一名合格的“女侍”，要求此女既不能辜负自己的终身伴侣，又可以自豪地向天下人介绍——这就是水户女子！

鹿子一开始以为这只是一桩普通婚事。她对自己所教学生中一位名叫须贺的姑娘颇为留意，那姑娘是栗原乡乡士一色太左卫门的女儿。在这附近，以一色为姓的人有七八家，显而易见都属于足利家族，其本家应该已被招致江户辖下，享受五百石的俸禄。在分家之中，有的俸禄也达到了三千石或五千石。东湖以为，可以先看看这位姑娘是否合适。

于是，他便先去江户打探，而江户本家对水户辖内的一色家族也很熟悉，表示“如有需要，我们可以认她做养女”。事情进展得十分顺利，江户的一色家族中有一位花名叫杉浦的老女[1]在大奥侍奉，正好可以让须贺以女佣身份随她学习礼法，然后再送到一桥庆喜身边。

事情之所以会进展得如此顺利，一定是因为当时世人对一桥庆喜的评价极高。可是，当鹿子知道婚配男方竟是一桥庆喜后，立刻脸色大变，开始极力反对，并且坚持认为这样做无异于害死须贺。她知道，江户城里的大奥简直就是一座阴冷潮湿的女性坟墓，但做哥哥的东湖对此一无所知。那里是一群恶魔的世界，她们隐藏在别具深意的花名和官名后面，互相倾轧争斗。至于人间真情之类的美好情感，在那里根本无法存活，也得不到伸张。那里充斥着嫉妒、猜疑和暗斗。将须贺送进那样的世界，无异于将一个人活生生地打入地狱。因此，鹿子希望东湖不要再提及此事。

东湖则严厉地批评了她的想法。正因为一桥庆喜即将进入那样的世界，他身边才格外需要一名真正知心的女子，而鹿子的想法则是出于失败者的立场。

“水户女子面对这点儿困难就要落荒而逃吗？”

最终，鹿子拗不过哥哥，只好同意和他一起去说服须贺。同时，她要求到时候毫无掩饰地说出自己的反对意见，倘若须贺没有足够的决心，就算将她强行带走也无济于事。兄妹二人各自做出了让步，才有了今日的栗原之行。

东湖不时回头看看身后的坐轿。虽然看不到鹿子，但他知道，那个争强好胜的妹妹就坐在轿子里。倘若任她由着性子，说出令东湖无言以对的尖酸话来，搞不好她还真有办法使须贺知难而退。

（真是一个让人不可掉以轻心的女人……）

东湖第一次莫名其妙地鼓起斗志，重新审视自己的妹妹。

---

［1］　老女，大奥女官高级职位，相当于大奥总管。

两乘坐轿沿西乡昨天来的那条道路，向着相反方向前进。透过窗户向外望去，只见樱川犹如一条玉带，熠熠生辉。

突然，身后的坐轿中隐约传来鹿子的吟唱之声。

三

（看来敌人开始发动攻势了……）

坐轿中的东湖不禁露出苦笑。鹿子的低吟声总是十分清朗，令蛰居时期的东湖每次听到都会感到十分轻松。然而，今天的声音听起来却阴森森地让人脊背发凉。她若生为男子，给东湖造成的压力恐怕不亚于他的政敌——结城寅寿。称她为女中豪杰有些夸张，不过，她的确是那种认定一件事就毫不动摇的女人……

鹿子的低声吟唱经久不绝，其中还夹杂着东湖在小梅藩邸蛰居时回赠给妹妹益子的诗歌。

离乡经年夜枕草，

恍见故园春邑好。

两人的坐轿来到栗原，被抬入一色家大门，一色夫妇与他们的女儿须贺正站在玄关入口迎接二人。东湖想观察须贺向鹿子问候时的举止，故意让鹿子先行一步走出坐轿。须贺看出了东湖的用意。她身穿捻线绸细纹的和服，干净利落地绾着岛田髻[1]。但见惯了江户女子的东湖，觉得须贺不过是个水户的村姑而已。

（鹿子为何要将她夸成绝世美女呢？）

然而，当须贺向东湖问候时，东湖发现她的双眸波光流盼，显得格外清澈。

[1] 岛田髻，日本旧时未婚少女穿着和服时所梳的传统发型。

（她在某些方面很像鹿子。）

她的脸颊被春天的阳光晒成了小麦色，发际和肌肤之间隐约现出一道淡粉色的界线，身体看起来既健康又柔软，但远不是鲜花一样的美女。东湖暗自将她和妹妹身边的金泽家的阿房作了比较，同时想起鹿子的话——“她比阿房还要更胜几分”，不禁对鹿子的审美眼光产生怀疑。他一边轻轻摇头，一边走进客厅。突然，鹿子抢先开口说道：“须贺，今日之事，你自己的决心比父母的意见更为重要，所以我想直接听听你的想法。”

东湖感到颇为惊讶。这种事哪有先问姑娘家的道理？不过仔细想想，在齐昭大人的贴身要人东湖面前，须贺的父母纵然心有不满，也几乎没有任何拒绝的立场。

“不好意思……”鹿子继续说道，“能否请您二位暂时回避一下？”

“啊……好，那我们先出去了。”一色夫妇互望一眼，便退了出去。须贺低下头，垂下眼帘，脸上丝毫不见生硬的表情。

（原来如此，这也是位要强的姑娘。）

正当东湖一个人沉思之时，鹿子石破天惊般地开口说道：“须贺，你要仔细听好，一桥卿今后很可能会继承将军之位，到时你就必须为将军家生儿育女。一旦孩子出生，战争就会开始。”

听到这些话，连东湖都惊讶得瞪大了眼睛。

（难怪这家伙刚才低吟，原来在想这些事……）

“一旦开战，水户主公，也就是将军的兄长自是不必说，齐昭大人、我哥，就连女儿身的我……大家都必须效忠天皇，与将军家战斗。这原本就是水户的职责，所以你的父母也要加入战斗。”

须贺身形并未动摇，她安静跪坐在地上，看着自己的手指。

“而且，”鹿子步步紧逼，“所有人都会对将军和他的子嗣发动攻击，到时候你将怎么做？让我听听你的决心。倘若没有这份决心，你去了也没用，我也不会将你强行带至江户。”

听到如此出人意料的话，东湖早已是瞠目结舌。

对一位刚满十八岁的小姑娘来说，这是何等精心设计的恐吓啊！然而，鹿子所说句句属实。父亲养育、兄长教诲的水户家风是不能丝毫作伪的，她对此有足够认识。

四

与时刻关注社会舆论的男人相比，女人身上都有一种大多数男性没有的纯粹，所谓不谙世故便是如此。然而，鹿子所说的并非没有可能。此刻，亡父幽谷的思想和气魄正叩响她的心扉。倘若听从良心的指引，这种恐吓正是她毫不退让的真实写照。可即便如此，怎么说对方还是一位尚未接触过异性的小姑娘。面对这种近乎拷问般的问话，不知须贺将作何回答。

东湖心中忐忑不已，仿佛被拷问的是自己。须贺十之八九是回答不出的，到时候自己又该如何说服她呢？而且不仅仅是须贺，还必须说服一直明确反对这趟行程的鹿子。

（连我都被难住了……）

东湖将白纸扇放在大腿上，闭起双眼。他不忍心看到须贺为难的样子。

“老师，我想问您一个问题。”须臾，须贺开口说道。

“好，什么问题？”

“女人一定要生孩子吗？”

东湖立刻睁开双眼。虽然鹿子的问话已经叫人意想不到，须贺的回答更是完全超出了他的预料。

“是，啊不……但男女之间倘若发生关系……”

这下轮到鹿子手足无措了，她自己都还没有结婚，而且她仿佛已经意识到须贺会继续追问是否可以拒绝发生关系。她顿了一下，调整思绪。

“须贺，那么我也问你一个问题。倘若不生孩子，你就同意进宫吗？”

“是。”

这次的回答十分简单。

“只要不生孩子，我就会嫁给刑部卿。”

“即使在战争中死去也无妨？”

“自当谨遵老师平日教诲。”

“好！”东湖用白纸扇轻叩大腿，开口说道。此刻不能再任由鹿子说话了。

“是否发生关系，是否会生孩子，这种事是人力无法干预的。”在这方面，东湖是过来人。这个问题属于天地造化，就像花自然开、果自然结一样。毕竟退一步说，尚不知刑部卿是否会爱上比自己稍大一些的须贺。倘若刻意为之，反而有失自然。

“就这么定了！”东湖高声说道，“自南北朝以来，一色家便是名门望族，当年跟随北畠显家卿移居常陆后便形成了优良血统，更何况本家还提出要认你做养女。你的性命就交给我东湖吧，如何？”

这时，须贺恰好正凝望着东湖，只见她略带天真地点了点头。

“舍妹的话过于夸张，其实，水户与将军家是绝对不可以开战的。倘若当真开战，那便是神州毁灭之日。所以我们现在要绞尽脑汁，想办法避免双方发生冲突。你应该明白，将军与水户公是兄弟，无论如何都不会开战。”

东湖口中说着，心里却自哀自怜起来。与其说东湖是在劝慰眼前的小姑娘，倒不如说他是在劝慰自己。

（倘若开战也无妨，又何须将刑部卿送入一桥家。）

想起鹿子方才出人意料的话，东湖感到一阵不安。

（如果稍不留意，就有开战的可能性……）

方才对须贺说的话，其实是对这种不安的慰藉，但同时又是他狼狈的辩解。

“据我所知，刑部卿公子可是超越义公的一代明君……”

东湖仿佛陷入罕有的失神状态，不知所云地说着。

五

东湖想将事情敲定，鹿子却极力阻止。但看须贺的表现，仿佛是没被任何一方的话打动一般。东湖心想，这姑娘还不知道即将压在自己肩上的担子有多重吧。然而，这只是东湖的多虑，须贺似乎早已下定决心。

一色夫妇初次从鹿子口中得知此事时，震惊之余，更多的是茫然失措。江户的本家希望须贺过去见见面，在大奥做老女的杉浦随后又来信，要须贺去担任女侍。太左卫门知道这件事关系到整个家族，作为一家之主，他便偷偷带着女儿去征求家老伊藤玄蕃的意见。

伊藤玄蕃住在城门前，他是义公德川光圀妹妹的后代，也是太左卫门的老主顾，从太左卫门的祖父那代起，便经常他的关照生意。即使到现在，伊藤家的咸菜用料、食用油、芝麻、米面之类还都是由一色家供应。

然而，一色夫妇却从他口中得知一件事，此事深深地打动了他们，那就是一桥庆喜的出身。

毫无疑问，庆喜的生母是从有栖川亲王家下嫁过来的登美宫。这位非同寻常的夫人生下了当家庆笃公和庆喜，除此之外还有二郎麿和一位小姐。然而，二郎麿在两岁时夭折，那位小姐也在出生后不久便死去。由于两个孩子不幸夭折，于是对于登美宫来说七郎麿，也就是后来的一桥庆喜便是她日思夜盼的儿子。

“因此，当江户的小石川藩邸刚刚响起婴儿的啼哭声，消息便飞一般地传回了本藩。”说着，伊藤玄蕃将身子坐正，“孩子出生后，那位刚毅过人的夫人得知是男孩后，便命近侍用冷水给孩子洗澡。”

“用冷水洗澡？”听到这里，须贺不禁惊异地开口问道。

“没错。孩子的生日被定在9月29日，但实际上是10月3日，已是快要霜降的季节。因此，侍者也感到十分惊讶，便向夫人确认。夫人却大声呵斥说：‘就用冷水给他洗澡，若连这都承受不住，便不是我的儿子！’那时，夫人或许已经预见到了今日的国难。”

这位一出生就用冷水洗澡的公子长到两岁时便离开生母，被送回水户藩。之后的事情，一色夫妇也都十分清楚。在母亲身边长大的孩子容易变得软弱，男孩子就要由男人来抚养。于是，井上甚三郎被选为监护人，藤田鹿子被安排护理日常生活。

庆喜公子在十一岁前和其他公子一同生活在水户，一色夫妇从鹿子那里也听到了不少关于他淘气的故事。后来继承鸟取藩池田家的五郎麿（生母松波氏）、继承川越藩松平家的八郎麿（生母山野边氏）、继承冈山藩池田家的九郎麿（生母松波氏）等人当时都一同生活在水户，他们将自作的和歌短册系在梅枝上，玩着风雅的游戏，而这位流着皇族之血的贵公子却对他们不屑一顾，还故意将小猫吊在梅枝上取乐。

然而，令须贺心动的并非这些胡闹的恶作剧，而是那位非同寻常的夫人了不起的决心——只有出生后能承受冷水洗澡的男人才能有所作为。

（尽管她已经失去了两个孩子……）

如此紧张刺激的生活不正是生命的意义吗？从那时开始，须贺心中的天平已经迅速倾向江户。

六

鹿子身上有种水户女子的冲动，这种冲动同样也存在于须贺心中。想必是当她听说夫人用冷水给自己刚出生的儿子洗澡后，心中的冲动被这种残酷刺激，并迅速生根发芽。

从这个理论来看，即使没有经过培养的感情，也总有一个切入点，使它完全被激发并释放出来。从伟大的夫人的决心之中，须贺感受到了国难的危急和自己生命的意义。

（不如放胆一搏！）

须贺暗下决心。于是，鹿子的话反而令她的决心变得更加坚定。她想象中的国难实在是越多越值得挑战，三个不如五个、五个不如七个。

在江户城的大奥内，自己将只身一个人对抗一群美貌女子的阴谋，保护一位公子。只要这样做是正确的，无论生命如何短暂，无论遭遇多么残酷，都是值得的，这正是生命绽放的意义。

于是，这位少女的思绪渐渐脱离东湖的理解范畴，无论东湖说什么，她只会若无其事地回答一声“是”。

“所谓御三卿，并非藩主之类的普通大名，而是相当于将军的家族，单是零用钱就有十万石。而且，其家臣均是幕府臣子，将军若无子嗣，御三卿就会被确立为继承人。”

东湖热心地解释着，并希望借此举动稍微缓解鹿子带来的不安。

“第十二代将军家庆在黑船来航引发的巨大骚乱中不幸病故。同水户齐昭大人一样，其正室也是从有栖川亲王家下嫁过来的，名叫乐宫，是庆喜公子生母的姐姐。不过，乐宫夫人与第十二代将军之间并无子嗣，当今第十三代将军家定乃是旗本[1]迹部惣左卫门之女美津的儿子。你应该听说过吧？”

“是。”

“可是，当今第十三代将军也是体弱多病，膝下无子。上一代将军希望能劝说乐宫夫人的妹妹，也就是正夫人登美宫，将其子庆喜送入一桥家继嗣。在对方苦苦恳求之下，齐昭大人这才不得已送出公子。”

“是。”

不论东湖说什么，须贺总是回答“是”，最后东湖只好停下来望向鹿子，只见鹿子也正恶狠狠地望着须贺。须贺的态度恐怕也在她意料之外，因为须贺此刻就像一个毫无意识的人偶，只是配合着东湖的话频频点头。

（现在才知道鹿子这家伙眼光有问题……）

东湖此刻或许很想将这种想法说出来，他再次转眼望向须贺，却

---

［1］　旗本，江户时代幕府将军家的直属武士。

感到一阵突如其来的震惊，使得他几乎屏住了呼吸：只见须贺双眸凝望虚空，一张侧脸竟是如此美丽！这是东湖此前从未发觉的一种脱俗之美。她的下颚线条犹如推古佛[1]般丰盈，线条上方的小小嘴角微微上翘，又被上面的鼻梁遥遥阻住。而两只眸子更是闪闪发亮，温柔的神情中又点缀了些许诱人的神秘，令人无限憧憬。

“哎呀呀——”

东湖不禁赞叹出声，鹿子也突然感到浑身无力。

“我明白了。我已清楚你的决心，不会再阻止你了。你去把你的父母叫进来吧。”

“是。”

须贺口中答应着，身体却一动不动。她如痴如醉地凝视着只属于自己的东西，就像世人常说的鬼迷心窍了一般……

七

人们常将年轻生命的纯真无邪称为白纸。然而，支持这种纯真的其实是比白纸更敏感更透明的“心”。这颗“心”追求的是一种感动，一种被称为“人生价值”的纯粹的感动。倘若抛开这种感动空谈人生价值，则毫无意义。一颗透明的心同时也是一颗卓越的诗心，拥有这种诗心的年轻生命便是诗人。

“我认输了，快让你父母进来吧。”鹿子再次朝须贺说道，“我甚至感觉今天反而是被你教训了一顿，既然这样，那你就代我向庆喜公子问个好吧。”

须贺回过神来，又回答了一声“是”，便退了出去。

“果然……”东湖深有感触地念叨着，“这就是你所说的水户女子？”

---

[1]　推古佛，推古天皇时期（592—628）建造的佛像。

鹿子以苦笑代替了回答：“还算漂亮吧？”

“漂亮！”

“她是我的得意门生，庆喜公子又是哥哥推崇的日本第一公子，就让她到他身边去吧。我……我……”说着，鹿子突然用双手捂住了脸，“悲哀啊！鹿子我好伤心……”

鹿子的举动过于突然，令东湖感到手足无措。

“别哭，鹿子，她的父母来了。”

“啊……是。”

“我又被你吓了一跳，你实在太让人出乎意料了。”

“这都要怪父亲和哥哥。”

鹿子慌忙擦干眼泪，脸上露出笑容。其实，伤心的不仅是水户女子，整个水户“心”都十分悲凉。

对水户的藩士们来说，黑船来航可以说是预料之中的国难。嘉永六年（1853年），马休·佩里[1]率领船队来到浦贺。而在距此二十九年前的文征七年（1824年），就曾有英国船队在常陆的大津港登陆，引起不小的纷争。

“闭关锁国的时代已经一去不复返！”

人们不禁对日本的未来感到担忧，并开始对原有的藩政进行大规模改革。因此，“人心一新”的研究工作在各个领域开始展开。这也是自义公以来的修史事业能够得到飞速发展的原因。藩士们也下决心要做时代的先驱和警钟，纷纷拼命推动这项改革。

结果，齐昭大人招致幕府猜忌，东湖也面临下台之忧。然而，这些挫折却孕育出了水户势不可挡的宏愿。

警钟不惜命。涓涓细流若想澄清整条江河，就一定要坚持真理。最能敏感地认可这种涓涓细流之美的便是年轻生命。他们抬头仰望，无不

[1]　马休·佩里（1794—1858），美国海军将领，因率领黑船打开日本国门而闻名于世。

承认这种美，他们想要开辟一道洋溢着这种美的深渊，一道令人自愿纵身一跃的美丽深渊。如此一来，天地正大之气便会翕然遍布神州，日本也就绝不会遭到其他国家的侵略。渐渐地，连女子也开始胸怀此“心”。

“与其选择安逸，不如踏上艰辛正道。”

不知何时，这种勇气甚至已经渗透到须贺这位少女的心中。

鹿子之所以大叫悲哀并失声痛哭，是因为她感受到了一种感情的激荡。她深切地体会到，那种士风还活在父亲幽谷、哥哥东湖以及自己心中。

“那孩子的一生恐怕都与幸福无缘了。”

“胡说。所谓幸福，就是沿着自己的信仰走下去。”

“哥哥你能理解女子的幸福和水户公子的幸福吗？”

“若是这么说，你也老老实实地嫁人算了。”

此时，须贺和父母一同走了进来。

八

“啊，我终于明白她本人的决心了。”

东湖先和一色夫妇交谈起来，鹿子没有说话。倘若须贺决心已定，鹿子还有很多话必须叮嘱一番。

“刑部卿一桥庆喜公子外表看上去和善可亲，可内心却十分刚强。”未等须贺坐下，鹿子已凑到她跟前，“齐昭大人也经常教导他，一旦认准某条路他就会一直走下去，从不后退。若做得对，他会是一个了不起的名君；做不好，也可能贻害世人。”

须贺一张脸顿时变得通红，双眼紧盯着鹿子，却不知她是否真的听懂了鹿子的话。

“我曾同你讲过，公子起初讨厌读书，齐昭大人曾屡屡用大艾绒烧灼他的手指。然而，他认为被艾绒烧也好过读书，竟是毫不畏惧，纵然手指被烧焦，仍然若无其事。于是齐昭大人不得不命人将他关进房间，而且不让他吃饭……”

“是，我知道。”

“后来，他才开始奋勉求学……有件事我得告诉你，公子格外喜欢书法，他起初按照太玄斋风格的字帖练习，现在用的是从户川播磨守[1]那里求来的字帖。你陪伴在他身边，就必定要研墨。你要听好，研墨时切不可用尽全力。”

“是。”

“用尽全力研出来的墨不仅有损香气，还会导致墨色肌理粗糙。用粗糙的墨写字，性情就会变得粗暴。这些事你一定要牢记于心，有不懂之处就老老实实地问。”

不知不觉间，东湖同一色夫妇也停下交谈，专心听鹿子讲话。

（原来如此，女人自有女人细腻的挂怀之处。）

“听说负责每天为公子梳头的是小姓[2]猪饲胜三郎，而来自水户的随从共有井上甚三郎、渡边半六及猪饲胜三郎等十三人。你要好好听这些人的话，既不要越分，也不要生怯。”

“是。”

“另外，大奥的惯例是由老女杉浦发号施令，你可别让人在背后指指点点，说水户的女子如何如何。”

“是。”

“还有，广敷[3]内男子出入频繁，万一……你有这个心理准备吧？”

“是。”在又一次略带天真的回答后，须贺一本正经地说道，“万一受辱，我就应该自尽，对吧？”

东湖惊讶地将鹿子和须贺重新比较了一番。两人只是在谈贞操危机这个话题，怎么如此简单地说出“自尽”的话来呢？难道东湖等人向男人灌输的“不惜己命”的思想已经在不知不觉间渗入藩内各个角落，并

［1］ 播磨守，“播磨”是地名，“守”是官职，即地方长官。

［2］ 小姓，指日本古时贵族的侍童。

［3］ 广敷，大奥内男性用人的工作地点。

逐渐形成了“新一代水户女子”的思想和风气？

如此一来，东湖倒真有些担心了。虽然鹿子防备老公齐昭的做法有些过火，但大奥中奉公的男性众多，在这方面可不是人人都是圣人君子。须贺在江户之水的洗濯之下出落得楚楚动人，难免会令这些男人感到心猿意马，到时候该如何是好？

（看来必须让庆喜公子尽快解决这个问题。）

“接下来是关于女子的礼节和修养……”

鹿子关心的事情与东湖不同，她继续滔滔不绝地讲着……

时代洪流之棹

一

西乡回到江户后不久，便有一则荒诞无稽的传闻传到了三田的萨摩藩邸。那是一则关于西乡吉兵卫与藤田东湖首次会面的传闻，其中虽然没有涉及西乡踏足水户之事，但其他方面却描绘得细致入微。

“西乡东上不久，独自飘然来到东湖宅前，叩门求见。”

故事开端极为简洁，首先出场的是一名寄读学生。

西乡递上名帖，寄读学生留下一句“稍等”后转身离去，再次出来后便将他引入客厅。可是，西乡左等右等，主人公东湖却一直没有现身。西乡等得不耐烦，便使出他一流的无赖本事，像一棵大树般躺倒在地，立刻睡了过去，还发出雷鸣般的鼾声，藤田的宅邸都被鼾声震得摇晃不已……

过了片刻，突然响起一声枪响！这声枪响仿佛能轰塌房屋、震碎门窗，就连睡神西乡也被惊醒。他睁开双眼，只见屋内四下弥漫着浓浓的硝烟……

那枪声比说书先生的纸扇敲起来响得多了，本以为西乡会吓一跳，没想到他毫不慌张，还若无其事地伸了个长长的懒腰。

正当此时，一阵脚步声响起，东湖本人自烟雾中缓缓走出。其实，东湖早已事先来到这里，只因久闻西乡名号，便开了一枪，打算试试西乡的胆量。

两人的见面实在是让人意外，据说单纯的会谈变成了东湖最喜欢的酒宴。东湖是有名的千杯不醉，西乡虽然身材魁梧，酒量却小，不久便酩酊大醉，当场呕吐起来。但东湖并不生气，反而很喜欢西乡的野性，此后多次设宴款待，并将与藤田并称“水户双田”的户田忠太夫、武田耕云斋以及熊本的长冈监物、信州的佐久间象山、尾州的田宫如云等人介绍给他。西乡对东湖的景仰也是日益加深，开始频繁拜访小石川藩邸，向东湖征询意见……

这不仅仅是当时的传闻，在《明治功臣录》中也有记载。据说西乡当时默默捧起呕吐出来的饭菜，说了一句“真是不好意思”，便全部迅速吃回肚中，然后若无其事地继续谈论时事。

这一传闻立刻在江户市内散播开来，萨摩的西乡一跃成为媲美东湖的双雄之一。然而，没有人知道这一传闻的首创者是谁，此人实在可以称得上是令人钦佩的宣传家。当然，萨摩方面有必要通过这种做法令西乡一举成名，从某种意义上来说，这对水户也是大有益处，所以东湖不仅没有否认，反而在各藩众人面前故意不叫西乡的名字，而称呼他“好汉”或“萨摩好汉”。

这显然是志士们的一种示威举动。他们认为，当此关头，一定要由一桥庆喜来做家定将军的世子。其中最为积极的是“三卿”之一——出身于田安家的越前藩主松平庆永，其次便是萨摩藩主岛津齐彬。

与上面两人并称“天下四贤侯”的土佐侯山内丰信和伊予的伊达宗城也表示赞同，老中首座阿部正弘也在幕后积极支持并推动此事。

众人之所以这样做，皆因现任将军德川家定无力应对当前的紧迫时局，所以需要尽快确立世子来辅佐将军。

西乡吉兵卫的宣扬炒作也好，一色须贺的受诏进宫也罢，一切都与黑船来航有着直接关系。可以说，所有的事情都是1853年“佩里舰队来日”事件引起的涟漪效应。

二

弘化四年（1847年）春，第十二代将军德川家庆提出请求，希望水户家能将时年十一岁的庆喜公子过继到一桥家。水户齐昭最初并未同意此事，他打算将庆喜留在自己身边，不想送往其他家族。万一长子庆笃遭遇意外，还可让庆喜继任。所以当尾张的德川家提出请求时，齐昭只是答了一句“请您谅解”，而并没有同意此事。

然而，家庆将军并未放弃，因为当时二十四岁的世子家定体弱多病，形同废人，这已是无可改变的事实。家定的身体可谓极度孱弱。他天生体质就差，加上发育迟缓，吐字发音不清晰。他说话语速很快，却患有口吃，一旦无法顺利交流，便会大发雷霆。生气后说的话更加难懂，除了乳母和生母以外，很少有人能够明白他的意思。

家庆将军之所以将他立为世子并送入西之丸，只因家庆并无其他子嗣，家定乃是独子，所以无论家定如何体弱多病，家庆将军都无法割舍那份父子亲情，并将希望寄托在孙子身上，以为家定的儿子体质会好一些。

因此，未等家定年满十八，家庆将军便从鹰司关白家为他迎娶了正室。然而，家定对异性竟报有畏惧心理，不敢亲近，深受其苦的夫人未过两年便一命呜呼。

“男女之间可能互相投缘，也可互生恶意。”

看到家定不去亲近那位不喜欢的女子，家庆将军便开始在他身边安排更多侍女。实际上，这种做法反而逐渐加深了家定的女性恐惧症，可家庆将军当时并未意识到这一点。

后来，家庆将军又为家定迎娶一条家的小姐为正夫人，可直至此时方才知道，家定几近乎完全不能生育。御医的诊断结果宣布了家定的悲惨命运——他的青春之花尚未绽放，便……不，应该说是永远也无法绽放了。

家庆将军几乎陷入绝望中，看来直系亲孙是没希望了，而第二位夫人的撒手人寰，仿佛更加证实了这个残酷事实。有传闻称家庆绝望之余甚至想要自尽，但同时还有另一种传闻几乎打破了这种看法，说家定已经摆脱女性恐惧症。

在漫天谣言之中，家庆将军首次提出了让庆喜过继一桥家的想法。家庆将军正夫人乐宫的妹妹登美宫产下的非凡少年，令家庆将军在悲叹之余又重燃希望之火。

总之，家定既已入住西之丸，下一代将军便非他莫属。纵然家定无法生育，也不能撤销其世子名分。家庆将军在御三家和御三卿[1]的当家中四处物色，最终将目光锁定在水户家的庆喜身上，他的年龄最适合做家定的养子。因此，水户家虽已有打算，但仍无法轻易令将军家庆死心。

最后，老中阿部伊势守正弘（备后国福山城，俸禄十万石）出面说服水户齐昭，确立水户家的七郎麿为一桥家的当家，赐德川姓。

弘化四年（1847年）9月1日，十一岁的七郎麿过继到一桥家。12月1日，七郎麿接受成人冠礼仪式，改名庆喜，授予从三位右近卫权中将官职，惯例称“刑部卿”。这显然只是为了成为下一代将军家定的世子而暂时册封的官职。

只要刑部卿庆喜能在家庆有生之年成为家定的养子，便什么问题都没有。然而，嘉永六年（1853年）6月22日，家庆将军因病卧床三日后突然与世长辞。于是，西之丸的家定理所当然地成为了第十三代将军，但在时代洪流卷起的激烈旋涡中，家定的世子问题不得不再次经受考验。

三

家定将军若能自行确立世子，问题便会迎刃而解。然而，家定连这个能力也不具备。再加上当时德川幕府一片混乱，此事的影响力几乎

[1]　御三家，指纪州、尾张、水户；御三卿，指田安、一桥、清水家。

与“黑船来航”不相上下。锁国攘夷还是开放国门？这两种意见针锋相对，当此关头将军继嗣问题又夹杂进来。之所以会有这种派系斗争，都只是因为人类可笑的利己之心。

当时，世人皆以为水户老公齐昭是攘夷论的倡导者，其实，那并非齐昭的真正用意。

下面所述之事虽有些离题，但足以证明此观点。

明治初期，明治天皇曾御驾亲临小梅的水户藩邸，当时有人整理烈公[1]齐昭的遗物供天皇过目。其中有一封已经封好口的信，是齐昭写的，天皇看到后命人拆开阅读。

天皇近侍福羽美静奉命打开信封，高声读出信的内容，却发现原来是烈公齐昭写给幕府高官的意见书。信中提到，他欲效法吉田松阴，亲赴海外。

外交乃国之要事，仅凭朝议甚难决断。待吾亲赴海外，目睹实情，朝议方可有的放矢。（摘自《天帝余录》）

而且，齐昭非常细心，连出国费用都详细计算出来，一并写在了上面。

在当时的诸侯之中，没有人像齐昭一样热衷于英国研究。他不仅学习英国殖民地政策和内治外交方针，甚至亲手编纂《英和词典》，表现出了十足的先见和热忱。

“天下人皆以为烈公是攘夷论的倡导者，却不知伟大的‘开国论’的倡导者正是烈公啊。”

天皇与身旁近侍一同叹息不已。

齐昭倡导的攘夷绝非狭隘地鄙弃外国人，而是一种对内策略，其目的在于通过这种论调激发民族士气，借此战胜国难。而最了解此事的是越前的松平庆永和萨摩的岛津齐彬两人。

[1] 烈公，齐昭的谥号。

然而，当时幕阁内没有人有如此远见，他们在意的只是软弱的日本军队以及开国必然带来的时局紧迫感。在这国难的风口浪尖，将军继嗣又出现问题，两种不同主张自然难逃矛盾冲突。

而此时的家定将军毫无统治能力。在倡导攘夷、维系国威而又主张开放国门的人来看，如此非常时期极其需要一个明君。但对主张按照幕阁的外交方针尽可能顺利开放国门的人来说，明君反而会造成麻烦。

有些人主张继续信赖并依靠幕府这一既存组织，有些人认为必须进行大规模改革。世人往往更欣赏后者，然而事实并非如此。

人们通常以为攘夷论者保守顽固，开国主义者思想进步，但实际上，二者的精神实义恰恰与上述相反。安逸的开国主义者才属于保守派，攘夷论者中反而有很多真正的进步派。而且，将军家定虽然形同废人，但他依然身居将军之位，是当前的“独裁者”。

这位将军会做出什么决定？不，应该说，谁会让他做出何种决定？此事将在很大程度上左右日本的命运，出现如此不合理的局面实在是可笑至极。

最担心此事的人是岛津齐彬。他很清楚家定将军无法生育，可他仍然决定再将一名女子以正室身份送进大奥，以防范大奥的女人们受感情驱使而暗中介入继嗣问题。

四

对女人来说，要嫁给明知道无法生育的人无异于被判死刑。但为了日本的安宁，岛津齐彬已是下定决心，不管此事如何残酷，此事非做不可。因为他和水户齐昭一样，也敏锐地认清了以英国为中心而向东渐行的西洋文明的本质。

当时的齐彬自然没有年龄合适的女儿，于是，他便将同族的岛津安云之女敬子认做养女，然后将她以近卫关白家养女的身份嫁给将军家定，改名笃姬，即后来的天璋院。因为按当时的规矩，由于家格门第上的差异，从旁系的岛津家不能直接出嫁到德川将军家，因此要先成为近卫家的养女，这在当时是难得一见的双保险。笃姬在家族中以美貌著称，而且十分聪慧，齐彬大人将笃姬送进大奥后，得到了很多令他无法坐视不理的重要情报。

反对立一桥庆喜为嗣的势力已经渗透到大奥深处，以至于大奥中出现了这样一种畸形现象：作为名正言顺的家定妻子的笃姬，连自己的丈夫都接近不了。

“女人太可怕了！我讨厌女人……”

家定已经到了见到女人便吓得动弹不得的地步，只是蜷缩在一边，不断地重复着“害怕、讨厌”之类的话，更不用提让他认识到日本面临的危机了。更何况，以当前局势而论，即使有优秀的将军领导，幕府也未必就能成功化解国难。

反对派所推举的世子，是将军家定的堂弟，纪州的德川庆福，一个年仅九岁的幼童。在废人和小孩间做出选择——这令大奥女人们的感情和想法都变得古怪起来。可以说，正因为事态已发展到令人无法坐视不理的地步，西乡吉兵卫和一色须贺才会毅然决然地离开本藩。

东湖之妹鹿子尚不清楚继嗣问题上的纷争，她认定一桥庆喜公子会成为继承人，这才促使须贺下定决心，而西乡起初也并不清楚藩主齐彬大人对自己抱何期待。于是，他便老老实实地继续拜访小石川水户藩邸。此人本就是一个老实忠厚的男子，何况是齐彬大人密令他“学习水户”。对他来说，这只不过是分内之事。然而仅仅离府数月，他的名声已与水户的东湖不相上下，备受众人期待。对此，连西乡自身都感觉十分不可思议。

在混乱时势下，人们总是期待“英雄”的出现。黑船来航以来，百姓惶恐不安，他们迫切希望西乡吉兵卫和藤田东湖能够展现出值得依赖的英雄风貌。

西乡吉兵卫继续往来于小石川水户藩邸，同时用他那与魁梧身躯毫不相称的细腻心思，继续捕捉时代洪流的动向。其中，最令他感到震惊的是自家主公齐彬。在萨摩，藩主是决不允许自由外出的。而在江户人群繁杂的掩护下，齐彬经常随意外出。他的目的地是上野的某处茶亭，那里有一位叫阿藤的名媛。上至大名，下至工匠、僧侣，全都聚集于此，以期俘获姑娘芳心。当西乡得知自己无比敬畏的齐彬也身列其中时，顿时惊讶不已。

“藩主为何总去那里呢？”

然而，常去那里的大名并非只有齐彬一人，比他往来更频繁的竟是老中首座阿部正弘，还有土佐侯山内丰信、伊予的伊达宗城等人。西乡得知此事后，胸中的大石方才落地。

当这些大名在茶亭中推杯换盏之时，市内的平民侠士正在附近严密警戒。听说这些侠士的首领是最近崭露头角的新门辰五郎。西乡终于明白，这里正是一桥庆喜的支持者——“四贤侯”的秘密联络地。

五

正如各藩志士都会聚集在小石川水户藩邸内的东湖家中一样，大名们的集会之地则掩藏在上野名媛的媚眼之后。这些人都有各自的管家和中小姓，平日里书信联络或使者联络必不可少。如今时局紧张，他们开始感到焦急不安，以至于不得不直接面谈。

（他们不过是假借时局紧张之名，其实是经不起花天酒地的诱惑吧？）

西乡时常会为自己的小人之心感到不好意思。花天酒地的确很诱人，但是，人总是要歇息的，要想好好工作，就必须要有好的休养。

齐彬虽然人在江户，却心系萨摩集成馆[1]的建设工作。其中的核心是两座大型反射炉的建造，建成后可以熔解生铁四十八吨，打造重达九十公斤的大炮，这项工作即将逐步完成。齐彬打算在反射炉旁边建造熔矿炉，还要建造西洋式钻孔台，他不停派人返回本藩，激励众人。

在建造反射炉铸炮方面，萨摩要比佐贺落后一步。

[1] 集成馆，由岛津齐彬初创，是日本最早的西式工业区。

钻研不休，直至十数次，事必能成。西洋人也罢、佐贺人也罢、萨摩人也罢，众皆为常人，则我等绝不可退缩，誓要不辍研究。(摘自《言行录》)

齐彬还听取西乡的意见，在集成馆中建造了农具锻冶厂、制药所、炊具制造所和玻璃工厂等设施。

“除了生产大炮，还要为百姓们考虑。”

西乡认为，百姓的刀剑就是农具。齐彬手指轻叩膝盖，接纳了西乡的意见。而且西乡很快发现，齐彬这种大智慧的来源之一其实便是水户。

水户的齐昭似乎也偶尔参加上野的集会，遗憾的是不能得知他对齐彬说过什么，但水户拥有的东西足以满足齐彬的精神需求。反射炉的模型自不必说，从耐火砖的制法到类似现在的营养口服液的药品类处方，各种模型、原理和制法都有详细记录。

“齐昭大人的智慧是无穷的。”

东湖胆敢如此扬言，并非毫无根据。齐昭使用的刀剑都是自己亲手锻造的，他的著述多达五百卷，据说多半是由从有栖川亲王家下嫁过来的正夫人负责誊写的。

老公对女人异常着迷，膝下子女数量惊人，同时他也是一个拥有进步意识和绝顶智慧的鬼才，可以称得上是日本的达·芬奇。他以尊皇大义为武器，大张旗鼓地要求幕府改革，并提出贷款要求。

若水户能拥有萨摩那样的资本，恐怕就早已建成数十倍于萨摩规模的集成馆。不仅如此，齐昭还以必须亲自开拓北海道为名，要求幕府提供六十万两的贷款。由此看来，他被视为危险分子并被勒令闭门反省实在是不无道理。

水户齐昭最欣赏的人是越前的松平庆永，其次便是西乡终生侍奉的明君齐彬。与此二人并称“天下四贤侯”的山内丰信和伊达宗城却名列其后，这也未必全是水户学的缘故。水户齐昭的大智慧吸引了众多大名，而东湖和会泽正志斋的水户学也着实吸引了各藩志士。也就是说，一座势力强大的高塔正在以水户为中心逐渐筑起，而水户却不臣服于幕府，幕府自然会对此提高警惕。

但在幕府的掌权者之中，阿部正弘是明确支持水户齐昭的。为了劝说其他老中，他将水户齐昭比作“龙”。

“隐居在水户的是一条龙，而龙需要宝珠。”

应该献上宝珠，让龙悠闲戏耍。否则将会风云再起，天下大乱。西乡对此见解也感到心悦诚服。

六

西乡就像一块干燥的海绵一样，吸取着各种各样的信息和智慧。然而，他越是吸取，就越是觉得有太多的信息必须掌握。

（没想到我竟是如此愚昧！）

西乡曾听闻共有十八个国持大名[1]，但他却连这十八家的名字都无法一一列举，单是御三家和御三卿之间复杂的血缘关系已经令他摸不清头绪。

令水户齐昭为之倾倒的御家门[2]首座松平庆永是越前藩的国持大名，西乡认为必须要了解他的伙伴。经过调查后发现，单是支藩就有七家。以俸禄十八万六千石的松江藩为首，分别是川越藩、津山藩、糸鱼川藩、广濑藩（出云[3]）、母里藩（出云）和明石藩。

然而，西乡并没有被这些困难吓倒。他先是制成日本大名的血缘图，然后仔细校正学派谱系，制成“学风地图”。各个藩分别有什么样的学者、形成了什么样的藩风等，这些研究对他逐步掌握东湖的智慧起了很大作用。

接着，西乡又开始制作武士道地图，但很快便中断。如今已进入火器

[1] 国持大名，领有一国以上领地的大名。国，日本古代行政区域划分单位，几个郡合为一国。

[2] 御家门，指除御三家和御三卿以外的其他德川将军家的亲族，即亲藩。

[3] 出云，日本地名，位于本州岛北部出云平原。

时代，以刀枪为武器的时代已经一去不复返。依西乡之意，与其研究武士道，不如先弄清楚各藩的船舶情况，制作“船舶地图”。因为船舶所有量是了解该藩物产量和生产政策的关键，紧要关头可以换算成攘夷的实力。

这绝非齐彬的命令，齐彬的意思是让他在这一年中以游玩的心态来学习。

这一日，西乡在齐彬经常与老中首座阿部正弘会面的上野茶亭附近闲逛，突然一事上心，便想立刻去水户藩邸拜见东湖。

据说，齐彬第一次出现在上野茶亭是九年前的弘化二年（1845年），他当时还是世子，尚未当上藩主。但正是从那时起，他开始在萨摩的琉球地区大胆从事非法贸易。

（如此看来，难道从那时开始，他便与阿部正弘大人形成了某种默契，所以阿部大人才会对他的举动睁一只眼闭一只眼……）

没错！一定是这样。装作迷恋茶亭女侍，其实是在秘密商议对抗外夷来航——想到这里，西乡忍不住想将这种想法立刻告知东湖。

倘若东湖已知道此事，就可以认定，属于水户内部秘密的开国策略、老中首座阿部正弘以及齐彬的非法贸易之间早已从那时起就结成了统一战线。

（此事不可不问。）

西乡马上自汤岛出发，途经本乡，飞奔般跑下一岐坂，跨进水户藩邸的大门。

“有人吗？”日头偏西，时过晌午，墙根随意生长的牵牛花在烈日下显得蔫巴巴的，“有人吗？萨摩藩西乡求见。”

放在以前，很快就会有学生出来应门，但此时屋里应该有人，却迟迟不见现身。屋内传出几个人的偷笑声，于是西乡第三次叫门，终于有人开口回答，但说话人仿佛颇为焦急。

“请进……”

西乡有些疑惑，他向早已来过多次的八榻榻米（十五平方米左右）大小的客厅内望去，立刻呆立在走廊里。

这是怎么回事？只见闷热的屋内，以东湖为首，另有三名学生，全都将双手背在身后，伸直身体并排趴在榻榻米上。

“你们这是在干什么？”

在四人前方的檐廊下分别放着四个红漆酒杯，里面装满了酒。四人额上大汗淋漓，好像是在比赛，看谁能不借手脚之力抢先爬到酒杯那里。

“请稍候片刻，我们正在比赛。”一名学生开口说道。

突然，趴在地上的东湖扭动着肥胖的身体，宛如一条青虫一般，以古怪的姿势向前爬去。

“看我的鳗鱼式，我爬，我爬！”

七

东湖家中总有两三名学生，或者说是东湖收的徒弟。只要有客人来，他们就会麻利并且很有礼貌地上前接待。然而今天，除了认识的学生外，还有一位身穿黑色麻布单衣的壮汉。主客4人盯着4个酒杯，蠕动身体向前爬行。

“不能使用手肘和膝盖，鳗鱼快爬！”

“你们究竟在干什么？”

“西乡，你难道看不见我们在学鳗鱼爬吗？”

“我知道，但是你们为何这样做啊？”

说话期间，一名最年轻的17岁学生已经爬到终点。

“哈！我是鳗鱼第一名，不客气了！”

第二名是那位貌似客人的壮汉。

“鳗鱼第二名，好酒。”

“鳗鱼快爬，前进，前进！”

东湖是最后一名，他也抓起酒杯，咕咚咕咚将酒一饮而尽。

“哈哈哈……鳗鱼太胖看来会气喘吁吁啊。”

东湖坐正身子，擦干头上的汗，这才向西乡介绍那位第二名的黑衣壮汉。原来此人是幕臣冈本近江守的四子平冈圆四郎，之前在下谷练塀小路是一个贫穷旗本。齐昭大人看他是个人才，便将他提拔为庆喜公子的近侍。

“竟然不准用手肘和膝盖？”

“鳗鱼身上又没有这些东西。”

“人为什么要模仿鳗鱼呢？”西乡问道。

黑衣壮汉纵声大笑说：“真是的，即使老师有意说教，也没必要让我们白白流汗啊。”

“白白流汗？说教？”西乡对此十分不解。

“人有时会遇到手脚被束缚住的情况，但彼时仍必须向着目标前进。当身边没有手和脚时，千万不能心慌气躁，否则一定会输给敌人，所以就要像鳗鱼一样前进，前进……也就是说，要变成令敌人无从下手的鳗鱼，缓缓前进。不过，西乡君，东湖老师在这种比赛时心情最好，无论说什么他都绝对不会生气，对吧，老师？”

“嗯，算你说对了。年轻人性情纯真是好事，但性急之人就容易受挫。我刚才就是在教他们鳗鱼的道理。”

“噢。”西乡对此佩服得五体投地，当即趴在地上，“将手这样背在身后，就用不上力了。”

“好样的！”平冈由衷地赞叹道。

这位平冈圆四郎怎么看都不像是在江户长大，笨拙劲儿倒是与西乡不相上下，十足一个土里土气的乡下武士。

“没想到你的身体看起来像青虫，实则灵活得很。”

“是吗？”

“好好，将酒放在那里，开始吧。鳗鱼快爬，前进，前进！”

在平冈的助威声中，西乡认真地扭动着身体。最后，他顺利抵达酒杯处，将杯中酒一饮而尽，这才站起身来。

“老师，今天我想以冠者的身份向您请教。”

冠者是指东湖学塾的学生。最年少者称做“童子”，是初级生；其次称做“少者”，是中级生；成人一般被称做“冠者”。东湖在繁忙的政务之余，仍然没有间断对后辈的教育。

在萨摩，初级生分为“小稚儿”和“长稚儿”两个级别，而从十五岁到二十四五岁的青年称做“二岁”，这其中或许些乳臭未干的意思。过了自戒期后则称做“长老（前辈）”。

西乡既然称自己为“冠者”，就表明他要以一个成年人的身份提问，问题也相当严肃。

八

“哦？如此郑重，所问何事？”东湖注意到西乡的态度严肃，便遣走了在场的两名寄读学生，“平冈是刑部卿的家臣，让他在场无妨吧？”

西乡再次向圆四郎望去。只见圆四郎长着一张国字脸，四四方方，两只眼睛相距甚远。与其叫圆四郎，倒不如叫公牛方四郎更加形象。

“若是不方便，我这便告辞。”

圆四郎话音刚落，东湖便笑了起来，仿佛想到了什么有趣之事。

“上次说过的那位水户美女已经与庆喜公子见了面，双方似乎情投意合，平冈就是来通知此事的。现在任务已完成，要让他回去吗？”

西乡望着圆四郎，慎重地思索了一下。

“没关系，既然是公子的家臣，我也正好有事询问，那就一起坐吧。”

西乡仍和往常一样，开门见山地向东湖问起了关于阿部正弘的事情。

“势州侯阿部正弘这个人可以信赖吗？”

西乡口中的“信赖”一词，所代表的含义十分狭窄，仅指能够生死与共之人。东湖明白他的意思，所以回答起来并不为难。

“他是难得的能臣，作为一个能臣是可以信赖的。”

“能臣……既然是难得的能臣，为何无法解决世子问题？”

“因为内阁大臣中有一位难对付的人物，那便是上田侯。”

东湖向圆四郎瞥了一眼，开口答道。上田侯指的是信州上田的松平忠固，俸禄五万八千石。西乡对此感到十分不解，松平忠固属于德川一族，在十八松平[1]中被称做藤井松平，虽说出身名门，但要说连老中首座阿部伊势守正弘都被他压制，无法贯彻自己的意见，实在叫人无法理解。

“也就是说，阿部正弘虽然是能臣，但却无法对抗松平忠固……对吧？”

东湖再次望了圆四郎一眼，脸上露出苦笑。圆四郎点了点头：“此事由我来说吧。上田侯松平忠固出身于姬路的酒井家，该家族享有十五万石的俸禄。”

“原来如此。”

“他是有名的俊才，长兄早亡，只要他在家中，假以时日，就可以名正言顺地继承酒井家。如您所知，酒井家是与井伊家并称的名门望族，代代都有人官至大老[2]。松平忠固虽然未能当上大老，但一直自负自己的血统要优于阿部正弘。他的自负现在之所以能吃得开，皆因幕府中存在着一些旧弊。”

“也就是说，他是阿部大人的政敌喽？”

“不只是阿部大人，他也是老公齐昭大人面前的一大障碍。不仅如此，他现在正强行拉拢井伊家的当家。实际上，他可以算是拥立纪州庆福公子势力的首领。”

此时，西乡却在考虑其他事情。他已调查得知松平忠固出身于酒井家，却没想到他的实力竟然能凌驾于阿部正弘之上。既然如此，就不能大意。西乡担心的是，若主公齐彬和阿部正弘之间的关系被松平忠固发现的话，该如何是好？

如今，萨摩利用地理优势，正在大胆从事非法贸易。西乡的目光从

---

[1]　十八松平，指德川家康时代松平家分家后，仍保持在松平谱系内的松平家系，共十八家。

[2]　大老，官位在老中之上，是幕府临时性最高官职。

圆四郎那张国字脸上滑过，东湖敏感地注意到了他的举动。

“你好像在担心其他什么事情。”

“啊……是的，是有其他事情。”

“你担心阿部大人会不敌松平忠固而下台……没错吧？”

西乡老老实实地点了点头：“对我们来说，萨摩比天下更重要，就是这样……”

九

西乡有时率真得像个孩子，与他人之间完全没有隔阂，东湖认为这是源自西乡的大气。然而，人的价值并非完全由才干大小来决定。只有当他具备了适当宽广长远的目光，他才具备一个领导者的价值。

“我方才说过，势州侯阿部正弘是能臣中的能臣。西乡，你知道能臣与英雄的差别吗？”

“似懂非懂。”

“那你知道天人与地人的差别吗？”

“天人与地人？”这一次，西乡也毫不掩饰自己的惊讶，开口反问道。

“人与人之间是存在这种差别的。”东湖使劲儿地点了点头，“所谓天人，是指神佛派遣到这个世界上的人。所谓地人，是指人与人之间自然生出来的人。”

西乡直勾勾地盯着东湖，仿佛要用眼神将对方吃掉一般。

“地人即普通民众，他们之中最优秀的便是能臣。能臣不是靠侵占别人来滋长自己的杂草，然而他们并非天人，所以也无法完成上天的使命。”

西乡双眼一眨不眨地盯着东湖，仿佛要将他说的每个字全部吸进自己脑中。

东湖微微一笑，继续说：“势州侯阿部正弘大人是地人，而萨州侯岛津齐彬大人则属天人……这样说你能明白吗？”

西乡眨了眨眼，看上去好像明白了，但其实还是不明白。

“天人为了完成自己的使命可以达到忘我境界。萨州侯不会被势州侯的政治生命所左右，你的担心实属多虑，你只需完成自己的使命即可。你若真能看透这一切，萨州侯应该会提拔你的。”

“啊！”西乡不禁低声惊呼。

“你明白了吗？”

“是！我明白了。”

“其实你也是天人……但你的目光必须放得更加长远才行，仅凭为萨摩出力的想法是无法拯救萨摩的，萨摩只是日本中很小的一部分……”

西乡用拳头狠狠敲击自己的大腿，一张大脸变得通红，嘴唇哆嗦不停。

“前厅里好像有人来了。”

东湖面带微笑向圆四郎望去，摆了摆手。然而，西乡此刻已经听不见脚步声和说话声了，他感觉全身热血沸腾。

天人因使命感而行动，地人为了自己的生活和地位而行动。天人忘我，地人……

“老……老师！”西乡已经激动得声音都变了，“那个，天人完成使命后会怎样？”

“到那时，上天就会将其召回。因此，天人是不会对死亡感到迷茫的……”

说着，东湖又摆了摆手，同时站起身来。看来是有人来了，东湖示意西乡稍等片刻，而圆四郎早已走出客厅。

（原来如此……只要视野再宽阔一些，就能够发现自身的使命……）

西乡脑海中浮现出齐彬的面孔。主公齐彬拥有的使命感，比势州侯还要高，自己倘若因目光短浅而不能明白其中的道理，就无法报效主公。西乡感到自己在东湖的点拨之中获益匪浅。

（可是，万一齐彬大人被当作政治交易的诱饵……）

西乡一想到很有这个可能，立刻进入忘我境界，紧随东湖追了出去。他既忘了这里是水户藩邸，也忘了自己正在别人家中做客。东湖站在面向玄关四榻榻米（相当于六至八平方米）大小的迎宾处接待来客，西乡站在他身后，高大的身躯早已沉醉不知所以……

十

西乡在东湖身后呆立片刻后，突然醒觉过来。自己为何会站在这里？他顿时感到十分窘迫，反省着自己不该跟来这里。看到玄关处那位浑身上下光彩夺目的来客，不禁感到更加惊慌失措。

此人并非西乡所熟悉的他藩寄读学生。只见对方身穿绫罗，在如此大热天里却化着精致的浓妆，竟是一位女官。西乡又向一旁望去，只见圆四郎老老实实地坐在地上，倾听来客讲话。

“这位须贺姑娘说一定要来先生这里拜谢，妾身也很关心此事……”

玄关处的女人用一柄小扇子向旁边指了指，西乡也向那边望去，只见在那女人斜后方还站着一名女子。西乡有些慌张，本想像圆四郎一样坐在地上。可是，当他看见那名女子时，西乡仿佛被什么东西紧紧抓住了肠子，一股不可思议的力量令他直挺挺地板直了腰。

一道无法形容的电流从脚尖一直传到太阳穴，那种感觉麻麻的，既甜蜜又悲伤。西乡感到一阵头晕目眩，一声惊呼从自己心底响起。

（从未见过如此美丽的女子……）

正在讲话的女官给人的感觉就像饱经风雨后盛开的牡丹，而站在她身旁的女子看上去是那样娇嫩，宛如清晨的白芙蓉。不，应该说就像在黄昏时看到的海棠。

“别站在门口了，快请进吧……”

“没关系，我们方才已在夫人那里已经待了很久，这就要回去了。”

东湖与牡丹之间的对话断断续续地传入西乡耳中，但西乡已经没有力气去理解这些话的意思了。当然，他也没有意识到，令自己感觉天旋地转之人便是四个月前在水户提到的一色须贺。他若知道那名女子是一色须贺，或许就会想到，那位盛开后的牡丹正是大奥老女杉浦。

（我被这个女子迷住了……）

想必这就是所谓的一见钟情。刚刚令西乡喘不过气来的冲动在他体内尚有余韵，正一波波地袭来。然而，他还是用尽力气离开了玄关。

（唉，这下糟了……）

没错！正是因为那名女子长得太像自己留在故乡的新婚妻子了。前方走廊尽头是一处夕阳掩映下的庭院。西乡望着明亮的庭院，害怕似的闭起眼睛。浮现在他脑海中的并不是新婚妻子的清晰面容，反而是刚刚在玄关见到的那名女子的双眸，令西乡胸口发热，喘息不已。

（不好……这究竟是……）

不论是天人也好，地人也罢，男人一旦被女人吸引，就无论如何都想得到她，一颗心也为之悸动不已。

还是喘不过气。西乡摇了摇头。原以为一见钟情这种事只会发生在别人身上呢，没想到……

“你怎么了？怎么流泪了啊？”

来客似乎已经离去。刚刚回到客厅的东湖轻轻拍打着西乡的肩膀，令西乡感到更加惊慌。

“啊……我……我还有事想向先生请教。”

“对了对了，我们刚才的话还没说完呢。来，这边请。”

“先生你……曾被女人迷住过吗？”

“被女人迷住？”东湖不禁瞪大双眼，停下脚步回头望着西乡，“倒也不是没有……你为何会问这个？”

“我被女人迷住了。不，是我遇见了迷人的女子。我以前从未经历过这种事，自己也感到很不可思议。这种感觉犹如晕眩一般，令我不知所措……不，应该说宛如天降惊雷，令我连呼吸也为之停止。”

看来熟用华丽的辞藻也是天人的一项特权。

十一

在东湖眼中，西乡仿佛忽然化作一阵呼啸苍穹的飓风，狂暴的呼啸声中隐藏着无限可能。

（萨摩英雄非此人莫属！）

有村和桦山随时都能变成火球，但与太阳相比仍然过于渺小。种子的萌发需要燃烧大地的能量，但若想培育下一批萌芽，就必须要有蕴藏甘霖的真正的火热。

西乡的朴实无止无尽，这种朴实可以称得上是至诚的旱苗。东湖将他带回客厅，西乡看起来有很多事要向东湖确认，而东湖似乎也有重要的事拜托西乡。

回到客厅后，东湖先向圆四郎问道。

“平冈，你多久和尊夫人亲热一次？”

“啊？”圆四郎瞪大双眼，脸上的肌肉似乎也突然绷紧。

“好汉说他对女人动情了，我们不是他的好朋友吗？”

“这……”圆四郎顿了顿，然后立刻不怀好意地笑起来。他虽然样貌有些粗野，但毕竟是在江户长大的人，似乎已经理解了东湖的意思。

“啊，十天……我十天不见她就会流鼻血。”

“原来如此，那好汉如此烦躁不安也就不足为奇了。你能不能带他去趟吉原？”东湖表情认真地说着，然后转身面向西乡，“这下明白了吧？东照神君已经特意为你准备了花街柳巷，江户的恋情就在那里做个了结吧。好，我们继续说天人的事情。”

西乡的目光在二人之间来回转了半天，神态很奇怪，而他天雷地火般的恋情已在东湖云淡风轻的几句话中一刀两断。

“既然齐彬大人是天人，他的想法就与地人存在根本上的不同。”东湖以不由分说的气势转移了话题，“话虽如此，也不应忽略地人的想法和计划。齐彬大人关注的并不只是黑船来航，而是包括向英国、俄国、法国在内的世界各国纯粹的求学之心。”

说到这里，西乡也不得不认真听下去。

东湖首先从世界形势说起。印度即将成为英国的直属殖民地；在鸦片战争中战败的清王朝被迫签订了《南京条约》并由此引发内乱（太平天国运动），局势十分混乱；法国占领了越南的三个州，据为自家领土……

在这种情况下，日本若是毫不抵抗地开放国门，很可能就会招致灭亡。当此关头，必须团结一致，增强民族抵抗力量。

水户主张的“攘夷”其实是开国的前提，是不可缺少的精神武装，而萨摩藩主齐彬也持有同样的信念。因此，并非老中首座阿部正弘在鼓动齐彬，而是水户老公和齐彬协力驾驭治世能臣阿部。

“当前局势的重点就集中在将军继嗣问题上，眼前的国难并非病人和孩子所能应对的。必须拥立天人，要让全日本的人民都深刻地意识到局势的危急。然而，在一些小人的煽动下，幕府正朝着错误的方向发展。”

东湖越说越激情洋溢，西乡和圆四郎也在不知不觉间忘记了时间，全神贯注地聆听东湖讲话。

目之所及

一

在庆喜的近侍中根长十郎和大奥老女杉浦的陪同下，一色须贺拜访了驹込和小石川的两座水户藩邸。等到返回一桥家时，太阳已经开始西沉。

庆喜公子的卧房里传出撒网声，听上去如同将小石子撒在榻榻米上，和往常一样，公子在练习撒网。

“今天辛苦你了。累了吧？回去好好休息吧。”

庆喜的义母——上上一代当家德川庆昌[1]的遗孀是一桥家的主人。须贺之前已经以杉浦女佣的身份在大奥度过四个月的时间，所以当来到这座女人很少的宅邸，再加上这位遗孀，她觉得这里仿佛是远离村落的另一个世界。

大奥里充满了女人敏感而错综复杂的感情，正可谓是一个令人心力交瘁的地方。在大奥，不安与恐慌犹如滚滚大浪，绵延不断地涌来，只要稍不小心，就会被冲到海底。

（简直就像大洗町[2]的海一样……）

然而，波浪过后，却也令人怀念。

---

［1］ 德川庆昌（1825—1838），德川家庆五子，一桥德川家第六代当家。

［2］ 大洗町，日本东部太平洋沿岸城市。

（我已经不是水户的村姑了……）

唉，想到自己过去是一个一无所知的村姑，感觉真是不可思议。

须贺今天离开驹込的宅邸后，心中一直在挂念一件事，那便是本寿院夫人与庆喜生母登美宫夫人。本寿院是德川家定将军的生母——美津夫人，可以说是当今大奥的主人。由于将军的生母与老女的下属女佣之间身份相差悬殊，须贺是无法正式拜见本寿院的。但本寿院却主动传唤了她，还特意给杉浦下了密令，命杉浦带须贺前去见她。

“哦，你便是一色家的女儿？”

本寿院比须贺想象中要瘦，身材苗条，眼睛、耳朵和手指都很美，看上去就像一个漂亮的小人偶。

“你父母身体可好？”她似乎将须贺当作名门望族一色山城守的亲生女儿了。本寿院的声音很清澈，身为旗本迹部惣左卫门之女，她似乎还没忘记娘家的门第，言行十分谨慎。须贺只能小心低头回应。

“是……”

“你既然进入一桥家，就要时刻小心，不可疏忽大意。”

听到这句话，一种奇怪的感情在须贺心中油然生起。在柔和清澈的声音深处，抑扬顿挫的声调中，她感受到了一种尖锐。

（难道这是一位孤独不幸的女人……）

后来，当她从杉浦那里得知本寿院话中之义时，不禁打了个寒战。

杉浦说：“这位夫人在这个世界上最讨厌的人是水户老公，她曾厌恶地对德川家定的御用医师伊东宗益说出‘水户老公是大鬼，其子便是小鬼’这样的话。既然这句话可以对宗益讲，她必然也会经常这样对家定将军说。因此，她之所以叫你‘小心’，是因为她还不知道你来自水户，以为你也是旗本的女儿，想借机拉拢你。”

（她生下的将军不是正常人——一切都起因于这一巨大的不幸。真是可怜……）

今天，须贺在驹込的藩邸首次见到了庆喜的生母。老实说，须贺认为她和本寿院属于同一种类型的女人，但给人的感觉却有很大不同，令须贺感到无从捉摸。

当须贺在中根长十郎和杉浦的陪同下拜见登美宫夫人时，登美宫正在书桌前奋笔疾书。长十郎上前叩拜问候，她放下了手中的笔，却并未对他多做理会。

须贺感到惶恐不安。一个让新生儿洗冷水澡的非同寻常的尊贵夫人……这种先入为主的观念自然会影响到她对夫人的看法，但并非仅此而已。须贺感觉登美宫投向自己的目光就像一条沉重的皮鞭抽在身上。

二

“好了，抬起头来吧。”夫人开口说道。她的声音洪亮，非比寻常。那的的确确是女人的声音，但异常清澈响亮。与普通女人的声音相比，就好像敲锣与撞钟之间的差别。

“高野（鹿子）这次要嫁人了，她的夫君是大名家臣久木，你认识吗？”

须贺不记得自己当时是如何回答的。她自然也不会想到鹿子会结婚，同时也不认识她的夫君。

“好像是再婚。”说完，夫人笑了起来。她的笑声又一次震撼了须贺。那笑声明快爽朗，毫无顾忌，简直就同栗原乡老家村妇们的笑声一模一样。

“东湖与久木的关系可谓水火不容，是人们常说的冤家……哈哈……可他还是让自己可爱的妹妹嫁给了他。这样也好，那个高野虽然从不让步，倒或许能在与丈夫争吵的同时做个好妻子。”

说完，夫人再次发出爽朗的笑声。直到此时，须贺才抬起头来看了看她的脸。登美宫夫人与本寿院的年龄相差无几，但一个看上去像太阳，一个像月亮。不，若将登美宫比作满月，本寿院则是悲情危险的新月。

不管怎样，这都与须贺的预想恰恰相反。

本寿院位高权重，难以接近；而本就出身高贵的登美宫夫人却和蔼可亲，平易近人。

“只要尝试交往，人与人就不会成为敌人，纵是有些小敌对，也只是因为不了解对方罢了。毫不妥协的高野就是在各种各样的磨炼中成长起来的吧。”

登美宫的眉眼与庆喜十分相像，丰满的脸颊似乎能滴出水来。她继续说道：“你也不要害怕，好吗？”

自听到这句话那刻起，须贺一直在思考其中可能包含的两种含义。

“不要害怕”，究竟是指不要害怕庆喜呢，还是不要害怕这个社会？在归途中，须贺顺路去东湖家中拜访时，满脑子还都是这个问题。

倘若她指的是不必害怕庆喜公子，那么究竟会是出于什么理由而感到害怕呢？难道是鹿子所说的为公子生孩子一事？可是，须贺早已想清楚这个问题了啊。

按照大奥惯例，与将军发生关系的女官成为“御部屋”[1]后，侍奉就会受到很大程度的限制。男女之间的爱情犹如海潮，潮涨时一切顺利，一旦潮落，寂寞的哀怨会比无缘之人更深切。相反，若能一直保留处子之身，就能以老女身份真正终生侍奉左右。

在此事上，杉浦已介绍得非常仔细。

同样从旗本之家进入大奥，杉浦有一段时间似乎还很羡慕本寿院。自己当初倘若一心想要赢得将军家庆的宠爱，还是有几分机会的……然而，她现在已经不这样想了。家庆将军病故后，作为家定将军的生母，本寿院的处境已是如坐针毡。庆喜公子若在一桥家继承将军之位，本寿院不知自己将何去何从，正是这种不安令她将水户老公比作大鬼。

一旦公子继承将军之位，他的父亲水户老公就会入住江户城，而老公重女色一事在江户也早已家喻户晓。本寿院曾对昔日朋辈杉浦沮丧地说：“我们若能年轻一些该有多好。”若能年轻一些，或许还能讨得老公的欢心……一个可悲女人的肺腑之言。听到这句话，杉浦觉得还是自己

[1] 御部屋，指侍寝将军后生下男孩的女官，拥有自己的房间。

嬴了。

如今，须贺已将她的肺腑之言铭记于心……

三

令须贺牵肠挂肚的还有一件事，便是庆喜是否能够继位将军的问题。在水户时，鹿子曾坚信他会继承将军之位，可此事到现在仍未确定。

不仅仅是鹿子，几乎所有水户的人都已认定此事，按照家庆将军的遗愿，一桥庆喜必将继承将军之位。然而，事实恰恰完全相反。本寿院生下了一个可怜的儿子，这种母性的怜悯之情几乎已将大奥卷入同一个旋涡之中。

“将军的继承人应由将军自己决定。”

正是这种感情导致了大鬼小鬼说法的出现。强烈的反感情绪令她们坚决反对恶鬼和恶鬼之子进入大奥。

从表面来看，本寿院什么也没说。然而，有敏感之人察觉到了本寿院的心意，便编造出“水户打算让一桥庆喜当上世子，然后取代本家地位”这样的恶意谣言。据杉浦称，该谣言的始作俑者是万里小路局[1]和家庆将军的侧室江月院。

江月院是俸禄三万五千石的新宫纪州家付家老[2]水野忠央之妹，又唤雪江夫人。有人说，她其实比本寿院更有智慧，是真正的罪魁祸首。

“不能将本家交给水户的大鬼之流接管，我们纪州的庆福公子血缘关系更近！”

但事实上，雪江夫人只不过是水野忠央的一颗棋子而已。从水野忠央将妹妹送入大奥时起，他就开始精心策划，企图让纪州家的人当上下一代将军。后来，他又将与大老酒井家一脉相承的上田城主松平忠固推

[1] 局，是对将军家地位较高的女官的敬称。

[2] 付家老，幕府监督诸侯的家臣之长。

上了老中的位置，准备工作可谓滴水不漏。

“一桥卿怕是当不上继承人了。”

杉浦颇为遗憾地说出这句话，令须贺心急如焚。然而，须贺目前对此事根本无可奈何，她现在必须全身心投入每天的工作之中，还要尽快熟悉一桥家。

清水、田安、一桥这御三卿的宅邸都位于江户城的西北角，彼此毗邻，享受着将军家族的待遇。有很多事是须贺必须知道的，可这样的事实在多得数不胜数，现在的须贺可以说还仍旧一无所知。她清醒地认识到，现在的自己不再是一个卑微的女佣，从言谈举止到待人接物，她的所作所为无一不关系到一色家的名誉。

（对了，很久没给水户写信了……）

想到此，须贺取出砚台，但随即又摇了摇头。临别之际，杉浦曾叮嘱过她不可将在大奥侍奉的事情外露。想到自己已做好必死之心进入大奥侍奉，须贺不禁苦笑了一下，随即收起砚台。

正当此时，房间的拉门被突然拉开，须贺慌忙跪倒叩拜。开门之人是一桥庆喜，须贺不敢仰头正视他。庆喜将渔网随意地向地上一扔，渔网差点儿挂在须贺的鼻子上。看来他已结束撒网的练习，在去大奥途中顺便过来看看，小姓猪饲胜三郎则站在他的身后。

“你叫须贺吧？”

“是。”

“你可懂得武道？”

“回公子，我多少懂些刀法，但不是很熟练。”

“那你跟圆四郎学学枪法和剑法吧。”庆喜站在原地，用稍显稚嫩的声音说道，“渔网漏了三个洞，你修补一下，明早之前给我。”

说完，他便从俯首听命的须贺身边走开了。

四

听得脚步声远去，须贺方才松了口气，但更多感到的是心有不甘。

为何不能大大方方地抬起头来正视对方呢？

至于修补渔网，须贺有过这方面的经验，自信不成问题。这该不会就是驹込的登美宫夫人所说的“不要害怕”的真实含义吧？想到这里，须贺的双颊立刻变得滚烫，心中充满了期待。是因为这种期待过高，才令自己刚才连头都不敢抬了吧。

即便如此，是否懂得武道这个问题仍然令须贺感到意外。一般来说，高贵的小姐首先要能诵和歌、会抚琴，可庆喜公子却问是否懂得武道。莫非公子认为江户要发生战争？须贺一边思索，一边寻找渔网的破损之处，井上甚三郎送来了针线。

“公子刚刚夸过你，说你似乎很有力气，比较可靠。”

“很有力气吗……”

“没错。你想想‘侍女’两个字怎么写。侍女的‘侍’便是侍卫的‘侍’，并非仅指腿脚勤快的女佣。侍女必须是能做武士的女人。”井上甚三郎带着浓重的水户口音继续说，“公子原本叫你跟随圆四郎学习，现在就由我来训练你吧。每天早晨从八点训练到九点。倘若发生火灾或地震，大奥的巡视工作也由你来负责。外国船队并非没有可能攻至江户，所以你不可放松警惕。”

说完，他又对须贺再三叮嘱，表示这些都是侍女的职责。当然，纵是在夜里，侍女也不能脱衣睡觉，以便发生紧急事件时随时都能一跃而起。

“困也不能睡。”

这个要求听上去根本无法做到，但事实并非如此。据说庆喜少年时住在水户，睡相不好，老公便在枕头两端放了两把剃刀。稍有乱动就会割到脖子。这种方法虽然很残酷，但据说很有效，他现在已经完全习惯，睡着后一动不动，当然也不打鼾，这都是练习的结果，只有这样才能培养一个武将大名的风度和气魄。倘若怀有懈怠轻视之心，便无法统率家臣。

“记住如何在发生地震或火灾时唤醒主公了吗？在紧急情况下，有些区域必须由男人分别把守，大奥里就得由你负责了。”

“是，杉浦老女曾教过我。”

“夫人近期将从京都嫁过来，女官们也会一同随行。京都之风与武家之风素有不同，我家公子自然是武将。你曾受过这方面的严格教育，一定要起到模范作用。”

自庆喜幼时起，井上甚三郎就是他的所谓“男乳母”。因此，井上甚三郎讲话十分严肃，下达命令也是细致入微。

“我记住了。”

将甚三郎送走以后，须贺再次感到浑身发烫。并非因为甚三郎叮嘱她地震或火灾发生时的注意事项，她才会产生这种反应。倘若当真有事发生，她需要做的无非就是跑到室外的走廊里说明火灾的地点，若是地震就向别人询问地震发生时间，然后根据地震时间采取下一步行动。

“四点地震天气晴，五点七点有淫雨，六点八点刮大风，九点地震要闹病。”

人们根据地震时间做好相应的准备，这是尽人皆知的常识，须贺早已将这些谚语牢记于心。然而，甚三郎刚才说一条夫人近期将从京都嫁过来，这实在是须贺未曾想到的，她明明听说庆喜公子与京都一条家已经解除了婚约。

（为何又变成出嫁了呢？）

对十八岁的须贺来说，此事实在有些不可思议，令她非常担心。

五

须贺很是在意庆喜的婚事，第二天早晨，她便向来自水户的随从猪饲胜三郎问及此事。胜三郎的职责是为庆喜梳理月代[1]，修剪头发，整

[1]　月代，日本旧时成年男子的发型样式，将头发由前额两侧开始至头顶部分剃光，使头皮露出呈半月形。

理仪容。这天，胜三郎为公子打理完头发，端着洗脸盆出来倒水，然后顺路来取渔网。

“辛苦你了，没有遗漏之处吧？”胜三郎仔细查看过渔网后，竟然很少见地坐了下来，“感觉如何？还习惯吧？”

“是的，比大奥的差事轻松多了。”

“是吗？我看你个性坚强，有件事想拜托你。”

胜三郎似乎知道水户为何挑选须贺来此：

“夫人嫁过来之后，我便无法继续为公子梳理头发了，因为男人是不能进入大奥的。既然如此，这就变成你的职责了。”

须贺听胜三郎提到出嫁之事，脸顿时变得通红。

“到时可就拜托你了。在危急关头，还希望你能用自己的生命保护公子。”

“啊，是，这个我已经……可是，据我所知……即将嫁过来的那位小姐不是因为生病而解除婚约了吗？难道她的病好了？”

话一出口，须贺立刻感到手足无措。自己问得太越分了，而且她更害怕会被胜三郎呵斥。因为猪饲胜三郎也是从水户挑选出来的年轻人，是危急关头甘愿用自己的生命保护主公的人。

然而，胜三郎并未呵斥须贺。他悄悄环视四周，低声说道：

“我告诉你吧，一条家的小姐可以算是解除婚约……但从某种意义上来说也不算解除婚约。此事非常棘手。”

“可以算解除但又不算解除？”

猪饲胜三郎点了点头，然后再次迅速环视了一下四周。

从胜三郎口中得到的这个秘密在后来对须贺的一生造成了重大影响，令她进退维谷。胜三郎的话中自然带有他自己的解释和想象，但这个秘密的意义早已超越其本身，甚至对之后的日本历史造成了持续性影响。

此时，一桥庆喜在皇宫内外似乎已是万众瞩目，受到不少莫名其妙的关注。他的生母是有栖川亲王家的才女登美宫，在皇宫内口碑极佳，而这位才女的丈夫水户齐昭又是出类拔萃的杰出人物。这二人与此事可谓不无关系。

总之，朝廷和幕府的血脉在水户家融为一体，诞生出一位天资极佳的公子。传说这位公子不仅拥有优雅的风姿，他还有足以匹敌德川家始祖德川家康的武士素养。当一个时代陷入穷途末路之时，人们都会期待英雄的出现，而这种期待更加促进了这种传闻的散播。

于是，人们深信这位被家庆将军选为一桥家养子的公子会成为下一代将军。这也是一桥庆喜首次婚约成立的基础。

江户有一桥庆喜，皇宫有祐宫[1]。

一条家的辉姬做着这样的美梦，心中萌生了爱情的萌芽。

辉姬自然从未见过一桥庆喜。然而，她已在心中将庆喜的风姿描绘得清清楚楚。有栖川亲王家的皇子们或许便是她想象的基础。不久，辉姬的心思便被孝明天皇知晓，并得到了他的许可，只等嫁入一桥家。

因为明治天皇的皇后一条美子正是辉姬的妹妹，不难想象这场婚姻受到了多少期待与祝福。然而，临近出嫁之际，辉姬却生病了——她患上了那年流行的天花。据说，辉姬在病中一直不断地呼唤着庆喜的名字……

六

就在辉姬患上天花的同时，日本也陷入更为激烈的国难旋涡之中。

当时，家庆将军已经开始正式陪同庆喜去猎场狩猎。然而，就在黑船来航引发骚乱期间，他却突然病故。待辉姬痊愈后，将军之位已由家定继任。

辉姬感到十分茫然。虽然保住了性命，可她的美貌已经一去不复返。看来神明并未轻易允许宫廷第一才女与江户第一公子成婚。辉姬见

[1]　祐宫，明治天皇（1852—1912）年幼时的称号。

到自己满脸痘痕，终日坐在备妥的嫁妆中间痛哭不已。

一条家之所以提出解除婚约，便是因为这一出人意料的事态变化。然而，就在一条家提出解除婚约的同时，又出现了将军世子的问题。

家庆在世时并未明确决定此事，而如今又有一股很强的势力从中阻挠，认为家定的世子应该由家定将军自己来决定，此前的一切都不作数。倘若时代容许，或许结局便会就此确定。然而，这个时代无法允许此事发生。

“如今将军病弱无能，若选定一位尚未成年的世子，怎能将全日本的意志团结起来！”

至于提出此看法的先锋是谁，前文已有提及。

“世子只能是一桥庆喜！”正是对这种观点的坚持，使得庆喜与一条家之间本已解除的婚约再度复活。一条家是“五摄家”[1]之一，有担任摄政关白的资格。若能通过联姻巩固与一条家的关系，应该会在世子运动中起到不小的推动作用。

“于是，辉姬改了名字，将以全新面貌出嫁。新名字好像叫美贺小姐。”

听到胜三郎的话，须贺还以为美贺就是辉姬。

（真是可怜，被天花毁了容……）

然而，事实并非如此。辉姬觉得不能让庆喜见到自己这张脸，整日哭泣，最终不得不让另外一个人以辉姬的身份出嫁。听到这里，须贺眼前陷入一片黑暗。

“这……这事公子也知道？”

胜三郎重重地咂了咂舌头：“这种事怎能瞒着主公？”

“说的也是……”

---

［1］　五摄家，藤原氏分家改姓后产生的一条、二条、九条、近卫、鹰司五家，明治维新后被封为公爵。

“我悄悄地告诉了公子，他只是叹了口气，一言不发。仅是这样也让我们觉得公子很可怜，竟然要迎娶替身小姐……于是，水户才将你送到他身边，希望你能全心全意侍奉公子。”

说到这里，胜三郎侧耳听了听钟声，然后便提起渔网，转身离去。

这位替身夫人其实是菊亭卿的女儿，名叫美贺。此次婚约还有一个凄惨的结局。辉姬认为，让美贺代替自己，将本已解除的婚约重新复活，完全是由于一桥家从中斡旋。她一想到这位替身小姐带着为自己精心准备的嫁妆，完全取代了自己嫁入一桥家，便不禁心灰意冷，怨念油生。不久之后，辉姬留下一句诅咒——“怎能让那个女人为公子生儿育女”，之后便自尽而死。

然而此事并未结束，后来，一桥家和后来的千驮谷宗家不断举行祭祀，祈求驱走辉姬的亡灵。这种诅咒对女人来说，可不是一件小事。

看到事情如此复杂，须贺不禁开始动摇。

（公子要迎娶自己不喜欢的人了……）

想到这里，须贺曾经极为坚定的侍奉决心再次发生严重动摇。

七

就在须贺内心开始动摇的当天下午，一桥庆喜再次出现在了须贺面前。

那天，庆喜仍然专心致志地练习撒网。起初是在房间内练习，后来便来到了庭院里。当时，须贺正在巡查内院。从过道到茅房四周种植的紫丁香、黄杨、被修剪成圆形的满天星丛，以及洗手盆的阴影处，只要找好角度，这些地方都可能藏住坏人。以防万一，必须对这些地方进行仔细检查。

正当须贺从及胸高的马醉木后面走向石灯笼的阴影中时，一张圆圆的渔网突然从天而降，落在眼前。慌乱之下，须贺用三根手指撑在石灯笼的底座角上，仰头望向面前的人。

只见庆喜正背光而立，目光直直地俯视着须贺。须贺先是被他的年轻俊朗所吸引，然后猛然间感受到了他浑身散发着的高贵王者气质。在他面前，她会不自禁地感到惶恐不安。

“与其在这小地方……”须贺大胆地开口说道，“不如去海边练习。”

对须贺来说，这是一次斗争。她害怕对方看穿自己的动摇心理，又或许是对登美宫所说的“不要害怕”这句暗示的内心抵抗。

“你是说我这是纸上谈兵？”庆喜出人意料地用清爽的声音回答道，“你也是水户人吧？”

“是……”

“井上老爷子刚才也是这么说的，他说我是在缘木求鱼。”

这时，胜三郎跑了过来，从庆喜手中接过网绳，收起渔网。渔网在地上拖动，压倒了一大片草。须贺看到后下意识地皱起了眉头。庆喜微微一笑道：“胜三郎，网中没揽到鸟吗？”

“是，没罩到。”

“你看，须贺皱眉头呢，她在担心草坪的清理。”

“不，臣认为并非如此……”

这时，庆喜的目光已经从须贺身上移开。他寻找着下一次出手的目标，来到了洗手盆附近。胜三郎单膝跪地，将收起的渔网递给他说道：“任何练习都要坚持到完全领会为止。”

庆喜将渔网缓缓搭在左肩上，小心翼翼地稳住身体。他轻声数着“一、二、三”，然后一下子抛出渔网。

哗啦！

伴随着很大的声响，放在洗手盆里的小青铜观音像和水瓢被罩入网中。那尊观音像高五寸，夫人每次洗手时都会向其中注入清水。

“胜三郎，罩到什么了？”

“罩到了观音大士和水瓢。”

“可以去试试捕鱼了吧？”

“水池里的鲤鱼无处可逃，总是能捕到几条的。”

胜三郎慢吞吞地回答，语气中半带揶揄。庆喜回过头来，目光严厉地望向胜三郎。

“水户的眼光岂能同女人的眼光一样？你此刻的想法却已同须贺一样了。”

“是吗？”

“没错，你去问问圆四郎便知道了。”

胜三郎对这种场面早已见惯不怪。他从网中取出观音像和水瓢，恭恭敬敬地双手合十，重新放回原来的位置。

“竟然罩到了观音大士，不知下一次会罩到什么。”

第二次出手就这样结束了，二人从须贺面前转身离开，最终消失不见。然而，须贺仍保持着原来的姿势，一动未动地目送庆喜背影离开，视线仿佛被冻结了一般。

（这位公子究竟是否真如世人传说的那样出类拔萃呢？）

是否为这位公子舍弃自己的生命……对须贺来说，这绝非一个轻易就能下定决心的事情。

八

坊间传言，一桥庆喜简直就是一位仙气非凡的贵公子，尤其是他的双眸和鼻子，异常清朗，令人神魂颠倒。虽没他未曾刻意表现出盛气凌人的架子，但浑身上下散发着一种压倒性的气场。外在固然很好，但不知他的内在是否能够胜过外表。

（若是胜过，则令人惊叹；若是不如，则令人伤心……）

在来自水户的一干众人之中，对须贺抱有两重不同的期待。有人希望她能安慰庆喜的孤寂心情，因为他要迎娶自己并不喜欢的女子；也有人嘱咐说因为出嫁的是替身小姐，所以绝对不能大意。

而年龄因素使须贺不坚定的心变得更加迷茫。

高贵的弟弟……倘若果真这样想，看起来倒也很像，但庆喜那悠闲舒缓的举止足以令任何一个女子浮想联翩。须贺觉得自己就像庆喜网中可怜的小草。她就这样迷茫着，不经意间在原地站了好久。若非平冈圆四郎来找公子，须贺或许就会站在夕照中独自饮泣。

“须贺，公子呢？”平冈圆四郎匆匆忙忙地从庭院入口的木门中跑了进来，隔着满天星向须贺问道，声音听上去颇为急躁，“你若见到公子，请转告他，就说一会儿要去见松平庆永大人。”

“啊，平冈先生。”须贺下意识地扬声施礼，叫住了圆四郎，才想到自己有事要问，“公子为何只在屋内或庭院里练习撒网呢？”

“啊，是这件事啊……”圆四郎说着便停住了脚步，“怎么，练习撒网的过程中出什么岔子了吗？”

“是的，公子网到了夫人心爱的观世音菩萨。”

“啊，那个洗手盆上的……放心吧，公子不会受到惩罚的。相反，观音大士还会感到高兴呢。”

“高兴？”

“没错。公子本打算亲自检查江户湾，但老中们认为，高贵的公子直接去现场检查防备颇有不妥，所以公子与老中们发生了口角。观音大士知道，公子是那种一旦着迷就不会被任何人阻止的人。”

说完，圆四郎又匆匆忙忙地从右侧的木门跑了出去。

须贺直起身来，凝望着头顶飞过的一群乌鸦，呆呆地立在那里。庆喜刚才无意中说的那句“水户的眼光岂能同女人的眼光一样”在须贺脑中反复浮现。

须贺认为，自己对于“水户”有着相当高等的认知，可在那位贵公子眼中，这却似乎只是“女人的眼光”而已。女人的眼光是什么意思？难道就是说自己目光狭隘、性情急躁或是钻牛角尖？

即便如此，须贺却没想到，公子练习撒网原来是为了亲自探查江户湾防备情况。有人以为，一桥庆喜尚且年轻，在国难当头之际迷恋于自己的兴趣爱好，亦属理所当然。然而，事实却恰恰相反。而且，庆喜清楚地知道，自幕府大臣中挑选出来的近侍平冈圆四郎明白自己的想法，他对此看得分明。

看来猪饲胜三郎尚未看清这一切，竟然还用水池中的鲤鱼容易捕获这样的戏言来捉弄庆喜，所以才触了霉头。当时，公子那精光闪闪的目光，以及强压怒火转身离去时的一瞥……难道那就是真正的“男人的眼光”吗？

须贺的视线不经意间望向脚下，只见自己方才怜爱轻抚过的草儿中，已有三棵脱离泥土，倒在地上。须贺蹲下身子，再次将手掌轻轻按在草地上。

“笨蛋……笨蛋……笨蛋……笨蛋……”

这一次，泪水当真簌簌而落，犹如两道危险的感情喷泉，将须贺心底最深处滚烫的情感倾泻而出。

水户之心，萨摩之火

一

在萨摩的江户藩邸，西乡吉兵卫的存在就像一团空气，悄无声息间融入四周；又如一泓清水，春风细雨般直沁人心。在藩主齐彬大人带来的年轻人中，西乡并无特别强烈的主张，但他也不会歪曲自己的见解来迎合别人。于是，他便在不知不觉间成为众人的中心，拥有了适合自己的地位。

桦山三圆、有川弥九郎、税务官喜三左卫门、有村俊斋等人都是革新派，平素喜欢大发议论，皆非易与之人。然而，他们一致认为西乡也是诚心实意的革新一派，与他的关系十分融洽，甚至连故乡的大久保正助（利通）等人亦是如此。西乡虽然自己也不清楚为何如此，但认为这种情况很难得。恰好藤田东湖不久前提过“天人”之说，他便认为这一切都是受惠于“天人”之故。

（东湖真是一个不可思议之人……）

在西乡的词典里，不可思议之人等同于伟大的人。至于伟大到何种程度，并不需要进行格外烦琐的分析。若想知道当时东湖在西乡心中占据何等地位，最好的办法便是通过西乡自己所写的人物评论去了解：

访东湖先生，有如身沐清泉，纤尘不染，心中安宁，乃至忘却归路。如此讲来恐有自夸之嫌，不足为他人道也。然东湖先生爱吾之心似非作伪，亦常以好汉之名呼之，令吾惶恐万分。诸君皆乃优秀人才，若随齐彬公一同举事，驱逐夷狄、振兴皇国当属轻而易举。至于赞吾难得可靠之言，实属过誉，西乡愧不敢当。水户老公若能振臂高呼，以先锋之势驱逐黑船，吾愿紧随其后，纵令埋骨疆场亦在所不惜。

西乡不会对其他人产生任何猜疑，东湖非常了解这一点。不仅仅是东湖，藩主齐彬也已看清这一点，所以西乡才能成为如同空气和水一般的存在，在同志中间稳居中心地位。

东湖曾有“齐彬大人是天人，阿部大人是地人”这样的评价，西乡一直在思考他的这句话，打算彻底弄清二者之间的差别。除此之外，还有一件事一直隐藏在他魁梧的身躯之中，不断折磨着他，那便是关系到他留在本国的妻子一事。

自从在东湖家的玄关处与须贺有过一面之缘后，妻子的容貌便变得模糊起来。每次想到妻子，浮现在眼前的都是须贺的脸……

（原来自己竟是如此花心之人？）

在很长一段时间里，此事一直拷问着西乡的良心。西乡后来郑重发誓要远离女色，并在芝神明宫立下“一生不犯女色”的誓言，与此事也不无关系。当然，西乡再也没有打听须贺的消息。这既是对妻子的忠贞，也是为了逃避良心的谴责。

时值初秋。当此秋风萧瑟之时，西乡向身在本国的妻子提出了离婚。他知道自己家中负担沉重，生活贫困，是生于伊集院家的妻子所无法忍受的。他这样做既是一种深深的自责，也是出于对妻子的爱怜。

他刚刚做出这个决定，就发生了一件令他气血倒涌之事：齐彬大人中暑卧病在床之时，一个出人意料的噩耗自故乡传来——齐彬六岁的世子虎寿丸因腹泻突然死亡。

西乡无法将此事当作普通病死。再加上齐彬大人也处于生病状态，他坚信这是被上一代藩主齐兴大人的爱妾由良夫人诅咒或下毒所致。

西乡顿时怒火中烧。

二

萨摩曾发生过一场由继嗣问题引发的骚乱，便是著名的“由良骚乱”。

当时的世子是以贤明著称的齐彬大人，而上一代藩主齐兴大人的爱妾由良夫人打算拥立自己的亲生儿子久光，便发动了对齐彬大人的排挤运动。于是，被称做“奸党”的久光拥立派与被称做“正义派”的齐彬拥护派针锋相对，流血斗争持续不断。

西乡和大久保等年轻人自然属于齐彬派。三年前，即嘉永四年（1851年）的2月，众望所归的明君齐彬大人终于继承了岛津家。齐彬当时已是四十三岁，年过不惑。可是，齐彬的儿子却相继夭折，这次死去的世子虎寿丸已是第四个，齐彬膝下再无其他公子可以继承香火。

“四位公子相继死去……”

此事绝不正常。由良夫人曾执意组建密教，人们坚信这次一定是密教的诅咒生效所致。事实上，由良夫人等人确实举行过诅咒的祈祷仪式，人们认为齐彬之子死于诅咒也是不无道理。

西乡对此事同样万分肯定。不，不仅仅是西乡，连江户藩邸内的正义派人士在获知虎寿丸死讯时，也都想到了此诅咒。通过西乡所作书信的开头部分，便可看出他当时是多么震惊，又是多么愤怒：“吾甚悔，每每思之，不觉怒发冲冠。除此奸妇之时已至。”

由良夫人是江户高轮游船船家之女，后来得到当时的萨摩藩主齐兴的宠爱，生下了齐兴的第三个儿子——久光。为了让久光继承岛津家，她便通过诅咒接二连三地杀死了齐彬的儿子……

“都怪齐彬大人在当上继承人时未能扫除奸党。”

西乡先跑到目黑的不动明王[1]面前举行了护摩[2]仪式，然后便每日去芝神明宫参拜。同时，他还派有村俊斋秘密返回本国，铲除奸党。

星星之火，可成燎原之势。西乡知道齐彬的侧室丰夫人已经怀孕，他不间断地参拜神明宫，祈祷丰夫人腹内胎儿务必是男婴。

“我们立誓一生不犯女色，请神明保佑齐彬公能够喜得贵子。”

西乡的想法淳朴诚恳，毫无要诈之心。天地即本源，既然天地孕育出了人类，只要触动天地之心，当可决定生男或是生女。或许是他一生不犯女色的誓言应验，丰夫人果真产下了一名男婴。这名男婴便是哲丸。西乡顿时松了口气，感到由衷喜悦。虽然虎寿丸被诅咒害死，但上天并未抛弃我们……

某日，西乡被齐彬召至病榻前，从齐彬本人口中得知一件事，令他感到难以置信。

“既然虎寿丸已死，我决定将久光之子忠义立为世子。”

西乡不知道自己是否听错。哲丸的诞生已经确保香火未断，自己还沉浸在喜悦中，而主公齐彬却要立仇敌久光的儿子为世子。

“这可不行！神明是不会答应的！这种事……”

西乡以拳捶地，凑到齐彬身前。他大如铜铃的双眼仿佛要燃烧起熊熊大火。

三

齐彬冷冷地俯视着西乡。西乡的激情有时会使他逾越主仆身份。与其说他讲话粗暴无礼，倒不如说是忘乎所以、张口即来。

必须派人返回本国，杀死由良，若不如此，祸根难断！为了断绝祸

[1] 不动明王，指不动尊菩萨，五大明王之一，为佛教密宗八大明王首座，具有在遇到任何困难的时候，均能扫除障难，并不为动摇之意。

[2] 护摩，密教中的一种大法，意即焚烧，火祭。

根，即使赌上自己的性命也在所不惜——在一种如雪崩般摧枯拉朽的力量的推动下，西乡愈发坚持自己的判断。

因此，当齐彬冷冷地反问如上一番正中西乡所想的话时，西乡顿时变得哑口无言。

“没想到连你也会有这种想法。”齐彬倚着病榻旁的扶手，低低叹息道，“你说要斩断祸根，但杀死由良能斩断什么？纵使杀了由良，家父和我们的血缘也不会断绝。你应该知道，我和久光是亲兄弟。久光中有齐彬，齐彬中也有久光。”

“可是……可是那个奸妇……”

“害死虎寿丸的并非由良，而是腹泻之疾。”齐彬失望地摇了摇头，“你虽已来到江户，并常去水户藩邸，但看来尚未真正理解日本的危机。你在考虑问题时必须做到高瞻远瞩。”

“那岛津家怎么办？”

“忠义是我的侄子，他和虎寿丸同为家父的孙儿。总之，继承藩主之位的都是岛津家的香火，你的想法还是太狭隘了。”说到这里，齐彬仿佛忽然想到一件事，向西乡问道，“对了，关于当前的将军世子问题，你认为该立一桥卿还是纪州公子？”

“这还用说，自然是非一桥卿不可！”

“此番决意可经过深思熟虑？”

“啊，这……”西乡顿时感到窘迫不堪。

“你且听好！这两件事其实是一样的。哲丸还是一个婴孩，对日本的危机毫无帮助。事到如今，怎能烦扰于自家纷争？倘若将久光之子立为世子，那么久光也会真心实意地为国效力。岛津家理应团结一心，替日本分忧，你不认为这才是断绝祸根的办法吗？”

“可是……”

“好了，你退下吧。你可以回去重新想一想。我之所以带你来江户，就是希望你能身在岛津而忘却岛津。今天先退下吧。”

齐彬最后的这句话在西乡心中不停回响。

“希望你能身在岛津而忘却岛津……”正因如此，齐彬大人才让自己向水户学习，才会主张必须将一桥庆喜立为将军世子。

西乡老老实实地退了下去，然后便认真思考起来。

从齐彬的角度来看，为了保自己的儿子上位，由良夫人可谓不择手段，他对此人理应极为憎恶。然而，他并未拘泥于此事。西乡对由良恨之入骨，誓杀此女，可齐彬却放过了她……这究竟是出于何种考量？

西乡清楚地感受到了人与人在气量上的差距。这种差距究竟是如何产生的呢？

（西乡为齐彬而活，而齐彬却是为日本而活……）

自从齐彬决定岛津家的世子人选之时起，西乡才开始明白东湖所说“天人”和“地人”间的差别。为齐彬而活也好，为日本而活也好，在忘我献身的至诚本质上，二者之间并无差别，但在作用上却有着天壤之别。

（纵使杀死由良，父子兄弟的血缘关系也不会断绝……）

经过齐彬点拨，西乡觉得自己异常渺小，羞惭得只想找个地缝钻进去。

四

西乡的魁梧身躯在自己眼中已经变得如同米粒般渺小，因为他已开始明白齐彬对自己寄予的厚望。

“希望你能身在岛津而忘却岛津。”

齐彬倘若无此愿望，西乡等人也不会受到提拔。长期以来养成的习惯令臣子们的目光一成不变。这些人眼里只有岛津家，别的什么都看不进去。由良骚乱所导致的十四位重臣剖腹自杀、九人被流放孤岛的悲惨结局，正是这种一成不变的颓废意识的明证。

这种不思进取的小我意识在以幕府为首的各藩内蔓延开来，国难也随之变得愈发严重。

“忘掉岛津家”指的一定是这种传统的狭隘目光。西乡开始逐渐理解这句话的含义了。齐彬之所以起用他们这些年轻人，一定是因为他们还没被传统枷锁束缚。然而西乡虽被选中，目光却未能脱离由良骚乱，这一定令齐彬感到无比失望。

“没想到连你也会有这种想法……”

想到齐彬当时痛心的眼神，西乡立刻感到胸口一阵憋闷。同时，他也明白了齐彬大人接触水户齐昭大人的原因。齐昭大人便是身在德川家而忘掉了德川家，在这一点上，他与齐彬拥有相同的志向。

西乡再次来到齐彬面前，坦率地为自己的错误道歉。

“我已经放开了眼界，对日本和岛津家都有了更高的认识。虽然谈不上高瞻远瞩……但应该已经提高了一个层次。”

然后，他便立刻出发，再次前往位于水户藩邸的东湖家中拜访。当日，东湖正与柳川的池边藤左卫门谈论时事，他照例立刻向池边介绍了西乡。

此二人的谈话始终围绕着海防问题，西乡又体验到了一种不可思议的感动。或许是心之眼已经微开的缘故，在西乡来看，东湖和池边二人似乎就像两座山，孰高孰低一眼便可明了。池边言行彬彬有礼，论点清楚明了，但仍未脱离“地人”窠臼。而东湖看起来则像高耸入云的巍峨山峰。池边谈论的充其量不过是藩政，而东湖谈论的却是天下。按照当时的习惯，藩称为“国”，整个日本称为“天下”，而这两种立场之间的差别是以往的西乡所无法体会的。

（终于明白了！我进步了！）

只有一层一层向高处攀登并有所领悟之人才能理解这种喜悦。

（人就是这样一步步变强的吗……）

带着这种感动，西乡再看二人，只见池边讲话时神经绷得很紧，而东湖则表现得异常轻松愉快。听到东湖说起夷狄之流不足为惧时，西乡不禁笑了起来。在他人听来，这种豪言无异于疯癫狂言，但自东湖口中说出，听起来便是真理。

“非正义者必亡，只不过是三天还是三百年后毁灭的差别罢了。因此，必要时期，我们不需要以人为对手，我们的对手是天。水户眼下就是要以人胜天，为正义而战！生命不是问题，正义才是关键。为了正义前仆后继，这才是攘夷最基本的决心。”

听完东湖的话，池边不禁睁大双眼感叹道："倘若不能以此气概投入海防，大炮就只是铜筒，军舰也不过是木材与铁片镶嵌起来的工艺品而已。"

西乡仿佛第一次被东湖的大气量所触动，不禁立刻问道："可是，关于将军世子的问题……"

五

西乡想说的是——我们藩主齐彬大人已经下定决心应对国难，甚至不惜将久光之子立为世子。还有，水户众人都想知道一桥庆喜做将军继承人之事是否已经确定。

然而，东湖只是简单地摆了摆手。他正同池边谈大炮铸造，所以并未理会西乡，继续和池边的对话。

西乡感到十分沮丧。不过，他毕竟不是那种心浮气躁之人，沮丧的心情并未立刻化作怒气，而是令他思考起来——无视就相当于轻视。

（难道我的想法还很幼稚？）

东湖与池边的谈话终于离开国防，转移到水户修史事业的渊源上来。

"义公从小便已立下修史之志了吗？"

"不，这是东照神君德川家康公的遗志，赖房公加以领会，后来才传给义公——也就是光圀公的。当时，修史事业似乎尚未紧急到需要水户家亲力亲为的程度。"

"我也是第一次听说此事。那么，让他下定决心亲自修史的动机是什么呢？"

"是明历三年（1657年）的一场大火。那年，江户全市尽毁，家康公密令收集的万卷书册也同林罗山的住宅一起，悉数化为灰烬。"

"啊，原来如此……"

"林罗山心痛过度，就此故去。史书可谓是人类的指南，此事令光圀公也极为惊愕，于是立刻命人建成史馆。在二代秀忠公尚在的宽永六年（1629年），水户家领受了小石川七万七千坪[1]的上屋敷，而在明历年间又得到了驹込的中屋敷和向岛小梅藩邸的下屋敷[2]。于是，义公当即迁至驹込的中屋敷内，开始着手修史工作。宽文十二年（1672年），史馆又迁至这里的本宅，便成为今日的彰考馆。自当时至今约二百年间，水户专心致志地不断探寻我们日本的国体和人格，这或许便是大家常说的水户与其他藩的差别吧。”

二人畅谈不止，等到池边藤左卫门告辞，已是黄昏时分。西乡在一旁苦苦等待，直到二人谈话结束。他也十分钦佩水户完成修史大业，但因此就说水户与其他藩不同，他觉得有些过于夸赞。

池边告辞后，东湖命寄读学生端上酒菜。

“齐彬公决定世子人选了？”

“是的……”

西乡刚想趁势说下去，东湖又抬手制止了他：“我今天有事想拜托你。其实，方才同客人讲述明历大火时，我突然感到一阵不安……”

“先生您感到不安？”

“是的。我突然想，倘若发生那场明历大火之时没有义公，日本会变得怎样？”东湖眼神放空，继续说道，“万卷书册惨遭烧毁，林罗山也因此故去。此事令人痛心疾首，其影响也显而易见。人们此前长期的努力，还有本已变得逐渐明朗的道路，在一场大火中化作灰烬……唉，倘若当时听天由命，在黑暗中重新摸索，日本必定早已灭亡。义公实在是一位了不起的人物！”

西乡惊讶地抬头望向东湖。只见东湖脸上肌肉紧绷，双目血红，眼中含泪，与方才那个看上去谈话很愉快的东湖相比，简直就是另外一个人。

---

［1］　坪，日本面积单位，1坪约合3.3平方米。

［2］　上屋敷，上级武士（特别是大名）在江户市内建造的宅邸，平时不供居住；中屋敷，上屋敷的备用房屋；下屋敷，江户大名除本宅以外，在江户近郊建造的房屋。

“好汉啊，你是否能将我的话铭记于心？”

六

“自那以后，日本的土地上既燃起过大火，也发生过地震。倘若明历时没有那位义公，我们现在拿什么面对如此重大的国难？”

东湖话中流露出的悲痛犹如一道电流，瞬间击中西乡，他不禁双手握拳，身体激动地向前探出。

“西乡啊，我方才已将水户与其他藩的不同告诉了客人，希望你也能将此不同铭记于心。”

“水户和其他藩的不同……”

“没错。只有记住这种不同，日本才可能拥有长远的繁荣，这一点至关重要。”

西乡第一次看到东湖如此紧张地讲话。只见东湖双眼含泪，眼睛渐渐布满血丝。

“此两百年间，其他各藩总是仅仅关注自己，只有水户，始终一门心思地关注着整个日本。日本人是怎样的人？经受过怎样的苦难？何时开心、何时流泪……能够将这些问题当作藩内事业来倾力研究的，只有水户。因此，水户藩士与其他藩藩士的眼界有着天壤之别。”

“噢。”

“我这样说并非自满。水户藩的这一事业时常被藩内的斗争所左右，但仍不辍研究。我希望你能了解，为何要如此艰难地把这一事业坚持下来。”

“是，先生请讲。”

东湖顿了顿，这才低声说道：“人不过是血肉之躯，总有一天，我也会倒下的。”

“您是让我将这些话当作遗言来记住吗？”

东湖轻轻点了点头：“希望你勿将此事外传，即使在水户，也只有了解内情的人知道……”

说罢，他从身旁的文件箱内取出一卷类似草稿的东西，递向西乡。

“这是家康公在元和三年（1617年）8月制定的公武法度的副本，是我创作随笔《常陆带》续编时参考的资料之一。”

西乡稍稍俯下头去，轻声阅读。

“任命水户宰相赖房为副将军。将军施政若有失当之处，则由老中诸官员裁定，并由水户家下令，于尾州、纪州两家遴选嗣子并上奏。若两家均无胜任者，则于诸侯之中遴选有治理天下之才干者。此权唯水户家可享。”

西乡不住叹息。此法度可以说是德川家康自己的意愿，是他针对将军任免问题向天皇的请命。

“你明白家康公的意思了吧？”

“看过这个之后就明白了。”

“和你担心的一样，家康公也十分担心德川宗家的行为失当，因此规定，倘若将军施政不当，则依照水户宰相的指示，上奏请求在尾州、纪州两家之内寻找明君继承将军之位。倘若两家均无可以胜任者，便上奏请求在诸侯之中挑选有治理天下器量之人。因此，只有水户家才有准许的权力……”

此事实在出人意料，以至于西乡一时未能完全理解文章的含义。仅仅数行文字，却彻底颠覆了他原有的认识。

在西乡眼中，德川家康不过是一名极其老奸巨猾的武将。根据西乡原有的了解，德川家康坚忍不屈，所以连岛津家都不得不忍气吞声，在他手下卧薪尝胆。

“接下来看看这个吧。这是一份证据，可以证明作为家康公的孙子，义公是如何领会他的心意的。”

东湖又将另一份草稿递给西乡，然后将西乡的酒杯斟满。

七

这份草稿上记有东湖写的注释：“义公语于家臣大久保长三郎长

荣”。

世人皆以尾张、纪州、水户为御三家，实乃误解。三家当为公方家（将军家）、尾州家、纪州家。水户家形如三家之监，以提出意见、监督行迹为己任，以令三家不能为所欲为。切记切记。

读到这里，西乡不得不重头看一遍。尾州、纪州、水户三家称做“御三家”已是人所共知的事实，然而家康将军之孙光圀大人却明确提出否定意见，认为其中有误。看起来，水户甚至主动将自己的地位降低了一级。

“你明白了吗？”东湖用低沉而尖锐的声音说道，“家康公绝非那种行事不顾日本国体的鄙琐之人。在御三家之中加入将军家，这既是家康公本意，也是大义所在。与他的遗言对照即可一清二楚。”

西乡仍在盯着草稿看。

依敕命领受将军之位时，御三家与德川一族之朝臣[1]资格等同。倘若将军施政严重失当，则自“御三家”之中择人取而代之，纵然本家并无嗣子亦同……然水户非属三家之列，另有使命。

“这……”西乡感觉自己一时不能接受，“是说水户家不能成为将军家吗？”

东湖首度露出微笑：“你觉得将军家可以监督自己吗？”

“也就是说……”

“水户家是将军家的大目付[2]。”

[1] 日本天武天皇（631—686）于684年下赐八色姓以区分身份地位，分别是真人、朝臣、宿祢、忌寸、道师、臣、连、稻置。

[2] 大目付，受老中管理，负责监督幕府政务、监察诸大名等。

“这……”

“如此一来，倘若将军施行恶政，为朝廷所不许，水户家便会上奏朝廷，监督将军改正恶政。你方才看到的公武法度的第十四条便是为此拟定的，可谓用意颇深。”

“唔。”

“因此，能够向朝廷上奏的只有水户！”东湖的声音再次变得热情洋溢，目光也变得锐利如刀，“再好的名刀，倘若不加照料，也会生锈。然而，生锈的刀并不会注意到自己身上的锈迹。若因此造成不平不满的奏章从四面八方涌来，届时天下必将陷入混乱……因此，向朝廷上奏将军补任这种重职，只有水户可以担任。这是家康公对水户寄予的厚望。”

不知不觉间，西乡不禁屏住呼吸，转头望向东湖。

“将军家是本家，天皇就是主人，你明白了吧？”东湖又笑了笑，然后举起酒壶，“酒凉了。”

说着，他刚要拍手叫人，忽然又停了下来：“我再多说一句。天下已经进入家康公所担心的时局，但无须多虑。自义公以来，水户这把长刀尚未生锈。”

“我似乎有些明白了。”

“我希望你明白，不，我希望你能让全日本的志士们都明白——神州正气在水户！两百年来，水户一直在磨砺这柄百炼长刀，就是为了知道如何才能完成水户的使命，这便是诸藩与水户在眼界上的差异。好汉啊！水户人绝对不会背叛大家。我们正在蓄积纯粹的气概，争先赴死。义公之心即是水户之心，水户之心即是吾辈之志！”

西乡被东湖的激情所感染，顿时觉得浑身火热。

“这才是真正的好男儿！”西乡觉得，若是此刻仍无法热血沸腾，那简直无异于行尸走肉。

（原来如此，这便是真正的水户士魂吗……）

八

年轻人都渴望那种毫无顾忌的热血沸腾之感。这正是身负大目付重责、以监督将军施政为己任的水户的气概。如今，水户上下尽皆热血沸腾。

（先向水户学习吧！）

想必这便是齐彬的真正用意。西乡难得一见地主动拿过酒壶。

“先生！西乡愿为水户与萨摩牵桥搭线。纵使胯下所骑乃驽马，亦会策马加鞭，为国效力！”

“正合吾辈之志！”东湖终于拿起了酒杯，“我就知道你会有此觉悟，所以才让你明白水户的真正用意。”

“先生！可是……有一件事我不太明白。”

“何事？但说无妨。”

“您方才说，御三家之中并无水户，将军的继承人乃是出自尾、纪两家。既然如此，一桥庆喜却又为何……”

东湖轻轻摇了摇头。

“公武法度里已有规定——两家若无合适嗣子，可以自诸侯之中挑选。而且，庆喜公子已经不是水户的公子，他是第八代将军时期新纳入的宗家一员。当前局势危急，世子非他不可，所以出身不是问题。”

“既然如此，萨摩也将全力支持。”

“那便拜托了，好汉！”

东湖已经恢复常态。想必是看到年轻的西乡已经领会自己的用意，所以才放下心来。西乡体内的激荡之情经久不退。他刚刚自齐彬那里了解到自己的卑微，此刻觉得自己又上升了一个层次。

（原来如此。一直以为德川家康不过是一只老奸巨猾的狐狸，没想到他的用意竟如此深远……）

义公正确领会了他的用意，传承两百年，水户一直在将军左右磨砺不辍，以备万一之需。说到自我磨砺的程度，萨摩绝对是不甘人后的。然而在水户，为了监督将军，防止其因骄傲自满而施行恶政，自义公伊始而开展的修史事业一直激励士魂直至今日，实在是用意深远。当西乡得知此事时，感到无比惊愕。

（原来如此，冰冻三尺，果然非一日之寒。）

水户从时代历史中寻求实证，百炼成钢。与之相比，萨摩的团结方法就显得难登大雅之堂了。萨摩以将幕府当作夙敌来团结人心，志向器量实在狭隘。

（不，并非如此！）

西乡一边喝酒，一边极力为萨摩辩解。萨摩有萨摩自己的优良传统，是为他人所不知的。萨摩有齐彬公那样能够与水户齐昭比肩的明君，这不正是证据吗？

两人一杯接一杯地喝着酒，一时陷入沉默。不知不觉间，周围已是一片昏暗，只有寄读学生端来的烛台上的火苗幻化出一轮柔和的金光。

外面似乎下起了雨，屋檐静静地发出宛若轻叩梳齿的声音。

（今天明白了两个问题……）

西乡心中暗想。其一，虽然还有遗憾，但齐彬的世子已经确定为久光；其二，通过东湖的好意讲解，自己终于明白了水户之心的所在。对了，还有应该怀着身在岛津而忘却岛津的意识，宣扬尊皇攘夷。

（既然如此，下一步该做什么？）

不，还有一件事，便是催促老中首座阿部正弘，让他尽快确立一桥庆喜不可动摇的世子地位，避免幕府内部动荡和势力分裂。

（没错，为了实现这一目的……）

西乡正思考着接下来的事情，东湖打破沉默，开口叮嘱道："好汉啊，就拜托你了！"

东湖的一声"拜托"之中，既有攘夷之事，也有决定将军世子之事。西乡睁大双眼，用力拍了拍胸脯。

田中鹰

一

西乡仍旧感到满腔怒火，但愤怒的指向已经发生了变化。他已然说服自己，将怒火由主公家继嗣问题转向了将军的继嗣问题。

（唯有水户和萨摩方能拯救日本！）

要立足于此信念，继续全心全意地努力，时刻谨记奋斗目标并大步向前，生命的意义便在于此。

（我不会再迷茫，我要开始收集有用情报，做一番事业让你们看看！）

西乡回到三田的下屋敷后，立刻拜托桦山三圆为自己介绍经常出入藩邸的渔夫。萨摩当时在江户共有四座藩邸，齐彬居住的上屋敷位于芝新马场，中屋敷位于幸桥内的芝新堀，下屋敷位于品川高轮，俗称三田宅邸，还有一处藩邸在涩谷。

高轮的三田宅邸占地最广，是他们的根据地。

“哦？你找渔夫干什么？”

“我想钓鱼。”西乡答道。

他此举绝非胡闹，更非游手好闲。最近，一桥庆喜常常从佃岛乘船出海，练习撒网。西乡想借泛舟垂钓之机，在海上拜见庆喜，亲眼看看对方究竟是何等人物。这才是他的真正目的。

“原来如此。也就是说，你只有亲眼见过庆喜公子，才能安心做事？”

“不，我还有更长远的打算。”

“好吧，我知道你做任何事皆全情投入，否则便做不好。”

桦山介绍的渔夫是八山脚下的源兵卫。此人经常出入藩邸，藩士之中倘若有人钓鱼，便由他做船夫，照看船只。此人有一毛病，便是喜欢批评客人钓鱼技巧差，倘若捕到的鱼少，更会毫不留情地呵斥。不过，源兵卫的性格倒是非常直爽。

“那个家伙骂人可是赫赫有名。他喜欢说江户的鱼与萨摩的鱼不同，但你最好不要动气。你若生气，他便会用船桨击水打湿你的衣服，然后再以帮你弄干衣服为由，偷偷将船划到品川的妓院去。”

西乡满口答应，当日便乘船出海。当下正是虾虎鱼的成熟期，鱼儿体型很大。源兵卫精神抖擞地划着船，还说自己带了很多鱼饵，要西乡尽情垂钓。然而，随后的钓鱼却与他平时的习惯大相径庭。源兵卫打算将船划向鱼群聚集之处，西乡却让他靠近佃岛的三十根桩。

“老爷，莫非您想去佃岛捉蚂蚱？”

“不必多言，照办即可。”

“那可不行。我若将船划到无鱼之处，日后有何脸面去见祖师爷？”

“是吗？唉，你说的也不无道理。”

于是，西乡终于将心中的秘密计划告诉了源兵卫，而他此前甚至未曾向桦山提及。现如今，日本倘若无法确立将军的继承人，将会发生比黑船骚乱更为严重的大混乱，而能够决定此事之人正是老中首座阿部正弘。于是，在别人的引荐之下，西乡见到了阿部家的管家山冈卫士。然而，西乡当时却变得面红耳赤。因为自己虽然誓死拥立一桥庆喜，却从未见过其本人。

“我听说过很多关于他的传闻，但仅凭传闻不足为信。他常常从佃岛乘船出海，练习撒网，所以我今天才出来钓鱼。”

西乡对常识可谓一窍不通。他的本意是想拜托源兵卫，却叉开双臂，摆出一副像要打架的姿势。源兵卫十分惊愕，眼睛眨个不停，随后便号啕大哭起来。

二

西乡以为自己说服了对方。既然要拜托对方勉强行事，就一定要表现出最大的诚意，不管对方是渔夫还是武士。因此，看到源兵卫号啕大哭，西乡还以为是自己的至诚感动了上天。

“你明白了？真是不胜感激。”

源兵卫浑身颤抖，自此再也不敢违背西乡之意。这实在不能怪他。对方生有高达六尺的魁梧身躯，双眼如金刚怒目，所言皆为将军、一桥、老中及天下之事。既然如此叉开双臂，分明是一种赤裸裸的威胁。根据他的常识判断，这是武士的最后通牒，不容自己不答应。

于是，他只好细声抱怨了一句“既然您都将这种大事告诉我了……”，随即乖乖划船。事后，源兵卫详细描述了自己当时的恐惧心理。他以为自己惹上了恶人，便只好放弃希望，听话地按照要求划船，而整个行程用了绝不止一天两天。

天亮以后，西乡站在船舱前，下好鱼篓。

“对不住了，我也不知那人何时会出现。”

源兵卫将船划至佃岛的芦苇丛中，西乡便在舱内悠闲地睡觉。如此一来，源兵卫可没的清闲了。西乡鼾声如雷，陷入沉睡。源兵卫下船上了岛，四处打探。既然对方称做庆喜公子，又是将军家的继承人，必定不会是老人。虽然不知究竟是孩童还是成人，但他身边总会有随行之人，而且人数一定不少。

依据此判断，源兵卫边走边问，很快便打听到有一行人符合条件。

那些人的年纪在二十岁左右，看上去像是旗本的贵公子。他们有时骑马而来，有时乘船而至，有时还会在这里换乘去往别处。一行大概有三个人，其中一位年轻武士似乎是主人。在打渔结束后，他偶尔会对着周围的景色飞快地作画。渔夫居住的茅屋、在院内晒小沙丁鱼的妇女等皆可入画。即使有人偷看，他也丝毫不生气。因此，他时常会和孩子们打打招呼，有的孩子也会主动向他问好。

“怕是连西乡老爷也会为我打听到的情报感到惊讶。”

只要源兵卫一叫，西乡便会立刻醒来，但一有空闲，他就继续睡觉。源兵卫不免心生怨气，觉得他既然有时间睡觉，还不如自己上岛走走问问，西乡却不以为然。

“我的长相太惹眼，还是你帮我找吧，感激不尽！”

渐渐地，源兵卫不再害怕西乡。他将船拴在三十根桩上，开始教西乡钓鱼。

西乡老老实实地将鱼线垂入水中。见了他的样子，源兵卫心中想，纵然有鱼咬钩，恐怕他也会默默地看着，不作理会。然而，实际情况却完全超出了源兵卫的预想。西乡虽然身躯魁梧，却拥有格外敏感的神经。鱼漂略有动静，他便会性急地扯起鱼线。

（此人倒似乎是个急性子。）

“老爷，我们不会在这里一直等到冬天吧？”

天空逐渐变得晴朗，四下响起鹰的鸣叫声。这已是第九天了，源兵卫颇为不安地向西乡询问，而西乡当时正在芦苇繁茂处垂钓。突然，一道光芒自西乡眼中闪过，他立刻收起钓竿，口中大喊：“终于等到了，源兵卫！”然后伸出长长的手臂指向远处的海面。

“我们等的人正从海上向这边划来，就是那艘船，肯定没错！好，我们也赶紧划过去！”

“明白。只需将船靠近即可吧？”

“没错，靠近之后撞上去！不用担心，我会道歉的，你就放心地撞吧。”

那条船上果然有一名年轻武士站在船头，双手正在不停地收网。在他身后还有不多不少两名随从。

三

“源兵卫，快！”

西乡心里非常激动。看上去双方相距约四百米。由于水面上毫无遮挡，所以距离或许要更远一些。源兵卫快速而熟练地解开缆绳，将船划出。西乡则站在船头，芦苇丛中不断有水鸟受惊飞出。

对面船上之人正在收网。将网拉起的年轻武士看上去应该是一桥庆喜，一名随从正在从网中拾取猎物。当然，西乡看不见网中的鱼。

“哎？”

西乡自言自语地嘀咕了一声。只见还有一名随从对两人的举动毫不关心，只是望向品川海边新建的炮台，手里不停地记录着什么。

“啊，那是平冈圆四郎。”西乡记得那人的侧脸，“原来如此，这便是来此撒网的另一个目的吧。”

“老爷，您方才说什么？”

“啊，没什么，你就放心划船撞过去吧……不，先别急，我们不需着急。”

“那就慢慢悠悠地划过去好了。”

“哈哈哈……这是花了九天才碰上的大鱼，让这条鱼稍微玩玩也好。”

“您没看错吧？这就是您等的人？”

“没错。喏，这网撒得实在漂亮！”

那名年轻武士第二次将网撒出，只见一个巨大的圆缓缓落在水面之上。

“这是经过苦练的真本事，可不是随便玩玩的！”

源兵卫一边划船，一边赞叹。西乡则愉快地笑了起来。

“是啊，那可不是普通人，他是自高天原[1]降临人间的。”

“高天原？”

“没错。世上有两种人，一种人是自然而然出生的，就像鱼儿会跃上海边礁石那般简单；而另一种人，便是自高天原降临人间的。”

[1] 高天原，日本神话中诸神所居的仙界。

“啊，原来如此。”

“源兵卫，还是不要撞船了，我们不需那样做，还是好好同平冈打声招呼吧。”

“您主意变得够快啊……”

“不好意思。别急，绕着他们慢慢转一圈。既然对面玩得很开心，我们也享受享受。”

只见庆喜身穿带有家徽的和服，袖口高高挽起，外面套着渔夫的短蓑衣。此时此刻，西乡甚至能够看见他左颊上的红晕。正在拾取猎物的是猪饲胜三郎，而平冈圆四郎还在运笔如飞，也不知他是在记录炮台的装备情况，还是在记录自河口所见的陆地的弯曲状况。

“啊！”西乡突然发出一声感叹，因为他注意到，圆四郎在记录的同时，还不时将手伸向船舷，从水里提出什么东西。

一定是在测量水深！佩里当年率领军舰驶入东京湾，造成巨大骚乱。水户老公不仅仔细记下美军军舰情况，连船员的服装也不曾遗漏，而且还将这些资料与萨摩藩主齐彬分享。

（果然不只是在游玩！）

西乡胸中一阵火热，此前所听传闻中的一桥庆喜与眼前的一桥庆喜立刻生动地联系在了一起。据说，庆喜公子拥有常人所不及的智慧和技能。在文学方面，他师从会泽正志斋和青山佩弦斋，其中，会泽止志斋正是风靡于彼时日本万众青年之中的书籍《新论》的著者；在武道方面，他跟随杂贺八次郎学剑、神发流的福地政次郎学用铁炮、大和流的佐野四郎右卫门学习弓箭、新当流的久木直次郎习练马术。对此，东湖曾经大为赞赏，称他在其中任何一项上都已形成自己独特的风格，如今甚至可以称做一桥流。

他所掌握的并非仅仅是武将应该掌握的技艺。奇怪的是，据说他只要看到身边琐事，哪怕是女官和仆人的工作，也非要弄明白才行。这真是一位在求知上无比贪婪的公子啊。

四

从日常生活中咸菜的腌制，到如何研墨、打杂、剃月代、磨剃刀……庆喜公子几乎无所不知。他曾亲自教男仆如何射箭，还曾教马夫如何分辨马的情绪。在这些事情之中，最巧妙的是他还装出一副什么也不懂的样子，在大部分时间保持沉默。西乡听闻此事时，甚至感到有些恐惧。

若非西乡与东湖的交情颇深，他一定会将这些事当作东湖的吹嘘。然而，东湖对人的观察绝非如此肤浅简单。若是不能令人信服，他会明确说出来。他对老中首座阿部正弘的评价便是一个例子。

令齐昭老公和东湖得以结束禁闭、二度出世之人便是阿部正弘。然而，东湖仅仅用了“能臣”一词来评价他。为了随时打开局面，能臣会隐藏自己的真正用意，而利用别人。其实，能臣的局限便在于——他们相信，利用别人的才能是最高深的才能。

东湖便是这种直言不讳之人，而他也毫无顾忌地表露，自己欣赏之人正是一桥庆喜。

“公子绝不仅仅是一个单纯的老实人。”东湖曾如此说道。

庆喜在十一岁时过继到一桥家。当家庆将军第一次见到他时，想将自己喜爱的两三盆盆栽送给年幼的庆喜，于是便将他带至庭院。然后，家庆命人搬来自己最喜爱的二十多盆盆栽，让他从中挑选。

“你喜欢哪个就送给你，说说喜欢哪个？”

然而，庆喜只是目不转睛地打量盆栽和家庆，沉默不语。

“不要拘束，选一个最喜欢的送给你。这个如何？”

“每一个都很好。”

“那其中哪个最好？”

“都很好！”

庆喜认为自己说的是实话，不能歪曲事实，所以无论家庆问多少次，他总是重复同样的回答。最终，家庆将军败下阵来。

“哎呀，我真是被他打败了。他说这些都很好，毫不让步。最后，我不得不将二十几盆全都送给了他。”

据说，家庆一生都在谈论此事，而且说起时总是眯着眼睛，显得十分享受。因此，东湖和齐彬都已下定决心。他们认为，当此风云激荡的时代，将军继嗣非一桥庆喜莫属。而这也在西乡心里点燃了一把火。

眼下，庆喜正灵活地控制着身体，在西乡面前练习撒网。他的撒网技艺精湛至极，与传说中分毫不差，总能抓住关键，甚至连源兵卫也是咂舌不已。

“源兵卫！还是划船冲过去吧，那样更快一些。平冈那家伙根本不向这边看。”

“哎呀哎呀，您又改主意了？”

“这是为了天下，请原谅。”

“好吧，小心站稳，别掉到水里去。”

当时，源兵卫正在距离庆喜七八十米远的地方划着船慢慢绕圈。突然，他掉转船头转向撒网的船，犹如一支飞箭般冲了过去。对面的船夫不禁大吃一惊。

然而，转眼之间，西乡的船已被三艘渔船团团围住。

“来着何人？快快将船停下！”

一艘船破水而来，挡住去路，船上一人举起船桨击向源兵卫的船头。两艘船交叉错开，险些撞在一起。

“干什么！想与我品川源兵卫打架不成？”

“源兵卫，别……别慌！”

西乡安慰着源兵卫，他自己的声音听上去却更加惊慌。

五

西乡不愧是武士，他注意到周围的三艘渔船并非游山玩水的寻常游船，船上钓客的打扮也是形形色色。一艘船上有两名武士模样的男子，年纪在三十岁左右。另一艘船上的人四十岁上下，似乎是商人和二掌柜的样子。最后面一艘船上则是一位头戴宗匠头巾的老者，看上去像是偕同儿女们出来钓鱼的。

然而，这三艘船之间似乎有着紧密联系。一艘船挡住去路，另两艘船分别从左右靠了上来。

"老爷子，如何处理这家伙？"

一名船夫向头戴宗匠头巾的老者征询意见。仔细看去，只见三艘船的船头都插着枝条已成熟的酸浆果，颜色鲜红。

"源兵卫，别慌，慢慢划过去，不要露出敌意。"

西乡一边说着，一边掰着手指查点对方人数。每艘船上都有两名船夫，加上船客共计十三人。令人惊讶的是，这三艘船一将西乡等人围住，庆喜的船便迅速向芝浜方向划去。

西乡焦急地咂了咂嘴："我们并非坏人，只是找那艘船上的人有事……"

"那艘船与我们没关系。"头戴宗匠头巾的老者从容不迫地说道。

"不可能，你们是那艘船的护卫吧？我们不该默不作声地靠近，这是我们不对，不过还请放行。"

"怎么，你还不死心？"

右侧船上的人又用船桨重重敲击了一下。西乡不禁大吃一惊。从对方的动作来看，那人绝非寻常船夫，他应该是乔装打扮的武士，而且对枪的使用颇有心得。

"不要乱来！"头戴宗匠头巾的老者轻声制止，"莫要动粗，问问他们为何要妨碍我们游山玩水。"

经他如此一说，反倒成了源兵卫的船妨碍他们游玩了。

这边兀自纠缠，庆喜的船则早已远去。西乡再也忍耐不住，从船上站起身来。

"喂！平冈——"

西乡刚要挥手，船突然猛烈摇晃起来。他一屁股坐在船上，险些被抛进海里。

“好痛，怎么回事？”源兵卫也跌坐在一旁。

“源兵卫，别慌。”西乡重新坐回船舱，“这些人是庆喜公子的护卫。我们方才突然靠近，他们这才挡住去路。我竟然未曾留意到有护卫，实在是太大意了。我们这就将事情解释清楚，然后赶紧追上去。”

“那可不行！”又有一名船夫高声喝道，“我管你是品川的圆兵卫还是方兵卫，几位大爷是特意从浅草川过来玩的，你们打扰了我们游玩的兴致，休想如此一走了之！”

“且慢。”头戴宗匠头巾的老者挥手制止了船夫的叫嚣，“如此说来，你们认识那艘船上的客人？”

“没错，那艘船上的人是……”

“我没问你他是谁。不过，在这种地方，你突然冲出来，以为想过去就能过去吗？”

“你的意思是不让我们过去？”

“呵呵……当此世道，我们可不能掉以轻心，因为有很多人都想要那人的命。你看，又有五六艘船从佃岛出来观察情况了。”

只见水边的芦苇丛中果真出现一排小船，正向这边划来，而自己此前竟然完全未曾留意。等他再看刑部卿的船，已经遥不可及。西乡终于放弃了追赶的打算。

“原来如此，有这么多人在保护他的安全……真是感激不尽。”

西乡放弃追赶，非常认真地两手扶地跪在船上。

六

头戴宗匠头巾的老者未曾报过名号，但看样子似乎是一位很有头脑的人物。此人究竟是武士，商人，还是市井侠客？总之，他看着对面船上下跪的西乡，似乎十分惊讶。

或许是因为他知道西乡并非庆喜公子的敌人，所以才感到惊讶。

这位老者面貌颇为慈祥，但从眼神和态度来看，绝非普通老人。他看上去浑身是胆，静坐未动，却散发出压倒周围的气势。

西乡当时尚未想到，此人将在不久之后成为他在江户大展身手所不可缺少的一根支柱。然而，他此刻便觉得对方似乎值得信赖。

“实不相瞒，在下曾立下誓言，要誓死保护公子的安全。可是，我甚至尚未见过公子本人，不知他是何等样人……”

西乡刚想继续说下去，头戴宗匠头巾的老者再次出声制止道：“其实，我听说过你的名字。想必你便是那个人没错了。”

“您知道我的名字？”

“是的，你便是水户的藤田东湖先生口中的好汉吧？像你这样体魄的人，是无处藏匿的。”

他轻轻笑了笑，然后便为不知情由就挡住去路一事道歉。如此一来，西乡倒不能一走了之了。这些人既然在庆喜身边担任护卫，便一定掌握着欲加害庆喜的势力的情报。他意识到，若不能问出这些情报，便无法制定对策。

西乡问及此事，那位老者却显得颇感为难。他迅速环视周围众人，说：“天色已晚，我们也该回去了……你若想知道更多，就去找野村休成吧。”

“野村……什么？”

“休成。休是休息的休，成是成就的成，寓意成功。你只需提起数寄屋僧人[1]的组长野村休成，便无人不知。”

“哎呀，真是不胜感激！”

“那我们便告辞了。倘若有缘，后会有期。”

西乡立刻取出随身携带的砚台盒，又从怀中掏出记事簿，在开头写上“数寄屋僧人，组长野村休成”几个字。写完以后，他再次向远去的老者鞠了一躬。

“可恶。好久没让人尝尝当落汤鸡的滋味了，好不容易等到机会，却被这些老鹰坏了计划。”

[1] 数寄屋僧人，江户幕府掌管茶道的官吏。

源兵卫憎恶地解下头上的毛巾，开口问道："老爷，接下来怎么办？"

"你说，我们是打道回府呢，还是再钓一会儿？"

"哎，我这不正问您呢嘛！对了，从明天起就不用来了吧？"

"是的，这些天对不住了。不过，田里的老鹰倒是不错，留下不少的'炸货'呢。"

"是吗？"

"没错。倘若要见公子，去拜托东湖先生或许便成，而刚才那些老鹰留下的'炸货'……"

"我算服了，等了九天就钓到这些所谓的炸货，我源兵卫真是不枉此生了……"

"对啊，还有数寄屋僧人这步棋呢。"

"我们这便回去吧，老爷。"

"那就拜托了。"

于是，西乡的佃岛之行以失败告终。然而，通过头戴宗匠头巾的老者透露出的暗示，西乡得知——当此动荡时期，情报网的复杂程度可谓惊人。有此收获也算不虚此行。

当日，西乡回到宅邸，立刻开始调查野村休成的住所。

七

数寄屋僧人野村休成的宅邸位于下谷之池的边上。在江户，僧人所从事的职位各式各样。从内府杂务、大奥杂役，到协调官、报时官等。其中，数寄屋僧人算是比较高级的职务。组长野村休成享有一百五十袋的俸禄，并与小纳户头[1]朝比奈甲斐守昌寿保持着特殊关

[1]　小纳户头，小纳户的总管。小纳户是江户时代的一种职称，在将军身边负责理发、炊事等琐事。

系。

小纳户头是最能接近将军的职位。那位小纳户头是情报网中的一员，数寄屋僧人自然会对他乖乖顺从。于是，西乡便授意有村俊斋，让他去拜访休成。

西乡的魁梧身材太过惹眼，他打算让有村先去见见对方，然后安排地点让二人会面。然而，俊斋却怒气冲冲地回来了。

“从未见过如此无耻之人！”他拍着膝盖高声说道，“他竟然恬不知耻地说想要情报就掏钱！我问他究竟要多少钱，他却说五两有五两的情报，十两有十两的情报，五十两、一百两，各种级别的情报都有。说完，他还问我要买多少钱的情报。”

越是在关键时期，越要赚钱。明明平日以大名身份耀武扬威，若黑船一来便吓破了胆，连钱都不知道怎么赚，毫无胆量和想法，则天下形势必将变成一团乱麻，所以人人才要拼命赚钱。既然已经下定决心，那便将错就错，只要有了黄白之物，什么都可以卖。

“原来如此，那他知道我们是萨摩人吗？”

“谁知他是否知道。若不自报家门，便连玄关都不让进。这个浑蛋，根本就是一个恶棍！”

“如此反倒容易说话。你可否再去一次？将他带至附近的茶屋即可。”

“我若将他带出来，恐怕会忍不住一刀宰了他。”

“不管他多么讨厌，你作为一个直参[1]，此事万不可如此。”

西乡让怒气冲冲的有村俊斋再次拜见休成，自己则在山下的茶店等待。他打算装作偶然在此遇见，先打探一下对方的意向。

不知有村说了什么，片刻之后，他便将休成带了过来。不止休成一人，还有一名相貌凶恶的男仆随同，对方看来事先早有准备。男仆虽然相貌凶恶，休成却是一表人才。

---

［1］　直参，江户时代直属于将军的武士，俸禄在一万石以下。

“拜会大人，如您所知，在下便是休成。”

他的态度落落大方，声音也很清澈，最引人注目的还是他洁白的肤色，令穿在身上的十德服[1]看起来更显柔美。

西乡脸上也露出温和的笑容：“我想买情报，不惜重金。”

“原来如此。”

“我曾偶遇庆喜公子出海练习撒网，有人暗中在一旁保护。那人在佃岛之畔向我提到了你的名字。”

“庆喜公子练习撒网时的护卫？”

“那人和你一样，也是僧侣，头上的宗匠头巾很适合他。”

“是车善七！”

休成脱口而出，紧皱的眉头也随之舒缓下来。西乡脸上再次露出微笑。

“那人的名字我倒不知，他只是说可以从你这里得到我想要的。不过，三两也好，五两也罢，分别是什么样的情报我不清楚。”

休成喝着涩茶，一言不发。他脸上神色波澜不惊，但心中已然开始计算利害。须臾，他露出一副恶棍嘴脸。

“依目前形势来看，阿部大人不久便会垮台。”

“什么？你说阿部大人要垮台？”

“幕后的准备工作基本已经完成。阿部大人一旦垮台，公子便无法成为将军家的继承人。如何？这个情报想买吗？”

他的声音变得绵软，极其慵懒。

八

随后，四人相继走出茶店。正如有人想要庆喜的命一样，也有人想要休成的命。这附近人多眼杂，休成决定前往汤岛天神境内。在那儿的茶店里，坐在条凳上的都是香客，毫无可疑之人。休成轻声解释着，随

[1] 十德服，古时日本学者、医生、画家等穿的袖根缝死的一种短身和服。

后便先行起身离开茶馆。

西乡和有村跟在后面。他们穿过大街，走上山路，行人开始越来越少。而到了天神境内，虽然当下不合时节，却仍是人山人海，他们混在其中，丝毫不会惹人注意。

“看你们都是像样的武士，我野村休成就相信你们一次。”

几人并肩坐在垫着红毯的条凳上，休成的语气突然一变，他的男仆则同茶店侍女窃窃私语起来。看来这里是他的地盘。

“那我便买你的情报。要将阿部大人赶下台的幕后主使是谁？”

“便是我野村休成。”休成恬不知耻地答道，“我纵观天下大势，在嘉永六年（1853年）6月27日走出了第一步棋。”

“什么？嘉永六年？”

“没错。6月27日正是上一代将军死后的第五天。当时，我煽动了小纳户头朝比奈甲斐守，说倘若让阿部大人继续担任老中首座，当今将军家的继承人便非一桥庆喜莫属。但那样一来，大奥内就会发生严重骚乱。”

“噢，此番煽动是否有效？”

“那是自然！因为我在煽动他时表现得如同真有其事一般。第一个上钩的是溜间诘[1]首座井伊直弼大人。”

“什么？竟是那位彦根的大人？”

“没错。在我煽风点火后不到半年，也就是安政元年（1854年）正月二十八日，井伊大人便给老中松平和泉守大人（乘全、西尾藩主）去了信。这是第一次，第二次则在5月21日，据说当时将军家的继承人已经内定，而井伊大人想一探究竟。我走的并非废棋，如此一来，阿部大人的位置便变得岌岌可危了。”

休成自信地说着，还装模作样地用手指画了个圈。随后，他便露出

---

[1] 溜间，是将军在江户城会见亲藩和大名时，某些亲藩和谱代大名等候的房间，“溜间诘”就是享有这种待遇的大名。

奸诈的笑容，一副公事公办的样子，意思是要收钱了。

西乡和有村震惊不已，甚至无法动怒。一个小小僧人竟能牵动天下命运……如此可笑之事竟然是摆在面前的现实。其实，他们起初还不大相信休成的话，但经过试探后，发现他的话似乎都是事实。

休成将大奥内的感情变化详细记录下来并告知朝比奈甲斐守，甲斐守又将此事透露给了老中松平乘全和松平忠固。这位松平忠固不仅极端厌恶水户，还是一个野心家，想将政权尽收掌中。这恐怕是因为他生在大老世家酒井家的缘故吧。

于是，事事拥护水户老公的阿部正弘便理所当然地成为他的眼中钉。他打算将阿部赶下台，然后将井伊直弼这个乡下人（这是休成当时对直弼的看法）提拔为老中。

休成认为自己走出的这步棋已在松平忠固身上逐渐奏效，井伊开始频频谈到继嗣问题便是明显证据。当然，休成本身并未考虑过必须确立谁。想必这种种事端皆是因为他卑微的奉茶僧人身份一直饱受轻视，所以便产生反叛心理，只图享受恶意的快感。

“总之，溜间诘的那些人已经聚集在一起，一桥庆喜的性命危在旦夕。我看哪，他还是小心为妙。”

说着，他便摆出一副了不起的警世家姿态，皱着眉头，将五两黄金的包裹揣入怀中，咂着嘴离开了汤岛天神境内。

政治动物

一

从古至今，政治斗争似乎皆有其路线规则可循。政治斗争的根源自然在于对立派系的存在，但仅因党派政见相左是绝对不会挑起政治斗争的。政治斗争中充斥着各种狡诈的智慧，更承载着无数肮脏的想法、野心及利害计较，然后才将它的阴暗面呈现在世人面前。

然而，将军继嗣问题毕竟是震撼整个幕末时代的大事件，而点燃其导火索的竟是一个数寄屋僧人，这实在是莫大的讽刺。

这个名叫野村休成的数寄屋僧人心中有着无尽的欲望，而他贪婪的内心就正如一面镜子，异常清晰地映照出人类的丑陋和弱小。

依照惯例，各地诸侯来到江户城后会根据门第的不同，被安排在不同的房间休息等候。其中，最高级别的席位被安置在正房，称做"大廊下"。房间的隔扇上都画有浜松和千鸟。大廊下又分为上房和下房两种房间，上房仅限尾张、纪州和水户三家使用，下房则是几家所谓的元老级大藩与亲藩的席位，如越前的松平、作州津山的松平、加贺的前田、萨摩的岛津等。

低一级的房间称做溜间，即所谓的黑书院。实际上，这里聚集了众多实力派系，经常在此议论内阁。

溜间诘分为常溜和飞溜。常溜是指世世代代享有该资格的大名，目前有彦根的井伊直弼（三十九岁）、会津的松平容保（十九岁）和高松的松平赖胤（四十四岁）三家。而飞溜则是指仅仅担任一代而并不世袭的大名，共有姬路的酒井忠宝（二十五岁）、松山的松平胜善（三十七岁）、桑名的松平定猷（二十岁）、忍的松平忠国（三十九岁）、佐仓的堀田正睦（四十四岁）、小浜的酒井忠义（四十一岁）等九人。他们可算是在溜间奋斗的政界后进。

排在溜间诘之后的是大广间诘。这里分为上、中、下三级，上房的隔扇上画有松鹤，中房画有松雪，下房仅画有松，而里屋的墙上则绘有牡丹。这里便是所谓“国持大名”的聚集地。仙台的伊达、肥后的细川、筑前的黑田、广岛的浅野、长州的毛利、佐贺的锅岛、冈山的池田等大名都会聚在这里。嘉永六年（1853年），广间诘共聚有二十八家大名。

再往下便是帝鉴间，主要供德川家的谱代大名使用。此外，还有高家众[1]使用的雁间、三万石以下的谱代及诘众[2]的嫡子、大番头[3]、两番头[4]等人使用的菊间。

在每种诘间中，依照门第和年龄都分别划分了派系与座次。如今，溜间诘的上座坐着的是井伊直弼。

数寄屋僧人野村休成便是打算在以井伊直弼为上座的溜间诘和老中（内阁）之间挑起战端。用他自己的话来说，便是一边拍手叫好，一边准备“狠赚一笔”。在这种情况下，将军继嗣问题自然便是绝佳的导火索。于是，野村休成首先煽动将军身边的小纳户头朝比奈甲斐守，声称老中首座阿部正弘已与水户老公勾结，正在计划将一桥庆喜送入大奥。倘若能够劝服朝比奈，使他有所行动，便可在大奥和溜间中一举点燃大火。而溜间诘一方的燃料就是蓄积已久的野心与不和，至于大奥一

[1] 高家众，主要负责幕府的仪式典礼及接待天皇使者等。

[2] 诘众，自雁间的谱代大名中挑选出的将军近侍。

[3] 大番头，大番组的总管。大番组由老中统领，战时任先锋，平日负责江户城、大坂城、京都二条城及江户市内的警备工作。

[4] 两番头，书院番头和小姓组番头的合称。

方的火源，仅凭本寿院盲目的爱子之心便已足够。

然而，在上一代将军家庆去世后仅仅五天后，野村休成便走出了这步棋，以致本寿院、纪州藩、井伊直弼甚至松平忠固都蠢蠢欲动，其计划之精准实在令人瞠目结舌。

野村休成如此老谋深算，却将情报轻易提供给了萨摩的西乡，难道仅仅是为了赚钱？事实并非如此。如今，他正在寻找一个机会，一个通过煽动一方令这场政治斗争陷入混战局面的机会……

二

野村休成深知，岛津齐彬和松平庆永都十分钦佩水户老公。而此三人都属于“大廊下诘”，倘若他们结成统一战线，纵是身为内阁阁僚的老中们也无法与之抗衡。可以说，他们拥有内阁成员的任免权。

正因如此，阿部正弘巧妙地利用了水户老公，来削弱其他老中的实力，而此事自然难逃休成法眼。于是，野村休成便向溜间诘的诸位大名描述了纯属子虚乌有的“水户的野心”，点燃了最恶劣的一把火。

“水户正计划将宗家取而代之！”

听闻此事，一直以德川家中流砥柱自居的溜间诘自然无法坐视不理。野村休成认为井伊直弼会最先有所行动，事实正如他所预料。

溜间里聚集着下任内阁的要员，其中既有具备大老资格的井伊和酒井两家，也有堀田正睦之类的前任老中，还有很多人暗藏着成为老中的野心。

其实，水户齐昭强烈主张“尊皇攘夷”的真正用意，是在于振奋国民精神，而这些人却完全无法真正理解。倘若他们真能理解，就该明白这个道理——大廊下诘和溜间诘必须团结一致，以战胜国难为中心来考虑继嗣问题。

简单说来，之所以出现这种各自为政的局面，是因为众人对国难的认识不同，危机感不同。倘若更加深入来看，便是因为所有人都将“本家族的利益”放在首位，而不是像齐昭、齐彬以及庆永一样，将将军继嗣问题作为“日本的头等大事”来对待。

至于阿部正弘等人，用野村休成的话来说，便如同“跳梁小丑”一般。

“此人充其量就是一个穷酸秀才，不断学习到头来只是为了成就功名，而他最后也成功了，仅此而已。在任何人眼里，家定将军都是一个废物。倘若阿部果真具备左右日本命运的责任感，当初家庆将军将家定立为世子之时，他为何不设法阻止？”

（满嘴胡扯为了天下，终究不过是一群靠着蚕食天下活命的“蛆虫”罢了……）

“若想毁掉这个国家，不能只靠这些蛆虫。我等也要不甘人后，从内部瓦解……”这便是一生未能出人头地的情报动物——数寄屋僧人的逻辑。

于是，他便扮演了煽风点火的角色，并疯狂地喊着：“燃烧吧！燃烧吧！”

纪州的付家老水野土佐守忠央等人不仅教唆身在大奥的妹妹江月院（雪江夫人），让她坚决反对立一桥为嗣，还频频煽动彦根藩的井伊直弼。

负责煽动井伊直弼的人，便是其新近起用的国学家长野主膳，井伊直弼格外欣赏此人。根据野村休成的情报，这位长野主膳的真实身份似乎是纪州藩水野一族的私生子。

（不仅将妹妹送入大奥，还让同族的人接近井伊直弼。看来纪州计划此事已非一日两日……）

于是，关键人物水户老公便成了野村休成下一步的煽动对象。

（倘若不能煽动他，大火便无法熊熊燃起！）

就在他苦苦思索计策之际，西乡突然而至，这让野村休成充满了信心。他计划着从西乡接触齐彬，再从齐彬到水户齐昭……不知这位被大奥极度厌恶的暴脾气老头儿会表现出怎样的反应。

在政治的汪洋大海中，有很多怀着狡猾野心与私利的浮游生物。所以，一只政治动物的出现便能轻易加剧局势的动荡。

三

每次与西乡等人会面，野村休成都会死乞白赖地要钱，想要通过这一举动来掩饰自己的政治立场。这种人连他人的蔑视都可以忍受，因而更不会受到混乱灾难的影响。

（唯恐世界不乱的家伙大有人在……）

不管是大奥的感情旋涡也好，血缘关系也罢，野村休成都按照自己的计划，将它们联系到了钱上，而且还从中发现了期待已久的第三把火。

水户齐昭向老中首座阿部正弘提出即刻改革内阁的要求。当时的老中机构，除首座阿部伊势守正弘外，还有其他五位，分别是：

二席　牧野备前守忠雅（长冈藩主）

三席　松平和泉守乘全（西尾藩主）

四席　松平伊贺守忠固（上田藩主）

五席　久世大和守广周（关宿藩主）

六席　内藤纪伊守信亲（村上藩主）

齐昭认为，当此非常时期，二席牧野忠雅和三席松平乘全却毫无见识，一味反对阿部，所以最好将其罢免。但如此一来，四席的松平忠固便会升至阿部正弘的次席。实际上，这才是最麻烦的，所以一定要将此人罢免。

事关朝廷俗论之归向。若仅罢黜二、三席，则四席升至二席，与公同掌大权，互犄之势不保，俗论者必以溜间诘为马首，与吾相抗，则天下事必不济，悔之亦晚矣。是故，齐齐罢黜二、三、四席方为当今上策。若难决断，可以元老之名暂留二席（牧野），但请务必罢黜三、四席。

齐昭写给阿部的信中曾有过如此直白的谏言。写下此信前，齐昭必定已经见过诸位老中，重新了解了他们的政治见识。然而，无论怎样，这些对野村休成来说全无意义。

（只要点燃水户老公这把火，井伊直弼就会烧起来。）

于是，他接近朝比奈，煽动与井伊关系密切的溜间诘。

阿部正弘最终采纳了齐昭的意见，罢免了松平乘全和松平忠固。而关于此二人的继任人选问题，他们自然已经商讨过。齐昭当时指出，当此紧要关头，必须根据人品秉性来遴选后任，所以万万不可让堀田正睦和井伊直弼当上老中。

在他写给阿部的信中提道：

早前所论之樱（堀田正睦）眼光愚昧，难堪大任，其人亦摇摆不定。至于彼奸佞佛徒（井伊直弼），更不可用。

然而，阿部正弘却不知这些事已经逐渐走漏风声。在罢免松平乘全和松平忠固之后，他感到疲惫不堪，仅剩下身为能臣的直觉是清醒的。

（不论如何，还是不能无视溜间诘的意见，仅凭老公一人之言便做出决定终有些不妥……）

井伊家和纪州家的关系、大奥对水户的厌恶、溜间诘的势力等，这些因素在他敏锐的头脑中形成了一个不可遏止的巨大旋涡。他不顾此前一直紧密联系的齐昭的意见，任命堀田正睦为老中，而且座次还在自己之上——他将应对困难局面的责任暂时丢给了堀田。

如此一来，水户的怒火终于燃烧起来。可以说，这场政治斗争已然杀机四起。

四

在齐昭看来，阿部正弘的突然转变是一种莫名其妙的背叛。齐昭阐明意见是为了阿部，提出内阁改革的建议也是为了阿部，可阿部却未同齐昭商量，便将老中首座的位置让给了佐仓的堀田正睦，而且齐昭曾书信忠告过他，认为堀田正睦“眼光愚昧，难堪大任”。

世人对堀田的评价有些过高，称他为“兰癖家”[1]。天保年间堀田曾跟随同藩医生学习荷兰医学，并主张采用西洋的兵制和武器，被认为是出色的开国主义者和进步主义者。然而，若以齐昭的话来说，他不过是一个追求时髦的人。

“只不过是一个崇洋媚外的家伙，未经深思便开国，会轻易成为外国人的饵食。”

齐昭认为堀田对西洋的认识无异于儿戏。对此，他还以各国侵略之事为例，向岛津齐彬和阿部正弘谈及此事。由此说来，阿部应该也清楚堀田的为人。但尽管如此，事情还是落到这步田地。

岛津齐彬对此也十分惊讶。在给松平庆永的信中，他这样写道：

任用堀田着实匪夷所思，当非阿（阿部正弘）牧（牧野忠雅）之意。井（井伊直弼）之辈于溜间诘内之事议者颇众，其中必有蹊跷。

齐彬的推测十分正确。阿部正弘接受水户老公的意见，罢免松平忠固和松平乘全，最为愤怒且感受到危机之人其实是井伊扫部头直弼。

直弼当时已经开始相信将军继承人非纪州的庆福莫属，令他如此相信的人便是国学者长野主膳，而直弼不久前刚刚赐给此人一年三十五石米的俸禄。但此时直弼对此尚未深入了解。当他听闻乘全和忠固二人被罢免老中职位后，只能呆呆地看着自己写给本藩家老西村孙左卫门的信——

若为水户所恶，则善者亦蒙罪；若为其所喜，则恶者亦腾达。（中略）吾心甚惧，如履薄冰。不意况窘一至如斯，结局堪忧。水府（水户）老公亦目光不离吾左右，未知何时祸将至。虽不敢言以天下为

[1] 兰癖家，崇尚并钻研荷兰及西方科学文化知识的学者。

公，然吾亦痛心不已，唯望天下无异变。吾当倾此余生祷于仙琳寺，但愿吾辈诘中仕途无恙。

正如信中所言，井伊直弼当时的心境与水户齐昭和岛津齐彬大相径庭。他坚信齐昭是一个无法与之共事的暴君，并且深感忧惧。他祈祷自己能够顺利当差，甚至亲笔写下自己的法号——“宗观院柳膳觉翁大居士”，郑重其事地将希望寄托于死后的冥福上。

就这样，一只政治动物走出了一步子虚乌有的棋，便令大廊下和溜间之中突然衍生出一群新的政治动物……

日本所面临的危机，正迫切地需要双方友好合作，而井伊直弼却令溜间和大廊下彻底分裂，斗争的旋涡眼看着变得越来越大。与其说原因在于见识不同，倒不如说在于卑微人物的利害计较。

于是，世间杀气弥漫，而一桥庆喜可以说是这场风暴的风眼。此刻，他正在一桥宅邸内，将一只小麻雀放在掌中，频频侧头。

五

庆喜近日已不再练习撒网，或者应该说是被迫停止了练习撒网。

“有人提出郑重忠告，说是‘到处都有刺客潜伏’。”井上甚三郎特地前来通知。

“有人是指……”庆喜刚刚发问，又自己收住了话头。他已知道，忠告一定来自于圆四郎提过的非人头[1]车善七。江户代代非人头皆承“车善七”之名。

当时，江户除南北两町奉行[2]外，还有两个应该称做私设奉行之

[1] 非人头，管理下属“非人”的职务。“非人”是指江户时代从事刑场杂务工作的人。

[2] 奉行，担当行政事务的武士官名。

人。其中一人便是非人头车善七，另一人则是他的首领弹左卫门。

车善七与德川家渊源颇深。在家康之子水户赖房占领常陆之前，车善七兄长的祖先车猛虎一直是名震四方的佐竹家的老臣。佐竹义宣被改封到秋田时，他们中的大多数人都留在了常陆，世世代代居住于此。主公家因受到处罚，被没收了三分之二的领地，但留下来的人毫不畏惧，一心想要收复原有领地。庆长七年（1602年）7月，车猛虎召集有志之士，计划夺回水户城，但事败被捕，在水户城下的吉田台町的一本杉被处以磔刑。连家康都为此人落泪惋惜。

彼时的当家非人头车善七欲替兄报仇，脱身后潜入江户，混入花匠之中以行刺将军秀忠，可谓煞费苦心，但最终仍然被捕。他已做好被处死的心理准备，但秀忠爱其忠义，网开一面。车善七深感大恩，便在浅草后门建造了非人居所，代代负责管理。明治维新之前他一直住在吉原附近，与弹左卫门一同成为了一种特权阶级。

庆喜之所以没有再问，一定是因为他已从圆四郎那里得知车善七正在自己身边秘密保护。

说起来，庆喜几乎从未与他人谈过自己的事，他只是默默地凝视着对方，然后轻轻点头。而在点头时，他便已有自己的决定，而且一旦决定，便不会改变，也不会被他人改变。在水户时，他便已是一个远近闻名的倔犟公子，近来他的倔犟似乎变得愈发明显。

庆喜在停止练习撒网的同时，又养起了小麻雀，动机无人知晓。他拾起从内府屋檐跌落的小麻雀，自己制作饵食，将其养在描有金画的鸟笼里。一有空闲便将麻雀放在掌中，轻抚它的小脑袋，口中还自言自语道："茶色的小帽子真漂亮。"

看到他的举动，女官们都很心痛。她们以为，这种看似颇为寂寞的举动可能与一条家小姐的婚事有关。

一天，刑部卿又在爱抚小麻雀，圆四郎突然而至。

"公子，大致情况已经了解。通过溜间诘向阿部正弘大人施压之人是井伊直弼大人和松平忠固大人。"

"我知道了。"

“不过，他们胆子很小。松平大人强烈推举井伊大人，而后者却对水户老公多有忌惮，最终将兰癖先生（堀田）推上了老中的位置。”

庆喜仍只是轻轻点了点头，然后将小麻雀伸到圆四郎的鼻尖前。

“圆四郎，你曾说过这样一句话：不论如何饲养，小麻雀都不会被人类驯化，对吧？”

“是的，若是乌鸦，很快便可驯服，而麻雀是无论如何都不会被驯服的。”

“这是你的经验之谈？”

“是的，我已经尝试过很多次……”

“原来如此，你放弃了？我是不会放弃的。”

“啊？您的意思是……”

“倘若老鹰不能给一只小麻雀带来安全感，便无法从事政治。须知人的癖好和脾气要比小麻雀大得多。”

庆喜自言自语地说着，抿嘴在小麻雀脸上亲了一口。

六

“公子是想和小麻雀较量一番啊。”片刻之后，圆四郎叹息道。

圆四郎知道，自家公子只要认真钻研起某样事物，就会变得相当着迷，其他事情全都不入眼。

“不，我只是想理解小麻雀的语言而已。”

“小麻雀的语言……”

“没错。必须集中精力倾听，除此之外似乎并无其他办法。”说完，他的脸上露出微笑，“圆四郎，倘若连小鸟的话都无法分辨，又如何分辨人的话呢？”

“所以……公子您才养麻雀？”

“没错。人总是喋喋不休，根本不听其他人在说什么。大家都不知道——先听后说方显成效。我打算先学会听。”

圆四郎慌忙正了正衣襟。

“那么，公子……我刚才所说之事……”

“我现在还没有修炼到家，不好意思，圆四郎。”

“惶……惶恐之至。”

“家父亦是如此。他仅仅关注自己讲的话，却并未看透听话人的心理。因此，难得他提出的高超意见，最终却化作怨气。水户的风气便是过于性急了。”

“您……您究竟是从何时开始考虑此事的？”

“是我在调查义公的事迹时注意到的。你认为义公为何要隐居在西山庄？”

“这个……”

“那是因为佐竹的遗臣们世代居住在太田之畔，且心怀不满，而义公听出了他们的心声。他那样做是为了让佐竹之雀变成安心栖息的常陆之雀。”

“哦……”

“所谓敞开胸襟讲话，并不光指多多发言，还要好好分辨对方的声音。因此，义公才会特意到那些不平之人中间居住。义公胸怀实在是宽广博大，于是我也打算先从分辨小麻雀的声音开始。小麻雀落在我的脚边就是为了让我开始修炼……对吧，‘雀州先生’？”

说到这里，庆喜再次眯起眼睛，亲吻着小麻雀的脸颊。圆四郎不禁大吃一惊。那只小麻雀当初被捉住时还很烦躁不安，此刻却异常安静，纵是庆喜张开手掌，它也不会展翅飞走。

（可是，这也太异想天开了吧……）

圆四郎今日前来，是为了转达老公的重要通知，而非闲谈聊天。在堀田正睦就任老中的同时，大奥和溜间也都迅速倒向了纪州派。倘若置之不理，大廊下和溜间之间很可能会发生正面冲突。

于是，大廊下一方强烈表示，朝廷应该尽快决定将军继嗣。提议的是越前的松平庆永和萨摩的岛津齐彬，而尾张的德川庆恕、土佐的山内丰信等人也都表示赞同。事态或许会有快速进展。老公命人将此事转告一桥卿，并提醒他要多加小心。

然而，庆喜借麻雀论事，一下子使得圆四郎张口结舌。

“圆四郎，你还有什么要说的？”

“是……是的。其实……”

“不必着急。这样吧，你今晚去驹込，将我的信带给家父过目，明早再来回复我即可。”

“公子您要亲自写信？”

“我根本不想继承宗家，我必须将此事清清楚楚地告知家父。”

听到这句话，圆四郎顿时间感到毛骨悚然——公子已经完全看穿了大家的想法。

七

圆四郎一时无语，只是凝视着庆喜。只见他还在给小麻雀喂食，而他的身影在圆四郎眼中显得前所未有的高大。

（公子怕是已经胜过老公了……）

平冈圆四郎绝非胆小之人。他是幕臣冈本近江的四子，从评定所留役[1]这种小角色被提升为庆喜的近侍。藤田东湖评价他“质朴有如古之君子”。简单的一句评价中，其实隐藏着极其复杂的用心。将来要成为庆喜左膀右臂的人，绝对不能过于聪明。倘若看起来像个谋略家，或是像把快刀，是不能任用的。

所谓“质朴有如古之君子”，其中既有训诫意味，也是一种命令，圆四郎已将此话铭记于心。但就本质而言，圆四郎是出类拔萃的聪明人物，拥有无所畏惧的胆略。若非如此，恐怕他也不会被特意提拔到庆喜身边了。

庆喜不久便会成为将军，其身边心腹必须要像齐昭身边的藤田东湖或户田蓬轩、岛津齐彬手下的西乡吉兵卫一样。然而，在如此严格的条

[1] 评定所留役，幕府最高司法机关评定所的仲裁人。

件下才被选中的圆四郎，在见到某一个人时也会不由自主地变得诚惶诚恐，此人便是水户老公齐昭大人。

广博的智慧，暴躁的脾气，高贵的门第——敬畏水户齐昭之人绝非圆四郎一人。即便是几乎天不怕地不怕的松平庆永和岛津齐彬，在圆四郎看来也都震慑于齐昭大人的威严。

当以“参与海防”之名重新参加幕政之时，松平庆永坦率地描述了自己对他的敬畏：“驹込老者英明老练，天下瞩目，若得此人为西城公（意指将军家定）之羽翼，必可令列侯臣服，民心所向，天下太平。”

连岛津齐彬也曾向家庆将军提出过如下一番建议：“熟知异国者，唯水户前中纳言（老公）。臣诚惶诚恐，求将海防之事委任于此人。”

然而，庆喜似乎只是将老公当作普通老头儿而已。他对老公的评价是——言辞过激且不懂倾听。不仅仅是评价，对于齐昭、庆永和齐彬郑重对待的继嗣问题，他也只是随口说“我绝对不当”，还让圆四郎带信给老公。

（此事怎可轻易放弃！）

圆四郎呼吸急促起来。他比庆喜年长五岁，身为近侍的责任感如烈火般在他胸中熊熊燃烧。

“公子，您当真要写信？”

“有何不可？”

“此事我不能置之不理。倘若您此刻给老公写信……”

“家父恐怕会很沮丧。”

“所……所以，能否请您不要写信？”

“不行。依照家父的性格，他不会因沮丧而放弃的。”

“既然如此，您写信岂非也是无用？”

“圆四郎，你也应该再学学如何听别人说话。倘若双方都以激烈的言语对峙，世界只会变得烦乱不堪。问题不是由谁来继承宗家，而是如何方能令日本局势安定下来。圆四郎啊，你可要保持清醒的头脑。”

圆四郎顿时无言以对，不过，他丝毫不想就此作罢。想到自己的责任，他顿时变得冷静异常。

八

“圆四郎已经切身体会到了麻雀的教诲。”

“是吗？那就退下吧。”

“我不退下！”

“哦？你还想再说？好吧，我就听听好了。等我将雀州先生放回笼中后便听你说……好，放回去了，你说吧。”

庆喜转过身来，背对鸟笼，将手放在大腿之上，直直地俯视着圆四郎。圆四郎又一次感到不寒而栗。公子的双眸既不如孩子般天真，也不似大人般复杂。那是一双不可思议的眼睛，其中既没有恐惧和傲慢，也不带笑意和隔阂。

“公子，您并不知道世人对您的期待和渴望。”

“何以见得？”

“世人如今都希望您能改变日本的命运……不，他们都坚信只有您方能改变日本的命运。”

“哦？这让我很是困扰啊。”

“您……您说什么？大家都将自己的性命托付在公子您身上，您却说是困扰？”

“圆四郎。”庆喜的眼神清澈但令人畏惧，“你看到我手中的麻雀了吗？”

“您此言何意……”

“你去试试让那只麻雀发出黄莺的叫声，你觉得它能做到吗？不，应该问，你有信心让它做到吗？”

“这自然无法办到！”

“这个世界上有黄莺也有麻雀，圆四郎，你知道这是为什么吗？”

糟了！圆四郎顿时感到十分后悔。

（不能和此人辩论……）

否则一定会遭到反击。常识对此人行不通，他的逻辑异想天开，有一大堆非常识层面的大道理。

“怎么默不作声，你不知该如何回答吗？”

“求您了！请好好倾听大家对您的期待的心声，不要只是思考如何驳倒我圆四郎。”

“我在听啊。好，我再闭上眼睛听听。但是圆四郎啊，听到了大家的期待又能如何？”

“倘若听到，您就必须做好肩负天下的心理准备。否则，奸佞之人便会狼狈为奸，将日本当作饵食投向夷人之手。”

“奸佞之人？”

“没错。倘若我们不是在有所见识的基础上，堂堂正正地主动打开国门，而是因为害怕夷人的凶器才允许人家强行闯入、被夷人逼至走投无路方才开国，那么日本三日后必亡。所以，大家都将身家性命托付在公子身上，但望您能登高一呼，执掌令旗……求您了！请务必同意……”

突然，圆四郎发现刑部卿已经闭着眼睛睡着了。端坐之时也能睡着，这也是此人的一个特点。

“公子！”

圆四郎终于忍不住重重捶地。若是普通之人，听到这些话，必会探出身子问个究竟，因为这毕竟是关系到自己是否会成为将军的问题。然而，庆喜丝毫没有成为将军的欲望。圆四郎对此感到万分焦急但又无可奈何。

听到有人捶地，庆喜睁开了眼睛。

“哎呀，我睡着了。不好意思，圆四郎。不过，我睡着时也在听呢。”

“睡着时也在听……我圆四郎对您说的这个问题原来就如此没有价值吗？”

“这个嘛……我不知道。”

“公子！求您了！请认真地听我说话！我圆四郎……”

“我知道了。你是不忍心将我的信送给家父过目。”

“哎？”

“这便是你温柔的一面啊。好吧好吧，我会找其他人送信。如何？如此一来，你还认为我没有认真听吗？”

九

圆四郎顿时陷入沉默，庆喜所言不差。如今，老公对待继嗣问题的态度已是相当强硬。而且，周围其他人也都明白上一代将军家庆的用意，纷纷认真对待此问题。此事已经无法罢手。

圆四郎心想，“公子根本不打算当将军”这种残酷的话，如何能对老公说得出口？如此一来，圆四郎也已被卷入这场政治斗争之中。

不，不仅仅是圆四郎。东湖以及经常出入东湖家中的越前家臣和萨摩众人也都早已被卷入这个杀机四伏的旋涡。

既然称之为旋涡，有矛盾激化，自然要有对手。松平忠固和松平乘全的家臣坚信他们的主公是被老公罢免的，都纷纷开始采取报复行动。他们利用井伊直弼笼络了将军家定身边的传话人平冈丹波守道弘，创建了自称“南纪党”的派系。如此一来，一桥庆喜的立场就变得愈发不利。能与家定将军面对面直接交谈之人只有三个——其生母本寿院、乳母歌桥，还有一人便是专门负责传话的平冈丹波守道弘。

纪州付家老水野忠央将自己的一个妹妹嫁给了平冈道弘，即上一代将军家庆的爱妾雪江夫人（也称做阿广）之妹。倘若平冈就某事发表意见说：“关于某某事情将军是这样这样说的……”，事情则可能会就这样一锤定音。因此，水户老公这边也在考虑应对的措施，他们打算从皇宫内打探消息。

（然而，公子竟然开始悠闲地听麻雀的话……）

圆四郎觉得老公真是可怜。

“圆四郎，你明白了吧？若无其他事情，你就退下吧。”

圆四郎咬着嘴唇摇了摇头。虽被公子一语道中心事，以至于无言以对，但圆四郎并不同意他的话。若没有得到公子的认同便离开，这是不忠……庆喜的心犹如一面明镜，圆四郎的这种想法似乎又映在这面镜子之中。

“原来如此。那你就坐下吧，反正也不会妨碍我。”

说着，庆喜静静地转向书桌，似乎要给老公写信。这还是他第一次将自己不想继承宗家的想法向父亲齐昭明示。

对于庆喜的明确态度，有人认为他无欲无求，根本不想当将军，还有很多人认为他是不想做费力不讨好的事情。其实，这些观点都不正确。实际上，此时的庆喜尚无能力应对自己敏锐的洞察力。

他知道，父亲齐昭、东湖、户田蓬轩、圆四郎，以及甚三郎都犯了一个大错误。他之所以能意识到这个错误，可以说是从家定将军悲惨的命运中领悟到的。

家定将军仍住在西之丸时，年幼的庆喜曾满怀希望地去西之丸拜见他。当时，他坚信自己一定会成为家定的世子，因为不仅家庆将军曾亲口提过此事，连一桥家的养母德信院夫人也深信不疑地说过同样的话。

（要成为我父亲的人……会是什么样的人呢？）

在老女万里小路的带领下，他来到家定的卧房，只见房内有一名样貌怪异的少年，在其左右分别坐着两名女官。其中一人是本寿院，另一人是乳母歌桥。

万里小路在一旁禀报“一桥卿拜见”，却无人回答。那名少年正低头对着一个大火盆使劲地吹气。炭火上放着一个带有筛孔的小网，网上正烤着七八粒大豆……

十

“一桥卿拜见，大人。”

万里小路再次说道。然而，那名少年仍旧没有抬头。等到他抬起头来，却抓起筛孔小网，粗暴地扔了出去。他大喊大叫，大发脾气，语速相当快，只能听出是在发脾气的样子。

“是，我知道了。”

歌桥慌忙跑出去，拿回一个砂锅，放在炭火之上。少年浑身颤抖着取出一个紫皱绸的小袋，向砂锅中倒入几颗大豆，然后再次叫喊起来。

“喂！”

歌桥如弹簧般迅速站起身跑出去，拿回一双竹筷子，恭恭敬敬地递给那名少年。少年接过筷子，终于恢复平静。他用竹筷在砂锅底部哗啦哗啦地搅动了两三次，然后说道：“啊，是一桥啊，过来。”

少年的语速极快，很难听懂。他的眼睛呈现清澈的蓝色，微微颤动。不仅是眼睛，他的全身似乎都在不停颤动。

（此人究竟是谁？在西之丸内竟能如此肆意妄为……）

然而，此人正是将要成为自己父亲的家定。

“来，烤好了，吃吧……”

大豆噼噼啪啪响个不停，家定用竹筷夹起一粒，放在庆喜掌中。大豆很烫，烫得皮肤几乎都要烧着了，可庆喜却只是茫然地仰望着对方。不管怎么看，这人也只是一名十五六岁少年的模样。然而，此人其实已经年近三十。

（此人不久便会成为江户城的主人……）

这种感觉与其说是惊讶，倒不如说是恐惧。此后，庆喜又去西之丸拜见过家定两三次。然而，家庆病故后，当家定搬进本丸时，一眼见到庆喜便立刻紧紧抓住歌桥，高声喊道：“鬼……鬼来啦！哇啊，太可怕了！”

当时，庆喜比将要成为自己父亲的人还要高大，对大奥之事也已十分了解。

（无论如何，此人是不会长命的，如此荒唐的情节，究竟出自何人之手？）

彼时，国难当前，举国人民面对问鼎轻重的危急时刻，而一国之主竟然会是这样的一个人……

任何事物，有其伊始，必有终焉。这岂非正是上天的暗示？暗示东照公创立的事业即将宣告结束。

（不，我马上就会成为此人的儿子。）

然而，庆喜当时已被当作是水户恶鬼。

“不能让恶鬼进入大奥！”

重新想来，一切事态皆清晰地铺陈开来。这个可怜人永远停留在孩童的年岁，他需要的是一个合适的玩具。而年仅九岁（安政元年，1854年）的纪州的庆福便恰好成为这个合适的玩具。

而且，朝廷之中已经垒起数道政治围墙，以确保此位置非庆福莫属。纪州的付家老水野忠央、其妹雪江以及妹夫平冈丹波，还有松平忠固、松平乘全，连同厌恶水户的井伊直弼也被邀入其中。拉拢到井伊直弼后，他们才发现，井伊手下的长野主膳不单单是位的国学者，而是出身于纪州的水野。

这些心怀诡谋的男人都是彻头彻尾的政治动物，而这种政治动物可见于在任何朝代。但可笑的是，他们政治理想得以实现所仰仗的，竟是家定、本寿院和歌桥深切的不幸。

自己已被卷入这个可怜的旋涡之中，如何才能冲破艰难险阻？

（是的，我应该另有使命……）

这个想法犹如一把钟槌，不停敲打着一桥庆喜敏锐的洞察力。

十一

至少庆喜与他们不同，他有着高洁的尊严。他从没想过要和这些人一起争霸天下。父亲齐昭自然并非如此卑微之人，然而，他也逐渐被周围的涡流卷入其中，渐渐成为无法脱身的“旋涡中人”。

越前老臣中根雪江近日来过。据他所言，父亲已给松平庆永写信，坦率地表达了自己的决心：

外交非为良策，然受时局所迫，实乃无奈之举。公（庆永）此际风华少年，当成未来栋梁。须知攘夷绝难成功，务请辟通外交和亲之道，届时自当尽心竭力。齐昭年老，虽身背攘夷罪魁之名，至死仍以此为不可废。说与公知。（节选自《春岳公轶事史补》）

这才是父亲齐昭的真正用意。而且，这一意志坚定不移，可用来鼓舞士气，让国人知道夷人的所作所为。但从政治角度来看，这对其自身立场极为不利。一人背负骂名，全力驱除“开国”带给国民的自卑感，从而在人们心中树立“独立”的意识——这正是“水户之心”。

阁僚和溜间诘都只知道夷人先进的文明，却并未看透其可怕的侵略性，这种状况令齐昭焦虑万分。在强烈的“水户精神”的驱动下，齐昭常常训斥这些人。因此，即使起初对他心悦诚服的人，最终也逐渐弃他而去。有些不仅仅是离开，而是开始怨恨甚至憎恶他。

明知不可为而为之。对无法理解其真正用意的人来说，这不过是他的恣意之谈罢了。

连庆喜都极为痛心地感受到了这种变化。倘若不能理解父亲的气概而被迫开国，这个民族恐怕很快就会灭亡。不，纵然人还活着，也不过是在别人殖民地上蓄养的牲畜罢了。

藤田东湖、户田蓬轩、会泽正志斋以及经常与他们来往的佐久间象山、横井小楠、桥本左内、长冈监物（肥后）、西乡吉兵卫、大久保要人（土浦）等人都对此事非常担忧。

然而，对手握政权的高官来说，这些人的话却无比的聒噪。但其罪魁祸首是那水户老公，对此人既不能顶撞，又不能无视。就像眼皮上的脓包，令人烦恼却又无可奈何。

于是，当将军继嗣问题被摆上桌面时，这些人自然不会放过利用此事的机会。

庆喜没有再去理会圆四郎，他很快写好了交给父亲的信。倘若知道庆喜全无继承将军之位的想法，齐昭也不会因此问题而使大廊下与溜间之间的矛盾激化。

（没错。这封信正是给那弯腰烤豆的可怜人的礼物……）

暂且从那个可怜的旋涡之中脱身，应该有其他方法来应对国难。

“时局多变，我们的使命并不在此处……”

庆喜只能这样写——自己并非将军之器，继承一桥家已是力有不逮，绝对无法胜任世子……他一边写，一边感到自己的心情正逐渐变得明朗。

圆四郎还是一动不动地坐着，他不知道庆喜在给谁写信，也不知道信的内容。就在他搁笔的同时，圆四郎忍不住叹息道：

“公子，您果真不愧于倔犟公子之称！您的的确确是这个世界上罕见的倔犟之人。”

庆喜没有做声，只是默默地将信卷起。

一百五十年的愤怒

一

某日夜里，小雨淅沥。已是金秋十月，霜降在即，雨水中带着些许温热的气息。须贺待在自己房间，身上有些汗津津的。

她拨亮油灯，像往常一样将衣带拽到前面，重新系紧。头有点痛，似乎有些发烧，她知道这是为什么。在大奥内任职，绝对不能脱衣，而唯独那一次，她解开了自己的衣带。

令她宽衣解带之人正是如今仍使她感到心烦意乱的庆喜公子……

须贺将衣服下摆理好，以便可以随时起身，便和衣躺进被中，努力让自己睡着。但她知道，自己是睡不着的。

“我也许还会偷偷来找你。”

对须贺来说，这未必是一件坏事。须贺来到一桥家已经一年有余。她见识到了人类命运的明暗是多么的残酷。一桥家的内宫主人已由年近六十的德信院夫人变为一条忠香公卿之女美贺夫人。

不，那位“美贺夫人”并非一条忠香公卿的真正女儿，其女辉姬已然身亡。就在美贺以替身身份嫁入一桥家之前，在须贺身上发生了一件令她终生难忘之事。

自从来到一桥家，须贺便得到了德信院夫人的宠爱。须贺全然不认为这位夫人是个烈性女子，而是一位心地善良的妇人，小心翼翼地顺应着自己的处境。除先代将军的忌日外，每夜她都会小酌片刻，微醺时便会向须贺诉说她的昔日往事。

她讲过不少身为女性的苦楚，但所谈最多的还是庆喜年幼时的故事。

“公子是一位心胸格外豁达大度之人。我要讲的这件事是从他的祖母，水户的瑛想院那里听来的……”

那个故事在须贺心中留下了无比深刻的印象。比照现在的庆喜，须贺完全无法想象他当时的粗野。

当时庆喜还名七郎麿，按照礼节，他要在每月朔日、十五日、二十八日这三天去拜见齐昭的生母——瑛想院，此人本是京都乌丸家之女，但在当时，她已落发为尼，居住在水户城中的翠间。

她是齐昭的生母，脾气相当暴躁，但是非常中意喜欢恶作剧的七郎麿。然而某日，不知何故，年幼的七郎麿突然生气地大喊一句：“你这个老尼姑！”然后蹦起来在她头上狠狠地打了一下。大人们自然无法原谅他如此无礼的举动。齐昭和他的妻子都很愧疚，不仅用大艾绒灼烧七郎麿，还连续几天将他关在房中，以示惩戒。

“不过，瑛想院并没有说七郎麿的坏话。据说，她最后实在看不下去，还代为致歉，实在是一个宽厚之人。”

对此粗暴行为，德信院夫人认为，公子之所以有此举动，也许是以为“自己乃有栖川的孙儿”，所以自视甚高。

一开始听德信院讲庆喜的故事，须贺只是觉得这些事情都十分惊奇。但不久之后，她便明白，一扇门正逐渐向她打开。穿过这扇门，夫人便可以将心中埋藏已久的期待与忧虑坦诚地讲出来。

美贺乃是替身新娘——这是德信院夫人当时最担心的。“全乱了啊……”老妇人微现醉意，她的忧虑仿佛带有一种不可思议的美，将须贺的心深深吸引。

二

德信院夫人与须贺之间的关系已经不能说是简单的交谈对象。她们两个都是善良的女人，德信院夫人必是将不能对任何人讲述的话向须贺倾诉。轻微的醉意更是打破了主仆身份的限制。

“我一开始见到你时就放心了。先将公子托付于你，然后再交给一条家的小姐。如此一来，我也算尽到了责任……可是，所有事情都乱了。”

须贺当时未能完全理解夫人的话，特别是“先将公子托付于你”这句话，须贺不明白是什么意思。

（为何要将公子托付于我？）

等到须贺明白这句话的意思时，顿时感到十分窘迫。纵然现在回想起来，那种感觉仍然十分强烈，令她完全不知所措。

须贺当时似乎已被庆喜迷住，但是他犹如挂在空中那遥不可及的月亮，对月亮的憧憬不过是暂时的感伤，一到白天便会烟消云散，因为太阳将以侍奉主人的名义公然升起。然而，须贺当初被召来的目的可并非如此。德信院夫人曾明确表示，依照当时性教育的顺序和习惯，选择须贺的最初目的是想让她来结束庆喜的童子之身。

其实，即便在市井小民之中，这个习惯也是一种常识。

当嫡男长到十五岁时，为了防止其浪荡成性，祖父通常都会将其带往吉原。这种场合绝对不能让父亲带着去，因为只有祖父才有资格可以让孙儿知道——这不是玩乐，而是人生必学的一课。

祖父会根据身份选择妓院，并备好若干封喜钱，为的是让自己家族的继承人从此告别童子之身。

“拜托了。”

祖父如此说完，便会将孙儿交给合适的妓女。当然，这样做可能会引发今后的浪荡，也可以看做是婚前之夜的狂欢。

出嫁的女方通常会在衣柜底部藏有春宫图。春宫图可以教导新娘房中之事，这也是一种重要的性教科书。

大名在这方面的程序比较烦琐。在迎娶正室之前，要先与“妾”同房，防止男方因无知而犯错。之所以有此考虑，或许是因为女性原本便是被动一方，理应由男方加以引导。

男子可以有多个妾，这在当时是一种不成文的规矩，似乎是基于男性与女性的生理差别。正室自然只有一人。根据当时的记载，除正室外再纳有两名小妾的情况是最常见的。

倘若男方与正室亲爱无间，则除正室生理周期之日外，男方不会与妾同房。而在正室生理周期之日，两名妾就会盛装打扮，轮流服侍主人，然后便黯然退场。这比市井小民的吉原之行还要可悲。

总之，须贺就是在德信院夫人的关照之下，依照这种习惯被选中的女子。然而，情况却在中途发生了变化。

一条家的小姐（辉姬）相貌美丽，脾性温顺，原本是不打算从京都带女伴的。说到女伴，其实还有另一层意思。虽说女伴是以正夫人心腹的身份随同而来，但无法保证不会变成“妾”。其实在很多时候，一开始挑选女伴时便是基于“候补”的考虑。既然女方没有携带女伴，男方自然也会有不同的选择。

“既然如此，就由我们挑选一人吧。”

然而当须贺被选中之时，辉姬却染病在身。而当她的替身嫁过来时，情况却变得完全相反。或许是由于心中不安，替身的美贺带了三名公卿之女，这分明便是“候补”之人。而且，其中还有唐桥（如今称做小町）等地有名的美女。须贺的命运可谓一波三折。

三

“有女伴从京都随同前来。”

如此一来，须贺失去了她应有的作用……或者说，她可能会引发一桥大奥内的纷争。

井上甚三郎是从水户藩陪同庆喜来到一桥家的监护人，不知以他男人的立场是如何判断的。一天，他在亲自指点须贺如何使用长刀后，如此说道：

“须贺，你是聪明之人，应该明白了吧？”

须贺以为他是指长刀的用法，便天真地答道：“是的，我已经明白了。”

“是吗？那我就放心了。总之，你若同公子发生关系，一定会变成‘御部屋’。就算公子有此命令，你也千万不能接受。”

须贺抬头仰望甚三郎。甚三郎看见她那双充满惊讶的眼眸，慌忙补充道：“变成‘御部屋’后就无法真正侍奉公子。你必须不负水户众人的期待，保住处子之身，否则便无法以女官之长的身份一生侍奉公子。”

须贺呼吸顿时为之一窒。甚三郎此时所言与以前完全相反。他根据事态的变化，告诉须贺她不可得到公子的宠爱……

（这是怎么回事？）

须贺当时已经爱上了庆喜。倘若她是一名软弱的女子，恐怕早已被甚三郎看穿。然而，须贺虽然感到天旋地转，内心十分狼狈，但外表却并未表现出丝毫破绽。

“你明白了吗？公子身边必须有一名像你这样的女子，能够为了公子而一生保留处子之身。好了，我告辞了。”

甚三郎最终并未发现须贺的秘密。他径直转过身去，大步走向明媚春日午后的草坪，穿过柴扉消失不见。

须贺心里开始感到一阵混乱。

（事情竟会变成这样，这究竟是谁的过错……）

遇到事情，首先分析过错与责任，然后便极度憎恶应该负责的人和已经发生的事实——这是水户的风气。她的师傅鹿子便是如此，甚三郎和胜三郎等人也都有此癖习。

须贺起初认为这是德信院的错。德信院不该给自己暗示，若非如此，自己也不会爱上公子。然而，事实并非如此。德信院的话中虽有将公子托付给须贺之意，但更多的却是对所有事情皆已混乱的慨叹。不，应该说更多的是对须贺是否会拒绝公子的一种担忧。

虽说自己完全没想这样，但须贺隐约觉得自己仿佛成了主动邀请的一方。

（那究竟应该由谁来承担责任？）

须贺并未意识到这个问题已经关系到自己的命运。替身小姐入嫁之日已逐渐临近，现在的她只能不停地悲叹自己的渺小。

须贺第二次将庆喜迎入自己的卧房是在梦中，那是一个悲哀的梦。须贺在梦中紧紧伏在庆喜胸口哭泣不已。那时，她所感受到的并不是悲伤，而是一种无可言状的恍惚引发了她发自心底的呜咽。

正因如此，她醒来后才愈发觉得自己无比悲哀。

（与其苦苦挣扎，还不如一死了之……）

这种想法已经多次令她感到恐惧。总之，既没有憎恨与责备的对象，也无处追究责任，这种困惑感就好像一个人被抛入无依无靠的虚无之中，只剩下孤独的哀愁。而在这种孤独之中，须贺又从德信院那里听说了另一个女人的巨大悲剧。

四

悲剧的起因便是最初的婚约者——一条辉姬的自杀事件，这一事件也直接导致了替身小姐的出嫁。

“女人天生便是容易悲伤的动物。”

这天夜里，德信院依旧在饮酒小酌，她看上去很是沉闷，说话毫不起劲，脸色也是无精打采，偶尔还会用念珠在酒杯上方和自己的肩膀上轻拂。

“您这是在做什么？”

“哦，我在驱赶鬼魂。可不是活人的诅咒哦，而是死者的冤魂。”德信院有些害怕地环视了一下四周，口中念道“南无阿弥陀佛”。

辉姬因染天花而在脸上留下了丑陋的疤痕，只好暂且同意寻找替身小姐出嫁。然而，她早已在心中将一桥庆喜当作自己的“天赐良人”。可不料，对方只是简单答复两次后便同意了“替身”之事，这令辉姬改变了心意。她当即表示，倘若庆喜是如此冷漠之 ，那自己便是丑了，也要嫁给他。然而，备妥的家具当时已经转给替身小姐，辉姬这边的准备工作早已中止。

辉姬的替身是菊亭家的小姐，她已成为一条家的养女，改名美贺。万事已备，只待出发。

一条家乃是“五摄家”之一，具备担任摄政关白的资格。菊亭家则是西园寺的分支，属于清华家，最高官职只能做到大臣。在京都，这两个家族门第有着天壤之别。正因如此，辉姬才会自视甚高，胡思乱想地以为庆喜是嫌弃自己相貌丑陋，所以才会移情于菊亭小姐。这必定令她无法忍受。

庆喜自然毫不知情。然而，辉姬却自顾自地产生了误解。

事实上，京都中关于刑部卿的传闻已经达到无以复加的地步。众人说他是位于仙洞御所（太上皇居所）对面的有栖川宫家的孙儿，相貌英俊，才气勃发，更是注定会成为征夷大将军。他名声如此响亮，令无数女子倾心，可以称得上是“当代的光源氏”[1]。

深闺之中的辉姬深深地爱上了这位传说中的人物，甚至连嫁妆都已备妥，不料却突然生了病。倘若辉姬理解生命的意义，她必定从一开始便不会想到自杀。辉姬或许以为自己已经没救了，所以才会放弃。虽然脸上留下了丑陋的麻子，但她最终还是保住了性命。

“恋恋不舍是女子本性，却没想到她竟会在自杀前诅咒美贺。”

辉姬自杀之前，夜夜都在枕边诅咒美贺无法为一桥家生儿育女，而德信院则认为她的鬼魂已经在一桥家出现。

须贺当时还未对辉姬感到同情，因为公子对此是毫不知情的。须贺以为，因为误解而出现的鬼魂应该是可以劝退的。然而，须贺自己却也见到了辉姬的鬼魂。鬼魂脸上也有浅浅的麻子，一头黑发散发着兰麝与死尸的味道。她轻飘飘地穿过拉门，来到须贺枕边站住。

“……你也爱着他吗……”鬼魂连声音都与替身小姐美贺一模一样，一口软腻清纯的京都口音，“你的脸不久也会……”鬼魂指了指自己的脸，微微一笑，然后便飘然远去。鬼魂站过的榻榻米早已变得湿漉漉一片。从那以后，须贺便一直发着低烧。她总觉得自己脸上也会生满天花，留下像辉姬一样的麻子。

[1] 光源氏，《源氏物语》主人公，貌美英俊，才华横溢，受到众多女性的倾慕。

如今，须贺终于理解了鬼魂的心情。她觉得女子死后都会变成鬼魂。一想到自己变成鬼魂后站在美贺与庆喜的卧房里的情景，须贺便会感到毛骨悚然。

（爱情真是可怕……）

而且，须贺根本无法摆脱这种可怕而执著的爱情。这或许便是纠缠女子一生的可悲罪业。

她再次将衣带拽到前面，躺在床上。远远传来报时的钟声，已是亥时。

安政二年（1855年）10月2日，屋檐外，淅淅沥沥的小雨依旧下个不停。

五

《武江年表》10月2日一行所记如下：

细雨霏霏，至夜方歇，天色朦胧，亥二时（二十二点），大地骤然剧震，须臾之间亭阁高墙尽皆倾覆……

这便是世人所说的安政大地震。

须贺踢开被子，飞身而起，径直来到走廊，向德信院的卧房跑去。

“地震了！现在是亥时！”须贺在奔跑中数次踩到裙摆摔倒，但无论摔倒多少次，她都飞快地爬起继续奔走。当她跑到庆喜与美贺的卧房外时，手中的蜡烛突然熄灭，须贺再次摔倒，手肘和膝盖都擦破了。

“报告公子！地震了！现在是亥时……”二人似乎在酣睡中，房内毫无动静。

“公子！地震了！现在是亥时！”

“啊，真是地震了！”屋内传来有些混沌的声音。

须贺确认房内之人已醒，便立刻向德信院的卧房跑去。屋檐上的瓦片纷纷掉落。须贺一边奔跑，一边高声唤醒众人。

"大家快起来！地震啦！"

在这场导致二十余万人死亡的安政大地震同时导致了严重的火灾。这是继元禄十六年（1703年）以来的最大地震，而那已经是一百五十二年前的事了。人们都沉溺于人事纷争与乱世旋涡之中，竟将大自然可怕的愤怒完全抛之脑后。大地不停剧震，仿佛要趁乱而攻。直至黎明时分，大地剧震三十余次。每震动一次，就会有更多的地方发生火灾，江户市瞬间化作阿鼻地狱。

从一桥家望去，火势最先起于小川町，随后，猿乐町的天空也变得一片赤红。发生地震之时，人们刚刚入睡不久，此刻都纷纷跑上街道，东逃西窜，更添混乱。

天空还在似有若无地飘落细雨，雨丝在火光映照下瞬间变得一片赤红。须贺手持长刀，站在庭院之中。远处的声响在天地之间回荡，令人恍然间以为世界末日已至。

人的叫嚷、大地的呻吟，就连眼前壕沟之中的积水，也映照出小川町那边的火势，呈现出一副燃烧的疯狂景象。

须贺再次返回内院。她看到庆喜正与美贺一起避难，便带着德信院跑过去，然后方才注意到猪饲胜三郎。只见胜三郎身上已经穿好救火服装，手捧大刀，站在庆喜的折凳前。

"德信院夫人就拜托你了。"

"明白。"

须贺将德信院交给胜三郎，然后胡乱地朝一个方向地奔了出去，简直就像在逃亡。火焰熊熊燃烧，这边的天空正在噼啪作响。若是白天，必能看见从猿乐町升起的滚滚浓烟正席卷而来。须贺不顾一切地奔跑着，直至跑到一面墙前，她突然浑身一凛，慌忙架好手中的长刀。

她看到了隐藏在墙角暗处的鬼魂。千真万确，那正是辉姬的鬼魂……

"须贺，你要去哪儿？"

"我……"

"不行，你还是不行……"

火星自头顶纷纷洒落，须贺感到脸和手脚渐渐被灼热，火龙似乎已经窜到墙的这一边。直至此时须贺才猛然间意识到自己为何会跑到这种地方——那是因为要避开庆喜。她不想看见公子紧紧牵着美贺的手在庭院里奔跑的样子。

（是啊，我的心里还是放不下……）

想到这里，须贺紧张的心立刻松弛下来。她顿时感到浑身无力，意识也飘向那片赤红的天空。她摇摇晃晃地走出两三步后，抱着长刀晕倒在纷纷洒落的尘土之中。

六

当天夜里，江户小石川的水户藩邸藤田东湖的大杂院里，坐着四位傍晚时分来访的客人。其中一人正是前日宴请东湖的安井息轩。

地震发生之前不久，息轩已在淅沥细雨之中告辞离去。前夜，他曾于自家之中宴请东湖，发现东湖一反常态，无精打采。息轩以为他旧病复发，今日便特地前来探望。

前夜，息轩家中会聚了藤森弘庵、盐谷宕阴、芳野金陵等众多学者。东湖当时正在制订一个庞大的计划，便是将同年2月建成的幕府讲武所[1]变成全新的“文武大学”，目的在于教育以将军子嗣为首的旗本子弟。当夜，众人都期待东湖能够大谈自己在这件事上的计划，可东湖却显得毫无兴致。

虽然为东湖准备了他喜爱的荞麦面，可东湖几乎一口未动，之后下围棋也是每盘皆输。而且，他还出人意料地说了一个小笑话，讨得众人微微一笑，然后便告辞离去。

“那是三天前的事。当日，我正骑马前往染井，在走下驹込白山山坡之时，为了清洗马口，便去了某位朋友家中。该家主人是位相面先生，他看到我的脸后，说：‘先生，请原谅我的失礼，我看您将有杀身之

---

[1] 讲武所，江户幕府设置的武道训练机构。

祸。’”

正因为东湖看上去无精打采，他的戏言才令同席之人不禁浑身一凛。东湖则恶作剧般地低声说道：

“我听后回答说：‘对您的提醒我真是感激不尽！其实，我只求不要死在床上……’于是，对方便不再多说。我倒想在今晚见识见识杀身之祸……”

息轩倒是格外在意东湖的戏言。于是，他便前来探望，却发现东湖今日态度昂然，与前夜相比迥然不同。

为了在夷人强行发动进攻时可以与其一战，齐昭大人正在稳步而顺利地推进自己的发明。第一个发明是称做“安神车”的战车，这可谓是机械化部队的始祖，据说战车是由水户的铁匠久米新七郎亲手锻造的。

此种战车以七片熟铁围成一个铠甲形状的空间，里面载有驱动底盘。周长一丈五尺四寸，高三尺五寸，车顶镶有一颗八寸五分的宝石，入口在车身后面。这可以说是世界上最早的战车，乘着它跃入敌群之中，可以通过车身四周的枪眼乱射敌人。

第二个发明是子母弹和鱼雷，也已趋近完成。第三个发明是载着大炮靠近敌船的炮舰，也已由模型进入实际制造阶段。

“纵然我们在气势上不如夷人，在聪明才智上绝不会输给他们。松代藩的佐久间象山等人也都憋着一口气，现在距离成功仅有一步之遥。问题在于教育！我们必须将讲武所发展成朝气蓬勃的世界第一文武大学！”

安井息轩感到自己实在是杞人忧天，过了片刻，便告辞离去。在他走后，还剩下三位客人。他们谈及当时的社会状况，说到为永春水的恋爱小说正在排挤曲亭马琴的训诫小说，并认为天谴将至。

“江户市内的私娼已经遍及二十三个町。不仅如此，江户市人还沉溺于赌博、耍弄骨牌，实在是荒谬至极。黑船来航乃是最大的天谴，我们必须先从纠正自己的心灵开始。”

来客似乎都是肥后藩的年轻人。为了避免扫兴，息轩离席而起，向外面走去。

小石川的水户藩邸在家康时代是蒲生氏乡的旧宅，宽永六年（1629年）2

月，第二代将军秀忠将此宅赐给弟弟水户赖房。小石川桥的正门是足以媲美日光阳明门的建筑，门后是长长一排藩士的大杂院，自正门左侧的水道桥始，至正门右侧的饭田桥止。东湖的住宅位于一道瓦墙附近，那道墙从水道桥的一角开始，一直延伸到春日町。

安井息轩走出东湖的住宅，来到正门。正当此时，他脚下的大地突然剧烈摇晃起来。

七

安井息轩脑中立刻想起东湖提到的“天谴”预言。他几乎已经对这个社会绝望了，以至于产生了“倘若没有天谴，目前的颓废将无可奈何”的思想。

内政走向极端，所有领域都已形式化、固定化。人们已经麻木地把享乐与放荡当成生活中理所当然的事情，这种状态与其形容为腐坏，倒不如说是“毫无生机”。黑船来航似乎暂时打破了这种沉闷的气氛，但并未产生多大效果，事态反而更加恶化。

说到底还是因将军继嗣问题产生的政治斗争。所有人都知道，当此关头国内绝不能有势力纷争，但谁都不肯放弃自己的企图与野心。息轩沿着墙壁摇摇晃晃地走着，心中暗想——倘若是这些人的丑态令上天震怒，那就使劲儿摇吧，继续震吧！

然而，当第二次震波传到息轩脚下，令他跌倒在泥泞之中时，那种桀骜的气概早已与灯笼一起飞到了九霄云外。应该回到水户藩邸？还是应该尽快回家？息轩顿时感到一种绝望的恐惧。

黑暗之中传来哗啦哗啦的声响，水户藩邸的楼阁正在倾塌。息轩手抓泥土，站起身来，刚想迈步奔跑，却又跌倒在地。房屋的墙壁发出咯咯的声响，墙面出现龟裂，瓦片纷纷掉落，而息轩只能不辨方向地拔足狂奔。

“天谴！这是可怕的天谴啊！”

同一时间，东湖搀着老母跑到庭前。

“好像地震了。”

最初的一下摇晃令东湖打了个冷战，心里产生一种异常的预感。距元禄大地震已经有一百五十年了……但愿此次不似百年前……

东湖脑海中充斥着这样的想法，随后，他立刻站起身来，呼唤寄读学生。

“是大地震，你们将客人带到门外去！”

三位客人在两名寄读学生的引领下离去。随后，东湖闯入老母的卧房，不由分说，抱起老母就往屋外跑。当他们跑到庭院里时，房屋已经扭曲变形。大地并非左右晃动，而是不停地上下震动，仿佛有什么东西要从地底下钻出来一般。

“啊，我竟然忘了。”东湖的老母开口叫道，“水壶还放在火炉上烧水呢。”

地震时务必灭火——这是无论如何都要严格遵守的规矩。东湖的老母刚刚念及此事，便直接跑进卧房，其固执劲儿与东湖极其相似。

“啊，危险！”

屋顶正在第二次摇晃中哗啦作响，仿佛要被掀掉一般。东湖不顾一切地向母亲追去。屋内一片漆黑，方形纸罩座灯的蜡烛早已熄灭。一片黑暗之中，依稀可见茶室里赤红的炭火，炭火上面的水壶正在咕嘟咕嘟地冒水。母亲快速跑了过去，这时，沸水哧啦啦地洒在火中，激起一阵灰尘，接着，距离柱子较远的房梁开始断裂。

“娘，危险！”

妻儿已经去庭院避难，绝不能让母亲死在这里！这不仅是一种想法，更是一种本能。东湖飞身扑向母亲模糊的身影，将母亲整个抱起，扔向庭院。反作用力令母亲手中水壶里的沸水淋到了东湖的左半边身子。

好烫！就在东湖踉跄之时，房梁突然完全断开，大梁也随之轰然倒塌。

“呃……”东湖在黑暗之中伸手抓向虚空，“娘……您没事吧……”

东湖心中想这样说，却无法发出声音。他不只是手脚和身体被压住那么简单，四方形的柱子扭曲倒塌，大梁和屋顶全都砸在了东湖身上。他的好友藤森弘庵在《见闻承义录》中写道，“公当即粉身碎骨”。也就是说，东湖当即被砸死毙命。

八

当日，在水户藩邸被砸死的不止藤田东湖一人。为了救出老公齐昭，与东湖并称为齐昭左膀右臂的户田蓬轩也被砸死了。大自然究竟是要做出怎样的制裁？难道东湖和蓬轩在这个世界上的使命已经完成了吗？西乡当时已随同藩主齐彬离开江户，水户老公完全被折断羽翼，孤零零地留在驹込藩邸。

就在东湖被砸死在大梁下的同时，江户发生火灾。大自然仿佛在向丑陋的人类示威，宣告着其自有其自身的意志。

此番人间炼狱的惨景不止出现在水户藩邸。

城郭之内，诸侯藩邸，或倾或塌，火灾四起，巨木瓦屋烧毁之声充塞天地，而地震之音又至。及至黎明，化作灰烬者无数。（节选自《武江年表》）

在小石川，火势最初起于降庆桥前，江户川的武家宅邸转眼之间便被烈火包围。

著名的谷中天王寺五重塔上的九轮[1]断裂，上野东睿山的大佛佛首掉落。不忍池的石桥坍塌，境内茶屋皆被烧毁。御成街道的诸侯宅邸无一幸免，浅草寺地下也从马道附近开始起火，十八寺院与街上的房屋一同化为灰烬。从田町、圣天町、山之宿到下瓦町、山川町、三座剧场所在的猿若町，再到南北马道、花川户，房屋建筑皆被烧毁，废墟之中仅

[1] 九轮，寺院佛塔顶部金属装饰部分的九个环。

剩浅草寺本堂、仁王门和风雷神门三座建筑……

至于当时的寻欢作乐之地吉原，只有大门外五十轩道的北侧有少许残余，其余皆烧个精光，场面令人心酸。

或许是地层较软之故，从河对面的向岛到本所、深川，几乎没有一间房屋还能屹立不倒，高岗地带反而受灾较轻。总之，江户已在一夜之间毁坏殆尽，变成一个充满尸臭的地狱。

因惮于地震之频，贵人于庭中设席过夜，庶人则敷席于大路之上，以纸门围于四周，暂作野宿。（中略）町会所每日皆发饭团于野宿贫民之手，并于四处建救灾小屋，以供贫民居住。（节选自《武江年表》）

未被烧毁、震塌的物体都被视为奇迹。这场大地震令历代当政者欲禁不能的骄奢淫逸、放荡不羁均在一夜之间还原为赤裸裸的原始状态。倘若将这场地震视为“天谴”，那么上天究竟想要人类怎样做呢？总之，如此严重的天灾自然会影响到当时的政局。

根据明治的史论家山路爱山[1]所述，对政局造成最大影响的便是藤田东湖之死：“若论东湖的地位，不过是齐昭公卿的侧用人[2]，相当于今日的秘书长。然而对幕府来说，齐昭公是仅存的一位‘多嘴的叔父’，世人大多认为他只能隐居于水户。而齐昭公之所以能够当上并保住公卿地位，全仰赖于东湖的辅佐。从表面来看，是齐昭任用东湖，而更深入来看，则是东湖在使用齐昭。

“东湖这个男人极为非凡，即便在幕府三百年的历史之中，也是为数不多的英雄之一。特别是在培育人才方面，他有其独到之处，具有惊人的才能，能够鼓舞、倾倒天下人才。横井平四郎、西乡吉兵卫、桥本左内都被东湖的感化力所感染。无论官吏也好、浪人也好、藩士也好，当

[1] 山路爱山（1865—1917），日本明治、大正年间著名的评论家，历史家。

[2] 侧用人，负责向老中传达将军命令，并将老中的呈报传达给将军。

时的人才必定要蒙东湖鉴识，才能得到公认的评价。”

如此不可思议的英雄东湖却在转瞬之间与世长辞。他用自己的生命换回了母亲的生命，是孝子的典范，虽已殒命但余香犹存……

花与火

一

对江户市民来说，安政二年（1855年）的大地震简直就是世界末日。虽然亲眼目睹了地震与火灾所造成的满目疮痍，但谁也无法准确统计实际死亡人数。

“死者达二十余万人。”这个数字只是概算。仅以吉原为例，就有过如下的记载：

> 歌舞弹唱之际，房屋遽然巨响，震颤不已。四处尽皆坍塌，屋梁扭曲，支柱断折，响声甚于雷霆，令人魂惊天外。惊恐滞于楼上者，虽以梯亦不得下；狼狈滚落于地者，巨木加身，粉身碎骨，或夹其中，动弹不得。虽疾呼而不得救，纵叫嚷亦无人应。转瞬火光四起，烈焰及身。有欲避难而无路者，窒于浓烟，倒于路中，俄而气绝……

城中无一间房屋得以幸免，三千红颜艺伎大都葬身火海。为了掩埋这些枉死之人，车善七和弹左卫门的部下自然都被动员起来。据说在后来的葬礼之际，连吉原编笠茶屋[1]的草帽都被用来遮掩尸体。

[1]　编笠，一种用草编制的可以遮住脸部的帽子。编笠茶屋是指江户时期在吉原开设的，专门负责向妓院客人借贷编笠的茶屋。

地震发生于阴历10月2日，在一个月后的11月7日，天空开始下雪，而人们此时却还住在救灾小屋里。

“地震过后，野宿之民宿于临时修缮之房屋陋室中，困苦至极。”

倘若藤田东湖尚在人间，想必会与老公一起，巧妙地利用此天谴来团结人心，提出转祸为福的大政策。然而，当时的政治负责人是堀田正睦。堀田上任伊始便需应对艰难外交，此刻又要致力于地震后的复兴，可谓责任重大。

幸运的是，前几年烧毁的京都御所在大地震前完成了重建，暂时成为失去江户藩邸的各大名的紧急救济之所。幕府转而着眼于水户齐昭提出的开垦虾夷地（北海道）一事，自庶民中广募移居者，以期拯救难民于水深火热之中。随后，幕府还不得不采取非常措施，安排各大名踏上归国之途。

纵然没有这些麻烦，在海岸防备等方面，幕府的财政也早已捉襟见肘，何况又遭遇如此严重天灾。幕府既然批准各大名回国，看来已不可能再为其在江户重建藩邸，此事同时也对后来的政治体制产生了重大影响。黑船来航本已令人们的思想发生动摇，这一天灾无异于雪上加霜。

（无法通过寻常办法来解决这个问题。）

这种危机感令堀田正睦及留在江户的老中们都感到一种无可言状的紧张。

“各方皆需稳妥调和”这种温和的妥协政策，迫于改变趋势的压力而开始逐渐产生棱角。不仅仅是老中，在将地震视为“天谴”的各藩志士中间，气氛也骤然变得愈发强烈。

失去藤田东湖后，西乡再度来到江户，立刻开始独自奔走，以求会见东湖最为看中的越前的桥本左内。

二

对西乡来说，此次大地震的意义远远超过天谴。他很快便已感受到京都的气氛——京都的市井学者们都怀着一种难以形容的忧愤之情，胸中燃烧着熊熊火焰。火种应该便是水户。在与水户的藤田东湖交好的梁川星严及聚集在星严身边的赖三树三郎等学者中间，藤田东湖与会泽正志斋播种的火星引燃了令人难以置信的热情。

若用文字来概括描述这种热情，那便是“尊皇攘夷”。然而，那不过是一种朴素的国民感情——既对幕府的无能感到痛心，同时却又无可奈何。有望正确理解这种感情并将其反映于政治的关键人物便是水户齐昭家的先生，也就是藤田东湖和户田蓬轩。

然而东湖和蓬轩齐齐殒命究竟意味着什么？

西乡以为，大自然的愤怒虽带走了一个东湖，却也将因此诞生出数千数万个新的东湖。

（我也必须变成另一个东湖！）

幕府竟然允许一个相当于半个废人的将军执政，正是这种拿政治当儿戏的作为终于触发了上天的愤怒。因此，首先必须端正姿态，反省矛盾的根本原因，然后确立一位英明的将军，并在其领导下群策群力，如此方能战胜国难。

（倘若东湖先生还在，他此刻会怎样做？）

在会见桥本左内之前，西乡一直在思考这个问题。西乡抵达江户的时间是12月6日，而去灵岸岛的越前藩邸会见桥本左内则是8日。由此可见，西乡实在是心急如焚。

桥本左内当时二十二岁，其实是一位白面书生，尚未领到独立的宅邸。然而，这位书生被认为是出类拔萃的志士，最能与藩主松平庆永心意相通，可以称得上是不可思议的天才。他原本并非武士身份，而是越前藩大奥御用外科医师桥本彦也的长子，十六岁到十九岁期间曾于大坂学医。

因此，他学习兰学的最初目的是想成为医师。但自从在大坂见过梅田云浜和横井小楠后，他便逐渐开始关注政治。

安政二年（1855年）6月，桥本左内受到藩主庆永“学业有成”的褒奖，抛弃医师身份，加入武士行列，并于11月18日来到江户。他比西乡提前八天抵达江户，由于尚未分到宅邸，便暂时寄居在参政铃木主税家中，立志于献身国事。

于是，二十九岁稳重而诚实的西乡，以藤田东湖分身的身份前来拜访这位二十二岁的天才志士。

经过打听，西乡来到铃木主税的宅前，心里十分激动。不仅藤田东湖对此人大加赞赏，肥后的横井小楠对其也褒奖有加。更重要的是，连自家藩主齐彬十分尊敬的御家门首座——越前侯松平庆永，也认为桥本左内是一位独一无二的人才。

（究竟会是一个怎样的青年呢？）

“有人吗？”西乡开口问道。屋内很快便有人答应，入口的拉门被缓缓拉开。

“请问您是……”

西乡的目光顿时凝聚在对方身上——因为他的直觉告诉自己，此人便是左内。西乡高达六尺，而这位青年身材矮小，只有五尺左右，梳着全发[1]，肤色白皙得简直就像擦过粉一般。他双肩低垂，眉黛如画，一张红唇显得格外娇艳。

（这就是越前侯中意的青年才俊？）

西乡大失所望。

“您莫非是萨摩的西乡先生？”左内朱唇微张，抢先开口，声音如铃，十分清朗。

三

“不才在下便是西乡，请问阁下，这里可是参政铃木主税的御宅？”西乡故意夸张地打着招呼，想先试试这位白面书生是否有真材实料。

“是的。参政如今正在本藩，我便借他的住宅一用。在下名叫桥本左

[1] 全发，江户时代老人、苦行僧、医师等常梳的一种发型。

内。”

“噢，您就是桥本先生，我经常听藤田先生提及。”

“彼此彼此。藤田先生曾经提到萨藩有一位好汉，名叫西乡，想必便是您吧？”左内的回答滴水不漏，毫无得罪之处，将西乡引入屋中。

“藤田先生的离世实在是太可惜了。”坐定后，西乡开口道。

“是啊，我觉得自己眼前一片黑暗。”看来东湖之死也令左内大受打击。他顿了顿，接着说道：“我此番前来江户，本来也是想顺道借此机会聆听先生指教，连问题都已一一写好。”

“那您此番来江户所为何事？”

“越前藩根据铃木大人的建议，仿效水户的弘道馆，于今年3月15日建成了一所藩校，取名明道馆。”

“哦，明道馆……”

“是的，战胜国难之道在于教育。家主松平大人认为必须通过教育发掘新人才，于是便接管城内三之丸的大谷平兵卫宅邸，建成了明道馆，并于6月24日举行了开馆仪式。不过，仅有房子是不够的，所以松平大人才命在下再次来到江户，调查学校制度。”

“原来如此，所以您才想去拜见藤田先生。”

“是的。可惜藤田先生与蓬轩先生皆已故亡。于是，我来到江户后便立刻联系水户的志士，打算听听大家的意见。”

“哦？您已经联系了水户的志士？”

西乡觉得对方的口才过于伶俐，而口才伶俐之人大都小有才干。没想到此人也是圆滑处世的能说会道之徒。左内并未留意西乡的想法，他继续用充满怀念的语气说道：“藩侯分给学校五百石的粮食……但依我之见，如此规模实在太小。藤田先生已经亡故，我便从肥后迎来横井小楠先生，打算听听他的意见。至少也要令学校充实起来，这便是我今天最紧迫的任务。”

“为了学校？”

“是的。只有学校才能除清当此生锈时代的污垢。如今，发掘人才之路已被堵塞，人才的选择凭据除了门第还是门第。话虽如此，倘若突然起用市民百姓中人，感情上又的确难以接受。既然如此，我们可以不问身份贵贱，先将人们放进学校这个洗衣盆里，让他们彼此之间亲密接触，然后用学问这块肥皂好好清洗一番。清洗过后，便可从中发现不同于门第与阶级的东西。学校将录用众人承认的聪明人才，如此一来，纵是只注重门第的顽固者也无处挑理。也就是说，学校就是一个改革的洗衣盆，可以洗净三百年太平盛世所形成的门第规矩的污垢。”

西乡听得目瞪口呆，一时无言以对。对方实在是巧舌如簧，其雄辩之姿与普通志士截然不同，声音听起来甚至有些娇媚。

左内继续说道：“当然，儒学很重要，兰学也必不可少，但学问不仅止于此。我目前正在开始学习英学，可能的话还想学习法学。总之，不论是芋头、马铃薯，还是萨摩芋（甘薯）……”

西乡终于抓住了他的失言之处：“反正我就是那个萨摩芋。”

左内顿时变得张口结舌，随后便露出微笑。

四

“哎呀，我说了半天自己感兴趣的……下面就请您说说您的见解吧。”

一般说来，身材瘦小之人必会端着肩膀，左内则不然。只见他有如女子的细削肩膀低低垂下，看上去仿佛颇为害羞。

西乡觉得他很可爱，不禁笑了起来：“我便是大块头的萨摩芋，但就算是芋头，我至少也要成为日本的芋头武士。”

“不好意思，方才在下所说的比喻其实是从藤田先生那里学来的……但我方才太过得意忘形了。”

“其实，我今天只想知道：倘若藤田先生还活着，他会先做什么？现在可不是单纯为先生过世而悲伤的时候。所以我想来听听你的意见。”

左内突然闭起眼睛，长长的睫毛在下眼睑投下一片阴影，一张美少年的脸端正秀丽，只是此刻的表情显得太过郑重。

“关于此事，我只知道一个答案。”

“请讲。”

“那便是决定将军继嗣，仅此一途！”

“果然，您也认为是此事？”

“我们自然需要认真寻找发掘人才之路，但也要有明君能够很好地利用人才。先生常说：要贯彻始终！你们负责发掘人才，我们负责让上面接受人才。”

“明君是指？”

“自然是一桥庆喜公子。”左内毫不犹豫地答道，“其实，我手头有这样一份资料。”说完，他突然站起身来，从文件箱中取出一份书册，放在西乡面前。

书册的标题用粗体字书写——《一桥刑部卿行状记》。

“这是……”

“这是松平大人命人所写，原稿在他手中。一桥卿说自己最不喜欢争斗，也不想继承将军家，但那只是他的任性之言。此事并非一桥卿的私事，他必须为日本挑起这份重担。不论我们如何发掘人才，倘若上面还是病人和女子坐镇大奥，还由那些顽固守旧的老中们掌权的话，一切行动便都无济于事。不，倘若上面还是老样子，好不容易发掘的人才也可能会变成疯狂的倒幕派，在大坂发生的大盐事件[1]便是此例。我们必须上下一致，齐心协力进行改革，只有一桥卿方能堪此大任。这绝非我个人的意见，松平大人对此也是深信不疑，所以才让一桥卿的近侍平冈圆四郎记下他每日的行状。”

“这么说，原稿是平冈先生……”

“没错。世人尚未了解真正的一桥庆喜，倘若他们不清楚他的为人，我们的活动便无法顺利进行。其实，在完成这次学制调查后，我会

[1]　大盐事件，即大盐平八郎（1793—1837）之乱。1836年大坂饥荒，身为大坂官员的大盐申请下放幕府存粮给农民遭到拒绝，随即变卖家产救济民众，并在大坂起事暴动，最终失败而自尽。

带着这份资料前往京都。”

西乡双眼开始渐渐发亮。他尚未真正认可左内这个人，但他终于知道，越前的松平庆永也首先着眼于解决将军的继嗣问题，还派人前往京都。

（是这样啊，果然如此！）

萨摩的齐彬公也在考虑同一件事。藤田东湖也认为，不可陷于女人们的策动而加深与江户之间的对立，必须得到《和亲条约》[1]的敕许，所以要在皇宫内进行更多斡旋。

至于左内所说的发掘人才，以及确定将军继嗣的明君两个问题，西乡认为必须优先考虑后者。明君齐彬的出现不也已令当今萨摩的藩风为之一变吗？

五

左内的回答过于明快，以至于令西乡产生上当的感觉。西乡对左内的第一印象是“巧辩之徒”，他正是被这种印象蒙蔽了。

左内的雄辩在当时的江户早已广受赞誉。他师从衫田成卿与户田静海学习兰学，后随盐谷宕阴学习汉学，但其聪明才智已令前辈和同辈们大为惊叹。他的前辈半井仲庵赞赏道：“诚为英才，令人惊叹，当为后进领袖。所问无不当即作答，倘若假以时日，此人必能引天下书生尽至吾国（越前）。”

安政二年（1855年）夏，他的学力已经达到可以通过原文阅读并批判《莫斯特肺痨篇》和《拉马特格肺痨书》的程度。不久，他便将注意力由医学转向国内外的政治，随后得到藩主庆永的提拔。此人如此厉害，“所问无不当即作答”自然也就不足为奇了。

左内还谈到了水户藩：“水户藩内存在一个反对老公齐昭进行藩政改

[1] 和亲条约，指1854年3月31日日本江户幕府与美国缔结的《日美和亲条约》。

革的派系，他们牵制一桥卿的哥哥——现任藩主庆笃大人，强烈反对有志之士。因此，纵然同为水户藩士，倘若不能分辨出谁是俗党、谁是老公一派，事必失败。”

左内表示，西乡若要赶赴京都，与自己一起为拥立一桥庆喜卿而奔走，便必须对相关之事了然于胸。西乡感到极为惊讶。他并未说过自己要在京都与左内共同开展拥立一桥庆喜卿的运动，左内却早已断定。

随后，二人还谈及佐久间象山入狱之事。左内当时尚不知吉田松阴其人。象山的一个门下弟子企图前往外国，最终失败，在下田被捕，象山也受到牵连，遭牢狱之灾。左内无比忧虑地说道：“天下也是一个难以医治的大病之人。既然如此，在下虽是小小医师也无法坐视不理了。”

左内的语气逐渐变得激情洋溢。他最后还表示，要在近期将西乡介绍给水户的原田八兵卫，并让西乡决定同行的日期。

倘若对方是藤田东湖，西乡会毫不迟疑地相信。但要让这样一个如柔弱女子一般的青年决定自己的行动，西乡不禁感到踌躇不定。

“那个原田八兵卫是哪一派的？”

“自然是老公派的。原田八兵卫、安岛弥次郎、武田耕云斋都继承了藤田先生的遗志，所以有必要与他们面谈。”

左内还说，自己如今已经远离医学书籍，正在寻找冶铁学、兵学等方面的书籍。由于需要用到德语，所以他已经开始学习。总之他认为，与治好个人的病相比，治好天下大病更为重要，所以才会拜托别人带他四处走动。左内口中滔滔不绝，时而表现出强硬专横的独断，时而露出一副乖乖少年的表情。

“我们哪天去见原田八兵卫？”西乡刚刚起身，左内便开口询问，仿佛此事早已定好一般。

“这个……”

“越快越好，就由我负责联系吧。倘若他知道萨摩的好汉西乡怀着相同的志向前来拜访，想必会很高兴，或许还会叫上安岛、武田等人。还有，将我介绍给原田的人是菊池为三郎，我们可以同他谈谈。明天如何？”

这是多么年少气盛的热情火苗啊！西乡也逐渐被对方的热情吸引，呆立原地，浑然忘记要拜托左内将藩主齐彬的重要信件转交给松平庆永一事。

在这个青年面前，自己变得如同不存在……

六

西乡正要离开，忽然想起信的事情，慌忙面红耳赤地拜托左内将自家主公齐彬大人的信转交给越前侯松平庆永。他不由得觉得自己实在太愚钝了，明明是特意来拜托左内送信的，却被对方的雄辩耍得团团转，最后要离开时甚至将如此重要之事忘得一干二净……

（这位年轻人强硬的雄辩之才当真了不起，连我也感到很惊讶……）

西乡打算将信交给左内，然后便于当天返回。他认为，松平庆永自然会找个合适的时机重新接见他。然而，当他将信交给左内时，左内的态度却为之一变。

“这可真是太失礼了，原来您是萨摩藩主的信使。”左内急忙开始更衣。他仔细穿好武士的礼服，开口说道：“这边请，我来为您带路。”

“不知越前侯是否方便？”

“没关系！这是为了治理天下大病。”左内又露出一副乖乖少年的表情，然后便向大玄关走去。

直到在左内的引见下来到春岳[1]——松平庆永面前，西乡才对这位白面青年有了重新认识。春岳似乎无比喜爱这个聪明的年轻人，每次开口都会给他表达意见的机会。左内的雄辩也愈发舌绽莲花，如鱼得水。

“总之，英国是外夷之中最恶的国家，侵略性最强。依我之见，要想对付英国，日本需与俄国结成同盟。”

一涉及刚刚签订不久的《和亲条约》，左内的议论便超出了西乡的理

［1］　松平庆永讳庆永，号春岳。

解范畴。春岳则听得十分认真，面带赞赏之意。

齐彬信中的主要内容自然是与将军的世子问题有关。齐彬承认有必要在京都开展运动，但他认为，想要征得大家的同意，还需同时在江户付出更多努力。倘若能够好好说服取代阿部正弘成为老中首座的堀田正睦，他或许便不会反对一桥庆喜入主幕府。在说服堀田的同时，还要在大奥内进行斡旋。大奥的反对可谓毫无理由，所以与其单独拥立一桥庆喜，不如暂时也承认纪州家推举的庆福君，确立两名候选人，或许此举方为上策。而且，若能将继嗣条件限定为适应当前的非常时局且聪明年长之人，人选便自然非一桥庆喜莫属。关于此事，齐彬认为可以通过在兰学方面与堀田交好的幕医户田静海（也是桥本左内的老师）来说服堀田。

当然，信中也暗暗表示，如有需要，西乡可任意差遣。

西乡最终决定去将齐彬之意转告户田静海，便与左内告别。于是，他开始寻找户田静海的住所，并替江户的齐彬夫人联系以将军家夫人身份入嫁大奥的笃姬（后来的天璋院）。而左内等得忍无可忍，便于12月13日来会见西乡。

这位天才青年实在是罕见的急性子。他坐立不安，或许是预感到自己的生命将在二十六岁走到尽头。当时，他也在尽力让别人接受自己强烈的笃愿。

与水户的原田八兵卫的见面时间已定于第二天。在西乡赶到京都后，左内又谈到了斡旋对象的情况："关于土佐、三条、水户等诸侯之间的关系，我会依照藩主的意见来办。请你去近卫家斡旋，最好的办法是通过清水寺的月照[1]。"

[1] 月照（1813—1858），幕末尊皇家，15岁时赴清水寺出家为僧，不堪目睹幕府黑暗而跳海自杀。

七

倘若听话之人并非西乡，恐怕会十分生气，而西乡则不然。他特别容易佩服别人，虽然惊讶于对方的强硬态度，但同时也被深深吸引。这既是他的大器所在，也体现出一种灵活。

“在同辈之中，我对桥本左内言听计从。”

在13日的会见中，西乡终于向左内投降了。虽然很生气，但想必他也觉得左内的言谈已经超越了他的年龄，应该听从。

“今日前来有何贵干？”西乡将目光移开，开口问道。

西乡一见到左内的脸，就会产生抵抗情绪，因为他会有一种奇怪的感觉——自己仿佛不是从他那里接受教育，而是被眼前的这个年轻人用小聪明教训了一顿。

而西乡将目光移开，开口问道。左内的态度却发生了变化。

“前些日子不够用心，实在是汗颜之至。”

“不够用心？”

“我拜托您帮忙联系笃姬，却并未提供用于斡旋的材料，也没有为您详细解释一桥庆喜公子的为人。”

“原来如此。”

“竟然让不了解一桥本人的人去推举他……后来我仔细想想，这实在是一大失误。因为这样，您才无法向笃姬解释。”

仔细想来，左内所言不差。西乡抬手搔了搔鬓角，目光仍旧望向别处。

“桥本先生是何时注意到此事的？”

“昨晚。此事令我感到无比惭愧，所以今天要先解释一下。”

“解释一桥卿的为人？”

“是的。一言以蔽之，一桥庆喜公子是从天而降的英雄。”

“哦？从天而降是指他是一位天生的傲骨英才？”

“这很罕见。英雄一般是被造出来的，拥有出众资质之人通过不懈努力，审时度势，小心翼翼地洞察运气的到来，方能成为英雄。因此，想成为英雄之人常常会抱有野心。”

“你是说公子并无野心？”

“是的，他并不需要野心。他的父亲是水户老公，母亲是有栖川的公主，但是水户家已由哥哥继承，自己则被召入一桥家。对于这种种安排，他毫无不满，没有半分世俗的野心和贪欲。”

“原来如此。”

“毫无贪欲和野心令他可以轻而易举地看清受贪欲和野心驱使之人的行动。”

“是吗？”

“倘若他无法做到心如明镜，映出他人深藏的欲望，便无法在非常时期担任指挥。纵是从这个意义上来看，便可以说他是上天特意准备的英雄，专为以将军身份应对艰难时局而生。”

西乡心中暗想：“嗯，又来了。”

人才也好，天才也罢，这些都是左内的独断。他充分相信自己的才能，对事情简单地下结论，强加于人也就变得理所当然。不过，他的独断仍然值得佩服。

“其次，智慧和勇气都很重要。在智慧上，我相信他足以继承水户齐昭大人、贵藩齐彬大人和我家主公松平庆永大人这三大贤侯。他足不出户便可看清夷人的野心，领会皇宫的尊严，知晓万民的苦难。这三点便是政治的真谛，缺少任何一个都不完整。”

“也就是说，一桥卿就是如同神一样的存在？”

西乡终于开始插嘴打岔。他原本也想称赞几句，但左内采取的正是青年人那种极端的褒扬方式，西乡不禁忍住笑意予以反驳，而左内却郑重地摇了摇头。

“我并没有这样说，他还是有一个缺点！”

左内脸上露出严肃的表情，仿佛没想到西乡竟然没有注意到这一点。

八

“哦？这位天人也有缺点？”左内的话令西乡感到十分惊讶。左内如此褒扬一桥庆喜，应该正处在人们通常所说的“痴迷”状态。

（也没什么不好，应该尊重他的年轻。）

西乡刚想以这种态度接受这位年轻人，此刻却仿佛被狠狠地扇了个耳光。于是，西乡再也无法继续望向别处。他转过魁梧的身躯，一双大眼紧紧盯着如同少女般纤细的左内。

“什……什么缺点？”

“他最大的优点便是最大的缺点。”

左内又极其自然地下了一个结论。

“最大的优点是……”

“此人没有私心，没有贪欲，没有野心，因此他可以看清世人的一举一动。可是，只能看清毫无意义，既不值得信赖，也无法提供帮助。”

“嗯……”

“要将这朵花变成火。不，只有在他变成火以后，才能成为与世间污秽之花存在本质区别的伟大力量。由于没有私心，便能够真正做到胸怀天下；由于没有出人头地的欲望，便不怕会被佞人的甜言蜜语蒙骗；由于没有野心，便能够避免无意义的对立。”

西乡终于开始明白左内话中的含义。

“政治通常被认为不外乎是智谋和策略，但这种想法自有其局限之处。”左内坦然承受着西乡的目光，双眼渐渐发亮，“暂且不谈外国，我们日本的政治便不可如此。在日本，‘政’即是‘祭’，而‘祭’则是与悠久的天地一同生息繁衍的生命的祭祀——也就是说，政治必须是天地之诚。”

“原来如此。”

“倘若只考虑手腕和智谋而忘记这一点，便最多只是能臣，无法成为高明的政治家。”左内的脸颊开始逐渐泛红，继续说道，“但在现实之中，人们经常会耍弄手腕，一心想着要出人头地、想要扩张势力、想要实现自己的意志。政治便会被这些人的野心和欲望，也就是个人肮脏的私欲所左右。然而，一桥卿心中完全没有这些。”

“我明白了，我知道你想说什么！”

“你明白了吗？我们必须在他的心中点一把火。”

“没错！”

“西乡先生，您家主公和我家主公都在为了点这把火而展开积极行动。为了整个天下，这位无欲之人必须变成一把火。只有这样，方能令天下志士理解并聚于麾下。”

“我明白了，所以你才让我去说服将军夫人。”

“没错！上有圣明天子，下有流着天子之血的将军，天下便会顺理成章地结成一体，将军世子便非一桥庆喜莫属！”

听到这里，西乡又感到有些不解。虽然左内如此断定，但其中还有一个不安因素——藩主齐彬认为，从作战策略上来说，可以将一桥和纪州同时立为世子候选人。

齐彬大人的夫人或许已将此事向大奥的笃姬解释清楚，如此一来，西乡和左内此刻的激情恐怕就迸发得太早了。

“我明白了，我已经很明白了……”西乡抱着胳膊思考起来。

九

（这可难办了……）

桥本左内的意见理应尊重，不能让政治堕落为谋略。他的年轻尚未被世俗玷污，所以才主张堂堂正正，但未必只有他的主张才是正确的。西乡正在考虑齐彬提出的两名候选人的意见。只要让两人在一起作个比较，便可以让世人真正明白。

（这不是谋略，而是智慧。）

西乡不停地思考着：“我是明白了，不过……”

“不过，还是无法理解是吗？”

“不，我已经理解了，其实……”

“其实？”左内步步紧逼。

“我虽然理解了，却表达不出来。我嘴太笨。”

“原来如此。”

“所以，我想请你写成书信，内容就说将军世子必须是一桥庆喜公子。不……应该描述一下此人如何如何出色。”

“用来做什么？”

“呈给笃姬过目。否则，倘若我有说漏之处，不诚实的印象就无可挽回了。”

“我明白了，现在就写，拿笔墨来。”左内当即一口应允。

桥本左内也好，吉田松阴也好，当时的青年志士尽皆言行一致，心中时刻不忘国难，当机立断，说做便做。当时，左内还带着一桥家平冈圆四郎所写的《一桥刑部卿行状记》。不过他并未将这份资料直接交给西乡，而是在上面添加了自己的意见，然后才交给西乡。

关于这份行状记，后来还有一个故事。

西乡收下了桥本左内修改过的行状记，但他恐怕并未将其交给笃姬。当然，不排除笃姬一方并不接受的情况存在，但最有可能的就是西乡没有上交。西乡自然未将此事告知左内。不仅如此，这份行状记还成为对西乡一生造成重大影响的一件宝物，同时也是他的沉重负担。

之所以这样说，是因为在明治十年（1877年），当西乡化作城山的露水消失殆尽之时[1]，他的遗物正是这份由桥本左内书写的《一桥刑部卿行状记》。

安政初年到明治十年这二十余年，对西乡乃至整个日本来说都是一个暴风骤雨接连不断的时代。在这段时期，这份行状记一直伴随在西乡

[1]　1877年，西乡隆盛发动反政府的武装暴动，史称“西南战争”，兵败后命部下别府晋介砍下自己的头颅而死。

身边。这已经不能仅仅看做是对桥本左内这位天才志士的怜惜，想必行状记中的一桥庆喜及执笔修改的左内，经常会滔滔不绝地向西乡灌输着种种事物。

西乡一生都拥有这种精神，他是永远朝气蓬勃的志士。

他在左内身旁坐了将近半个小时，在左内写完之前一直屏息静气，不住祈祷。

（希望一桥庆喜能像这位年轻人所期待的那样，变成一把燎原之火。）

一桥卿身上流着皇族之血，并非世间制造出来的普通英雄，左内明确指出了这一点，并认为要先给他点一把火。对于左内，西乡已经没有以前那种奇怪的感觉，至少，他已被左内的热情和自信所吸引，正如手记中的记载："在同辈之中，我对桥本左内言听计从。"

（真是一位了不起的男子，倘若能够同他联手……）

动不动就以命相托是西乡当时的毛病。但他觉得，纵然此刻当真要自己献出生命，亦是在所不惜。

无欲大欲

一

在一桥家中，有一个人的热情毫不输于桥本左内和西乡吉兵卫。此人便是平冈圆四郎。而且，圆四郎的焦虑恐怕要比桥本左内和西乡更加直接、更加强烈。

藤田东湖与户田蓬轩之死令他感受到的切身之痛尤甚左内与西乡。这二人的骤然离世，相当于残酷地斩断了水户老公的左膀右臂。自东湖和蓬轩死后，老公一直留在驹込藩邸，茫然失措。不，老公当非茫然之人，想必他也经过了苦苦思索，却无奈已失去将自己的苦思和想法以敏锐直觉适时传达给外部的渠道。

水户齐昭的确是罕见的大天才。他不仅在水户藩实行重大改革，还在整个日本掀起尊皇攘夷的新风气，是“人心一新”的核心人物。然而，他无法直接令世人明白自己的想法，因为他只懂得一种语言，便是不断的下令与斥责。他是天下的副将军，不必向任何人低头，从来只知通过专横的命令行事。

平冈圆四郎在向水户齐昭陈述将军世子问题之前，早已充分了解这一点。庆喜公子曾表示自己此刻无意继承将军之位，但平冈圆四郎相信，只要让公子知道自己是唯一的众望所归之人，他必定会改变主意。其实，这种信心便来源于东湖和齐昭大人。

（此二人一定会说服公子！）

然而，东湖之死似乎同时改变了齐昭的决心，而公子在这个问题上仍然不愿理会圆四郎。他不仅多次亲手写信给水户齐昭，说明自己的想法，还通过哥哥庆笃明确拒绝了阿部正弘，认为以自己的器量能力连继承一桥家都已力有不逮，更没想过要成为世子，接管天下。他甚至直白地表示："若我成为将军，天下才会灭亡。"

然而，圆四郎并未退缩。东湖和老公是不会同意庆喜的决定的，况且庆喜正是天下众望所归之人……但东湖死后，水户齐昭却出人意料地给在将军世子问题上最积极的松平庆永写了一封信。

一桥之事承蒙周旋，不胜感激。然当此德川天下存亡之际，倘失于吾家之手，老朽实无颜见祖宗，故特告于尾（尾张）、纪（纪伊）、田安（庆永的老家）。

圆四郎从桥本左内口中得知此事后大受打击。

"松平大人同意了？"

"当然不会。"左内仍旧态度昂然，"我家主公见识深远，不会仅凭齐昭大人一人之言行事。他之所以积极斡旋，是因为坚信一桥卿乃众望所归之人，只有此人方能应对艰难时局，所以他应该不会改变主意。"

左内所言不差，事实的确如此。

（没错！齐昭大人虽然变得软弱，但推举公子一事是不可以中止的！）

平冈圆四郎顿时变得脸色通红。其他藩人对待此事尚且如此认真，萨摩众人自西乡以下自然也都在为此事极力斡旋，然而作为中心的自家公子却……

正月七日，圆四郎抱着彻底问清公子真实想法的决心，来到庆喜面前请安。

当日，庆喜正在铺好的宣纸上挥毫书写自作的诗，猪饲胜三郎则在一旁研墨。"还请公子屏退旁人。"那天，圆四郎的眼睛从一开始便红得吓人。

二

“什么旁人？”庆喜甚至没有转过身来正面圆四郎，“这里只有我和猪饲胜三郎啊。”

“请公子屏退旁人！”圆四郎态度强硬地重复说道。他平日讲话不会如此无礼，庆喜不禁双眉微皱。

“若要说旁人，这里只有我和猪饲胜三郎……你让‘旁人’都回避了，难道想自己在这屋中坐禅不成？”

“公子，我没有开玩笑，我是认真的。”

庆喜又悠然地看了看自己写好的书法，方才放下手中的笔道：“胜三郎，看来圆四郎是头脑发昏了，你去将笔和砚洗了吧。”

胜三郎瞪了一眼圆四郎，转身走出书房。日光照进书房，在拉门上映出花苞坚实的樱花树影。庆喜背对拉门重新坐定，方笑着说道：“你的房屋修缮完毕了吗？”

圆四郎并未回答这个问题。

“我要说的话可能会让您感到不高兴。”

“不高兴？最近没有一件高兴的事，我都听习惯了，你放心说吧。”

“如您所知，内阁经过讨论，已经决定开国。”

“此举也属无奈，我们实力不济。”

“《和亲条约》的签订已令人愤慨不已了，如今还要被迫签订通商条约，攘夷如今已变成一句空谈！”

庆喜只是轻轻点了点头，一言不发。

“因为实力不济，所以迫不得已开国……不知老中是否能够铭记这一事实。我这里有一个坏消息——松平忠固大人虽被老公用计暂时逐出内阁，但他已与井伊直弼结成秘密同盟。”

圆四郎兴致勃勃地一口气说完，他自然期待庆喜能够表现出适当的惊讶。然而，庆喜仍旧只是轻轻点了点头。

“继续说。”庆喜自言自语般地淡淡催促道，这令圆四郎感到十分意外。他开始逐渐加重语气。

“松平忠固其实是自己离开内阁，而在暗地里推举堀田正睦上位。”

“也许吧。”

“如今，阴谋的罪魁祸首正是松平忠固。我就知道齐昭大人的眼光不会有错，而松平庆永大人、岛津大人和山内大人似乎也开始注意到他非同寻常的阴谋。”

“嗯……”

“也就是说，松平忠固之所以推举堀田正睦，是想让他签订条约，然后过河拆桥。他趁自己最讨厌的水户老公不备便抢先出手，通过签订条约打击老公，然后让堀田正睦背黑锅，将其逐出内阁，再卖给井伊直弼一个人情，让他入阁。显而易见，井伊直弼入阁后必成大老。”

“继续说。”

“您还不明白吗……井伊直弼此人是彻头彻尾的南纪党，在他心中，将军世子非血缘关系近的纪州庆福公子莫属，况且他对老公怀有强烈反感。”

不知不觉间，庆喜已经闭起双眼。他并非不明白如此简单之事，正因为明白，才会执意谢绝。

“您还是默不作声吗……那我便继续说了。松平忠固之所以让井伊直弼入阁，是想让其担任大老，自己则躲在暗处，以实力者的身份对抗齐昭大人。也就是说，他想一手掌控幕府实权，先立堀田，再将其逐出内阁，让井伊取而代之，而与井伊合作的契机便是拥立纪州公子。如此下去，我们恐怕只剩为阴谋的罪魁祸首鼓掌叫好了！”

三

庆喜的表情犹如一张白纸，毫无变化。圆四郎的话中有些值得一听的情报，但大部分都与他的预想一致。倘若能够了解一个人的性格习惯，便可看清此人的一举一动，这也许比下象棋还要简单。然而，庆喜并不能确定松平忠固便是阴谋的罪魁祸首。若从忠固的角度来看，恐怕自己的父亲齐昭才是罪恶的元凶。

“然后呢？”

庆喜再次轻声催促道，圆四郎不禁发出一声呻吟。

（究竟怎样才能让他兴奋起来？）

“然后便是志士的愤怒！病弱的将军加上年幼的世子——政治倘若遂松平忠固之愿，开国后果可想而知。日本国内既有如此弱点，狡猾的夷人又怎会放过这个机会？恐怕不出齐昭大人所料，日本会瞬间成为他们的饵食。公子！世子问题已经不是您的私事，正如东湖先生所言，这是天下的大问题！”

“也许吧。”

“‘也许吧’？公子！您还记得以前企图潜入佩里军舰而被捕的长州年轻志士吗？”

“哦，是佐久间象山的弟子吧？”

“是的，吉田寅次郎松阴！如今他已在本藩入狱，此人曾明确断言——纪伊党皆奸邪之辈，拥立一桥者皆为忠臣……连长州都已发出如此呼声！公子您到底在想什么啊？”

“圆四郎，你终于开始发难了。”

“是的，请恕圆四郎失礼，我一定要问清您的想法。”

“我也有些话不吐不快。你的想法实在是太浅薄了。”

“您……您说什么？这可是天下大势所趋啊。”

“那我问你，除了松平庆永正在积极推举我，还有哪些诸侯赞同此事？”

“第一个便是阿部正弘大人。”

“阿部已经中途变卦，他的眼光比你长远。”

“还有萨摩侯岛津齐彬大人、土佐侯山内丰信大人……”

“这两位是外样大名[1]，对吧？”

---

[1] 外样大名，关原之战后成为德川家臣的大名。

庆喜轻声说道，圆四郎不禁大吃一惊。

“你且听好，无论井伊还是酒井，溜间之人皆以德川家为重。他们一开始便认为对外样大名不可掉以轻心，家父的行为便是引起了他们过度的戒心。”

“所以……所以您连萨摩侯和土佐侯也怀疑？”

“非也。日本现下有两种眼光，一种眼光所望乃是天下，而另一种眼光所望仅是自家。溜间诘的眼光所望不过是德川家而已，而家父和萨摩的眼光则是从日本望向世界。”

“正因如此，您才应该……”

庆喜突然露出一副严肃的表情，开口打断了圆四郎。

“如何才能令两种眼光合二为一？倘若在两种眼光合二为一之前有所举动，必定会被德川家的忠臣们逼上高台，然后撤走梯子。你没发现家父便是明显的例子吗？”

“这个……”

“圆四郎，到处宣扬我如何如何英明卓绝的家伙便是你吧？我饶不了你！你看，我只是一个庸俗凡人，连一桥家都难以掌控，甚至被鬼魂欺辱。你不要再来打扰我了，除非你想让我被德川家的忠臣们杀死。”

庆喜话中仍然充满揶揄之意，圆四郎却愈发头脑发热。

四

“圆四郎不是不明白您的意思。的确如您所言，溜间诘的诸侯皆以德川家的中流砥柱自居，但那只是表面现象，他们如今不过是一盘散沙，如何还能战胜国难？”

“‘溜间诘之辈不过如此’，”庆喜再次打断了圆四郎，“这是家父曾经说过的话。但倘若那些人代表将军下达命令，纵是家父也不是对手。”

“不揣冒昧，但将军病弱……”

“你所言不差。但溜间众人身负将军之命，掌握天下。掌握了天下之人便是强者，任何人都想变强，如此一来便会导致计谋横行。这并非松平忠固一人之罪，而是时代与制度的不和谐所致。你不这样认为吗？”

圆四郎听得咋舌不已，身子向前探出，开口说道：“正因如此，才需要您下定决心啊！倘若上有明君，便可重整和谐，大家都在翘首以盼啊！”

“圆四郎，你退下吧。”

“您又是这样！”

“你所言不无道理，但实际情况并非如此。好吧，纵使我已成为将军，纵使我要废除现在的溜间，重新创建一个既非谱代又非外样的团体，由老中统管，可无论我所做之事如何正确，你以为周围的人会同意吗？”

“这……这就要看您的决心了……”

“或许你觉得可以，但我觉得行不通。我们看待事物的眼光不同。我若成为将军世子，入住西之丸后乖乖充当傀儡或许便可保证自己的人身安全。可是，我做不到。正如你们所想，我一定会广辟录用人才之道，以战胜国难为目标行事。”

圆四郎目光炯炯地凝视着庆喜，然而庆喜的表情已经变成苦笑。

“水户之恶鬼……圆四郎啊，大奥的那些女子也好，德川家的男丁们也好，他们一旦认为水户之鬼的儿子将要有所举动，必会蜂拥而至，毫不留情地将我消灭。你要知道，被俘的鬼之子必定不是什么强人。纵然我能在江户城内活下来，也要主动毁掉西之丸和本丸，建立一个全新的城堡，如此方能不负你们的期望。但如此一来，你们名义上是让我当世子，实际上却是在劝我背叛宗家。这名义与实际之间相差万里，你想过吗？”

“这……”

“我是很珍惜生命的！正因如此，我若成为世子，就得乖乖入住西之丸，靠讨大奥中人和德川子嗣们的欢心活着。但如此一来，却又毫无意义。我无意与纪州争夺世子之位。不，纪州若入住西之丸，便会被各种各样的观念与顾虑包围而变得束手束脚，想想实在可怜。”

“那……那您就打算袖手旁观？”

“圆四郎，你还是退下吧。我已说过，我很珍惜生命。你是如何理解这句话的？我想更加重视生命，而要重视生命，就要寻找其他求生之道。难道你不是这样理解的吗？”

圆四郎双拳牢牢抵住大腿，浑身再次颤抖不已。他觉得自己已经明白了。可虽然明白，却仍感到心急如焚……

（如此一来，还有何颜面见诸藩志士！）

五

圆四郎时常惊讶于自己对庆喜的感情。他常常会产生“世上竟会有如此聪明之人”的感叹；而与此同时，另一种感情则与这种感叹完全相反：

“没人比他更狡猾了！”

庆喜不过十八九岁，端起架势来却已如老成之人一般，总是将自己包裹在恰到好处的雾霭之中，几乎从来不会兴奋或做出越轨举动。据说他以前是一个令人无可奈何的粗野之人，但眼前的庆喜甚至从未严厉训斥过家臣。

事实上，在写给桥本左内的信中提及庆喜是“英明卓绝之人”的人，正是圆四郎。左内似乎很喜欢这句话，到处引用，后来便直接成了一桥派众人对庆喜的评价。圆四郎向来不会撒谎，这是他通过观察得出的结论，但这个结论却时常令他感到生气。他觉得公子简直卓绝得有些过分。

（他难道是能工巧匠制作出来的人偶？）

圆四郎的想法颇为无礼。在他看来，倘若庆喜真是人偶，制作他的人便是从水户随同而来的监护人井上甚三郎，或者是从上一代便开始担任一桥家侧用人的中根长十郎。

一桥家是御三卿之一，位列宗家，即将军家的家族。中根长十郎似乎一直在将御三卿应有的姿态强行灌输给庆喜。他对庆喜表面恭维，实则内心轻蔑。

时至今日，庆喜也仅有一次做出令这位从上一代便开始任职的忠诚侧用人大吃一惊的事情——那便是被他知晓了庆喜与侍女须贺发生关系一事。在大地震的火灾之中，须贺淋着漫天火雨，倒在西墙边上，梶清右卫门发现并救出须贺，她当时浑身上下受到严重灼烧。后来，登美宫夫人去看望她时，中根长十郎通过二人之间的闲谈察觉出她与庆喜之间的秘密。

中根长十郎当时极其狼狈，其滑稽程度是圆四郎无法想象的。

“这动作也太快了！”

不知此事发生在美贺夫人入嫁之前还是之后。对长十郎来说，这似乎是事关生死的责任问题，是天大的秘密，他甚至对同样身为男人的圆四郎也是守口如瓶，最后似乎秘密地解决了问题。除此之外，庆喜可以说再无纰漏之处。而他今日又用“珍惜生命”这种奇谈怪论来反驳圆四郎，将其轻易击退。

（入住西之丸便会没命……）

这便是庆喜今日回答的中心思想。

圆四郎也十分清楚。在当今大奥，为了保护将军家定，本寿院对下毒之事十分警戒，甚至连大奥医师都无法接近。本寿院和歌桥的假想敌人是水户大鬼齐昭，鬼之子若入住西之丸，的确有生命危险。话虽如此，但他怎能贪图自身安逸而以此为借口呢？

（不想建功立业之人实在难以对付啊。）

“圆四郎，你还有什么话要说吗？”

圆四郎凝视着主公，一言不发。

“我要去看猪了。”庆喜见圆四郎并不回话，便淡淡开口道。

“猪……您在养猪？”

“噢，我觉得只知以猪为食实在是罪孽深重，便想看看猪的习性。之前有市井之人送猪给我。”

“公子，关于此事，我也有话想说！对了，我和您一起去吧。”

“你对养猪也有意见？”

“是的，您知道的吧，世人曾一直叫您倔犟公子。”

“大家对我可真和善啊。”

“最近又多了一个绰号，叫猪一公子……恕我冒昧，大奥众人若是听到这个绰号，恐怕会笑得浑身发抖。”

庆喜仿佛没听见一般站起身来，拍了拍手，唤来了小纳户渡井量藏。

六

平冈圆四郎无论如何都不愿就此退下。在刚刚一问一答的暗中对抗之中，圆四郎彻底败下阵来。庆喜若入住西之丸便会有生命危险，但他是个很惜命的人，所以要考虑以其他方法战胜国难——此理论思路清晰，毫无破绽。

然而，事态的发展却并不会受此影响。松平庆永已经化作一把火，正在四处奔走，岛津齐彬也是不遗余力。虽然水户老公失去了左膀右臂，变得斗志全无，但水户众人还在积极展开行动。

而且，萨州的西乡和桥本左内在各藩志士中间的宣传引起了极大的反响，令圆四郎大吃一惊。眼下，黑船来航所引发的愤怒与不满都转移到了世子问题上，不知哪个才是最危险的炸弹。

“当今幕府并无攘夷实力！”此种不满，使得众人纷纷指责幕府不确立一桥庆喜为世子的做法。倘若一桥以世子身份辅佐政治，自然便会接纳水户老公的意见，幕府的实力必定会大大加强，远非当前可比。然而幕府不敢违抗夷人，被迫签订了《和亲条约》，如今更是要被迫签订通商条约。但因为自身实力不济，所以除了忍气吞声默默接受，别无他法。不仅如此，倘若签下了这第二个通商条约，便定会被迫签订第三个、第四个条约。如此一来，日本也会毫不例外地变成列强的殖民地。

防止如此雪崩趋势的办法只有一个，便是尽快确立一桥为世子，令诸侯之心团结一致，在千钧一发之际维持日本独立。

长州的吉田松阴说过：“纪伊党皆奸邪之辈，唯拥立一桥者为忠臣。”他以如此斩钉截铁的断定昭告世人：对真心忧国的率性青年来说，一桥庆喜是最后的希望。

珍惜生命没错，一死万事皆休。然而，庆喜既不想当世子、也无意当将军的决定，如何能向诸藩的志士们开口解释？如此一来，世间必将更加慌乱。

“没想到我们都被这个没有骨气的人给骗了！”

倘若年轻志士们的怒气转向庆喜，他所面临的生命危险岂非比在大奥更加严重？纵然未必一定要拜托庆喜“在必要之时，要为大家而牺牲”，但还是要让他发誓不会背叛大家的一片诚心。不，就圆四郎的立场来说，不得到庆喜的承诺，他是不会罢休的。

圆四郎跟在庆喜身后走出书房，胜三郎和梅泽孙太郎也都随后紧跟。庆喜穿过后院的小门来到庭院里，只见在夫人居室右后方栽有一株含苞待放的瑞香，旁边建有一间大约三米见方的小屋。庆喜默默地向小屋走去。

这是圆四郎第一次亲眼见到庆喜饲养的猪。送这头猪给公子的人一定便是车善七。据说，车善七摸过猪皮后，认为其强度不逊于牛皮。如今，他正与弹左卫门一起研究，打算制作全新种类的鞋。

（即便如此，但此人竟然特意将活猪送来……）

只见小屋内有两头浅黑色的粗毛猪，见到庆喜后立刻哼哼唧唧地跑了过来。这两头猪乍一看与没牙的野猪一模一样，只是体形圆滚滚的，很是膘肥体壮，眼中毫无野性之光。

“我们管这动物叫做‘豚’，而唐朝将这种动物称做猪。[1]所以猪饲胜三郎的姓便是养猪人的意思。猪一公子与养猪之人，我们这里还真是人手齐全啊。”

庆喜郑重其事地说着，然后再次重重地拍了拍手。只听从夫人居室的方向传来两声“是”，随后便走来两名女官，手上端着盛满豆腐渣笊

[1] 日语中以汉字写成的“豚”是猪的意思。

篱。等到看清其中一人，圆四郎立刻变得目瞪口呆。毫无疑问，那人正是与庆喜发生过关系的一色须贺，但此时她理应卧于病榻之上……

七

（竟然若无其事地让与自己发生过一次关系的女子帮忙喂猪……）

圆四郎用力摇了摇头。

（不对，这人不会是须贺，一定是容貌相似之人！）

那名女子向小屋走来，容貌越来越清晰。她脸上有着浅浅的麻子，肤色也比须贺略黑，裙摆高挽，正和另一名女官合力抬着大笊篱。从步伐来看，她对这种工作早已驾轻就熟。

圆四郎刚想自嘲地笑笑，庆喜却表情不变地说道：

“须贺，这两个小子没出问题吧？”他的确叫她“须贺”。

“是的，没出什么问题，胃口也很好。”

“你帮我好好照顾它们。世间多以猪形容无用之人，实在是冤枉，这些小猪崽将会改变日本人的体格。”

“是，我会用心照料。”

“圆四郎。”

“啊……在！”

“你在看什么？我们方才谈论的是猪，可不是须贺。”

“啊，是，不好意思。”

“日本人的身材一直过于矮小，家父经过研究，认为是经常食用白米所致。‘粕’这个字便是左边以“米”字作偏旁。人常吃粕，自然身材矮小。正因我们身材矮小，才会为夷人所辱。”

“的确如此。”

“必须让日本人也吃上夷人所吃的食物。猪一次可产十只以上的幼崽，而且很快便可长大。今后就不要说‘激（鸡）增’了，改叫‘猪增’吧。”

圆四郎张口结舌，双眼眨个不停。

两名女官将豆腐渣倒进桶内，两头猪立刻哼着鼻子大吃起来，那股贪婪劲儿，简直就像猫儿看到了鱼。

“猪从鼻子到尾巴尖儿都可食用，而且它们浑身的皮毛又皆可为人所用，纵然人们不久后穿上用猪皮制作的外褂也不足为奇。”

“可是，它们为何总是令人心烦地哼鼻子呢？”

“那是因为它们看到人类的愚蠢，一直气愤不已：‘这些人类装模作样地表示不吃四足禽兽，对美味的我们置之不理，但实际上却偷偷地捕猎鹿和野猪吃掉。正因为有这种装模作样的说谎之人，你们这些人才会被吃我们的夷人欺辱。’”

听到庆喜的话，再加上须贺出人意料的出现，圆四郎一时无法理清自己的感情。当圆四郎在某位武士家中听到“猪一公子”这个绰号时，他甚至想一刀杀了对方。他以为这是通过猪产崽多的特点，将其与孩子众多的水户老公联系在了一起，实在是一种不可原谅的侮辱，但事实看来并非如此。庆喜不仅自己吃猪肉，还讲了这么多猪的用途，被称做猪一公子似乎也不足为奇。

“关于……关于那个绰号，您难道不生气吗？”

“绰号？你是说猪一公子？”

“是……连大奥都知道这个绰号了。”

“圆四郎，日本人现在必须彻底改变自己的观念了。”

“已经改得够多……”

“远远不够！倘若将军能够喝牛乳、吃猪肉，我们就不会像现在这样孱弱。”

“可是……”

“应该先试着改变想法。长此以往，纵然更换老中，也无法改变民之不安、民之不平。倘若无法消除民之不安不平，便无法实现真正的团结。我们应该改变观念，重新审视这个世界。”

圆四郎此时不知为何突然想到，那只曾被自己认为无法被人驯服的小麻雀，已经不再企图逃离庆喜枕边，成了他的掌中玩物。

八

（此人果然古怪！）

圆四郎今日并未立刻将这种古怪感觉直接转换成“伟大”，否则他又只能无比佩服地乖乖退下。那样一来，他便再无颜面去见诸藩志士和一桥党人。

“若您只是简单地说应该改变，是无法令愚蠢凡人改变想法的。希望您能指出究竟是在哪里、有何种不同。”

“唉，你还是不明白吗？”

“是的，正因为我还没明白，所以才会经常与您意见相左。”

“圆四郎，你曾同我说过大坂的大盐平八郎骚乱，对吧？”

“确有此事。”

“你曾说，大盐是因为见到街巷之中挤满苦于当日之餐的贫民，而将军却在江户城的大奥之中不惜千金、酒池肉林地享尽奢华而感到异常激愤，认为此情此景有悖天意，所以才愤然举事……也就是说，他之所以举事，是因为对极端的贫富差距感到义愤填膺。”

“没错。”

“既然如此，大盐的不满便是全体民众不满的爆发，而黑船却在这种不满蔓延之际到来，带来了更大的国难。这正是所谓的内忧外患。国内产生出两种潮流，均预感到国难到来并试图给出答案。其一便是家父的藩政改革，另一个便是大盐事件。你难道不认为是这样吗？”

庆喜又迅速展开话题，并提出反问，圆四郎的思维完全跟不上，一时无法作答。

庆喜也不等他作答，接着说：“不明白也没关系。家父和大盐平八郎有着同样的忧虑。家父先是在藩内发出节俭令，家母禁止女官们身穿丝绸，我们兄弟几人也必须对百姓心怀感恩才能有饭吃，吃饭时还要特意将几粒米饭供在百姓人偶面前。水户的偕乐园是藩主、武士、百姓和市民偕同游乐之所，所以取名偕乐园。至于种满梅树，是因为家父更关注的是收获果实而非赏花。平日晒制梅干，万一发生战争，可以当作副食——家父连如何利用梅树的果实都下了一番工夫。水户的偕乐园和弘道馆内并无贵宾室，这是一种严肃的反省与自戒，表示藩主和民众百姓都是平等的天皇子民。”

“这……这个……”听到庆喜提及藩主功绩，圆四郎慌忙深施一礼，“可是，老公的志向反而招致愚昧的大奥女人们的反……”

“闭嘴！欠缺深思的贸然决断必会误事。我要告诉你的是——对于贫富差距，有两种愤怒的方式。”

“是……是。”

“大盐的愤怒无视法纪，自己贸然地选择了叛乱自灭之路。家父认为这是一种心胸狭隘的做法。他倡导节俭，以身作则，与民同乐，并考虑如何致富。开垦虾夷地、饲养乳牛、建造船舰——家父试图通过这些方法从另一个方面给出答案，这与大盐的不满完全不同。”

“这……这也正是老公令幕府震怒而被迫隐居的原因……”

“够了！你难道没听见我刚才说的话吗？贸然断定必会误事。”

庆喜很少如此呵斥圆四郎。须贺已经喂完猪，此刻正单膝跪地，聆听二人的谈话，而一旁的胜三郎与梅泽孙太郎正将鼻子凑到瑞香花蕾前，一同嗅着春天的味道。他们已经反对过庆喜养猪，也听庆喜说过同样的话。

“你知道吗？圆四郎，现如今，必须要做到‘眼观三路’，重新审视天下。”

庆喜的声音重新恢复轻柔。

九

“第一观，是要解读东照公首先提出的治世之道为何行不通。”庆喜将目光从兴高采烈饕餮大吃的猪身上，逐渐转向圆四郎，“东照权现在世时的大敌是战乱。战乱才是最难改变的万民之敌，是最悲惨、最没有意义、最大的徒劳。而战争究竟是如何产生的？这一定便是家康公思考的核心问题。”

事实上，按照德川家康的想法，国家先要蓄积绝对优势的武力，然后才能在此基础上建立太平秩序。因为他已经领悟到，战争的原因在于无秩序的人无止境的欲望。人云所谓的“为了生存不得不战斗”，不过是故意无视这种无秩序的虚构罢了。大自然的本质并不在于斗争，而在于相互依赖的共存。东照权现认为，要想实现天意，必须彻底贯彻天地并非私有的意识，将万民置于一定的秩序之下。于是，他开辟了一条道路，按照士、农、工、商的职责确定阶级高低，只要在自己的岗位上不偷懒，就可以连同子子孙孙永享太平繁荣。与过了今天没明天、充满生命危险的战国时代相比，这是多大的幸福啊！只要不触犯法律，就可以不必畏惧暴力地生活。对那时的人民来说，仅是“生活”一词便有着非凡的意义，令人欣喜不已。

然而，这种情况却在近年变得完全相反。除了规定士、农、工、商的阶级外，人们还过分重视家族门第，导致发掘人才之路尽皆闭塞。当太平的日子对于人们来说变成了常态一般的存在，让人无法忍受的不平不满便出现了。若非那些高高在上的愚蠢家主、上司或藩主的独断，又怎能堵塞聪明的家臣、仆人和子子孙孙的建功立业之路呢？

而且，这一体系还有一个出人意料的破绽：士、农、工、商的排序本是按照彼时的历史环境制定的，但如今底层的商人阶级逐渐富裕起来，在现实生活方面，这一顺序完全颠倒过来，变成了商、工、农。且不谈掌权的藩主的生活，藩主下属的下级武士恐怕已成为了排到底层“士”。

“这究竟意味着什么？第一观必须关注的就是这个问题。”庆喜简洁明快地作出了判断，“也就是说，无论构想如何宏大，随着时间的流逝，人都会变老。古老的住宅无论建得如何坚固，最终也会化为腐朽。现如今，家康公兴建的太平之家开始面临衰老和腐朽的危险，必须经由子孙们的手加以重建，方能屹立不倒。”

“那第二观呢？”

“第二观便是要看清这一体系行不通的原因所在，要看清变化的时代之敌。其实，家父便拥有这种眼光，大盐也必定拥有。大盐以贫富差距为敌，而‘偕乐’一词则暗暗体现出家父消除门第阶层的决心。然而在我看来，二人终将失败。”

“如此一来，水户老公便会被视为谋叛天下之人？”

将大盐平八郎骚乱详细讲给庆喜的人便是圆四郎，但圆四郎从未想过将自家老公和大盐视为同一种人。在他眼里，大盐终究不过是破坏天下法律的不逞小吏。

庆喜并未直接回答这个问题。

“虽然找到了原因，但家父失败了，大盐也失败了，因为他们都没有参透这第三观。倘若没有这第三观便妄行举动，就会令世间变得波涛汹涌，而自己也会被大浪吞噬。”

“那这第三观究竟是什么？”圆四郎有些气恼地问道。

十

倘若圆四郎对庆喜毫无敬畏之心，他可能早已胁迫庆喜同意自己的要求。顾左右而言他并巧妙地推卸责任，这便是隐藏在贵人血脉之中的狡猾。他们总是要求别人做出牺牲，自己则避开充满荆棘的道路。

（倘若不能说服公子，四处奔走的松平庆永大人怎么办？一桥党的苦心怎么办？）

考虑到最坏的情况，圆四郎可能不得不刺杀主公，然后剖腹自尽。

“第三观便是要拥有此后房屋重建的精密平面图。”庆喜仍然用确信无疑的语气说道，“圆四郎，正因老房已经腐朽，所以才要重建。首先要制作新房的平面图，然后拉绳定界，准备基石和木材。但在此之前，你觉得可以轻易毁掉老房吗？”

“但不毁掉就无法重建！”

“倘若先急着毁掉老房，则家人在新房建成之前只能睡在路旁了，你觉得这样好吗？”

“这……”

“虽然老房已经腐朽，但尚未坍塌，仍可以遮风避雨。倘若毁掉老房却无法建起新房，该如何是好？家人之中一定会有人产生这种不安情绪。”

“可是，夷人已经提出了通商条约……”

“没错。倘若还有其他敌人，我们就更要尽快准备好基石材料，必须让自己和家人都相信一定可以建成新房，然后再毁掉老房。圆四郎，你听好！我们称之为天下的日本这所房子，的确已经开始腐朽，长此以往必定无法久居。不过，在准备好修建下一所房子之前，不能如此轻易就毁掉它，否则必定会令家族不安。”

圆四郎未能立刻作答。直至此刻，他方才开始了解庆喜的真正用意，不满与赞叹同时在他胸中翻涌。

（的确不能操之过急……）

但同时，他还感到些许不安，生怕这是庆喜袖手旁观的借口。

“公子！”

“你明白了吗？”

“圆四郎……圆四郎与公子的看法有些不同。”

“有何不同？”

“依圆四郎之见，日本这所房子的腐朽速度要超出您的预想。当前形势已如累卵之危，倘若置之不理，恐怕一阵微风吹过便会轰然倒塌。”

“那你就去支撑一下好了。”说完，庆喜快速转过身去，不再理会圆四郎，而是冲须贺说道，“这两头猪就拜托你照顾了，但不要勉强自己的身体。”

“是。我一定小心照料，让它们多多产崽，生好多小胖猪。”

“看到你如此精神奕奕，我就放心了。你……”说着说着，庆喜竟双颊微微泛起红晕，“地震时有那么多火星落在你身上，你竟还是平安无事，这真是不可思议。或许有神佛暗中保佑你吧。”

圆四郎若是心绪平静，此刻恐怕会点头微笑。看来，一桥家的鬼魂不会再打扰二人了。然而，圆四郎今日并无这份闲情逸致。

自己明明指出了他与公子在日本这所房子的腐朽程度上的看法存在分歧，并以此提出反驳，却被对方轻松招架。

“倘若腐朽很快，眼看就要倒塌，那你就先去支撑一下吧”……这是多么讽刺而又正确的话啊。

“公子，圆四郎随您一起回去，请您再听我一言，就一次！”

圆四郎慌忙向三人追去，庆喜却没有再让他“退下”。

十一

人类倘若当真被逼入绝境，会不可思议地变得韧性十足。平冈圆四郎本是性格淡泊的江户人，今天却极其执拗。因为他觉得自己已经触碰到了庆喜的真实想法，但更重要的还是对一桥党诸同志的责任感。向那些人大肆宣扬“英明卓绝”的幕后推手正是圆四郎，不，暗示圆四郎去大肆宣扬的人是藤田东湖。

东湖说过，锻炼有才能的人有两种方法。有些人不能夸，只能骂，否则便无法成长；有些人则是越夸越上进。前者属于乐天派，心胸开阔，纵然故意不夸他，也会要求自己不断上进。后者则是老实人兼神经质，总是与自己斗争。这种人因经常深陷于自我反省之中，而显得过于慎重。

圆四郎当时立刻向东湖问道：“那我家公子是哪一种人？”

东湖轻拍大腿，开口答道：“一桥庆喜是卓绝之人。他很特殊，两者的特点都具备。勉强来说，有四分前者，六分后者。”

根据东湖的回答，圆四郎编造出“英明卓绝”这个褒义词，大肆鼓吹。但现在仔细想想，自己似乎弄错了这个词的使用对象。这个词本应说给刑部卿自己听的，可圆四郎却是不断地向世人大肆宣扬，在庆喜面前反而闭口不语。这也是江户人的一个优点——不喜奉承谄媚之事。

（对啊，看来是我战略失误了。）

庆喜若无其事地走回卧房，圆四郎则在他身后焦急地思考着。

（既然如此，那我就试着好好夸他一番！）

圆四郎自知难敌庆喜，当他走到卧房时，终于做出了这个万般无奈的决定。

“公子，我再也不会做出让人回避的无礼举动了。我已经知道那样做是对公子赏识之人和护卫的一种失礼，所以我就直接向您请教……”

庆喜慢慢地将小刀递给孙太郎，然后打开了鸟笼的门。麻雀啪嗒啪嗒地扇着翅膀，飞到庆喜掌上。庆喜将麻雀贴在脸上，让它啄自己口中的唾液。

“看来你还有我猜不出的心事，说吧。”

“公子刚才让圆四郎来支撑这所即将倒塌的房子，但圆四郎不才，既当不了建造新房所需的木匠，也没有瓦匠的本事。您是在了解这一点的基础上才那样说的吗？”

“圆四郎，我只会再让你明白一点——假设新房已经建成，柱粗壁厚，是一所很漂亮的大房子。”

“是……是。”

“可是，家里本应继承这所新房的孩子尚且年幼，无论如何都无法承担家政，这种情况不是不可能吧？”

“是的，世间多有此例。”

“面对此种情况，那人应该怎样做？你且听好，漂亮的大房子就是这个世界上的制度和规定，而仅有制度和规定，这所房子还不完整。于是，就需要有人辛苦地支撑这所房子，直到小孩长大成人为止。”

“的确如您所说……”

“我希望自己能成为那所新房的顶梁，而不是去当老房的旧主。”

说完，庆喜将麻雀放回鸟笼。

“雀公啊，圆四郎已经迷茫了，你可以教教他，他可是我的重要支柱啊。”

圆四郎的表情不经意间变得十分扭曲。有才之人果然也有高低之分，看来圆四郎已经沦为庆喜的掌中之雀了。

十二

第二日，平冈圆四郎得到美贺夫人的允许，去广敷寻找已经成为女官之首的须贺。有传言称，美贺夫人与公子之间的关系并不融洽。美贺经常在噩梦中被辉姬的鬼魂纠缠，不知鬼魂说了什么，竟让美贺如此痛苦，圆四郎也不想知道。然而，曾与公子发生关系的须贺在伤愈之后立刻被任命为女官之首，掌管公子身边所有侍奉之事，这在当时是绝无仅有的特例。

人们纷纷谣传，称在地震之夜，曾与公子发生关系的须贺被从火雨之中救出时，恐怕就已不想活了。她从脸到肩都被火烧伤，纵然能够治好，也保不住昔日美貌。对女人来说，那可是致命的伤害。

“可能又会多一个鬼魂……”

尽管须贺听到了谣言，但依然生气勃勃地出现在圆四郎面前。对现在的圆四郎来说，这简直就是一个奇迹。

（究竟是什么令须贺得以重生？）

似乎是从先代便开始担任侧用人的中根长十郎全权负责此事。据说他秘密拜托医术高明的户田静海治疗须贺，结果几乎没有留下疤痕。但即便如此，心灵的创伤是无法医好的。须贺要想重生，必须拥有足够的支撑。即便须贺也是相当坚韧之人，但另一个重要的微妙之处是……

最后，圆四郎仍然执拗地打算从须贺近乎奇迹的重生之中找出庆喜的身影。

“昨晚多有失礼，没想到那两头猪如此健壮，真让我大吃一惊啊！”

圆四郎一边向须贺表达自己的感叹，一边打量须贺容貌的变化。她身上已经毫无以前那种天真可爱的少女气息，双眸中流露出坚强女性的镇定沉着。看来广敷[1]简朴的房间已经迎来了合适的主人。

---

［1］　广敷，江户城中大奥用人的守候室，相当于现今的值班室。

“你伤愈啦？我曾听说，你有段时间甚至有生命危险呢。”

“是，全赖公子仁慈。”

“其实，我想问问你关于公子的事。圆四郎为人愚笨，最近心里很是动摇。公子他当真不打算入住西之丸吗？你若知道……”

说到这里，圆四郎搔了搔鬓角。只见对方正凝视着自己，眼中满是笑意。

（听到如此大事，她为何还笑？）

须贺的眼睛仿佛在说——你不该一开始就问我无法回答的问题。

“我一想到公子，就满脑袋问号。你不要笑，跟我好好谈谈吧！圆四郎一直以为公子有意继承将军，所以四处奔走，极力斡旋。可是，水户老公的态度在近期有所改变，我也越来越不明白公子的心意。须贺，你是东湖先生推荐的人，也就是我们的师妹。请你告诉圆四郎，我究竟该如何是好……”

须贺突然呵呵一笑，但这一笑并未缓解圆四郎的紧张，他继续说道：

“须贺，我们一直到处宣扬公子英明卓绝，不，是我们对此十分坚信。可是，公子竟说他不想入住西之丸……”

“平冈大人。”须贺终于换上一副严肃的表情，开口打断了圆四郎，“无论何事，都请随公子的心意去吧……只要这样，公子便会幸福，须贺也会幸福。平冈大人，难道您不该如此吗？”

须贺若无其事般说出的这句话实在是一针见血。

十三

“无论何事，都随公子的……”圆四郎呆呆地咂了咂嘴，低声重复着这句话。对这句话的含义，他再明白不过了。一切都是为了公子……正因为有这种想法，他才会努力四处奔走。然而，在重要问题上，公子却变换了行进的方向。没错，与其说是变了方向，不如说是圆四郎没有想到。

在世子问题上，藤田东湖自不必说，老公和整个水户家的态度都是一致的，而大奥出人意料的抵抗却令这种态度为之一变。这种情况下的改变，很可能会导致失败或变节。

如此一来，老公和公子的态度都变成“不想因继承一事而引发争斗”。他们的确可以放手，但松平庆永和岛津齐彬的立场何在？不，还有比这更重要的事——天下对由义公光圀传到齐昭的“水户精神”的信赖怎么办？难道要抛弃那些呼号国难、倡导大义的奋起之人吗？

“也就是说，无论何事，你都会遵照公子的意愿。只要如此，公子就会幸福，就会成为一个了不起的人？”

“是的。”须贺清楚地答道，她的双颊仍然带着微笑。圆四郎顿觉浑身血液倒涌上头。

（这个女人在小看我！）

一念及此，圆四郎最坏的毛病立刻完全控制了他：“是吗？既然如此，就请你看念在师兄妹的情分上，帮忙处理尸体。”

“处理尸体？”

“是的，圆四郎这便剖腹自尽，你只需交给中根长十郎处理即可，其他全都不用操心。”

须贺歪了歪头，略略思考一下，然后竟点头答道：“我明白了，我会按照您的意思处理。”

这个回答将圆四郎逼上了绝路。若是其他事也就算了，一个武士怎能在女子面前如此性急地大发豪言……圆四郎觉得自己方才实在是太蠢了，但他已经没有退路。当他解下小刀并露出一只臂膀时，已经做好了心理准备。此时已无暇顾及这一举动是否有意义了，圆四郎完全被逞强心理所控制。

（舍弃生命，侍奉主公！）

由此看来，这绝非谎言。对一个人来说，重要的并非生死，而是是否知耻。

“最后我想问一下。”须贺突然发问，声音仍旧冷冰冰地不着感情，“看来您已做好足够的心理准备，那么就请将遗言告诉我吧。”

“什么？遗言？”

“是的。须贺虽然身为女子，也已决定终此一生在这里侍奉主公。倘若公子问及此事时，知道我连遗言都没问，恐怕会斥责于我……”

“就像临终前的绝命诗？”

须贺此时仍然站得笔直，语气冰冷，与其冷静无情的态度十分相称。圆四郎心里再次嘀咕起来。

（在江户绝没有这种坚忍的女子！）

此时涌上心头的竟是对须贺的赞叹，而非对自己处境的担忧。

（她现在已经能够证明东湖兄妹的眼光了。）

“唔，不愧是水户女子，那我便说了。等我死后，你只要转告公子一句话——圆四郎这只麻雀无法理解公子的心意，因走投无路而自尽。”

说完，圆四郎咂了咂嘴，同时脸上露出微笑，伸手握住了小刀的刀柄。

十四

世间没有什么要比人类的逞强之心更奇怪了。在这只小虫的控制之下，无比重要的生命可以在瞬间终结，所有欲望可以骤然变成“本来空”的大彻大悟。

当时的武士或多或少都有这种奇怪的毛病。西乡便是代表人物，吉田松阴、桥本景岳、高杉东行（晋作）和坂本龙马也都有这种毛病。而且，无论是士人也好，刺客也好，这种毛病都会将善恶对错的成分撇开，显现出一种人性的魅力与扣人心弦的力量感。

不经意间，平冈圆四郎便在须贺面前显露出了这种毛病的片鳞半爪。听到圆四郎说出“因走投无路而自尽身亡”这句话后，须贺将脑袋缓缓地歪向一边。

“真是无法理解啊。”她淡淡开口说道，“没想到这竟然是您这种人的遗言。”

“你……你说什么？！”

“走投无路……您方才是这样说的吧？这须贺无法接受。”

圆四郎用膝盖向着须贺挪动，形如踉跄。

“如此说来……如此说来，难道你认为我到了最后还在说谎？”

“是的。”

“‘是的’？我可不能当作没听见！好，在下就……”

“我看不出您有多么走投无路。”

圆四郎用刚刚拔出的刀在地上敲击，向须贺逼近。

“你……你看出了什么？”

“您在生气，您在为某事生气。我看出的便仅是这个而已。”

“在为某事生气……”

“因此，我想问问您在为何事生气。”

“唔……”圆四郎答不上来。

“难不成您是在生公子的气？”

“闭……闭嘴！”

“是。”

“‘是’？你口中的‘是’就像一道石坝，总是让我们张口结舌。你也太狂妄了吧！”

“请您原谅！”不知须贺想到了什么，她突然伸出双臂拄在地上，眼泪簌簌而落，然后便不停呜咽起来。

“须贺是固执的女子，无法将心事直接说出口，请您原谅。”

“你在哭？”

“是……是的。”

“何事令你如此悲伤？”

须贺一边哭泣，一边轻轻摇了摇头。此举似乎并非表示不知道，而是无法接受圆四郎对庆喜的气愤：“您说走投无路，但其实是在生气。公子……公子他实在可怜。”

“什么？公子可怜？”

“是的。最信赖的臣子只是因为生他的气便就此撒手不管……对须贺来说，被抛弃的公子无比悲哀。”

圆四郎顿时浑身一凛。他突然感到一种仿佛冷水浇头般的恶寒，胸中同时一阵剧痛。

（我这竟是对公子撒手不管……）

倘若只是撒手不管，自己为何会感到如此痛苦？想到公子是自己生存的意义，便会……一念及此，圆四郎立刻浑身剧震。倒涌的血液恢复平静后，他不敢去看须贺。

（男人的臭毛病……）

这名坚强的女子并未责备自己的毛病，而是哭泣着检讨自己。不，她或许是在全心全意为公子请愿。

（我输了，我彻底输了。）

须贺仍旧跪在地上哭泣不已。

十五

圆四郎逐渐恢复平静，一阵强烈的羞愧感涌上心头。但与此同时，他还震惊于须贺令他看见的爱情的深渊，这甚至使他感到无法呼吸。

平冈圆四郎知道武士的规矩，他本打算以超脱生死的心态侍奉公子。人，或者说男人，都会寻找自己发自内心喜欢并向往的人。对圆四郎来说，这个对象并非异性，而是一个以一桥庆喜的身份存在的尚不完整的人。他本打算令自己的理想之花为此人而怒放，并为此心急如焚。是的，可以说是操之过急。而且，此事与大盐平八郎不惜违法都想要实现的梦想，以及水户老公幕政改革的梦想有相通之处——都同样操之过急。这可以说是过于爱国，也可以说是过于为民忧心。

但事实上，上述两者虽未失败，却都已大受挫折。一方是点燃了尊皇攘夷的烈火，另一方则因一心顾及政治忘却民众而在诸侯中燃起了愤怒的烽火。从这方面来说，两种举动皆意义非凡，但二者都已大受挫折。

然而，须贺方才表现出的爱情与男人的激情完全不同。这种感情似乎不会受到挫折，其中亦毫无男人事业中常见的算计。

大盐平八郎和水户老公的行为都注重成败，圆四郎自然也不例外。他梦想将一桥庆喜培养成能够救国的掌权者，最终看到自己的理想之花在他身上盛开。须贺则不同。她的献身是一朵爱情之花，在遥远的地方静静绽放。对女性来说，这是一种无比残酷的体验。然而，跨过这道体验的深渊，须贺如今已令圆四郎清清楚楚地嗅到石楠花的幽香。

（不计得失的爱……众神为了净化大地而留下的唯一不计得失的纯洁之爱……）

从结果来看，她刚刚制止了平冈圆四郎的冲动行为，挽救了圆四郎的生命。然而，这似乎并非出自她的理智，她只是真心为庆喜感到悲伤，为庆喜而哭泣。

"是我的想法错了……"过了大约十分钟，圆四郎在须贺身后说道，"圆四郎尚未走投无路。倘若当真为公子着想，就应该更认真地活着，更认真地侍奉……须贺，这就是你想说的吧？"

"请您原谅。须贺……须贺嘴拙……"

"公子的想法比我们的想法更加深远，应该更加虚心听从他的指示……须贺，你是这个意思对吧？"

"是的。"

"须贺，你将终生侍奉公子，因此，你希望我圆四郎也能拼死忘我地侍奉公子……对吧？"

"是……是的。"

"我明白了！须贺，你果然是我的好师妹，在下不胜感激！"

圆四郎拉起须贺的手，放在自己额上。倘若不这样做，须贺便不会停止哭泣。随后，他便离开须贺，径直走向井上甚三郎的住处。他内心感到十分轻松，果然是因为逃过了毫无意义的死亡的缘故吧。说是顿悟也许过于夸张，但他觉得自己当真明白了无悔奉公的真正含义。此时，最先浮现在脑海中的是庆喜的监护人井上甚三郎的面孔，那是比自己顽固数倍的水户武士的集合体。

（去见井上老先生，再决定去留。）

圆四郎本已感到走投无路，但一念及此，心中的疙瘩便开始解开。

天色渐暗，只见井上甚三郎正在玄关旁边寒冷昏暗的厨房里，用炭火炉烤着沙丁鱼。

十六

“我刚刚让市之进出去办事了。”甚三郎郑重其事地施了一礼，将烤熟的沙丁鱼移到碟中，然后将圆四郎让进屋内。

“需要点上蜡烛吗？还是很快便能说完？”甚三郎向圆四郎递过一袋烟。他的态度沉着得甚至令人讨厌。

“……不必费心，如此即可。”

甚三郎点了点头，却还是站起身来，静静地点亮蜡烛。他的言行无不颠三倒四，但圆四郎早已了解他的习惯。他询问对方是否需要点蜡烛，但并不会用耳朵聆听对方的回答，而是观察对方的态度，然后根据自己的考虑行事。

“好了，说吧。”甚三郎将蜡烛放进方形纸罩座灯中，自己也点着一袋烟，然后轻声说道，“我猜多半与公子有关，说说你想法的重点吧。”

“明白。公子无论如何都不想入住西之丸，您也知道此事吧？”

“我知道，然后呢？”

“如此一来，一直积极活动的松平大人和岛津大人恐怕会颜面扫地。”

甚三郎老人咣咣地敲着烟灰筒，打断了圆四郎：“平冈，你不会是想说，为了保存这二者的颜面，便可以不顾日本的颜面吧？”

“当然不是。不过，世人正为一桥派和南纪派而展开激斗……”

“欲望太小了！”

“啊？您说什么？”

“我说他的欲望太小了。我可没将公子培养成那种寡欲之人。”

说完，甚三郎少见地露出笑容，然后便离席而去。圆四郎感到十分不解。比常人更加重视礼节的老人为何会突然离席而去，甚至连招呼都不打一声？

但是不久，老人便端着食案重新现身，只见上面放着烤好的沙丁鱼和筷子。

“看来要谈很久，边喝酒边说吧。”

“哎呀，这是？”

“你的来意我大概明白了。平冈，我感到很高兴。”

“为公子拒绝入住西之丸而高兴？”

老人缓缓举起筷子。

“不久，将有一人到公子身边侍奉，此人你也认识，便是原市之进。”

“啊，是东湖先生的亲信。”

“如此一来，公子身边可谓人才济济。你也不会再心生动摇了。”

“这……”

“人的欲望是会越来越大的。来，再给我倒一杯。”

圆四郎慌忙将酒杯斟满递回，老人若无其事地接在手中。

“当以将军之位为重，还是以水户精神为重？”老人似在歌咏，又似在低声嘀咕，再次一口将杯中酒喝干，“大奥众女施行令人惊讶的节俭，贯彻大义，并借此想让天下接受那个有名无实的将军能够救国救民……这些纵然我不说，你也应该知道。啊，市之进也快些回来吧，今晚就用美味的小沙丁鱼来祭拜各自的观音菩萨好了。”

在井上甚三郎所说的观音菩萨中，“观”是指自己用来看世界的眼睛，代表主观；“音”是指天下万民之声，代表客观。历史的变迁便体现在这主观客观合二为一之处。他的意思是用小沙丁鱼来调调味道。

（当以将军之位为重，还是以水户精神为重……）

圆四郎根本无法做出回答。他无话可说，老老实实地拿起筷子。在一种无可言状的感慨之中，圆四郎玩弄般地剔着小沙丁鱼的肉。

得意与失意

一

时代在三股激流的涌动下加快了旋转的速度：第一股是哈里斯取代佩里，美国的外交政策变得愈发强硬；第二股是各个派系为了应对美国的变化而展开的行动；第三股则是随着局势急剧变化而加深的经济危机和贫富差距。反过来也可以说，在第三股经济波涛的影响下，人们各随己意加入不同派系，投身到风云激荡的时代之中。

安政四年（1857年）秋。

在驹込染井的水户藩邸内，齐昭今日仍然待在居室里，让夫人帮忙誊写自己的著述《战时食粮私见》。

齐昭早已不复昔日政界恶龙的模样，此刻的他看起来只不过是一个读书人在与妻子一同辛勤著书。夫人写得一手好字，简直可以称为有栖川流[1]。实际上，是她一直鞭策并安慰自己的丈夫，并主动帮忙誊写。

齐昭时而会忘记口述，怃然地凝望虚空。这位天才的思索并未停止，也尚未窘迫到穷途末路的地步，他依然能够清晰地感觉到三股激流描画出的波纹以及流动的方向。

然而，齐昭尚未想出如何将自己的良策传达给幕府，如何使其渗透

[1]　有栖川流，江户时代后期的有栖川宫第五代职仁亲王始创，继承灵元天皇书法风格的书法流派。

到国民中间。在藤田与户田死后，老中阿部伊势守正弘又染病身亡，享年仅三十九岁。对齐昭来说，这又是一个沉重的打击。

阿部死于6月17日，死因是肺痨。他在患病前便难以承担繁重的职务，已将外国事务悉数交给老中首座堀田正睦处理。

“堀田对外国的了解不过是‘喜好’的程度而已。”

齐昭老公曾毫无顾忌地如此扬言。在阿部正弘死后一个多月，他便被禁止参与幕政，因为佩里提督的后任——美国总领事哈里斯想要谒见将军家定，并已强行向堀田正睦提出要求。

“若将美国国书交给属下而非掌权者将军，会有损我国威。按照欧洲各国惯例，我一定要在江户城将国书直接交给将军。”

这一要求，齐昭无法赞同。他很清楚将军是何等风貌的人。齐昭以民族体面为重，纵然明知开国已是大势所趋，口中仍然坚持倡导攘夷论。堀田正睦已预料到齐昭会表示反对，于是便将他排挤在外。那是7月23日，即正弘死后的第三十七天。

“尔后不得参与海防及军制改革！”

但即便被如此直白地拒之门外，齐昭仍未停止反对。将军简直相当于半个病人，让他会见哈里斯，绝对有害无益，何况在尚无敕许的情况下允许哈里斯谒见将军更是一种耻辱。当时，溜间诘的诸大名也一致赞同齐昭的观点。

然而8月30日，齐昭的意见最终仍被否决，因为堀田正睦已经决定让哈里斯谒见将军，而且在他背后还有人大力支持。十五天后，即9月13日，因齐昭而被罢免的松平伊贺守忠固官复老中，他便是一直隐藏在堀田背后的支持者。

忠固漂亮地完成了对齐昭的复仇。

二

齐昭觉得忠固是个坏人。如今只要暂时推迟去上田的松平家当养子，忠固便可以继承酒井家，也能当上大老一职……齐昭认为他心中对此仍念念不忘，便命令阿部正弘将其逐出了内阁。

然而，等到阿部正弘一死，忠固首先便命令堀田禁止齐昭参与幕政。显而易见，哈里斯谒见将军便是此事的政治诱饵。堀田正睦十分喜欢西洋文化，甚至被称做兰癖先生，齐昭认为他本性正直，算是一个好人。正因如此，他才完全没想到堀田会将矛头直指自己。

“倘若藤田或户田还活着……”齐昭又忘了口述草稿。

“您说什么？”

“倘若他们还活着……怎会让伊贺那家伙得逞。”

“您应该继续口述啊，怎么发起牢骚来了？”夫人坐在对面的书桌后面，声音严肃地规劝着丈夫。

听到夫人的话，齐昭老老实实地点了点头，又开始口述战地秘药的调配。所谓战地秘药，是指类似今日维他命药剂和阿利他命等的抗疲劳药剂，主要材料是大蒜和人参。

齐昭在水户时便整日摆弄试管和酒精灯，已将药剂的制法研究明白。

“话说回来，越前（庆永）倒是个老好人。”

“您又跑题了，我可真是没法写了。”

“对不起，对不起。”齐昭口中连连道歉，却并未停止述怀，“你想想，在伊贺（忠固）官复老中的第三天，越前仍在向兰癖家推举一桥。”

“您不觉得他很了不起吗？”

“哎呀，你说得没错，是很了不起！越前毫无私心。正因他太了不起了，我可就难办了啊。”

9月13日，松平忠固官复阁老，实现了对齐昭的复仇。三天后的9月16日，越前侯松平庆永联合阿波的蜂须贺齐裕，联名向堀田正睦上书提出关于世子问题的建议。

“当今世子须为万民诚服的德才兼备之人，因此，希望能够确立一桥庆喜卿为世子……”

每每念及此事，齐昭就感到毛骨悚然。看到这上书的人并非只有堀田，松平忠固就在堀田背后目光炯炯地盯着呢。

（比我还不懂人情世故……）

诸如哈里斯进入江户城之类的事情，今后恐怕会越来越多。于是，便需要一位能够胜任将军代理之人。松平庆永一定以为最近便是最佳时机，所以才正面推举庆喜。他实在是太天真了……

如此一来，忠固势必要重整阵容了。仅靠老好人堀田实在放心不下，因为忠固的敌人是齐昭。不，在他心中，推举一桥庆喜之人皆为齐昭派，他必是将这些人都当作了自己的敌人。

正因齐昭能够强烈感受到这一点，他才会感到难办。不，不仅仅是难办，他还觉得十分对不起自己的夫人。

“没想到一桥最大的障碍竟然是我这个父亲……”

三

“您最好还是休息一会儿吧。”夫人终于放下了手中的笔。她拍了拍手，唤来侍女，“给老爷上茶。”

下完命令，她便抬头凝视着自己的丈夫。曾经那个心胸豁达、充满自信、不断呵斥周围人的丈夫怎会变成如今这个样子？一念及此，她立刻便想温柔地爱抚他，但又想严厉地呵斥他……

“您还认为，我们一定会与夷人开战吗？”

“是的。或许现在不会，但十年之后、五十年之后……不，或许会在百年之后……日本必须倾全国之力与夷人进行综合实力上的对决。”

“百年之后……为何如此说？”

“因为夷人与我朝之人的心态不同。”说着，齐昭改变了语气，“上茶吧。倘若能够做到从容不迫，毒药也能变成良药。从更高层的意义上来说，他们觊觎日本是上天的关照，我必须如此理解，否则岂非要被众人耻笑……不过，夷人如今欺辱我们是毫无战斗力的野蛮土著，倘若如此开国，便相当于喝下对方的毒药。”

“若是开战，您有信心取胜吗？”

“倘若有信心，大家早就开战了，更不用说我了。”

“也就是说，您并无信心取胜？”

“是的，我只有信心做到不败。”

“不败和取胜又有何区别？”

“你嘴巴还是那么厉害。夷人是坐船来的，而船的数量有限。假设每艘船可载千人，一百艘船便有十万人。倘若在海边作战，我们的确难以取胜，但只要数千万人齐心协力，坚守在大炮和铁铳射程之外，便可一战。”

“呵呵呵……”夫人妩媚地笑着，将侍女端来的茶放在丈夫面前，“既然如此，您岂不是大可不必担心？”

“非也。就目前来看，在这数千万伙伴之中既有与敌人勾结牟取私利之人，也有因害怕敌人而摇尾乞怜之人。当前最重要的便是团结士气。”

“这似乎并非您的志向所在啊。”

“你又为难我。不过，我尚未放弃，放弃即是不忠。我现在只是想休息一下。”

“呵呵，”夫人又笑了起来，笑声中既有嘲弄之意，又洋溢着关爱之情，“那您尚未放弃庆喜之事吧？”

“作为男人，一桥欠缺的只有一点，便是激昂的斗志！他缺少主动直面国难的男人气概。”

“我不这样认为。”

“那你是怎样看的？”

“您是一位出色之人，但行事过于性急。”

“可当前形势已是刻不容缓啊。”

“公子不会如此性急。我记得您曾说过，公子虽比您胆子略大，行事却如您一般胆小敏感。”

齐昭对自己的妻子有了重新认识。

（女人的危机感果然很迟钝啊……）

他虽然这样想，却还是忍不住开口问道：“那你认为，应该听从一桥的意见，就此放弃世子问题？”

“我希望能让公子按照自己的意愿行事。”

齐昭一言不发地放下茶碗。听到妻子亲口说出自己的敏感是由于胆小所致，他只能沉默。不，以前的齐昭不会如此。他总是会以激烈言辞反驳，然后和妻子争吵起来。

（她明明出生于亲王之家，怎会有如此火暴的脾气？）

然而，妻子如今已经紧紧依偎在齐昭身边，成为他心灵的支柱。

四

如今令齐昭感到最为动摇的并非丧失自信，而是他对儿子一桥庆喜的爱。

齐昭的自信心正在发生严重动摇，他没有把握在与夷人的战斗中取胜。他在年轻时曾预想到外夷的侵略，彼时他不仅拥有取胜的信心，更有一种“必须获胜”的气概。因此，他才会无视身份与地位发掘人才，并实行极端的藩政改革，更越分向幕政献策建言。

结果，他的举动引发了藩内保守派的强烈反抗，令幕府也感到不胜其扰，终至被勒令隐居。这便是他第一次下台的原因。

然而，随着佩里抵达浦贺，人们开始重新评价齐昭，因为一切事态发展都与他的预言不谋而合。他虽然脾气过于火暴，但也拥有敏锐的直觉。面对黑船来航，日本的大名们忘记了自己的斤两，单纯地被感情所控制而纷纷叫嚣着攘夷。听闻此事，齐昭预感到，一旦正面开战，则绝无胜算。

当齐昭看到佩里的船舰以及数量众多的精巧火器时，他立刻明白想在海上击败对方是不可能的。

（既然无法在海上击败对方，那该如何是好？）

应该先让敌人登陆，然后将防线后撤，与敌人对峙。如此一来，纵然无法取胜，也不致落败。在长时间对峙中，趁敌人疲倦之际反复杀入敌阵。其间，敌人食粮弹药的补给将逐渐难以维系。

（在此期间整顿国力……）

想到这里，自然便会涉及团结国内人心的问题。倘若有人偷偷向登陆敌军提供食粮和饮用水，日本可能就会像印度、马六甲和广东那样被敌人占领。

（没错，团结国内人心乃是当务之急！）

齐昭也是人，并无三头六臂，这一先见成了令他感到迷茫的一大陷阱。在当前这个时代，倘若没有强力的指挥者出现，一切只是空谈。

（若让一桥庆喜当上世子……）

当齐昭心里产生这个想法时，他并未从中察觉到自己打算在庆喜身后一手支配整个日本的欲望。将军家庆原本便有立庆喜为世子的想法，因为一桥毫无私心，一定可以令天下人心所向。

于是，齐昭便任用东湖和蓬轩，与阿部正弘、松平庆永、岛津齐彬等人一起开始展开活动。然而，大奥的女人们拥有比齐昭更加敏感的本能，她们成为齐昭前进道路上的一大障碍。

“水户大人打算让一桥卿当上将军，自己便会成为暗中掌权之人，然后夺取宗家，便可一手遮天……”

很难说齐昭完全没有此意。可是，当听到“夺取天下”这句出人意料的话后，戒备之心已经以某种不可思议的生命力在谱代大名中间深深扎根。

首先产生动摇的是阿部正弘。这位能臣或许以为，此时推举水户可能会演变成最大的诸侯内讧事件。堀田之所以撤销齐昭的职务、松平忠固之所以官复老中、井伊之所以在暗中为拥立南纪派与纪州庆福频频出谋划策，一切都与这句话不无关系。随着阿部正弘离世，这种包含着几分实情的误解立刻浮出水面。

齐昭只得暂时离开。他左思右想，别有感慨。

（难道幕府灭亡的时刻已经来临……）

这种不安深深地困扰着他。倘若果真如此，推举一桥庆喜就可能会被强加上毁掉德川家的污名。

（这对一桥来说太可悲了。）

五

齐昭默默地喝完茶，开口说道："一桥或许会是……德川的末路……"

夫人并未立刻回答，而是重新回到书桌后面，取出纸笔，方才开口："哈里斯见过将军后，会在江户游览一番。"

"什么？在江户游览？"

"是的，从浅草到王子……对了，浅草有一人名叫松井源水，擅长陀螺杂技，哈里斯对此格外感兴趣。"

"夫人……你是从哪里听来这种事的？"

"是听一桥家的平冈圆四郎说的。"夫人淡淡地答道，"哈里斯很快还会到两国的回向院[1]观看相扑比赛。荷兰领事也提出观看要求，哈里斯便送给堀田大人黄金百两，以作观赏费用。于是，圆四郎认为自己这些人也要忙起来了，所以他才大发牢骚。"

齐昭慌忙放下茶碗，回到书桌前面。此事不可一笑置之。他一屁股坐到夫人面前，因突然想说话而剧烈地咳嗽起来。

"咳咳……圆四郎来这里不是为了见我吗？"

"不，他说要瞒着您。"

"这种事怎能瞒我？让哈里斯在市内随意走动，倘若出现刺客……"说到这里，齐昭不禁倒吸了一口凉气，"上当了，这下上当了！"

"什么上当了？"

"现在可不是平心静气的时候。倘若哈里斯就是做好了被日本人杀死的打算……该当如何是好？"

[1] 回向院，别称无缘寺回向院，1657年江户大火，死难人数达十余万，幕府建此寺院安葬死者，后逐渐发展为相扑国技馆。

"呵呵……不愧是父子啊。"

"胡说什么！我可没有哈里斯这种儿子！不过……倘若哈里斯赌上自己的性命，我们这边一定会有刺客出现。哈里斯是美国的领事，万一他真被刺死，便会成为一个不容解释的借口，对方会立刻开战。"

齐昭真的累了。他一直在考虑现在开战毫无胜算，心中疲惫不已，此刻知道哈里斯会在市内游览，便立刻将二者联系在了一起。

"呵呵……"夫人又一次露出明朗的笑容，"我说真的很像，可不是说哈里斯。据圆四郎说，公子也因为此事而大惊失色。"

"什么？一桥也在考虑这件事？"

"是的，所以他们才会变得忙碌起来……仅靠官吏们的警戒，他感到放心不下，便命令市井之人也要小心戒备，从赌徒到乞丐，全都潜伏在闹市之中。"

"一桥……连这种调遣都想到了？"

"我准备好了，请您开始口述吧。"看着沉着冷静的夫人，齐昭沉默了一会儿，便开始继续低声口述。

安政五年（1858年）4月5日，哈里斯如愿前去两国观看了相扑比赛。当时的天空十分晴朗，在为期十天的劝进相扑[1]结束后，观赛依照将军"上览相扑"的惯例举行。

上览相扑是"即刻开始"的四十五回合制，似乎是在观览间的地上铺设草席，上面再加盖一层花地毯，可以一边吃东西一边观赛。在当日的三场比赛中，小结组由荒熊对阵平石，最终平石获胜；关胁组的响滩和境川不分胜负；在大关组云龙和猪玉山的较量中，云龙获胜。

自去年10月开始，这一赛事便在江户市内享有盛名。哈里斯既已强行会见了将军家定，并令其同意在江户开设领事馆，可以想见他跨马游览于江户市内时的得意姿态。

时代的变化已经远远超出了齐昭的想象，连风俗都已踏入了一个全

[1] 劝进相扑，为了筹集修建桥梁或寺庙而定期举行的收费相扑表演。

新的领域。

六

“原来一桥已经如此细心地做了布置……”对齐昭来说，这无异于一颗定心丸。庆喜打算放弃世子问题，这在很大程度上牵制了齐昭，却没想到庆喜已在暗中做好布置，甚至已经派人监视哈里斯。

（一桥不愿继承世子一事或许……）

齐昭自然是赞同庆喜的真正心意的。当前世子两派的对立是德川家内部的诸侯内讧，其规模史无前例。双方都声称为了天下，但实际上，却可能令天下一分为二。团结万民之心方为当前第一要紧之事，如此不务正业之争实在是可悲的利己举动。

（当前国难实非等闲啊！）

倘若庆喜现在的态度是想警告自己，那该如何是好？庆喜的母亲笑言自己胆小，但在这种情况下，怎样做才算是大胆呢？倘若除了世子问题外还有其他办法能够战胜当前危机，他自然很想知道。

要想团结人心，一定要有一个“中心”。无论多么微小的物体，有了中心才能成形，国家和社会亦不例外。

天子在上，并将政权交给德川家，倘若不能将履行尊皇大义的将军立为德川家的当家，即真正的中心，又如何能够团结人心？

“怎么，不继续了吗？您的著述在日后会起到重要作用的。”

“圆四郎只知讨你的欢心，他为何不来见我？”

“这或许是公子的意见吧，他怕您知道此事后会平添忧虑。”

“我现在的忧虑还少吗！”

“您快口述吧，我准备好了。”

正当齐昭满怀失意地口述著作之时，另一方的谋将松平忠固则在小川町的上屋敷内，表情不快地望着对面的数寄屋坊主野村休成。

忠固官复老中是在9月13日。他仅仅享有信州上田五万三千石的俸禄，但风采出众，派头十足，在城中连堀田正睦也要让他三分。在阿部正弘在世时，正是松平忠固在幕后指使，令其登用齐昭不中意的堀田正睦。

“我以姬路酒井家出身身份斗胆进言，希望您能仔细考虑水户与德川家孰轻孰重，然后做出答复。我与和泉守松平乘全遭罢免之事暂且不谈，但倘若所用之人皆为水户所喜，天下恐怕当真会被一分为二。”

听闻此言，阿部正弘终于让出了老中首座之位，让堀田正睦加入了内阁。在谱代大名之中，只有忠固能够正面反对水户老公，他俨然是当时的开国派巨头。此时，忠固早已看清野村休成是何等人也，但他仍然对其加以任用，自是因为休成还有用处。

“你去看看井伊直弼对我官复老中一事作何反应。”

他对休成做出指示，然而在休成回禀之前，井伊家却先派公用人[1]送来了三十块金条以表祝贺。作为贺礼，对方竟然只送来如此少的金条，必是休成这个恶人自己偷偷骗取了不少。

“现在没人，你快说说，去井伊家都说什么了？不许隐瞒，老实交代！”

休成搔了搔鬓角，脸上露出奸笑。

七

“回大人，其实没什么特别的，我只是想到什么便说什么。”

与身处市井时相比，休成给人的感觉发生了变化。虽然有些诚惶诚恐，但无形中却透露出一股旁若无人的刁滑。

“你都说什么了？从实招来。”

“我只是说……这次终于轮到你们主公出场了。”

“什么？你是对谁这样说的？”忠固顿感十分狼狈。这个野村怎能说出这种话来！忠固官复老中，这次终于轮到井伊直弼出场了——这种说

[1] 公用人，大小名家中负责处理幕府相关事务的人。

法实在令人震惊。然而，这并未影响到忠固的策略。

“是管家犬塚求之助。经过仔细考虑，我认为如此说可以一举看出对方的心意。”

“你可真不像话！犬塚作何回答啊？”

“他似乎有些惊讶，但立刻便微笑着要我多加关照，还给了赏钱。”

“此人做事当真滴水不漏。你还说什么了？”

“他又问我水户的刺客是否会对哈里斯进入江户城造成影响，连问了我两三遍我才回答的。”

“你是如何回答的？”

“我回答说：一桥公子正在苦心布置，不会让水户的人做出如此之事。”

“嗯……”

“车善七、弹左卫门和新门等人正在市内认真巡视……虽然不知是受何人指使，但一桥家中必有非同寻常之人。”

“他甚至过问此事了？”

“是的。他问我一桥卿是否当真如世间传闻一般出类拔萃。”

“你必然回答他是位了不起的人物喽。”

“是的。虽然有人心怀恶意，给他起了个猪一公子的绰号，但此人确非泛泛之辈……”

“够了！”忠固现出极不痛快的神色，开口呵斥道，“他是一个有着荒诞之毒的人。我刚刚默不作声地听你说，你竟把他的毒气都吹到我这里来了！我告诉你，他的毒气很快就会令他大祸临头。”

“大人的话小人铭记在心，我会小心留意的。”

“你知道我为何会如此反抗水户吗？”

“这个……”休成歪起脑袋，故意呆呆地望着天，“世间多有传言，认为您出身于姬路十五万石的酒井家，如今只需在老家留上一段时间便可以继承家业，顺理成章地成为大老，所以才会反抗水户。”

“我所言并非此事。对德川家来说，水户便是狮子体内的虫子。”

“是吗？”

“大义也好，尊皇也罢，水户老公表面高举攘夷大旗，实则是在拉拢外样大名，轻侮将军。他所做的一切不过是想让自己的儿子入住西之丸并继承宗家，其私心不可原谅。”

“如此说来，那么越前侯松平庆永等人也……”休成又呆呆地望着天，开口问道。对他来说，没有比忠固更好的财源了，他打算在这个问题上充分挑起忠固的不满。

“越前侯不过是个老好人罢了！”

休成略施小计，松平忠固就一脚迈了进去。他果然不过是阅历浅薄的大名而已。

八

“您是说，越前侯也是被水户老公所欺骗？”休成弯腰弓背，开口说道，“可世人并不是如此说的。”

“世人是怎样说的？”

“世人皆言，越前侯是御家门首座门第，他曾于深夜特意拜访堀田大人，并表示世子非一桥卿莫属。因此，世子人选不久便会正式确定。”

“绝无此事，不可被谣言迷惑。”

“当然，这都是我们的道听途说……不过，还有传言称，堀田大人信任并登用的人都是一桥党……”

“他登用之人都是谁？”

“都是积极与外国交涉之人，如一直在京都负责修缮皇宫的勘定奉行[1]川路大人、监察岩濑大人、长崎奉行水野大人、藩书调所[2]的土岐大人、在长崎兴建海军学院和造船厂的永井大人……这些人其实都是一桥党，大奥内都说对他们不可大意。”

---

[1] 勘定奉行，受老中支配，掌管幕府财政运营及幕府直辖区域的税收、金钱出纳等。

[2] 藩书调所，江户幕府为翻译外文书籍和外交文书所设立的机构。

休成在一一列举人名的同时，也在暗中确认着忠固的反应。只见忠固的表情逐渐变得僵硬。总之，忠固现在正是得意之时。得意之时听到的情报与失意之时听到的情报在心里的比重自然有所不同。

“你去告诉甲斐守朝比奈和丹波守本乡，让他们不必多虑。我之所以将自己忠优之名改为忠固，乃是一种自戒，意指任何人对将军家都要持有固守的忠诚。倘若一桥党人当真……”说着，忠固笑了起来，“若只有三五杂人，是无论如何都无法违背老中的一致意见的。”

“那井伊侯也终于要出场……”

“闭嘴！”忠固严厉地呵斥着休成，随后便笑出声来，“我再说一次。我绝对不会允许对德川家不利的阴谋发生，即便对方是水户老公或是御家门首座。这是生于酒井家之人的责任。”

“小人实感敬佩，本寿院夫人倘若听到您这番话，一定会放心的。”

“休成啊，我有一件事要交给你去做。”

“是，请问何事？”

“根据我的调查，京都有很多倾向于一桥党之人。因此，我要你去通知本寿院，叫她在大奥与京都的联络方面多加小心。”

休成不停地点头哈腰，用手拍着胸脯，信誓旦旦地表示没有问题。于是忠固便拍了拍手，唤来管家。

“角右卫门，你将伙食费发给休成，再将他送到两三条街以外的地方。”

管家加藤角右卫门接到命令后，便带领休成向外走去。等到休成离开后，忠固便点燃了熏香。

“与那种家伙说话，心里都变得污浊了。”

忠固将青瓷蒲团放在悬挂于壁龛中的泽庵禅师的禅语挂轴之前，正襟端坐。挂轴上写着“教外别传”四个龙飞凤舞的大字。

忠固凝视着禅语半晌，自言自语道：“权现大人，松平忠固纵然拼上身家性命，也要战胜当前危机。胆小之辈皆因惊惧于外国船舰到来而呼号国难当头，但在权现大人您的话中并无不可开国之意，他们此举若非是草木皆兵般的怯懦，便是外样大名期待否极泰来的谋略。问题出在国内。我会自信满满地开国，绝对不会令日本发生丝毫动乱。”

这便是松平忠固如今毫无掩饰的自信。

九

螃蟹挖的洞总会与自己的甲壳同样大小。倘若站在更高的角度来观察人类的行动，一定会发现这句谚语所言非虚。对于初代将军家康的志向，水户齐昭严格信奉遵守，松平忠固则完全理解成了其他意思。

从忠固的角度来看，齐昭好色且妄自尊大，十足是一个狂妄的阴谋家。大义也好，尊皇也罢，其实不过是水户家的一种胆大妄为之举，反映出其意欲接近京都的赤裸裸的野心。

基于这种看法，齐昭必然会被当作罕见的“恶龙”。

“齐昭的夫人同前将军家庆夫人一样，出身于有栖川亲王家。齐昭正是利用这一点，将自己儿子强行送入一桥家，目的就是为了今天。”

这种令齐昭无法原谅的误解，正是决定忠固行为的标准。

（没想到在御三家之中竟然出现这种恶龙……）

而且，这条恶龙还利用黑船来航的大好时机，再次正面挑战幕府。他提倡攘夷，却毫无成功把握，还煽动外样大名和老好人松平庆永，甚至插足老中任免之事。他所做的一切都是出于想要成为暗中掌权之人而君临天下的野心。

（我不会让他这样做的，怎能允许他如此胡作非为！）

忠固凝视着壁龛，斗志昂扬。片刻之后，他放松端坐的身体，将泽庵的书法卷起。

“缝殿与五右卫门何在？”

忠固将挂轴收入箱中，转过身来，背对壁龛坐正。听到传唤，江户家老久松缝殿和中老大桥五右卫门弯腰走入房中。这二人不仅是忠固的智囊，更是忠诚的命令执行者。

“二位，我有要事要办。”忠固迅速说道，“井伊侯对禅格外感兴趣，我想命人带此挂轴，作为答礼送给他。你们认为此事应该交给宇源太还是四郎兵卫？”

二人互相交换一下眼神。

“四郎兵卫吧……”久松吞吞吐吐地答道，似乎颇有顾忌。

“为何？”

“大井宇源太说话过于直截了当。”

“你是说冈部四郎兵卫讲话含糊其辞吗？”

“如您所言。之所以选四郎兵卫，是因为我听说井伊家的不少家臣都抱有敌对之心。”

“不可！叫宇源太来。事情早已变得明明白白，还有何必要含糊其辞？”

二人再次互望了一眼。然而，他们并未违背忠固的命令。大桥五右卫门唤过公用人大井宇源太，忠固的表情变得更为严肃。

“我要你去井伊家答谢，指名拜见近侍宇津木六之丞，然后直接问他是否已经下定决心。这是为了拯救井伊侯，说话不必客气。”

大井宇源太恭恭敬敬地施了一礼，然后开口说道：“请您任命冈部四郎兵卫为此次使者。”

“为何？”

“冈部与宇津木多有往来。”

“不可！倘若往来过于密切，必然无法商量出结果。你要明白告诉他们，倘若迟迟不作决断，他们在京都的警备工作就会逐渐被转为海岸防备，这将是井伊家的莫大损失。现如今，各藩都苦于财政问题，你要陈说利害，告诉他们与其犹豫不决地等待命令，不如主动变成下达命令的一方。只要成功，便可官至大老。倘若他们不下决心，我就无法制订下一步计划，要知道恶龙现在尚在笼中，万不可大意！”

忠固的话气势威猛，如湍流奔涌一般。

十

忠固不容分说地下达了命令。他很清楚井伊家财政困难，也知道直弼的立场。井伊直弼原本就并非应该继承井伊家之人，他的母亲是麴町工匠伊势屋十兵卫之女，他是第十一代藩主井伊直中的十四子。

其兄井伊直亮继承了直中之位，由于直亮膝下无子，便由直弼的哥哥——十一子直元继任世子。然而，直元不久亡故，其他兄弟又皆已过继为别家养子。俸禄仅有三百袋赈米的直弼原本无权继承家业，但如此一来，他便一跃成为彦根直亮的世子，领取三十五万石俸禄，并在直亮死后成为井伊家的当家。

忠固每次想到直弼，都会将其与自己的立场做一比较，然后不禁苦笑。忠固素有聪明才子之誉，很早便被其他家族求做养子，所以无法继承酒井家；直弼则因无人理会而得以留在老家，最后继承了三十五万石的俸禄。

当时，经常出入溜间的茶坊主曾给直弼起了一个绰号，叫“木头人”。他在三十五岁时还领着三百袋的赈米，住在彦根市北的一所宅邸里。说是宅邸，其实只是一间小屋，他将其命名为埋木舍，居于其中过着贫穷的生活。他深悟禅道，对茶道也很精通，但在茶坊主们眼中，他不过是一个没用的乡下人。

水户齐昭曾十分粗暴地对待井伊直弼。井伊家原本是旗本八万骑的旗头，一旦有战事发生，便会成为幕府的主要战斗力。因此，当佩里来航时，井伊家立刻受命负责横滨的警备工作，但齐昭认为他们的警备工作做得不如其他家族，便大加训斥。

直弼当时最感为难的是自己刚刚继承家族，藩内财政过于紧张，既无法随意驾驭重臣，又无法筹集警备的经费。

“正是我将井伊家从经费需求庞大的海岸警备调往京都担任警卫工作，挽救了他们的财政危机，所以不用对他们太过客气。”忠固毫不客气地命令大井宇源太前往井伊家，语气犹如训斥一般。

家老久松缝殿再次担心地问道：“您方才说，井伊大人日后会成为大老？”

“没错。只要酒井和井伊入阁，便会成为大老。有何不妥吗？”

“如此一来，您便会落于下风，这样好吗？”

酒井、酒井——忠固已经提过两次本家的名字，但他如今已不再是酒井家的人。他是松平一族，不过是信州上田五万石的当家。倘若俸禄三十五万石的井伊直弼入阁成为大老，再加上堀田正睦，忠固便无法继续随心所欲。

“哈哈哈，”忠固对此一笑置之，“你知道他还有一个绰号叫‘近江牛大人’吗？”

近江牛也是直弼的绰号，其意并非仅指彦根是近江牛的产地，而是因为他总是沉默寡言，如牛一般。

“绰号怎能作数……”

“你记住！他还叫木头人，茶坊主们都是如此称呼他的。”

“这可糟了。既然如此，紧要关头怎能推举如此之人担任大老？”

“因为具体的任务由我负责！”忠固斩钉截铁地说道，“只有井伊家的当家才能担任大老。倘若没有大老的权力，便无法制伏恶龙。你只要知道这一点便可。”

于是，二人不再多言。虽然心中还有一丝不安，但他们没有勇气继续反驳。松平忠固官复老中后，其自信与自负程度是极其惊人的。

十一

“出于慎重起见，你们二人还要听好。”忠固看到久松缝殿和大桥五右卫门都一脸茫然，便觉得还须多加叮嘱才行，“当前国难已被水户的恶龙过度夸大，其理由显而易见，恶龙先生是想通过夸大国难来实现另一个野心。他声称夷人有吞并日本的野心，所以不能未经战斗便握手言和，而他这样做的真正目的便是让自己的儿子当上将军。”

“可是，如此断定恐怕有些……”

“你是想说过于恶意吗？他若非如此，为何要将我逐出内阁？能够看穿并阻挠恶龙先生野心的只有与酒井一脉的我松平忠固。求敌于外而谋于内……我如今推举兰癖先生，让他进行外交交涉，结果发现夷人并无侵略打算，他们所求不过是通商利益。”

说到这里，忠固终于有些失控地说道：

“下面的话只能在这里说，不可外传。兰癖先生其实有一种非同寻常的欲望，便是作为第一个将外国使臣迎入江户城的开国先驱而名垂青史。我看出了他的欲望，便让他遂了心愿。幸运的是，将军最终也顺利接见了外国使臣。兰癖先生是不会背叛我的，问题在于他身后的恶龙的态度。你们认为恶龙先生会怎样做？”

二人自然一言不发，他们无法给出答案。

“我已经充分证明夷人并不想开战，也就是说，我粉碎了恶龙先生的第一个野心。接下来，我必须粉碎他的第二个野心，便是要在水户以外挑选世子，对吧？”

“您……您言之有理。”

“因此，我需要彦根的帮助。幸运的是，那近江牛在海岸警备方面也被恶龙欺负得很惨，他从心底憎恶那恶龙欲夺取宗家的野心。正因如此，他才是南纪党有力的伙伴。你们听好，他入阁后便会官至大老。”

忠固有些得意忘形，否则他不会说出此等话来。

“我知道你们担心我会被二人赶下台，但不必多虑。兰癖先生和近江牛大人想要的饲草，我已经分给他们足够多的分量，所以我才会有如此考虑。我们不会决裂的，目前的重中之重的是尽早阻止恶龙先生的下一次出击。”

“您说……下一次出击？”

“我是指皇宫。那恶龙来京都肯定图谋两件事，其一是请求敕命决定确立一桥为世子。其二便是为了实现这一目的而反对条约敕许……但这两件事都不成问题。世子是由将军家决定的，原本便不需要条约敕许。政治相关事宜全部委任于关东——这是自权现大人开始形成的规定，不需要任何敕许。恶龙先生之所以声称敕许是必需的，完全是为了方便实现他罪不可赦的野心，你们不可被此事蒙骗！”

至此，松平忠固和水户齐昭的行动准则彻底变成了两条永不相交的平行线。不，也许应该说不在一个维度上了。忠固考虑的是幕府的存立和威严，齐昭考虑的是天下与民族的未来。而且，忠固之所以需要井伊直弼，并非认可他的能力与手腕，而是将其当作对付政敌水户齐昭的堡垒大炮。

井伊直弼究竟是否当真如忠固所料，只是一个迟钝的“近江牛大人”？忠固如今满怀自负，认为自己才是驾驭溜间诘的人，目中全无堀田与井伊。

纯真之臣

一

安政四年（1857年），松平庆永为日本的未来殚精竭虑，是大名政治家中最一丝不苟、最为活跃的人物。他是御家门首座越前松平家的继承人，但实际上，他还是由一桥家过继田安家的德川齐匡之子。从这个意义上来说，他仍是将军家族中人。自年轻时开始，他便在水户齐昭坚定的藩政改革与尊皇思想的影响下成长，如今已经年至三十。齐昭的失势，使得松平庆永更加坚定了自己成为幕府与日本救世主的信念。正是这种自负，决定了他的所有行动。

他自然并非顽固的攘夷论者，他充分理解齐昭所提倡的“尊攘”概念。开国已是势在必行，但倘若唯唯诺诺地开国而不能表现出任何民族性的抵抗，便必然难以维持独立。所以，首先要展现出铮骨精神……这种想法同时体现出了他的霸气与灵活。

正因如此，齐昭最终才将理应开国的道理告知庆永，并将后事托付于他：“我已年老，且已准备好以攘夷派的身份赴死，日本的未来便拜托与你了。”

庆永推举一桥庆喜的做法之中毫无一己私心，他的想法与桥本左内同样纯粹：“在如此艰难之时局下，唯有此人方有望令日本上下团结一心。”

他对此始终坚信不疑，并依据这种信念展开行动。

安政三年（1856年）2月10日，他的重臣铃木主税于江户藩邸内病故。此后，他便尽心尽力地亲自四处奔走。他曾于深夜乘坐女子坐轿拜访一桥家，直接向庆喜表明决心，还曾向尾张的德川庆恕请求帮助。

正是他令伊达宗城、山内丰信、板仓胜明等人成为了积极的一桥派，也是他与蜂须贺齐裕联名向堀田正睦提交建白书，建议立一桥庆喜为世子。

他不仅公开活动，还暗中游说先代松平齐善的侍女本立院，请她帮助说服家定的生母本寿院。本寿院是本立院之妹，所以才会产生堀田正睦倾向于一桥派的传言。

松平庆永自然不会仅仅为了世子问题而四处奔走，他还在安政三年（1856年）将藩论改为开国。他之所以这样做，自然是因为已经了解齐昭的真正用意。而在更改藩论后，他听从桥本左内的进言，立即派遣家臣村田氏寿前往熊本，将横井小楠招致麾下。而且，他还于4月15日在明道馆内开设了西洋书籍学习所，以备开国之需，自己则立刻再次动身前往江户，监视哈里斯入城。

作为一位贵公子大名，他的目光之宽广、行动之活跃可谓卓绝一时。然而，他太过质朴纯真，可以说完全不谙人情世故。这一点正与水户齐昭如出一辙。

他在与蜂须贺齐裕联名向堀田正睦提交建白书后不久，得知老中松平忠固人在江户城中，便亲自前往私邸拜访。主动拜访的庆永尚未如何紧张，被拜访的忠固倒是大吃一惊。庆永将藩论改为开国并积极提交意见书之事，忠固早已一清二楚。即便如此，当庆永在忙碌的年末特意亲自拜访敌人大本营，并说出“希望你能拥立一桥为世子”这句话时，忠固一时仍然无言以对。

（既然如此明目张胆地亲自前来，想必早已想好如何威胁于我……）

忠固将庆永引入客厅，整了整衣服坐在庆永对面，施了一礼后便不再说话。

“堀田大人已经答应尽力相助，我游说的其他人也都认为当此非常时期，必须选任贤君。希望你也能够加以协助。”

庆永的语气完全就像拜访同志一般。

二

庆永当时是想做到出奇制胜。根据他的判断，对于哈里斯进入江户并谒见将军一事，忠固想必也会颇为担心。所以，此时正是提出世子问题的绝佳时机。他继续说道："哈里斯拜谒将军一事让你多有费心，幸好一切顺利。开国已是不可避免，我认为应当尽早确立世子，以便应对日后局势。"

松平忠固仍未开口，他以为庆永很可能已经针对世子问题在朝廷之中展开斡旋。

"如你所知，倘若决定开国，自然便需要将军的敕许，以令目前的临时条约变成正式条约。而在此之前，我们也许应该首先稳定国内形势，统一人心所向。"

（哎呀？）

忠固不禁有些不解。事态似乎尚未发展到他所担心的地步。想到这里，忠固感到很是奇怪——这位老好人御家门首座似乎是专程前来将一桥派的动向告知自己的。

（太天真了。）

"您方才说……必须确立世子……"

"是的。当此非常时期，病弱的将军与顽劣的世子必定会遭夷人轻视。只有确立能够胜任将军代理的年长世子，方有望有条不紊地进行交涉。对于拥立一桥之事，想必你自然也是没有异议的，但出于慎重起见……"

"很抱歉打断您。"忠固慎重地开口打断了庆永，"世子人选须由将军自己定夺，我等恐怕不便说三道四。"

"可是，将军的身体非比寻常……"

"宫中也在盛传此事，当真岂有此理！将军刚刚接见了美国公使，并顺利地接受了外交文书。那些污蔑将军身体不寻常的谣言纯粹是在歪曲事实，不可原谅！”

“哦？如此说来，你是反对拥立一桥卿为世子喽？”

“那倒也未必。我没有任何意见，只是衷心希望德川宗家能够万世安泰。”

倘若庆永能够对人的表里两面有更多了解，他就能看清忠固的真正用心，此时便不会继续说下去。然而，当他听到忠固表示自己没有任何意见时，便单纯地相信了对方。

“哎呀，听你如此说我就放心了。我也正是因为不敢忘记宗家的安泰，所以才会登门拜访。当此非常时期，世子非英明卓绝的一桥庆喜莫属。一切都是为了宗家、为了天下，希望能够得到你的大力协助。”

忠固不置可否，态度含混地转移了话题：

“不过，整个大奥好像都在反对立一桥为世子啊。”

“此事无须多虑。正夫人是近卫忠熙大人的养女，也曾为岛津家之养女。而且，本寿院的姐姐也会尽力斡旋……”

“什么？本寿院的姐姐？”

“通过本家先代齐善公的侍女本立院的斡旋，本寿院就会逐渐解开心中的疙瘩。”

“原来如此，原来如此啊。”忠固此前并未想到本寿院的姐姐这步棋，他低声嘀咕着点头说道，“但即便如此，倘若将军不同意立一桥庆喜为世子，该当如何是好？而且，老中们也不会全部持相同意见。”

“那便没办法了。为了天下，望你能请求将军下达临时条约的敕许，同时向朝廷上报此事……除此之外别无他法。”庆永相信自己已经打动了对方，说话之间便毫无顾虑。而忠固则微微变了脸色。

三

松平庆永的确毫无私心，但他却天真地相信自己毫无私心的提议可以打动任何人的心。他已至而立之年，却不明白人与人之间的眼界存在着无法逾越的差距。他所说的以宗家为重，是指整个日本大国的天下，而忠固所说的以宗家为重则是指对德川宗家的忠诚，其中还包括自己也想扬名立万的私心。一方的心境有如真金，而另一方至多只能称做白银。

“原来如此，还牵涉到条约问题……”

条约问题令忠固颇为震动，而庆永则恰好相反。庆永认为，必须通过条约问题，将势必开国的形势详细呈报给将军，然后进一步确立年长贤明的一桥庆喜为世子，以此令将军安心。

然而，庆永的话在忠固听来却另有所指。忠固内心以为，庆永话中的含义是：“倘若你反对立一桥为世子，我便会想办法阻止将军下达条约敕许。”

（这个水户的傀儡……想用这件事令我屈服吗？）

想到这里，忠固不禁从心底里感到奇怪。他本认为，在关键时刻可以无视敕许，直接得到将军的承认即可。然而，如今已没理由被别人说三道四。若将所有政治事务交给幕府处理，便不容丝毫变动，这是十分严苛的事态。

“原来您是如此考虑的。”

“一桥的事情就拜托你了。”

“嗯……”

“你能如此爽快应允，庆永实在感激。倘若一桥庆喜成为世子，便可令朝廷安心，敕许之事也不会再有纠葛。倘若将军继续受到逼迫，诸如不久前哈里斯谒见之事，必会有损身体健康。纵是为了将军考虑，也须尽快行事。”

南纪派所拥立的纪州庆福那幼稚的面容浮现在忠固的脑海之中，他不禁在心里感到佩服。

（没想到他就这样被恶龙先生欺骗了……）

是心境高低的差距也好，是做人尺度的不同也罢，同样一句话在不同人听来，含义决然不同。在忠固看来，是恶龙水户齐昭运用自己的阴谋诡计煽动了不谙人情世故的越前侯，巧妙地令其成为自己的替身。

（你有张良计，我有过墙梯。）

“当下国事多端，请您为国保重身体。”

“啊，你也多多保重。”

忠固特意将庆永送至玄关，等到庆永的坐轿抬出大门，他才苦笑着回到客厅。

“角右卫门，燃香。唉，我真是服了那个老好人了。”

随后，他一言不发地坐了下来，开始思量自己的计划。让井伊入阁的想法是不可改变的，要想令井伊成为大老，就必须令纪州成为世子。但如此一来，就会妨碍敕许的下达。究竟应该放手将“所有政治事宜悉数交付幕府”呢，还是应该派人前往京都，抢在庆永之前展开行动呢？

忠固考虑片刻后，轻轻地拍了拍大腿。他想到了一个好办法：在正月伊始，便命外交负责人堀田正睦前往京都，让他自己针对敕许展开行动……

成功与否皆无所谓。在此期间让井伊入阁成为大老，一举解决世子问题，然后再去考虑敕许问题。倘若堀田失败而归，只需让他自己承担责任，然后将他逐出内阁即可。这样的任免权，大老还是有的。

（怎能让恶龙的傀儡打败！）

四

另一方面，松平庆永得到忠固爽快的答复后，便在归途中拜访了锻冶桥内的土佐藩邸。土佐侯山内丰信（容堂）是他的同道中人，而庆永打算顺便告诉他今日之事，并将京都之事拜托于他。

山内丰信的夫人是三条内大臣实万卿之女。当时的公卿皆十分贫穷，三条家亦不例外。三条实万（清华家）的俸禄名义上为四百七十二石，但实际领取的数量不过一半而已，在经济上还要依靠女婿山内家的接济。因此，这位女婿说话还是很有政治号召力的。

“鲸公在家吗？”松平庆永前来拜访山内家，却连一件像样儿的礼物都不带，而管家安芸弥源太也早就见怪不怪了。

"原来是越前侯大人，我这就去禀报，请您稍候。"

若是在十年前，这可是不得了的大事。越前是德川御家门首座，受赐"屋形"[1]之称，享有三十二万石的俸禄。而土佐是从四位的侍从，获赐"松平"[2]之称，是享有二十四万二千石俸禄的当家。倘若双方不按门第级别进行拜访，造成的轰动必能持续十余日之久。

而如今，松平庆永却只是问了一句"鲸公在家吗"，随随便便地叫着对方的绰号便进了门，犹如拜访市井书生一般，正可谓体现出了巨大的时代变化。好酒的山内丰信自负有鲸吞海量，所以才被冠以"鲸公"的绰号。

"虽然为时尚早，但我想喝夜酒了。"彼时，丰信已吩咐侍女端来杯盏，一杯接一杯地喝了起来，同时还说着无聊的俏皮话，间或夹杂着严厉的训斥。

"什么？春岳公来了？太好了！快快准备晚膳。"丰信对侍女们吩咐着，自己则摇摇晃晃地来到玄关迎接庆永，"哎呀哎呀，其实啊，我方才看到杯中酒面清晰地映出积雪的富士山，便知道必有贵人来访，正悄悄地等着你呢！"

"原来如此，鲸公不愧是鲸公啊，黄昏之前便已酩酊大醉，那我就多有打扰了。"

庆永当时三十岁，丰信三十一岁。二人皆是精力旺盛的大名同志，兼具书生气质。

"后来情况如何？"

丰信将庆永引入客厅，先是端起大号酒杯说了声"干杯"，然后才在庆永面前坐了下来。他上半身摇摇晃晃，并非完全是大醉所致，还表现出一种气吞天下的血性。

"可喜可贺啊，松平伊贺守忠固已被我的至诚打动，同意支持一桥庆

---

[1] 屋形，江户幕府授予名门或功绩卓著的武家当家的称号。

[2] 松平，将军授予有势力有地位的外样大名的称号。

喜为世子了。”

丰信突然站起身来，刷的一声打开白纸扇：“哦……如此一来，皇国便有救了！”

他得意地哼着小曲，跳起舞来。然而，仅仅跳舞还不够，丰信变得愈发兴致盎然。一曲舞毕，他再次与庆永促膝而坐，开口说道：“真是可喜可贺！来，干杯！”

说完，他便一口气喝干了杯中酒，然后扬起眉头，盯着庆永问道：“下一步有何良策？”

庆永和丰信皆为完全不谙人情世故的年轻大名，却以能够辨明良莠的谋士自居，实在幼稚不堪。听到丰信的问话，庆永扬眉回答：

“我今日前来便是想与鲸公商榷一二。”

“洗耳恭听……”

“我们现在已算有计可施，但仍是不可大意。还有一件事需要鲸公相助。”

“明白！”

五

“堀田正睦被迫与佩里展开谈判，他明年必会一早赶赴京都，请求将军下达通商条约的敕许。”庆永让丰信遣退旁人后，以郑重的语气说道，“我也赞成此事，并向堀田提出了详细意见。”

此事绝非夸张。水户老公认为，以日本当前的国力而言，开国已是不可避免，而庆永很清楚他的想法。于是，他广集越前众人的智慧，写成一封建白书，并已送交至堀田正睦手中。

世间舆论与桥本左内意见相仿，但书写这封建白书之人并非仅有左内和庆永。这封建白书以本国的侧用人中根雪江为中心，再加上雪江的亲弟弟平本平学、村田氏寿等人，并由左内受命多次誊写，方才完成。

关于这封建白书，桥本左内说过这样的话：“建白书九成皆由越前侯亲自撰著，经四五度修稿及多次推敲，再由小生当日略作添减，方呈今日之貌。（后略）”

建白书的主旨充满了在当时看来令人震惊的先见和英明决断：

综观今之形势，锁国已不可取，有识之士自然一目了然。

书中首先赞成开国，主张采取积极政策，由日本主动允许列国来航，扩大贸易。同时书中还认为，不可唯唯诺诺地开国而步人后尘，应以中国鸦片战争的惨败为戒，通过贸易振兴经济，逐步制造军舰，集结亚洲小国的力量，防止被欧洲列强吞并。

如此一来，自然需要进行内政改革，而最先要做的便是确立贤明的继承人，并在贤明的继承人（自然指一桥庆喜）的领导下，打破仅自谱代大名和旗本中间遴选官员的旧有方针，自天下广泛发掘人才；改革兵制，充实国防；为了治理诸侯疲敝之现状，应该改掉轮流晋谒及诸侯与家臣在江户藩邸内值勤的陋习；从国防与富国两方面来说，开垦虾夷地（北海道）乃是当务之急，同时应该积极奖励民营商户的开发；为了振兴学术，应该兴办学校……

然而，无论采取其中任何一项建议，都不会有今日昭和的政策，这实在是一大讽刺。

但在堀田正睦和松平忠固看来，除了承认开国之外，所有建议都只是沿袭了水户齐昭的意见。最令他们在意的是“不仅从谱代大名和旗本中间选用幕府官员，而要从天下广泛遴选”这一方针。这完全就是在提议自外样大名的家臣中间选用官员。

不过，今日与庆永谈论此等大事的对象是身为外样大名的山内丰信，他应该不会提出反对，所以庆永十分高兴。

“我们必须帮助兰癖家得到将军的敕许。”

“没错。”

“不过，朝廷格外厌恶夷人，这份心情是可以理解的。身为天子，倘若不得不在夷人的胁迫之下开国，将无颜面对列祖列宗。所以，天子必定会首先表示反对。”

“所言极是！”

“而我们可以通过立一桥卿为世子来安抚圣虑，我想让兰癖家带着这张王牌前往京都，希望您的亲家三条家也能助一臂之力……”

听到这里，丰信不禁皱起了眉头。

“我的亲家无足轻重！此事可以暂缓，我要再见一见堀田！”

“你要见兰癖家？”

“是的。既然王牌已经确定，我想让他在赶赴京都之前便决定拥立一桥卿为世子。这很重要！”丰信又开始以与众不同的智谋之士自居。

六

庆永的性格要比丰信谨慎。他考虑了片刻，琢磨对方话中的真正含义，然后施了一礼，开口说道：“明白，那就拜托了！不过，仅仅如此还不够。既然鲸公要见兰癖家，我也派桥本左内去京都吧，让他暗中斡旋条约敕许一事。”

“原来如此。不去责备对方的无能，而是暗中相助，您的气度之大着实令人钦佩。既然如此，我容堂（山内丰信号荣堂）也不甘人后，我很愿意将桥本左内等人介绍给三条家。”

“这样做可以吗？”

“在下这只鲸虽然不才，在热爱国家这一点上却也不愿输于他人。”

“不胜感激！这下便万事皆备了。”

世人皆以为桥本左内前往京都只是为了在朝廷斡旋，以令一桥庆喜成为世子，但事实并非如此。松平庆永以为堀田正睦赞成确立一桥庆喜为世子，所以反而秘密派遣左内赶赴京都，以便暗中支援正睦。从这一点来看，庆永和丰信都是不折不扣的公子哥儿。他们以为自己的意志和热情可以被幕阁理解，实在过于单纯。

此时的堀田正睦则在一心考虑如何让公卿和天皇理解通商条约的必要性。他认为，将军继嗣立谁都可以，甚至对松平忠固也是嗤之以鼻。

因此，这二人的正义感与昂扬斗志不过就像空中虚无的彩虹，描画出的仅仅是他们的天真。二人则站在虹桥之上，大言不惭地高谈阔论起来。

“驹込的老公恐怕也要对春岳侯甘拜下风啊。”

“哎呀，此话着实令人惭愧，一切皆仰仗您与萨州侯这些胸怀天下之人的帮助啊。”

“好，我再去取一尾鱼来。”丰信再次踉踉跄跄地站起身来，“我们日本倘若能够得到无限的生命，拥有积庆（仁慈）、重晖（睿智）、养生（正义拥护）三件宝物……[1]”

丰信的醉后乱舞皆为即兴之作。他手上做着动作，口中还哼着小曲，声音朗朗犹如珠落玉盘，给人的感觉就像一位性情乖僻而古怪的浪子。他的举动对后来志士们的放荡行径造成了很大影响。

山内丰信也好，横井小楠也罢，都是爱酒之人，根本不擅阴谋与权术。然而，其本人却毫不介意，只知开怀畅饮，万事全凭“意气”二字。从这个意义上来说，他们倒可归入藤田东湖一流。

而庆永与丰信恰好相反，可以说是规规矩矩的老好人。他相信别人、钦佩别人，总是基于这种感动而积极行动。因此，他是一位天生才子，同时也是一个善人。他可能会成为受害者，却绝对不会成为加害的一方。

庆永心满意足地离开了锻冶桥内的土佐藩邸，并于当夜将桥本左内唤至自己的房间。恐怕即便是在整个幕末史上，身居高位且如此认真地为政治与国家担忧的大名也是少之又少。庆永当真已经下定决心，要从水户齐昭肩头扛下日本命运的重担。

“左内啊，我必须派你前往京都了。”此时，庆永也已谨慎地屏退了旁人。

“是。我已预料到会有此行，所以才赶了过来。”

“附耳过来！事情是这样的……”

---

[1]　积庆、重晖和养生是日本的建国方略，被称为日本三大神器，最早由神武天皇提出。

左内此时的表面职务已经变成“侍读兼御用随从”，属于亲信侍从。庆永与他之间已经建立起固若金汤的信赖感。庆永将一天之内发生的事情都详细地讲给了左内。

七

“信赖”这种感情的建立与恋爱颇为相似。只要一心迎合对方的爱意，自身便会感受到愈发清冽的爱。

绝非只有庆永与左内之间存在这种紧密的关系，岛津齐彬与西乡吉兵卫、毛利庆亲与吉田松阴、水户齐昭与藤田东湖之间也存在着完全相同的关系。若将东湖比作水户精神的象征，松阴便是毛利藩尊皇运动中独一无二的中流砥柱，西乡自然便是萨摩的良心。

不知人们是否曾注意到，这些不可或缺之人皆是由于主公一方伸出了“爱之手”才得以诞生的。决定时代洪流之走向的是集团之力，而澄清其水流的却是个人。正是主公的“爱”，孕育出了这样的人。

桥本左内也完全一样。如今，他浑身上下都沐浴着来自庆永的爱与信赖。

（这正是为了主公！）

他听着庆永说明经过，数度眼含热泪。主公的一切举动皆来源于其内心无比丰盈的善意，而自己也被包裹到了这种善意之中。一念及此，左内便无法忍住热泪。

藩校明道馆早已建成，左内在其中的职务是学监。在这个夏天之前，他一直在本国忙于确立明道馆的教育方针。显而易见，校长自然是藩主，所以一切具体事务都压在了他的肩上。然而，他未等同意担任顾问的熊本的横井小楠抵达越前，便将学监的职务转交给了村田氏寿，自己则带领最有前途的五名学生，匆匆前往江户。

这五名学生便是后来的男爵堤正谊、由利友藏（公正之弟）、沟口辰五郎（加藤斌）、横山犹藏和齐藤喜作。他之所以带领这些学生一同前往江户，从某种意义上来说，恐怕是因为他已经预感到自己的命运将会发生重大转变。

抵达江户之后，他的首要任务是帮助润饰建白书，而后便是此次密行。

“我恐怕对您的指示理解有误，所以需要确认。我首先要做的，便是说服三条内大臣确立西之丸的主人？”

“没错。我们一定要让一桥卿入住西之丸，如此便可令将军安心地下达条约敕许。”

对庆永而言，担任堀田的后援与立一桥庆喜为世子是一件事的表里两面，任何一方都是保证日本安泰而不可或缺的支柱与基石。然而，桥本左内未必将这两件事当作一件来理解。通过与西乡的联络，他感觉到大奥内反对一桥的势力已经开始发展到使用险恶阴谋的地步。

“我已经明白了。”

庆永的用意完全出于善意，一心只为救国。在行动之前，左内必须将此事牢记于心。

（一旦主公扛起立一桥卿为世子的重担，万一受挫该如何是好……）

在写给从自己手中接过学监职务的村田氏寿的信中，左内流露出了这种不安：“时至后世，我家主公不应蒙受志士们的非难……”

他知道，自己必须做好心理准备，纵然失败，也要将一切揽为自己的责任。正因如此，他才险些在明亮的灯火照耀中流下热泪。

“明白了吧，此事可是救国的关键。”

“是，我已铭记于心。”

“那我便不再多说。我们已通过建白书做过所有讨论，可以说是心意相通的。”

“左内感激涕零，一定不会辜负您的信任……”

八

左内认为，让一桥卿入住西之丸比条约敕许更加重要。因为纵然条约得到敕许，但倘若内政改革毫无头绪，也将没有任何意义。根据左内的判断，倘若日本的政治仍然被大奥女人们的喜恶所左右，国家独立所面临的危机只会愈发严重。

从这个意义上来说，他已经见识过了水户藩和己藩两个实例。齐昭难道不是仅凭一人之力便令水户藩的面貌焕然一新了吗？倘若向水户学习，我家主公也能在这几年内令沉睡的藩内气氛为之一变。

如今，他带来的五名学生正在求学之路上孜孜不倦地前进，生机勃发，可谓是如鱼得水。实际上，庙堂之下人才济济，是将其发掘，还是任其腐朽，便能体现出领导者的贤愚。倘若不努力确立优秀的领导者，如何能战胜当头之国难？只要团结在贤明的领导者周围，就能同时顺利地解决开国与通商条约两大问题。

桥本左内考虑的方向十分清晰。

不，绝非只有左内一人如此考虑。可以说，各藩志士的思想和希望在这一点上是共通的。一成不变的阶级制度有如严密的铁桶，置身其中的下级武士已开始感到窒息不堪。对于他们来说，只有这种思想，才能为他们透射出一线希望之光。

“左内啊，你的责任十分重大。”

“是，我一定不负您的期望。”

“我相信你，我会拜托岛津齐彬和山内丰信，让他们务必全力协助你。”

说着，庆永解下随身携带的匕首，递给左内。

“在行动之时，你要时刻谨记我的思虑。”

“多谢大人……”

将匕首递给左内后，庆永端正坐姿，闭上双眼。在内心深处，他还有一个不同于左内的忧虑之处。那便是水户藩内之事。老公被勒令远离幕政，是否会激起家臣们的不平和愤怒？

“倘若主公受辱，家臣将不惜一死！”这种气概在各藩之中仍然存在，而且对方还是在整个日本掀起一股新风潮的水户藩。

会泽正志斋的《新论》令藤田幽谷所提倡的神州思想风靡天下。根据庆永命人进行的调查体现，《新论》如今早已遍布日本，据说每位有志武士家中都会秘藏一本《新论》。在《新论》中，理想化的日本男子便是幽谷之子藤田东湖。东湖的《正气歌》也在各藩的有志青年之间传诵，据说其普及程度尤胜《新论》。

水户可以说是震源所在，倘若因老公受辱而引发骚乱，可能会演变成波及整个日本的燎原野火，一发不可收拾。

（没错，为了这个理由，也要让一桥卿成为世子……）

至此，庆永在政治上的考虑与左内的想法完全形成了一个整体。然而，庆永并未当场说出自己的想法。

“您尚有顾虑吗？”

“没有。动如万树樱花，静如百炼之钢。天地正大之气翕然遍及神州，让我们堂堂正正地行动，堂堂正正地……”

“若是此事，大可不必担心。”

“好，我在睡前献上美酒，为你饯行，此去京都要一切保重！”

庆永拍了拍手，唤来侍女，然后拽过一个小手炉，脸上露出微笑。左内只觉一股暖流涌遍全身。

（世上恐怕再无如此高洁的主公了……）

风车之势

一

在安政四年（1857年）年底的12月25日，《日美通商条约》十四条草案正式出台。

彼时，堀田正睦一直在设法争取得到这一草案的敕许。在亲赴京都之前，他派遣林大学头[1]和津田正路二人先行进京，向朝廷禀报条约内容及相关事宜。25日，最终草案于江户拟定，而二人抵达京都的时间是26日。可以说，他们已经做好了充分准备。

29日，二人在京都上奏朝廷，将军则命令在江户值勤的大名集体登城，要求他们针对条约的签订发表意见。当时，几乎已无人反对签订条约。

安政五年（1858年）元旦，堀田正睦在大廊下见到了前来江户城为将军拜年的一桥庆喜。

“大人，我得罪了水户老公，请您务必多多帮忙……”堀田正睦坦率地向一桥庆喜提出恳求，而这也是正睦在进京之前最为担心的事。

“帮忙？”

庆喜对这句话的含义是再明白不过了。父亲如今正在驹込的中屋

[1] 大学头，江户时代幕府直属的昌平坂学问所的管理一职，自1691年由林信笃接管以来，一直由林家担当。

敷内暗自沉沦，他心里清楚开国已是不可避免，但绝对不会说出口。他已经准备好以攘夷派的身份赴死，此事在写给松平庆永的信中也有所提及。因为他相信，这样做一定可以为后世志士们敲响警钟。

然而，将齐昭革职的堀田正睦却有不同看法。在忠固和乘全的鼓吹下，他早已深信齐昭是一条固执的恶龙。他认为，与朝廷保持密切联系的齐昭一定会不时上奏自己对条约的反对意见，所以才会找庆喜帮忙。

“您是朝气蓬勃的青年才俊，您应当知道，在当今世界各国之中，只有日本不喜他国来航，并顽固地拒绝通商。”

堀田正睦并非谋略家。庆喜静静地点了点头，打算暂且听听正睦的开国论。

父亲齐昭、藤田幽谷以及会泽正志斋都认为西学东渐的本质是伴随着“侵略”的大帝国主义。而堀田正睦却认为这是“文化的东渐”，是从西方射来的一道光芒。父亲对西洋怀有戒心，因此提倡先稳定国内形势，然后再迎接其东渐，而正睦早已被西洋彻底迷住。庆喜可以清楚地看出受到迷惑之人与怀有戒心之人之间的差距。

“您希望我怎样做？”

“至少不要让老公向京都……”

“我明白了。”庆喜微笑着说道，“明天是初二，家父也会前往小石川拜年。我去告诉他不要过度频繁地与京都通信，这样如何？”

正睦顿时变得茫然无措。对方可是鼎鼎大名的恶龙之子，正睦还以为自己会听到一番辛辣的说辞呢。但在与自己对坐期间，对方脸上几乎始终洋溢着柔和的微笑。人们通常以为，堀田正睦是在京都听闻一桥卿的口碑后才倾向于支持他的，但实际上，一桥卿此时便已给他留下了难以磨灭的印象。

（这真是一位出类拔萃的人物！）

不仅如此，4日这天，一桥卿还在一桥宅邸内宴请了即将随同堀田正睦前往京都的川路圣谟、岩濑忠震和永井尚志，并将从中国进口的丝绸赠与三人。

“此次进京想必会十分辛苦，我已劝说家父不要与京都通信，他应该是已经同意了。请你们安心执行公务吧。”

三人当时未能理解一桥卿的志向，人与人之间还是存在一定差距的。然而，堀田正睦听闻此事后，不禁又是一阵赞叹。

二

时代开始以迅猛的速度加快前进的脚步。

抵达京都之后，堀田正睦发现，此时的京都早已不同于自己印象中的昨日京都。他一直以日本最进步的当政者自居，却完全无法理解京都的氛围。至于他的西洋学，连市井学者们都认为浅薄得不值一提，朝廷更是几乎闻所未闻。对于阁老之名，京都之内几乎无人感到敬畏，城市内外都散发着一种令人无法理解的不可思议的气息。

“这究竟是怎么回事？”

在此之前，幕府将每年向朝廷上缴的开支从十万石二千两增加到了十二万三千石，掌握着物质上的生杀予夺之大权。然而，如今的情况却变得完全相反。在京都人眼中，幕府似乎变成了以微薄俸禄令朝廷深受其苦的篡位者或逆臣。

这种情况实在是大大出乎幕府的意料。幕府不仅将每年向朝廷上缴的食粮增加到了十二万三千石，还花费数额庞大的费用与近两年的时间来修建刚刚在安政元年（1854年）大火中烧毁的皇宫。

而且，当时负责修缮皇宫的奉行川路圣谟也是颇为感慨。

“变了，变化太大了。”

他每次拜访与之交好的公卿，都会令自己的震惊更深一层。至于亲自进京的堀田正睦有多么困惑，自然可想而知。

2月5日，堀田正睦抵达京都。

身负松平庆永密令的桥本左内也将于两天后的7日抵达京都，然而，正睦对此并不知情。他在抵达后，立即会见了先前派遣的林大学头和津田正路二人，并从二人处得知朝廷对外国之事完全不闻不问的消息。

“为了民族百年大业，为了不愧对列祖列宗之灵，被迫开国一事绝不可行。”

一心支持开国并同情幕府的只有九条关白（尚忠）一人。但据称，前任关白鹰司政通仍然身居内览[1]要职，而此人是反对九条关白的，所以九条的活动连方向都是极不明朗的。

在这种情况下，堀田正睦首先于2月11日宴请了议奏[2]久我建通和传奏[3]广桥光成，并向与诸外国进行实际交涉的川路圣谟和岩濑忠震二人详细解释了西洋大势。老中首座兼总理外国事务的堀田竟然亲自进京陈情，此事自然会传入孝明天皇耳中。从保全堀田颜面的角度来说，天皇想必也会作出让步。

其实，堀田正睦的认识有一个大大的不足。因为当时江户的将军家定不过相当于挂在壁龛上的摆设，于是堀田便以为皇宫里的天皇也与将军家定相差无几。

但实际上，对于“被迫开国一事”，京都之内最为烦恼的人便是天皇。

天皇对外国之事自然并无详细了解，但他毕竟是贯彻天地无穷的生命哲学、身居万世一系之皇位的日本天皇。天皇将政权委托给幕府，让其代替自己管理朝政，而如今得知国防松懈并因此受到列强诸国的胁迫，自然不会轻易表示认同。从这个意义上来说，堀田备中守正睦虽然对外国十分熟悉，但对日本国情的了解不过是市井武士的程度而已。

2月16日，孝明天皇御笔亲书圣谕，认定堀田不应如此随便奏请条约敕许，然后令左大臣近卫忠熙传旨，并于2月21日召开了朝廷会议。

“条约敕许事关重大，须经众大名重新商议后再做决定。”

简单说来，天皇的意思便是现在奏请下达敕许为时尚早。

---

[1] 内览，可以提前看到呈交给天皇的文书和天皇批阅的文书。

[2] 议奏，天皇近侍，负责向下传达圣谕，向上通报奏章。

[3] 传奏，负责在朝廷与幕府之间传递意旨。

三

不少人认为，彼时在位的孝明天皇之所以采取强硬的反对态度，皆因其对夷人顽固而愚蠢的厌恶所致。然而，这些非议皆出于他们对本国国情的陌生程度更甚于堀田正睦。作为在那个时代身居皇位的天皇，孝明天皇当时做出如此答复实在是再自然不过的事情了。

只有随同正睦前来的川路圣谟对天皇的心思有几分了解。

川路以前曾担任奈良奉行，因此与青莲院宫也有交情。后来，他成为修缮皇宫的奉行，得以接近大内。此外，他被水户老公寄予厚望，不得不开始研究水户学，对所谓的“国体之尊严”有很深的了解。

他自然并非像世间的志士和学者们那样醉心水户学的研究。但表面强硬的攘夷论者水户齐昭认为他是一个远超其他幕臣的智慧之人，所以不断要求与其会面。对于身为幕臣的他而言，这是一种令人为难的好意。于是，他让老公写下一纸文书，立誓不得强迫自己干涉幕政，然后才与其接近。可以说，他既是一位铮骨硬汉，也是一个奇异怪才。

因此，他在京都的角色既是堀田正睦的随员，同时自然也是顾问。

“太过分了！我堂堂老中首座，天皇竟然让我先回江户与众大名重新商议，简直就像打发小孩子一样。川路，你认为呢？”

听到正睦的询问，川路圣谟感到有些无奈。这是一定会遭到拒绝的啊……他从一开始便已预料到会有此事。

“大人，战国乱世之中，先有信长公向朝廷献上四千石食粮，而后有丰太阁将其增加到六千石，您可知这是为何？”

“当然知道。权现大人很快又将其增加到了一万石，而后伴随着各种物价上涨，这个数目也随之增加，达到了如今的十二万三千石……公武之间的关系绝不简单，我们是幕臣，但同时也是朝臣。但是我们的颜面就这样……”

“就这样被践踏了……您是想这样说吧？窃以为您的判断有些过于

贸然……”川路圣谟并非那种仅凭头脑聪明便大胆妄语之人，但他此刻的推论却显得很是尖锐，“让我们回到方才提到的那个以下克上的战国时代。三位英杰的出身与秉性各不相同，但六只眼睛关注的答案却是一样的，您是否想过这一点？”

“什么？同一个答案……”

“是的。在那个时代，性急无比的力量至上者织田信长也好，极具智谋的丰太阁也好，冷静过人的权现大人也好，他们都承认天皇的重要性。”

“正因为天皇重要，我才会感到沮丧。”

川路并未理会正睦的插言，而是继续说道：“我认为三位英杰之眼便是万民之眼，而在万民之眼中不可或缺的便是天皇。”

“这我自然知道。”

“天下太平之时，天皇或许会唱着民歌，专注于祭祀。但实际上，他仍是万民之父。这位万民之父目睹国难，想到自己要对千秋万代的子子孙孙负责，这才挺身而出。一想到他最大的忧虑所在，我便感到诚惶诚恐……”

“如此说来，你认为我们就是那些不了解父母之心的孩子？”

“没错。天皇担心的是孩子们被夷人欺侮，这是身为父母的一种愤懑之情。可是，我们却不得不极力赞扬夷人，看来是我们的做法太过勉强了。”

川路的反省十分深刻尖锐。

四

川路认为，数千年来，天皇是大和民族的宗家，是万民之慈父。如今的天皇仍然维持着这一传统，他最为重视的正是“一家之和”，除此之外再无其他。

日本是以天皇为当家的家族，这个家族如今正受到武力胁迫，面临不得不开国的局面。然而即便国难当头，国论却未必会变得统一。如今不也是既有开国派，又有攘夷派吗？在这种天下一分为二的形势之下，万一日本成为列强的殖民地而被分割霸占，天皇将有何颜面面对祖宗和子孙？这正是天皇的心思，可谓简单明了。

“也就是说，在国论统一之前，需要重新认真商议。只要好好协商，一个家族的利益一定可以统一起来。在一个家族之中，倘若兄弟之间意见不同，是无法令人放心的，所以需要将御三家、御家门、外样大名和谱代大名都聚集起来，重新商议。否则，身为慈父的天皇就会显得偏袒一党一派，如此岂非很不公平？所以应该统一家族意见后再谒见天皇，在此之前提出敕许问题言之过早——我认为这便是天皇的考虑，尽在情理之中。”

川路的意见在正睦心中引起很大震动。正因为一代代天皇所存在的本质是关怀着日本的慈父之心，所以无论世上出现过怎样的暴徒乱党，都未能伤及天皇的地位。正睦也很清楚这个事实。依赖权势之人会被权势击倒，凭借武力之人会因武力而被更替。但是，在高尚的善意与慈爱面前，任何恶人都无法与之匹敌。川路认为，天皇便是这种慈爱的象征。

“你的意思是说，我应该暂且回去，与众人重新商议？”

“这并非我的意思，而是天皇的意思，其身边的诸公卿也都表示了同意。”

堀田正睦绝非权力主义者，他的内心也开始发生动摇。其实，德川家康也不赞成锁国，而是主动奖励贸易。锁国本就并非国策，所以改变锁国状态理应毫无顾虑。而前关白鹰司父子起初是开国派，其开国论光明正大。他们原本并不希望日本锁国，认为日本人的先祖是天照大神，理应时刻向世界开放门户。然而，此时他们却变成了反对方，这想必并非变节行为，而是因为他已明白天皇的心意。正如川路所说，那是身为一国之父理所应当的举动。

于是，堀田正睦在2月23日领受圣旨，并于26日将圣旨一五一十地传达给了江户。他当时尚未意识到，2月26日向幕府传达圣旨这一举动，成了引发日后激烈冲突的重要原因之一。

其时，松平庆永派遣的桥本左内已经身在京都，而西乡吉兵卫也理解了岛津齐彬的心意，将自己的名字改回以前的吉之助，怀中揣着写给将军家定正室笃姬的养父左大臣近卫忠熙的亲笔书信，赶赴京都。

不仅如此，还有一位必须加以关注的人物此时也已身在京都，开始了纵横捭阖的行动。此人便是溜间诘首座井伊直弼的谋臣——长野主膳义言。

倘若堀田正睦能够得到敕许立刻返回江户，长野主膳与堀田正睦就不会在京都有所联络，历史也许就会改变。

同样在2月26日，长野主膳义言在自己居住的客栈内宴请了堀田正睦的侧用人荒井安治，表示自己有一件天下大事要告知阁老。

五

井伊直弼尚居住在彦根的埋木舍时，便开始与长野主膳义言互通联络，更将比自己年长的情人村山隆女（可寿江）让给长野主膳义言为妾。这位在安政大狱幕后随意挥洒、大显身手的国学者的确是当时怪人之中的怪人。

他的身世至今仍是一个谜，不仅仅是血缘关系不清不楚，连出生地也无法确定。虽然留下了众多遗稿和家谱，但仍然无人能够研究透彻。他称自己为“初代”，不打算让自己的双亲公诸于众，这种情况十分少见。在直弼尚未继承家业、正值血气方刚之时，二人便已联手。直弼甚至将自己宠爱有加的情人让给了长野主膳义言，可见直弼对他是何等信赖。

正月二十四日，长野主膳接到井伊直弼的密令，动身前往京都。他比堀田正睦提前十一天抵达京都，比桥本左内早了十三天。在这些人之中，他是最先抵达京都的，其目的自然便是支援奏请条约敕许的堀田正睦。而在表面上，他此番进京的目的是置办结婚家具，因为直弼的第二个女儿即将嫁给高松藩世子赖聪。

他于正月二十四日抵达京都，当天便前往九条家拜谒，先向关白尚忠详细阐述了当时的外交事宜。朝廷上下只有九条关白一人赞成条约敕许，正因如此，他完全能够坦然接受主膳的雄辩之才。

主膳此番进京，表现得绝不像一个粗鲁的乡下人。在被直弼发掘而效力于彦根藩之前，他便经常出入于同为五摄家的一、二条家。而且，经由二条家侍女长芳浦的介绍，他与九条家的侍女长沙田也颇有交情。沙田的女婿便是志士们怨恨的对象——九条家臣岛田左近龙章，此人是主膳的左膀右臂。

主膳为了利用岛田左近接近素未谋面的堀田正睦，先是在2月26日晚上，于三条小桥的客栈内宴请了堀田正睦的侧用人荒井安治。而这也正是堀田正睦通过驿递方式向江户报告诏书内容的日子。

长野主膳最大的特点就是肤色白皙。他脸形稍长，浓眉高鼻，目光炯炯，令人不敢对视，身材细长，双肩下垂，纤细的下颚显出几分寂寥之意。

他穿衣打扮也颇有公卿之风，经常身着白色襦袢[1]，上面衬有黑羽五纹服[2]，外褂是绉绸面料，裤裙也是上好的丝绸。他所展现出的风采与威严，令即便是享有十一万石俸禄的堀田家侧用人也不禁想要俯首叩拜。

“哎呀哎呀，欢迎大驾光临。如您所知，我便是彦根藩的长野主膳义言。”他的声音也洋溢着不可思议的明快与韧性，荒井安治再次被他深深吸引，“其实，我有一件天下大事要告知阁老。我就先从结论说起吧——如此下去，条约绝对不会得到敕许。”

“关于这件事……”

“还有，备中大人不久便会被免除阁老之职。”主膳的第一句话还显得无足轻重，突如其来的第二句话却令安治大吃一惊。

“这可非同儿戏啊！”

“此事也大大出乎我的预料。其实，从去年11月开始至今年2月上旬，就出现一名歹人五次从江户上书京都，先是说服了前关白鹰司

[1] 襦袢，日本和服之下贴身穿的衬衫或汗衫。

[2] 黑羽五纹服，带有家徽的和服。此类和服分为一纹、三纹、五纹三种，而五纹最为正式。

卿。随后，又有一名歹人说服了三条公，最后，第三个人更是说服了近卫公。如此下去，天下会被第一个人攫为己有，而第二人则会成为政治总裁。不，不仅如此，第一人或是第三人会被任命为京都守卫，如此一来，我们彦根和贵藩都会被免去官职，这想必您都清楚吧？”

六

长野主膳的话犹如一支支利箭，接二连三地射中荒井安治那颗耿直的心。他甚至来不及喘息，心情混乱之余，不断地猜测着那三人的身份。第一位恐怕指的是水户老公齐昭。从去年11月至今年2月上旬，齐昭竟然策划五次与京都通信……

（他究竟是在和谁通信？）

第二人似乎是指松平庆永。但那第三人是……

想到这里，荒井安治尚未完全弄明白，而主膳又趁着这个时机，用他极其清澈的声音继续说道:“遗憾的是为时已晚，因为我们的奔走和阁老（堀田）自己的苦心都未能收到成效……不过，仅是条约没有得到许可不会令对手感到心满意足，朝廷上下随处可见接连不断的阴谋。第一人并不亲自出面，而是打算让自己的儿子入住西之丸。”

“让自己的儿子入住西之丸……”

“没错。而且，倘若称做大老受到阻碍，第二人便会将官名改为政治总裁，取代备中大人成为阁老。”

“您说的是越前侯？”

“那就要您自己去想了。”说着，主膳微微一笑，“而第三人会率领数量可观之众，成为京都的警卫。如此一来，我们彦根藩便会被解除朝廷守卫之职。通过世子控制江户，通过第三人控制京都。政权完全由第二人根据第一个坏人的意愿执行，天下任其为所欲为，将军恐怕也无法保证自身安全。”

主膳简单明了地说完，给了荒井梳理情感的时间。而此时，荒井安治的脸色眼看着变得苍白，额头上冒出大粒汗珠。

“这……这是从谁那里得来的情报？”

“自然是二条关白！”

“关白殿下竟会……”

“没错。有人向关白殿下详细地介绍了世界形势，然后将其发展成了阁老的伙伴，而此人便是我长野主膳。”

“这……”

“不过，我后来却犯了一个重大失误。我原本相信鹰司太阁会站在阁老这边，所以没有采取任何措施，以为只要这二位长老成为同伴，近卫、三条自不用说，粟田宫（青莲院宫，后来的久迩宫）可以由随同前来的川路先生说服，议奏和传奏可以由阁老亲自摆平。没想到我却毫不知情地掉进了圈套。倘若阁老就这样打道回府，天下便会立刻倾覆，就连刚毅豪迈的关白二条殿下也表示自己在京都无计可施……”

说到这里，主膳闭口不语，观察对方有何反应。荒井安治则慌张地擦去额头上的汗珠。听到此处，他也逐渐有了头绪。天皇除了让阁老重新与众人商议之外，在诏书后面的确还有两条附加命令。

其一，基于当前时势，应该尽快确立贤明、年长且有声望的世子。

其二，世态愈发险恶，京畿的警卫应该委任给极有实力的大藩。

贤明年长且有声望的世子自然便是一桥庆喜，而有实力的大藩肯定是指岛津藩。

（如此一来，我们大人究竟会站在怎样的立场上？）

长野义言看出荒井安治已经陷入极度混乱，便改变了自己的态度。

“荒井先生，我有事相托！倘若彦根藩被免除京都守卫之职而重新负责海岸警备工作，贵藩将难以维持下去。希望您能将此事禀告阁老，相助一臂之力。而且，这也绝非我们一家之言，还望成全。”

主膳的讲话方式非常巧妙。

七

他先以堀田正睦的地位岌岌可危来威吓对方，然后再指出此事是关乎彦根藩命运的大事，这才向对方提出恳请。就这样，长野主膳义言在京都打通了一条与老中首座堀田正睦联络的渠道。

至于他暗藏的计谋以及如此积极接近堀田的真正用意，至今仍然无人知晓。

倘若堀田正睦同义言或井伊直弼一样，也是一个积极的南纪派的话，自然不值得大惊小怪。然而，当时的堀田在继嗣问题上不属于任何一派。他知道一桥派众人的活动已经遍及朝廷的各个角落，而他反而打算以此为条件，争取得到条约敕许。长野主膳义言当时便是这种立场。

与长野的联络令堀田错过了返回江户的时机。倘若他当时能够返回江户与众人重新商议，再将结果报告给朝廷，必定能在一定程度上避免京都气氛的僵化。

然而，堀田只是在京都稍作停留，便再次开始展开交涉。他之所以这样做，恐怕是因为确认了长野的情报。不，或许是因为他觉得自己必须帮助溜间诘首座井伊家脱离困境。

第二次交涉，堀田略微改变了陈述方法，继续固执地与朝廷纠缠不休。

“政治原本便已悉数交付幕府，所有外交条约之事也应该由幕府处理，否则英国舰队可能会趁势大举进攻日本。到那时，签订的条约恐怕会远甚于美国的条约，所以我们应该先与美国签订有利条约，如此仿效先例方为上策。”

这种观点反而令众多公卿群情激奋。3月12日，以中山忠能、大炊御门家信、大原重德为首的八十八位有志公卿终于愤然而起。

“决计不能将外交委任给关东！”

众人意见强硬，更有百余位公卿涌向已被孤立的关白尚忠府邸，强烈要求他修改诏书。双方最后几欲动手，事态发展成了更为严重的大骚乱。于是，堀田正睦不得不在4月5日领受与以前一样的诏书，然后返回江户。他从未有过如此惨败，不过，这次的诏书上却被二条关白不可思议地删掉了一处。

在召开会议决定时，将军世子的条件清清楚楚，便是要“贤明、年长、有声望之人”，而在现在的诏书中，却变成“当此国事多端之际，理应尽快确立世子，辅佐将军”。

二条关白的这种独断恐怕已经不仅仅是在完成众人的托付，其中必定还有他自己的打算。京都的公卿们已如暴徒般骚乱起来，倘若加上立世子的问题，江户内也许更会发生内乱……

此事与长野主膳义言这位怪人也不无关系。长野原本与纪州藩付家老水野土佐守忠央交情颇深，而水野是南纪党的首领。长野体察其心意，通过九条家的岛田左近强行说服了关白。

删除将军世子的三个条件在很大程度上改变了历史前进的方向。条约敕许一事虽然失败，但在继嗣问题上，朝廷不置一词，留下了解释的余地，完全不会妨碍到拥立纪州庆福为世子。

八

在很早以前，便经常有神色匆忙之人出入于小川町松平伊贺守忠固的宅邸。在忠固觐见将军之前，先有堀田家的侧用人荒井安治拜访，面谈了四五分钟后随即离去，接着又有町奉行来访，甚至还有井伊家的宇津木六之丞。在忠固眼看便要觐见将军之前，众人争相大老远跑来与之密谈后离去。

堀田家的使者是来通知忠固一件要事的，那就是，在正睦疲惫万分地回到江户的4月20日夜里，松平庆永亲自来到堀田的宅邸，要求堀田决定立一桥庆喜为世子。

然而，忠固听到此事时，并未说出自己的意见。

“堀田大人是什么态度？”

“我家主公的回答是：倘若这样做是为了国家，我没有异议。还有，据说越前侯想成为将军家的监护人。”

“原来如此，不是世子的监护人，而是直接成为将军家的监护人……如此一来，便会形成越前侯、一桥卿和堀田阁老的三巨头政治。”

“我家主公认为，如此一来，天皇的影响力也会变弱，所以便密令我将此事告知上田侯。”

“了解，十分了解。哈里斯见阁老迟迟不回，已经急不可耐地来到江户。我知道阁老此刻十分疲惫，但请转告他，还望他能够尽力交涉。”

堀田的使者离去，忠固的表情毫无变化。但在迎入井伊家的使者时，他的情绪却变得十分激动，甚至在屋外都能听见他严厉训斥宇津木六之丞的声音。

“如今，天下内政都担在我的肩上，只要有半步差错，就会酿成无法挽回的大祸！”

按照老中的座次排位，堀田之后便是忠固。在堀田进京期间，忠固经常这样训斥属下。看着忠固绷着脸去觐见将军，家臣们一整天都紧张兮兮的。然而，等到他在傍晚归来时，脸上却挂满了微笑。

“基本在我的掌控之中。”忠固一边更衣，一边自言自语般的说道，“一桥卿与纪州公子之间的斗争实则是水户学与本居派之间的斗争。水户学过分研究贤愚，本居派则崇尚自然。若要崇尚自然，当然是血缘相近的人更好。我们应该崇尚自然。”

家臣们并不明白忠固在想些什么。他们并不知道，南纪派的水野忠央醉心于本居学派，而井伊直弼的国学老师、在京都异常活跃的长野主膳也是同一学派的学者。井伊直弼是主膳的弟子，自然也属于本居学派。

总之，在4月21日夜里，忠固心满意足地享受着晚酌。是何事令他如此高兴？倘若知道第二天幕府之中发生的事情，自然便会明白。

4月22日，堀田正睦拜谒将军家定，推荐松平庆永为监护人的请求不予准许。

4月23日，任命井伊直弼为大老。

4月24日，老中堀田正睦在私邸内宴请哈里斯，请求延期签订条约。

如此一来，各自应该履行的职责便已一清二楚。堀田正睦应对哈里斯，井伊直弼解决世子问题，而松平忠固……

湖面不映山

一

井伊家俸禄三十五万石，上屋敷位于彦根的樱田门外。从这里绕着护城河到江户城正门大约有一公里的距离。当家井伊扫部头直弼此时已是从四位的上左近卫权中将，同时也是溜间诘的首座。无论从先例还是从家世来看，他就任大老皆属合情合理。

然而，世人和众大名却都显得极为震惊。在堀田正睦返回江户之前，甚至没人想到会发生这种事。

4月20日，堀田正睦徒劳无功地回到江户。而在4月27日，正当各项事宜刚刚谈妥之时，井伊便被将军家定唤去，受命就任大老。所以世人的惊讶是可以理解的。倘若将军家定是一个健康的正常人，这项任命也可以理解成是基于当前时局的英明决断。但就在将军从哈里斯手中接过国书前的十几分钟内，他的姿态仍然很不体面。

“您做得实在是太好了！实在是太好了……”大奥的女侍们都流着眼泪对他称赞不已。

（竟有如此荒唐事！）

将军本身并无能力处理国事。只要明白了这一点，自然便会对此事产生深深的疑惑。

“家臣们都在担心着，如何才能消除世人的疑惑。”

墙上挂着松平忠固所赠的“教外别传”的挂轴，直弼正背对挂轴而坐。宇津木六之丞毫不掩饰地再次开口说道："松平忠固大人的心思之中尚有无法理解的可疑之处。如您所知，他对堀田大人在京都的失败似乎反而感到十分高兴。"

"那就是'教外别传'啊。"井伊直弼的嘴唇丰厚，身材矮胖，但他的声音却是弦音悦耳，可谓与其外表不太相称，"每个人都会有不同的想法，但关键在于我们自己的觉悟。"

"可是，有些人认为您上了松平忠固大人的当。倘若有功，便由他来受领；倘若有过，则要由您或堀田大人来承担……或许这便是俗语所谓的借花献佛吧。"

"说这些话的人是那些小茶童吧？松平忠固大人原本便已决定将政治悉数交付关东，大事全部由关东决定、事后向朝廷禀告即可这一主张他可一直没有舍弃啊。"

"可是大人，问题就出在这里了。事到如今，这种手段是否还能行得通？即便暂且不谈水户老公和越前侯，井伊家的先祖也是代代忠于天皇，倘若您最后不得不与朝廷为敌……"

直弼摇晃着粗胖的脖子，打断了宇津木六之丞。

"不必担心，我怎会没考虑到这个问题就出头露面呢？你快去将从京都回来的长野主膳叫来。"

他说话的方式十分委婉，但说到最后总是语气坚决，不容反驳。六之丞只好跪拜，然后离开了房间。

屋内只剩下了直弼一个人，他重新缓缓巡视四周，脸上露出微笑。室内的家具极其简朴，怪不得水户齐昭会称他为奸佞佛徒。书架上只有一卷《华严经》和一个高五六寸的木雕观音像。

身后再次响起衣袂摩挲之声，来人正是六之丞和从京都归来的长野主膳。

"大人近来身体可好……"直弼盯着跪拜在地问候的义言，良久一言不发。

长野主膳则首先祝贺直弼就任大老，滔滔不绝脱口而出，其流利的口才可见一斑。

二

长野主膳坐在直弼对面，愈发表现出奢华贵族般的风采，相比之下，直弼看起来反而像一头越来越笨重的近江牛。直弼沉默地凝视着对方，主膳曾数次抬起头来，待看到直弼深不可测的目光后，便立刻又低下头去。

长野主膳当时新领的俸禄是一百五十石，还在4月4日将名字从以前的主马改为主膳。

“茶童们似乎背地里称呼你是马，我是牛。虽然两个人加起来不会变成马虎，却不知是否可以称做任人差遣的牛马呢？”

听到直弼的戏言，长野主膳不禁惶恐地望向直弼。主膳先是担任埋木舍的国学教师，而后又受命应付直弼的旧情人，如今更已成为直弼的军师与心腹。正因如此，他才会对直弼的性格和喜怒了如指掌。

（主公心情不好？）

倘若胸中充塞着某种感情，直弼总是默默地压抑这种感情，这正是他的习惯。

就在主膳第三次抬头时，直弼终于用一字一顿的声音开了口。

“出了一件大事。我虽已有足够的心理准备，但还有事要托付于你。”

“那是自然，一切都是为了天下。”

“你回来后见过水野忠央了吗？”

“当然没有，我在见您之前怎会去见其他人呢。”

“原来如此。不过，水野和他的人做得也很好……我这次被唤至幕府，将军明明白白地告诉我：当此重要关头，你要以大老的身份发挥作用。”

水野土佐守忠央是纪州的付家老，自然也是南纪派的首领。所谓他的人，是指水野忠央十一个妹妹的各家姻亲。忠央的四妹是前将军的宠妾，五妹是御用传话人平冈丹波守道弘之妻。这个妹妹在嫁给平冈丹波之前，已是徒头导师元真的养女。可以说，将军家定周围全是水野家的亲戚。

通过水野家的关系，主膳凭借国学也得到了纪州家上一代的宪章院和上上一代的显龙院的关照。正因如此，才会有人认为，主膳之所以接近直弼，是因为水野忠央执意希望将军出自纪州家，而主膳领会了他的心意。然而，这只不过是猜测，因为主膳开始接近直弼时，直弼还居住在埋木舍，根本不知是否能够继承井伊家。

然而，直弼继承井伊家并开始关心将军继嗣问题后，长野主膳的确与纪州保持着联系，令水野忠央和直弼的行动变得里外如一，这也是不争的事实。直弼表面看上去很迟钝，但他的感恩之心却倍于常人。病弱的家定直接任命其为大老，这令直弼心中至今仍然感慨万千。

然而，长野主膳却总是对直弼的淳朴嗤之以鼻。每当直弼感动的对象不是自己时，他就会产生一种厌恶情绪。

“京都仍然充满危险的气息，但关白已经明确站在我们一边，所以我们可以放心大胆地去做，不会遇到任何阻碍。首先，我们应该听听将军对于世子问题的意见。”

“没错，这是首当其冲的问题。”

“同时，您应该见见越前侯。”

“是的，我应该前去拜访越前侯。”

但主膳突然拍着大腿开口道：“大人，不是前去拜访，您如今已是大老，理应唤其前来拜见！”

三

井伊直弼很有胆识。男人一旦下定决心，就不应该畏首畏尾。他坚信自己必须贯彻舍生取义的武士道精神，彻底做好一时蒙受恶名的心理准备，功过留待后世评说。然而，就本质而言，他是一个感情丰富的人，迷茫、愤怒、慨叹、悲伤的程度要倍于常人。正因如此，他才会主动参禅。

在这一点上，他与风貌奢华的长野主膳义言形成了鲜明的对比。义言看上去感情丰富，实则具有坚强的意志。他愤怒时会斗争，迷茫时会斗争，悲伤时也会斗争……他相信斗争是人类的本质，是无比自然的事情。隐藏在他柔弱身体深处的强韧魅力令直弼无法抗拒……

“松平庆永越前侯虽然是御家门首座的身份，但如今您已经被将军任命为大老，主动拜访太过轻率。您应该将其唤来府里，告诉他将军在世子问题上的态度。”

“嗯……这样做才合乎礼节吗？”

“这可是十分重要的。”

“既然如此，我明天就先去面见将军……”直弼表情认真地闭上眼睛，义言看着他一丝不苟的样子，不禁撇了撇嘴。

“将军的心意已决，我们应该先见越前侯！”

“什么？还没有确认将军的心意就……”

“哎呀，真是让人意外！”这次，主膳露出了明朗的笑容，这笑容之中绝未露出半点轻视对方之意，“如您所知，将军格外不擅言辞，我们不应做那些在深夜里聒噪的老鸦，这难道不也是一种忠诚吗？”

“原来如此。”

“聆听无声之音，这与孟子的听民声是一样的。将军的心意便是施行仁政。”

“话虽如此……”

“哈哈哈……现在还不至于再给本寿院和歌桥添麻烦吧？”

这是极为辛辣的讽刺。反正家定没有主见和发言权，要让他说出“我要立纪州为养子”的话，就必须由其生母本寿院或歌桥像训练鹦鹉一般教他学舌。义言的意思是不如免去这种徒劳。

“可是，这样是不行的。”直弼是中规中矩的人，“想要合乎道理却偏离道理，这也许便是令天下混乱的原因。”

“倘若您是如此考量的，我就不再多言了。”义言脸上再次漾起笑容，嘴上却并未让步，“将军亲自任命您为大老，我以为一切都已尽在掌握。水户的恶龙与一桥合力在朝廷活动，企图夺取宗家，而将军的无声之音告诉我们要粉碎他的阴谋。既然如此，首先该做的便是确立世子。而且，这件事后还会有各种各样的事情接连发生，我们没有余暇去逐个确认将军的意向。我认为您此时应该学习学习北条时宗[1]的果断了……哎呀，看来是我多虑了。”

“我明白了。总之，明天确认将军的意向，同时将松平庆永唤至府中，让他了解情况，如何？”

“好办法！”

说到这里，二人的想法似乎已经相通。站在一旁的宇津木六之丞心里却不时阵痛，因为长野主膳的话，一字一句全都是针对一桥派的宣战。水户老公当真会就此默默屈服吗？

四

长野主膳从京都发来的报告都是寄给侧用人宇津木六之丞的，因此，人们以为六之丞与主膳之间的关系一定非比寻常，但事实并非如此。所谓一心同体、心意相通之人是直弼与主膳，绝非主膳与六之丞。六之丞不过相当于一个机构，他只是依照藩内习惯，负责相互传达藩主直弼的命令与主膳的报告。

而且，六之丞在传达时一直琢磨着双方的真正用意，最近经常会感到不寒而栗。以六之丞的观点来看，直弼与水户老公之间的对立已经不仅仅是政治面上普普通通的尔虞我诈了，因为政治斗争必须有明确的斗争点。

之前的斗争点一直都集中在“锁国还是开国”的问题上，然而现在，这个关键点已经变得模糊不清了。水户老公自然清楚开国已是不可避免，所以他才会让与自己最亲近的越前侯表明对此事的赞同态度

[1] 北条时宗（1251—1284），日本镰仓时代武将，幕府第八代执权。

吧……

（如此一来，对立的焦点岂非便集中在了世子问题上？）

然而，这个问题的答案并不能一口确定。直弼本身也好，井伊家内部也好，以前并不认为将军世子非纪州家莫属。而如今，让他们对此深信不疑的人其实正是长野主膳义言。

令直弼开始对水户老公产生戒心的原本是海防问题。藩内财政正值难以维系之时，井伊家却被分配到相模国担任警备工作，并在那里度过了长达六年的时间，原因便在于此。

由于海岸警备工作支出庞大，直弼打算以自己的家世为由来推卸这项任务。

“以家世而论，井伊家或许应该接受守护京都的密令……”

如此一来，他的主张便是要由其他藩来负责海岸警备工作。面对这种由藩内情形引发的主张和不平，水户老公挺身而出，大加斥责，甚至让他熔化寺院内的梵钟铸造大炮来巩固国防。

最初，直弼对水户的反感是一种恐惧与敬畏，而后逐渐发展成了一种整个藩内的被害妄想。

（难道水户对彦根藩有所不满……）

直弼受命负责相模国的警备工作后，亲身体验到了日本当前的国防实力，根本无法与列强开战。因此，六之丞认为，必须让水户的攘夷论成为藩内不平不满的发泄之处。六之丞自然并不反对直弼的开国论，但他从未想到，藩内情形引发的对水户的反感竟然与将军继嗣问题纠缠在一起，令主公直弼的斗志如此昂扬。

锁国还是开国？这是绝对关系到日本国命运的大事。然而，拥立一桥庆喜还是纪州庆福为将军家定的世子的争斗，不过是德川家内部的诸侯纷争。可是，诸侯内讧却趁着天下大事越演越烈，趁机大作文章之人正是阁僚中的松平忠固和彦根藩内的长野主膳。

（倘若水户老公当真说服天皇，得到敕命，阻止天皇下旨确立纪州庆福为将军，直弼这个大老岂非虚名一个，骑虎难下了？）

宇津木六之丞最担心的便是这件事了。不，不仅仅是六之丞，这股不安的暗流已经遍布彦根藩内。

五

入夜，长野主膳现行告退，宇津木六之丞取出纸笔，在直弼面前坐了下来。

从直弼就任大老之日开始，六之丞便被提拔为公用人，还受命记录名为《公用方秘录》的日记。直弼想必是在以此确立自己的毫无私心。

（究竟从何时开始变得如此呢？）

将军继承人必须是血缘相近之人。倘若将血缘置之度外，只以智慧与否来判别，便是随了异国之习气，毫无皇国之教养。令直弼坚定此想法之人，必定是长野主膳。但如今，直弼的坚信程度甚至比长野更加顽固。

“对了，在进行今日的记录之前，我想问您两三件事……”

听到六之丞颇有顾忌的询问，直弼不知在想些什么，目光严厉地开口说道：

“我已经死了。我早已预料到会有今日之事，因此在安政二年（1855年）8月来到江户之前便已死去，你可不要忘记。”

“是，坐在我眼前的人是宗观院柳晓觉翁大居士，我会牢记于心。”

“人只能依靠自己，这是释迦牟尼教导的真义。当然，在你们眼中，我只是一个经常感到迷茫、令人心急却又无可奈何的凡夫俗子。”

“不，绝无此事……”

“好了好了，我知道了。你或许以为我的行动已落入上田侯和主膳的掌控之中，但事实并非如此。我已经死了，死人的意志是不可能改变的。”

“是……是的。”

“我已决定在死后成为大老。倘若马虎大意，就会被恶龙公一口咬碎脑袋，再吞入肚中。若是连井伊家也受到牵连而覆灭，那我更会蒙上不忠不义的罪名。我认为死是最好的办法，既能保住井伊家，又能贯彻忠义……”

“在下铭记于心。”

“还有，在迎来柳晓（指自己）的第三次斋戒之前，我终于就任大老。既然我已成为大老，就必须为柳营[1]迎来破晓。你们个个都担心我会毁掉井伊家，但死去的柳晓觉翁早已预料到了一切。”

“真是惶恐之至。”

“哈哈哈……有什么可惶恐的。破晓即将来临，无论我做好了多么完备的赴死觉悟，我仍然还是不愿树敌。我要做到公正无私，心如止水地以至诚之心行事。当然，在明日觐见将军时，我会体察将军的心意，请将军确立世子人选。不过，我们不可拘泥于此事。你明早去拜访松平庆永，郑重地请他在我明日回来时到府里来一趟。至于日记，你须如此记录：由于得到将军的许可，我立刻请来越前侯，把将军的旨意告知于他。”

宇津木六之丞几乎要再次浑身颤抖。虽然叫做秘录，但不妥之处他一般都是不做记录的。可如今，却要他写下毫无主见的人偶下达了许可，这实在令人为难。

但直弼却高声说道：“这可不是弄虚作假！”

这恐怕是由主膳之流所谓的聆听无声之音的大乘精神所致。不知不觉间，本是围绕是否开国引发的重大政治斗争，却莫名其妙地变成了诸侯内讧。人类的所作所为为何会如此矛盾？

（难道人类终究只不过是感情动物？）

“你吩咐小纳户，让他们准备好衣冠装束，我每天清晨都必须遥拜皇宫，向将军上奏每日事由。勤皇绝非水户专享。”

直弼的声音变得愈发严厉。

[1] 柳营，指将军的阵营，亦即幕府。

六

水户齐昭与井伊直弼在性格上颇有相似之处。一旦有所笃信，二人便不会轻易改变，只会勇往直前，有时还会旁若无人地实施独裁。他二人都具备远超常人的毅力与气魄，同时也相当纯粹。只不过，二人也有极端不同之处。

水户老公在强硬行事之后，有时会感到无处可依的孤独并深加反省。每到这时，他就会变得如孩童一般。

“我的真正用意其实是如此这般……”

他会老实地向他人解释。向庆永阐明开国已是不可避免一事便是具体表现。

然而直弼并非如此。不知何时起，长期隐居在埋木舍的生活令这个通过参禅自虐而成长起来的“有主见之人”成了理想化的人类。

也就是说，前者是一个理想主义者，拥有良好出身的艺术家般的气质；而后者则是坚决鄙视空想、理想、妄想之类思想的现实主义者。这位拥有现实主义者主见的人，决心将自己当作死人，站在超脱生死的自负高度看待问题。二人之间的冲突已是不可避免。

宇津木六之丞按照直弼的命令，吩咐小纳户准备好遥拜皇宫的装束，多少松了口气。

（原来如此，这样做是在提防京都吗……）

在小心谨慎方面，主公的确不逊于任何人。然而，他却让自己记录每天清晨的皇宫遥拜，如此小心却又是为何？一念及此，六之丞心中又是一动。

（难道主公决定要在没有得到敕许的情况下便签订条约？）

“六之丞，你明天还有要事，今晚就下去休息吧。记住，对待越前要郑重有礼。”

这句话又堵住了六之丞的话头，他慌忙重新坐好，开口说道：“与其特意请越前侯前来，不如在将军府中……”

六之丞的意思是说，这样做不会显得过于生硬。

“不可！”直弼却用一句话便严厉拒绝了，“你也知道，越前侯已经派遣桥本左内进京，打算彻底阻止堀田正睦，岛津齐彬也派遣了一个叫西乡吉之助的人，有着同样企图。近期倘若不能贯彻始终，恐怕将有后顾之忧。我已经过深思熟虑，此事不会变动。”

“既然如此……”

“就这样！你退下吧。”

于是，第二天，松平庆永欣然前来拜访井伊宅邸，却从直弼口中听到了完全出乎意料的世子最终人选。当然，这是二人之间的密谈，尚未公布于众，从某种意义上来说，这是对御家门首座身份的充分尊重。

井伊家的迎宾人员采取中老交替制。当日，直弼甚至没有更衣便匆忙出来迎接，将松平庆永引入客厅后便遣开了旁人，这令松平庆永感到十分满意。庆永对直弼这个人并不十分了解。这位三十一岁的屋形大人具有单纯质朴的书生气质，他以为四十四岁的井伊直弼不过是执著于禅和茶的一头乡下牛。他心中还在可怜直弼，以为他虽然被松平忠固推上了大老之位，却已处于走投无路的地步。

当然，他天真地以为，是桥本左内和西乡吉之助的行动已然奏效，天皇已经向幕府下令确立一桥庆喜为世子，而这次直弼相邀密谈也是基于这个主旨。

“当此时局多变之际，您就任大老，实在是大事一件啊。”

庆永的态度显得落落大方，井伊直弼则郑重其事地施了一礼。

七

“今日特意请您来府，多有打扰了。”

听到直弼的话，庆永脸上露出微笑。

“这有何妨！事关天下大事，无须客气。倘若有事相商，我理应随时赶到。”

“不胜感激。其实，有件事虽然尚未公布于众，但我认为理应先让您知道。”

“原来如此，所谓何事？”

庆永探出身子，脸上仍旧带着微笑。他已经察觉到是关于世子决定之事，为了配合对方的诚意，他还打算在交谈后提供一些建议。

当时，绝非只有庆永一人不了解直弼的政治手腕，正在忙于与哈里斯进行交涉的目付岩濑忠震和川路圣谟也不很了解。在堀田正睦之后返回江户的岩濑忠震等人给庆永写信时曾经提到，朝廷的意向已经倾向于赞成立一桥卿为将军世子。这便是一个很好的证明。

桥本左内的报告自然也是一样。他并未特意提到一桥卿的名字，但他提到贤明、年长且有声望之人，自然非一桥卿莫属。左内于2月7日抵达京都，比堀田正睦迟了两天。9日，他以桃井伊织的化名首次拜访三条家，之后还曾有四次直接拜见三条实万。2月14日，他拜访了诗人梁川星严，通过此人的引荐，还得以出入于青莲院王府。3月13日，通过鹰司家儒官三国大学的介绍，他面见了鹰司家的诸大夫[1]小林良典和久我家的家臣春日潜庵等人。其中种种经过都已逐一向庆永作了汇报。在这种情况下，庆永自然坚信一桥党会最终夺得胜利。

看着庆永的笑容，直弼郑重其事地自怀中取出一封书简。彼时，庆永尚未意识到那便是关于世子问题的诏书副本。其实，就算他有所了解，也没有理由大惊小怪。

“其实，将军今日将我唤至幕府，便是与世子问题有关。”

“原来如此，这好极了，所有人都希望能够尽快解决此事。”

“您所言极是……嗯，我已经清楚地了解了将军的心意。”

“太好了！哎呀，我正感到急不可耐呢。”

“在公之于众之前，我想让越前大人您先知道，所以才特意请您来府。”

---

[1] 诸大夫，幕府时代亲王家、摄家的官家一职。

“了解。”

庆永此时坚信一桥卿会成为世子，所以说话间毫不迟疑，同时端正了坐姿。而直弼眼中闪过一道光芒，突然开口说道：“决意，立纪州庆福公子为将军世子。”

直弼特意在纪州庆福四个字上加重语气，斩钉截铁般的说道。庆永身体不自禁向前探出，怀疑自己是否听错。

“您……您说什么！将军世子是……”他的声音中透出几分难以置信。

“纪州庆福公子。”

“这个，纪州……”

“是的。将军认为，值此多事之秋，应该尽快准备让纪州庆福公子入住西之丸。因此，我决定在6月1日向御三家及溜间诘的众大名公布将军旨意。”

庆永顿时变得哑口无言，一时不知该说些什么。

“所以，我想在今天提前告知越前大人，如何？既然世子人选已经确定，就必须有监护人，您心中可有合适人选？”

直弼的语气沉稳有力，加之他身材矮胖，一字一句分量极重，将庆永层层束缚。

八

这个沉重的打击完全出乎庆永的意料。

“那……那堀田……备中守他知……知道此事吗？”

庆永尚未整理好自己的感情和思维，他的声音接近于哀鸣，显得十分狼狈。

“那是自然。将军将旨意传达给了所有老中，并已决定由堀田备中守全权负责世子人选的公布。”

“可……可是，备中守从朝廷领受的诏书……如此一来，岂不是违背了诏书中的圣意……”

“并无违背之处。”

“什么？您确定？”

“是的，这是诏书的副本。”直弼再次拿起放在大腿上的书简，静静地将其翻开，“越前大人，请您过目，但暂时不要对外宣扬。关于世子问题，朝廷的方针是尊重将军的意愿。”

庆永满面通红，两眼充血。他慌忙双手颤抖地接过书简，用布满血丝的双眼向纸面望去。然而，书简中的文字并非桥本左内所告知的“贤明、年长且有声望”。

“当此国事多端之际，理应尽快确立世子，辅佐将军。”

（这究竟是怎么回事？）

诏书的文案是由为岛津家活动的近卫忠熙和三条实万等人拟定的，理应万无一失。可是，交给幕府时，内容怎会发生如此之大的变化……

庆永当时还想象不到，此事的罪魁祸首正是长野义言和二条关白。

“您明白了吗？”直弼沉稳的声音令庆永感到更加混乱。

（一定是朝廷出了叛徒！堀田这个浑蛋，竟然置我于这步田地！）

相对于眼前的井伊直弼，庆永对一直声称希望成为政治总裁的堀田感到更加愤怒。说起来，据说桥本左内在京都东奔西走之时，曾向中根雪江提出过活动经费不足的问题。庆永只给了左内五十两的机密活动经费，而堀田正睦带去京都的幕府活动资金据说有三万两。

（如此离奇之事，难道便是由三万两与五十两的差距造成的……）

直弼在一旁冷眼旁观。他看得出庆永处在相当的混乱当中，便继续静静地说道：“朝廷认为，世子问题需尊重将军的意愿，应该尽快决定，而不要受到世人的干扰。既然将军已心领圣意，确立纪州公子为世子人选，唯望越前大人能够尽忠。”

“这件事情……还没有最终……”

“此事值得庆幸，既然大事已决，不才直弼也可以舍身奉公了。”

“唔……”

“如您所知，井伊家以尊皇敬幕为家训，包括直弼在内，已有四人担任过大老要职。越前大人是御家门首座，在下身列谱代大名，虽然不才，同样也是首座。也许您会心有不满，但只要有至诚奉公的决心……”

说到这里，直弼使出了撒手锏：

“我自认不堪此任，起初也曾坚决请辞，但将军频频通过传话人药师寺（水野忠央的姻亲）下令，在下亦不敢忘记历代将军之高恩，这才接受任命。据药师寺称，近期竟传有人欲阴谋幽禁将军……而一旦世子之事得以确保，这种可怕的传闻便会烟消云散。”

庆永尚未从混乱的心境中挣脱出来，他目光直直地望着虚空，浑身不住地颤抖……

神之子，鬼之子

一

一桥宅内一隅生有芙蓉树，不知为何，在今年初夏将至未至之时，竟然便已结出花来。一桥正室美贺夫人已然有孕在身，然而因为宅内四起的谣言，众人感到很是毛骨悚然。

“菊亭家的女儿将无法生育。”

据说一条辉姬生前曾下此诅咒，而死后化作鬼魂。这个传说在一桥宅内仍会偶有所闻。

当事人美贺夫人似乎也会经常看到鬼魂。据她所称，鬼魂会身披月光，自水池中突然浮起。须贺得知此事，便请公子将号称水池之主的一尾白色鲤鱼移至他处。她觉得，定是这尾长近三尺的纯白鲤鱼映了月光，造成了看似幽灵的假想。自此以后，美贺夫人也不再声称自己会看到鬼魂了。

然而，夫人的不安却在日益加重。待到芙蓉花谢，须贺便立即将芙蓉树移至他处，在原地栽种了菊花。

“你可别因操劳过度而生病啊。”

看到须贺换栽菊花，令美贺夫人能够闻到自己娘家菊亭家的气息，庆喜便开口问候，以表慰劳。事实上，庆喜的第一个孩子虽然顺利出生，却未能存活。婴儿生于7月20日，当日便不幸夭折。这是庆喜的第一个女儿，她在这个世界上仅仅呼吸了几个小时。两个多月后，她有了自己的法名——“琼光院池水影理大童女”。

在那段时间里，庆喜似乎迷上了射箭。他经常去靶场，令猪饲胜三郎和原市之进捡拾射出的箭，自己则不时说些风趣的话。

“在射中之前，我就已经知道结果了。”

“您是怎么知道的？”

“因为靶子在主动吸引箭矢。”

然而，有时在一箭射出之后，庆喜并不会顺势收弓，而是会长时间望着自己的手指。

某日，平冈圆四郎突然神色慌张地快步奔至靶场，并请求公子遣开旁人。根据松平庆永传来的消息，将军世子已经确定为纪州庆福，御三家和溜间诘众大名将于6月1日，即明日宣布这一结果。

“松平庆永大人称自己无颜面对公子，只好一个人闷在家里生气。”

庆喜早已遣开旁人，却并未放下手中的弓。梅雨季将近，但当日却是晴空万里，天上间或传来云雀与鹰的鸣叫声。

“没想到佐仓侯堀田正睦竟是如此毫无节操之人。他通过岩濑忠震与川路圣谟说动越前侯出马，孰料自己却暗中背叛，极力隐瞒诏书更改一事……”

圆四郎满头大汗，单膝跪在草坪上，双腿不住颤抖。庆喜单手持弓，缓缓走近座椅。

“圆四郎，你这是从哪里来啊？”

“驹込。”

“家父也已知道此事？”

“圆四郎不敢隐瞒。”

“这虽是你的忠心，但恐怕会适得其反。”

“但此事太过遗憾……”

“没有什么遗憾不遗憾的，不过是你的心胸太过狭隘罢了。”

然而，圆四郎并未退缩。其时，他已正式成为公子的小姓头。然而，他在公子身边的时间并不多，更多时间是在幕臣中间奔走，尽力鼓吹庆喜的英明。他既已决心成为齐昭和庆永的左膀右臂，便已准备好献身于自己的信念，虽死不惜。身居幕府要职的岩濑忠震、川路圣谟、土岐赖旨、永井尚志、鹈殿长锐、堀利熙、水野忠笃等实力派悍将之所以能够彻底变成庆喜的支持者，也直接得力于他的四处奔走。

二

然而，一切都被新任大老井伊直弼一招击溃。不，此事背后还存在很大疑团，令人无法就此断念。随堀田正睦一同前往京都的川路圣谟和岩濑忠震自不必说，桥本左内和西乡吉之助等人也都传来消息，声称诏书上虽未直接举出一桥卿的名字，但的确写有“贤明、年长且有声望之人”的字样。然而，诏书却在神不知鬼不觉当中发生了变化，传到井伊手中之时，却只是简单地提到应该确立世子，辅佐将军。

“此事实在太过古怪。毕竟是诏书，想来只有关白才能改动。”

圆四郎愤愤不平地说道。庆喜终于放下了手中的弓。

“如此一来，事情岂非已变得清清楚楚？”

“还不能说清清楚楚。当此日本存亡的关键时刻，重要的外交问题却变成了诸侯内讧，甚至连诏书都被改动，我们怎能对君王身边的奸佞坐视不理……”

“等等，圆四郎。”庆喜目光凝视虚空，打断了圆四郎，“看来你还无法做到改变自己的立场来看待问题。从二条大人的角度来看，你的解释刚好相反。”

“您怎会这样想！”

“非也。外交问题属于国事，世子问题则是德川家的私事。因此，不能将国事与私事混为一谈，以致在问题上纠缠不休……有鉴于此，我认为请求条约敕许为时尚早，因为天皇也已明确拒绝，认为应该经过众议决定。至于私事方面，就交给现在的当权者们去解决吧，你只要能够公平地看待双方，就不会感到不可理喻了。”

“这可使不得！如……如此说来，公子岂非彻底变成了南纪党？”

“蠢材！我既非南纪党，也不是你们所说的一桥党或水户党。”

“那您究竟是什么党？”

“日本党！你听好了，朝廷的决定自有其不可违抗的道理，那便是天下不可一分为二，无论偏袒任何一方都会造成混乱。朝廷以万民为赤子，从这个立场上来看，即使以皇族皇宗之灵的名义立誓，也不能有任何偏颇。因此，二条大人才恰到好处地改动了诏书……关白的职责是辅佐天皇，不能说他这样做便是违诏。你听好了，在国难面前，日本国不能一分为二，这才是当前的问题所在。只要能从这一点出发来考虑问题，自然便能理解。”

圆四郎已经不会因公子的解释而咋舌不已了。

“原来如此，您是站在更高的层次来考虑问题，真是了不起的见识。”

“你在驹込也是对家父如此说的吗？”

圆四郎若无其事地摇了摇头。

“不是。我告诉老公，倘若不能清除天皇身边之奸佞，终究无法战胜当前国难。”

“这可棘手了，你这样说会激起更大的波澜。”

“棘手的是那些南纪党。松平忠固、井伊直弼、病弱的将军和幼稚的世子……您认为这些人能够战胜当前国难？”

“为何突然又转移到这个话题上来了？”

“因为如此一来，日本也会与印度、越南和中国落得同样的下场。我们对任何人都不能再客气了！”

“哦？好大的口气啊。你的意思是说，不能依靠上面的官员了？”

“我看您才是突然转移话题呢，我们只是希望能够推举我们所期望的领袖。”

“你是指我或家父吗？哎呀哎呀，蹦出来个添乱的家伙……”

三

庆喜此时已经敏锐地察觉到，水户藩内已经燃起了不可思议的愤怒的火苗。老公再次被迫远离政治，人们将其理解成是政治上的失败。在这种情况下，人们通常倾向于认为，正确的人之所以失败，必定是胜利一方实施了阴谋。正确之人的正确主张得不到伸张，其志向反而受到一群阴谋家的践踏蹂躏——人们对此坚信不疑，义愤填膺之下，便会引发血腥的骚乱。

庆喜本是暗自思量，倘若因自己能够消解民众的愤懑之情而使得朝廷下令由自己当世子，那他又将面临不得不入住西之丸的局面。

不过如此一来，父亲与溜间诘之间的不和或许会出人意料地消除。父亲在政治上遭到失败，但在世子问题上，倘若自己能够入住西之丸，便会在一定程度上消除他的失败感，自东湖和正志斋传承的水户良心也会化解众人的愤怒。

然而，事实却完全相反。对手趁着父亲失败之机，竟然又使出改动诏书的强硬手段。

（太拙劣了……）

“圆四郎啊，你现在太冲动了，就像猎猎北风中的炭火一般。”

“我没有冲动，只是对国难的理解与公子……”

“够了。国难越严重，我越要保持冷静。经过研究学习，我现在最钦佩的人便是东照权现。越是在危急关头，他越能保持冷静。至于我，现在还谈不上……”

“话虽如此，可现在……”

“我的想法你可真是听不进去啊。哈哈哈……不过，在大事面前，有四个角度来看待问题，你知道吗？”

“四个角度……从左边看，从右边看，还有一个是置身于事件当中……”

“你说出了三个。不过，倘若只是置身其中或是从左右看，还是会有看不到的地方。”

“哦？还有一个角度是从哪里看？”

“从上面看。只有从上面看过之后，从左右和中间才能看得一清二楚。”

“您是说……您总是从上面看待问题？”

“没错。从上面看去，松平上田侯和堀田佐仓侯的拙劣做法可以看得一清二楚，大奥的可悲之处也是一览无遗。我更多感到的是一种怜悯，而非争斗之意。现如今，在那悲哀的舞台上又要增加一角色……也许是整个彦根，更添可怜。”

“公子……但您并非坐在舞台下的观众。”

“但我也不是立刻和你们一同煽风点火的人。”

“不好意思，在辩论上我真不是您的对手。”

“这不仅仅是辩论而已。你只会用双眼盯着一点，而我有四只眼睛。但当此无从下手之时，纵然我有四只眼睛，倘若只盯着一点而变得狂躁不安，也必会酿成无可挽回的大错。”

“话虽如此，也不能坐等天上掉馅饼啊。”

“没错。即使是权现公那样的人物，也在三方原尝到了一生唯一的一次失败。面对大事及国难，并非冲动行事便可取胜。极端愤怒的你对国难能有强烈感受吗？纵然用四只眼睛也无法决定怎样做的我，对国难能有深刻理解吗？”

圆四郎已无话可说，在嘴皮子功夫上，他终究无法胜过刑部卿。

（这真是一位极其不可思议的人。他极度贤明，极度寡欲。难道寡欲当真是他的一大缺点？）

四

“圆四郎，你似乎已经放弃说服我的打算了。你还是有理可诉，但你觉得说了也没用，所以索性默不作声。我没说错吧？”

圆四郎不禁浑身一震。公子说得没错，他已经打算放弃了。他打算放弃说服公子，而是和他的同志们继续向着自己的信念前进。这是迫不得已的做法。作为生于非常时期并有责任感的日本人，他已经不可避免地卷入旋涡之中。既然如此，即使并非心甘情愿，他也不得不挺身而出。既已挺身而出，便定当竭尽全力。

（就这样吧！）

他方才正是这样想的……就在那一瞬间，公子似乎已经看穿了他的想法。这种眼光实在是太可怕了。

“看来我没说错。”庆喜的目光仍旧凝视着虚空，“我看你们似乎是想除掉京都的某位大人。”

“我不知道！怎……怎会有这种事……”

“圆四郎，只有一件事是无论如何都不能做的。”

“无论如何……是什么事？我这样问只是为了以后参考。”

“绝对不能在家父的不满之上火上浇油，并以此煽动越前侯而累及朝廷。”

就在庆喜说出这句话的一瞬间，圆四郎不禁浑身一震——他又说中了。诏书竟然在中途被人加以改动……对于信奉水户学的人而言，这是对国体的亵渎，罪无可恕。

人们将继承皇位的天子尊奉为绝对真善美的结晶，正因如此，才会有神国日本的“大义”。而天子的意愿竟然在中途被人轻易篡改，这几乎等同于整个民族追寻了几千年的国体之梦和理想被埋葬在政治斗争的泥沼之中。

如今，在平冈圆四郎、松平庆永、桥本左内、西乡吉之助……不，在继承了东湖和正志斋之志的水户志士们中间，问题的重心已经发生了重大转变：此事既非政治斗争，也非政治手腕的失败；既非私情，也非微不足道的义愤。问题的重心变成了对忘却民族传统与光荣的人的强烈愤怒。在一君万民的理想政治中，出现了隔断一君与万民的乌云，问题已经变成如何才能驱散这些乌云。

幕府的当权者甚至恐怕已经忘记人民会产生这种愤怒。如今，需要最先解决的问题便是驱散乌云……至少平冈圆四郎对此坚信不疑。他们中的很多人已经在万不得已的情况下得出一个答案——只有得到“密诏”，劝动老公齐昭，以水户为中心坚决实行幕府大改革，才能打破国体昏暗的局面。

在继嗣问题上，他们说服了三条卿、近卫公、前关白鹰司父子，乃至青莲院宫，并确定了天子的意向。然而，诏书却在中途被人改动，这很容易令人以为，上意并不是按照普通的上奏顺序来下达的。在维新史上，或许此事极易遭到忽视，但事实上，此事相当于台风的风眼，对后世造成了无与伦比的影响，留下了极大的沉重感。

庆喜最怕发生这种情况。倘若天子不按照正规程序行事，而是下达密诏，令赤子们针锋相对，就会重新上演南北朝时代的悲剧。正因考虑到这一点，庆喜才会要求圆四郎自重。

“我想你们还不至做出如此蠢事。但倘若当真累及朝廷，你们的罪过将比改动天皇诏书的那些人更加严重。你明白吗？”

然而，圆四郎也只是装聋作哑地凝视着虚空，默不作声。

五

“好了，这里并非长谈之地，我们还是回屋去吧。”

庆喜开始逐渐感到不安。他知道圆四郎在想些什么，而他是无法坐视不理的。圆四郎的不满倘若蔓延至越前、萨摩、土佐、伊予、长门和肥后，恐怕会引发无可挽救的内乱。不过，将军家定已经任命井伊直弼为大老，而这位大老也已宣布，按照将军的意愿，世子已经确定为纪州庆福。倘若庆喜自己此时表现出丝毫不满，势必会引发连锁反应，以致最后的爆发。

庆喜默默地站起身来，圆四郎则不满地撅起了嘴。

“圆四郎，你看，今天的落日格外美丽。”

“对我而言，这不过是个毫不稀奇，反而令人气愤不已的黄昏而已。”

“是吗？无法全身心地融入到这种美丽之中，实在是太不幸了。”

“我怎么可能融入其中？我已经被谎言和手腕弄得烦透了。”

“我所说的并非仅仅指你，你没有明白我的意思……即使对我而言，这也是最大的不幸。”

“既然如此，就应该再想办法……”

“办法倒是有一个，却是我最讨厌的。算了，我们回屋说吧。”

二人回到屋中，小纳户渡井量藏接过弓箭，献上更换的衣服。庆喜很快便令其退下，转而唤来须贺。量藏来自水户，因此他不得不防备并疏远量藏，这令他感到很是伤心。

经过此次事件，在水户藩士之中，一定已经有人表示即使脱离水户也要杀死井伊。

“须贺，今天我想喝杯酒以示庆祝，你将圆四郎的那份也准备一下。”

说到“以示庆祝”时，庆喜脸上露出复杂的微笑，回头望向圆四郎。圆四郎却故意扭过脸去，在入口处坐了下来。

如此一来，庆喜反而忍不住开口说道：“圆四郎，你没听到我说以示庆祝吗？”

“我听到了。纪州公子已经确定会入住西之丸，公子您也松了口气……您是想让将军身边的人都这样想对吧？”

“哎呀，你能明白这一点就足够了。来，坐近一些。”

圆四郎仍旧表现出明显的反抗之意，但身体还是向前挪了一下。

“除了须贺，今晚无人能够靠近这个房间，你就放心祝贺我吧。”

“您当真觉得值得庆祝吗？”

“自然当真。即使我现在入住西之丸，也什么都做不了，反而只会令将军心烦意乱，徒增其对家父的反感。难道你没发现吗？”

“这……”

“自权现大人开始便在水户家代代相传的尊皇思想，终究还是存在一个重大错误。不，也许称之为错误过于苛刻，就叫浅薄吧！实际上，水户的尊皇与彦根的尊皇之间已经变得难以相通。”

“彦根的尊皇……您认为彦根存在尊皇思想吗？”

“圆四郎，你不能武断地认定不存在，这样太过不逊了。我认为，苏我、物部、清盛、赖朝、新田和足利都具备尊皇思想。”

“这个……您是说自光圀公以来的史记编纂有误？”

“你不要着急，我只是悔于其编纂不够完善，否则水户与彦根一定会心灵相通。你听好，自古以来，只要同样的尊皇之心不能融合，就一定会引发纷乱。你不觉得历史已经很好地证明这一点了吗？”

圆四郎仍然默不作声。这时，须贺端着食案走了进来。

六

“来，为了庆祝，先痛快喝了这一杯。”

圆四郎默不作声，也未将酒杯端起。

“你若是再这样一直生气，我也要生气了。你难道不知我比你更没耐性吗？”

“唉，那我就不客气了，多谢公子……”

圆四郎极不情愿地端起酒杯，庆喜此时却望着须贺说道：“须贺，圆四郎不愿祝贺我，我打算亲手杀死他，身边只留你一个人。”

“您……您要将圆四郎……”

“没错。这家伙一直劝我尊皇，自己却缺少最重要的耐性。虽然你们都在这里，但我不得不说，圆四郎不如你，他垂头丧气的样子就像女人一样。”

啪的一声，圆四郎重重放下酒杯，望向公子。他一定没有想到自己竟会遭到如此严厉的痛骂。他目光凌厉地瞪着庆喜，只见庆喜也正静静地望着自己。圆四郎一时一句话也说不出来，因为他从庆喜的身上感觉到一种严肃的态度，或许庆喜真有可能亲手杀死自己。

“水户史学以承诏必谨为绝对大义。我们有理由相信，在南北朝战争时期，北朝正统旗色鲜明的做法也是出于这个缘故。世人为何均以楠公父子为忠臣楷模？因为他们既已领受敕命，便决定在凑川赴死……人经常会感到迷茫。贤者与愚人并存，共同生活，任何人都不可能成为独一无二的超群智者。倘若我们固执地争斗不休，为难的只会是普通百姓。而天子身为万民之父，其判断理应舍弃固执己见与利益得失，此乃大义之根本。我以为圆四郎至少应该明白这些……

“楠公父子明知自身的不幸是因了后醍醐帝身边小人的谗言所致，却仍然默默赴死，这便是他二人为后世所敬仰的原因。这次的事也完全一样。或许的确是关白在恣意妄行，但诏书已经交给关东，倘若不能谨遵诏书之意，何谈大义，何谈水户士魂？我之所以在此庆祝，是因为我明白这个道理，所以心中不敢有丝毫不满。哎呀，我终于找到了这样一个好机会来告诉你，这才是承诏必谨的大义，与真正的尊皇丝丝相扣。圆四郎，这下你明白庆祝的意义了吧？若是明白就不要生气了。”

然而，圆四郎仍旧直勾勾地盯着食案，犹如一个执拗的孩子。

“国难只是一个切入点，会产生形形色色的大义和尊皇。自此以往，这家高举正义大旗，那家打着忠义名号，世间恐怕会就此议论纷纷，骚乱频发。在这场相扑较量中，我们不需要急着踏上赛场。彦根这个对手已经现身，但我们尚不知对方会采取何种手段。既然事情无法善罢甘休，我们就必须保持冷静。须贺，看来圆四郎也开始逐渐明白了，既然如此，我就不需要亲手杀他了。还是喝酒吧。”

“是……公子。”

随后，庆喜便默默地喝着酒，一言不发，酒宴的气氛变得十分怪异。屋内已经点亮火烛，不时有小虫飞入，每到这时，须贺便慌忙用团扇加以驱赶，而庆喜和圆四郎只是不停喝着酒，似乎完全无视对方的存在。二人一定都满怀心事，不吐不快。圆四郎偶尔会叹息或是咂嘴，随后便继续沉默。

须贺不禁想要放声大哭。女人自有女人的忍耐限度，但对男人而言，意气与理性相斗的激烈程度，似乎要远超女人。

（不知人类究竟是何种生物，心中竟然充斥着如此古怪的怒气。）

“须贺啊。”

“在。”

“以后当你知道我在生气时，就不要把刀放在旁边。”

七

是夜，主仆二人在令人毛骨悚然的对峙中互相告辞。

“酒足饭饱，我也该退下了。”沉默了足有半个小时的平冈圆四郎语气生硬地说着，离席而去。

庆喜默默地目送着他的背影，过了几分钟后才自言自语般的说道："还是不要让他见水户的人为好。"

须贺此时已经不在屋中，似乎是去取东西了。庆喜右手边燃着的烛火，将他的影子映在左侧的地面上。火苗上下蹿动，地上昏暗的影子也随之猛烈摇晃起来。他不由自主地闭上眼睛，叹了口气。强烈的孤独感席卷而来。

（竟然无人能够准确地看清时势……）

据说在越前的桥本左内自京都归来后，圆四郎与他进行了长达三天的大辩论。越前家的老臣中根雪江当时恰好在场，他对庆喜的侧用人中根长十郎说，自己当时不禁被二人的高明辩论深深吸引。

中根雪江自然听到了二人论点的梗概。据说桥本左内自幼年便师从崎门学派（山崎暗斋[1]）的吉田东篁，并受到其强烈的影响。

山崎暗斋最初彻底钻研佛教的禅学，后来转而研习儒教的朱子学，毫不满足的他随后又研究了日本的国情，并创立了崎门学。这门崎门学自暗斋伊始，历经浅见䌹斋、若林强斋、西依成斋、铃木润斋、铃木遗音等人，传至吉田东篁。松平庆永也十分信任东篁的学识和品格，称其为"福井之学识"，可见此人必是俊才。这位俊才对桥本左内既敬佩又喜爱，认为他是一个难得的神童，便尽心教导培育，而左内更是对西洋学情有独钟。

他先后跟从大坂的绪方洪庵和江户的杉田成卿学习，会说英语和德语，这可以说是当时很少见的才能。

"从他们（欧洲人）那里学习器械艺术，同时不忘仁义忠孝。"

这是左内时刻不忘提及的主张，而这种尊皇精神和异国知识令他必定会与水户学结缘。而且，在外交问题上，这位松平庆永的秘藏爱臣提

[1]　山崎暗斋（1619—1682），日本德川时代初期的儒学者、神道家、唯心主义哲学家。

出了一个了不起的“方针”。左内认为，要想对抗欧洲的侵略主义，首先必须确定能够成为“国策”的外交方针。因此，他主张首先应该促成日本与俄国的结盟。

“在不久的将来，世界上恐怕势必会出现超越独立国家的组织（如同现在的联合国）。但在此之前，我们必须找到存在同样利害关系的同盟国，共谋攻守。”

他的先见似乎给众人的异国知识带来了决定性的影响。左内也认为将军世子必须由一桥庆喜担任。他与圆四郎大展的辩论，表现得异常活跃。

在这方面，没有人比他更值得信赖。

然而，左内并未意识到，在他的行动中存在着严重的矛盾，原因便是对现状分析的不足。改变人类潮流方向的难度是治水和土木工程所无法比拟的。人类心中奔涌着感情的激流，还会利用诡计设下无限多的陷阱。

实际上，当前最重要的并非激发起每一个人，而是令“尊皇”思想自然而然地渗透人心。在目前的开国派中，不知有多少人能够理解真正的尊皇。弃小异，求大同。在最需要这种团结的时候，左内却进京请求密诏并与敌人短兵相接，而这样做只会令达成目的的希望变得越来越渺茫。如今，以尊皇为前提的攘夷论在京都已呈沸腾之势。在这种情况下，左内一边倡导开国论，一边却勉强促使攘夷论首领水户齐昭之子入住西之丸……他为何没能发现这个矛盾呢？

庆喜在孤独之中预感到了下一次骚乱的前震……

八

“我为何有如此先见呢……”说完，庆喜不禁吓了一跳，只见须贺不知何时已经归来，正蜷身坐在自己眼前。

“您说什么？”

“啊，没什么……我说我能清楚地看穿你的内心。”

“嗯……”须贺不知想到了什么，表情变得十分僵硬，“一色的伯母曾寄信给我，我已做好一生侍奉的心理准备，请您放心……”

“你已经回信了吗？对了，杉浦似乎也已离开大奥了吧？”

“是的。大奥中充斥了对您的流言蜚语，她说已经不能忍受。”

“这可难办了，我周围不幸之人变得越来越多。”

“公子，您当真觉得必须杀了圆四郎吗？”

庆喜缓缓摇了摇头。

“我不能杀他，只是必须点醒他。”

说完，庆喜感到一阵不安。自水户随同前来的梶清右卫门等人比圆四郎更加兴奋紧张，倘若不说清楚此事，他们或许当真会杀死圆四郎。

“须贺，你要知道，圆四郎这个人不能杀。”

“是，我方才也感到很惊讶。”

“不分青红皂白便取人性命是不对的……但我需要有人犯下过错。”

“这是……为什么？”

“我不能像家父齐昭那样与攘夷派正面为敌。为了令攘夷派与开国派都将我视作己方，我希望手下能出现被误解之人。”

“您说……被误解？”

“你应该清楚，对攘夷派而言，开国派是敌人，而对开国派而言，攘夷派也是令人无比厌恶的顽固者。”

“您的真实想法是……”

“我的真实想法？”

庆喜脸上露出苦笑，但在此刻，他的心情终于变得舒畅起来。

（这名女子看来当真已成为我的亲近之人。）

他此刻的心情，正如同难以驯服的小麻雀第一次飞上掌心时的感觉。

“你是无法轻易理解我的真实想法的。”

“啊，您怎能这么说呢！”

“好了好了，我并不是在责备你。好吧，我就将我的真实想法告诉你。”

“嗯……”

“如今，我在这个世界上是孤身一人，圆四郎对此却是不甚明了。甚三郎和长十郎与我年纪相差太大。我既不能在量藏、胜三郎和市之进面前抱怨，又已过了向母亲撒娇的年纪。”

“公子……”

“我看你在颤抖，不必多虑。对我而言，你是很重要的人，我既已知道你决心一生侍奉在我身边，便会将感情藏在内心深处，绝不会再有无礼举动。”

“是……”

“你去弄些灯油来，添在那边的烛台里。我再喝一杯就要休息了，麻雀还在卧室里等着我呢。”

须贺听后，双肩突然开始剧烈颤抖。庆喜凝望须贺，心中突然若有所思。

（真正寂寞之人，究竟是这名女子，还是我呢？）

庆喜在自己的预感中能够嗅到血的气息，他预感溜间诘与所谓一桥派之间将发生越来越多的血腥斗争。眼下的庆喜，对于这种预感发自内心地恐惧着。现在，他连一句玩笑话都不能说，更别提自己的想法了。一个不小心，可能就会引发血流成河。

“其实我就是胆小怕事。哎呀，如今不用入住西之丸，我或许当真松了口气，因为如此一来就不用担心被人下毒了。”

直弼一方

一

新任大老井伊直弼已数次出入于家定在大奥的寝宫。然而，没人知道他是否直接面见过家定将军，但时刻不离家定左右的药师寺元真和御用传话人本乡丹后守等人曾多次表示：

“将军今日又曾与大老促膝恳谈。”

大奥众人坚信，井伊直弼起初是坚决辞受大老一职的。据说是先有将军家定命药师寺元真传达上意，后有老中首座堀田正睦表示同意，直弼这才不得不受任，此事早已传开。

“4月22日，堀田备中守正睦觐见将军，建言当封松平越前守庆永为大老。将军惊异，以为论及家世人品，尚有彦根（井伊）在先，故大老之职当属彦根，而非越前。上意如是，未几事定。”

井伊家的宇津木六之丞在秘录中的记录与大奥的传言完全吻合。

于是，事情的过程就变成了井伊直弼不得不接受大老一职，而后又与将军家定有过数次恳谈，这才决定了世子的最终归属。随后，井伊直弼命堀田正睦于6月1日在御三家和溜间诘的众大名面前宣布决定。由于家定届时亦会亲临，一切事宜皆按照惯例谨慎安排。

与此同时，朝廷也正面临着条约问题，于是在6月8日，天皇亦下旨准许世子一事的决定。如此一来，世子问题便迎刃而解，遂了井伊直弼之愿。

但实际上，在解决世子问题之后，还有两个人令井伊直弼感到极为愕然。其一便是将军家定。井伊直弼对于家定的病弱及愚昧早有耳闻，却没想到事实的严重程度要远远超出自己的想象。另一人则是松平忠固。正是此人推举并劝诱直弼接受大老一职，而直弼也十分认可他的见识与实力。然而，直弼心知肚明，松平忠固只是打算利用自己，实际上对自己颇为轻视。

当直弼最初直接拜谒将军家定时，家定在生母本寿院、乳母歌桥及以近卫家养女身份入嫁的正夫人陪同下出现，自始至终未发一言。直弼很想征询家定的意见，可家定的视线并不落在他的身上，而是一刻不停地向庭院张望。然后他突然站起，结结巴巴地向歌桥喊着什么，同时向庭院跑去。

只见一只由荷兰人进献的白鹅正摇摇晃晃地走在庭院里，家定张开双臂上前追赶，白鹅则惊慌地跑向水池避难。家定一边在水池边跺脚，一边大声叫嚷着什么。

“将军说他想要枪。”

听到歌桥的解释，本寿院点了点头，脸上露出窘迫的神情，正夫人则面红耳赤地垂下了头。

“我……我这便去取来。”歌桥慌忙起身，连直弼也吓了一跳——竟然要在大奥内开枪，这简直是前所未有的暴行。

“没关系，枪里没有子弹。”

说着，本寿院摇了摇头，似乎泫然欲泣。她告诉直弼，拿来的是空枪，所以不必担心。最终，直弼不得不先行告退，终究未能和家定说上一句话。自那天以后，直弼的心底仿佛被一颗铅弹狠狠击穿，留下了深深的伤痕……

二

（将军大人，竟是如此……）

直弼这才知道，前将军家庆的确有理由让庆喜进入一桥家。家庆恐怕并未想到，家定竟然平安无事地一直活到现在，以至于不得不由他来继承将军之位。家庆已逝，家定却仍然活着，水户也因此才会萌生野心……

直弼以为，家定只是因为口吃且不爱交际，无法随心所欲地发表自己的意见，才变得愈发乖僻病弱……他的判断不过如此。而松平忠固则认为“将军秉性贤明，全在老中如何辅佐”。

既然如此，那直弼也没什么好说的了。倘若代代皆是明君，哪里还需贤臣辅佐？在某些情况下，将事务悉数交给家老处理的当家要比半吊子当家更为合适，井伊家的先代直亮便是很好的例子。直亮大肆炫耀自己的半吊子智慧，实行独裁统治，在藩内外口碑极差，而财政上也落得一个难以维系的窘境……

然而，直弼知道家定非止如此。他每次想起家定拎着镶满金银的空枪、发出奇怪的声音并在白鹅屁股后面团团追赶的样子，就会感到面红耳赤。

（竟然会被这样的将军召见，还说什么亲自任命为大老……）

了解内情的人定不会相信如此赤裸裸的谎言。大家一定都在嘲笑井伊直弼，认为他其实很想当大老，如今不过是一个人在演戏罢了。

（昏庸的君主置身于女人和孩童中间，一定会变得愈发任性。）

既然如此，大老就必须提出严格意见，至少要保证将军维持接见哈里斯时的仪态。

（没错，将军在接见哈里斯时表现得就很好。）

然而，家定当时一见到直弼，就哇的一声哭了出来。

“太可怕了！他的家徽太可怕了……”

家定紧紧靠在乳母歌桥身上，其举止就像一个五六岁的小孩儿。

“嗯，将军说……说他今天不想见任何人……”

歌桥用欲哭无泪的声音解释着，本寿院当时也露出窘迫的神情，开口说道：

“将军最近变得心情越来越差。”

直弼惊愕地退了下去。

（竟然让这样的人活着……）

直弼当时胸中充塞着鲜明的憎恨与义愤。正是这个病人冤枉了自己的父亲，又将母亲推入了地狱。如今，他又要让井伊直弼走上同样的不归路。

（到底背负了怎样深厚的罪孽，才会生出这样的人啊……）

家定从直弼的表情中敏感地感受到了他的感慨，哭得愈发厉害。直弼神情惨淡地来到诘间，立刻唤来松平忠固，告知此事。然而忠固并未表现出丝毫惊讶。不仅如此，他脸上甚至还浮现出宛若怜悯般的笑容。

"我早已知道会有此事，所以我应该已经跟您说过，要聆听无声之音……总之，我们在世子问题上已经大获全胜，倘若不立刻签订条约，于堀田大人的脸面也不好看。我很明白您的担心之处，但不必多虑。只要我在政治策略上一日占据优势，您就可以放心地交给我来处理。总之，我们此时应当一鼓作气，倘若露出破绽，给对手以可乘之机，将悔之晚矣。"

三

井伊直弼并非傀儡，他毕竟是彦根三十五万石的当家，同时还是大老。直弼是抱着必死觉悟才接受大老一职的，可忠固在言谈之中却完全将其当作自己的幕僚。但实际上，即便在世子问题上，今日战果亦非忠固之功，而是长野主膳费力说动了关白九条尚忠，这才取得胜利。

关白九条尚忠便是当今孝明天皇皇妃夙子之父，是当今天皇的岳父。倘若有尚忠帮忙，自然可以改动诏书，而决定立纪州庆福为世子的申报也可以立刻得到批准。而且，直弼在很长一段时间内的身份是即将继承家业的长子，而忠固则是大名出身，一直在骄傲中长大，二人眼中的世界有着不同的大小。

"政事就交给我来处理……"

倘若可以放心将政治交给忠固处理，却又为何特意将直弼推上大老之位，让他在政界出头露面呢？

（看来事情越来越棘手了。）

直弼当时强压怒火，转而去揣测忠固的想法。对直弼而言，揣测忠固的想法比弄清小妾的爱慕之情更为容易。

“哎呀，既然有伊贺守相助，我自然无须担心。不过，将军认为论及家世人品，我直弼更为出色，所以理应任命直弼为大老，而非越前候，这种说法是否太过做作了？”

“这就是政治啊。”忠固表现得愈发自大，“是克制水户，还是受制于水户？是开国，还是因战斗无谋而败北？既然只能二者选一，一旦开战，我们就决不能后退半步。”

“如此说来，您打算在未得到敕许的情况下就签订条约？”

“那还用说，我此番特意进京，就是要令关东颜面扫地。我们不需要再次重复备中守的愚蠢行径了。”

“原来如此。”

“以前大政皆悉数交付关东，我现在就要摧毁这个原则。堀田大人也仅是熟知外国事宜，对政治一窍不通，所以他才会自掘坟墓，推举越前。正因如此，人们才会评价他毫无见识。”

直弼又轻声提出一个问题，试探忠固的反应。

“倘若在条约签订问题上先斩后奏，朝廷若能同意自然很好，但当今天皇是如此随意之人吗？”

忠固脸上再度露出怜悯的笑容，开口说道：

“倘若朝廷不许，我便在从所司代到町奉行的位置上都安排强硬悍将。在政治上倘若偶尔用武力应对，那可真是秀才遇见兵，有理讲不清了。”

对直弼而言，忠固的这番话是不可原谅的。不管怎样，井伊家还保留着尊皇传统，自己身为井伊家当家兼大老，可对方却要自己以武力镇压朝廷，这是何等不逊之言。

（绝不可再与此人为伍！）

作为一个日本人也好，作为井伊家的当家也好，倘若继续与此人为伍，井伊直弼将会沦为笑柄。然而，将军家定已是如同废人，一直觉得可靠的松平忠固又怀着如此傲慢的野心……

直弼并非孩童，他没有当场与忠固展开争辩，而是小心应对。离开幕府以后，他于当夜走进了樱田藩邸的佛堂。这位怀着必死决心的当家，一本正经地坐在历代先祖的牌位前，渐渐遁入禅境……

（先祖在上，直弼有似双臂皆折，究竟为何如此……）

四

长野主膳在京都对直弼所说的外国事宜并无不实。从表里两方面来看，与美国签订通商条约一事已成定局。倘若在条约签订上推三阻四，在中国打了胜仗的英法联合舰队的四十余艘战舰就会驶来日本。届时，日本恐怕也会被迫签订如同《天津条约》般的不平等条约。

是年，英法联军再次从天津出发攻占北京，将此前的《南京条约》（1842年）变为《天津条约》。条约内容惨不忍睹——中国需支付四百万两白银作为抵抗赔偿金，还要允许外国在北京设立使馆，允许外国拥有在长江各口岸的自由航行权，允许基督教自由传教，承认鸦片贸易合法化，无条件开放牛庄、汉口等七个港口城市为通商口岸。

美国公使哈里斯提供了这方面的详细消息，并以此为促进条约签订的利器，逼迫堀田下属，亦即直接与其进行交涉的井上清直（下田奉行）、岩濑忠震（目付）、水野忠德（海防负责人）等人签订条约。

“请尽快与美国签订条约，然后即可以此为先例，与英法两国展开交涉。否则，日本将与中国一样，不得不与联合舰队一战，而结果也会与中国一样，不仅需要支付数额庞大的赔偿金，还必须接受所有苛刻的条件。”

英法两国即将乘胜而来，向日本提出外交交涉，而日本只有先与美国签订条约，才能在交涉中占据有利位置——这就是哈里斯的主张，同时也是他的一记攻势。

荷兰的举动证明了这一消息的准确性，其联合舰队眼看着就要开始驶向日本。

（开国还是签订条约？）

日本并无信心战胜对手，除了签订条约别无他途。不仅仅是直弼，堀田正睦、松平忠固和松平庆永都承认这一点。然而，在此之前还有一个问题：是否来得及得到敕许。在将军世子的问题上，他们的确已然获胜，然而在条约问题上，仍是毫无进展。

“至于条约问题，理应遍询三家以下众大名之意，而后再行上奏，请求天皇定夺。”

堀田正睦遭到朝廷的回绝，空手而归。然而，即使立即向京都重新提出这一问题，恐怕也不会很快得到敕裁，而英法联合舰队将先行一步驶来日本。另一方面，哈里斯又会以此事为武器，展开更为尖刻的攻击。

“7月27日是我能够等待的最终期限，逾时则英法舰队就会驶来日本，届时悔之晚矣。倘若幕府无权签订条约，我将立即动身前往京都，不再理会江户。这是为了日本着想，但如此一来，列强就会纷纷效仿，江户幕府终将衰亡，您认为这样好吗？”

直弼知道决断的时刻已经到来，自然无须哈里斯多言。令直弼无法决断的原因正在于前任堀田正睦，他已特意前往京都，可却……

直弼坐在祖先的灵位前，愈发地感到恐惧，浑身不住颤抖。

无论怎样考虑，都如松平忠固所言，只能以“政治悉数交付关东”为借口，凭借蛮力无视皇室，直接签订条约。除此之外别无他法。

“大人，天亮了……”

宇津木六之丞担心直弼，便偷偷来到佛堂。他见直弼脸色青紫，宛若冻死之貌，才慌忙跑上前来……

五

“是六之丞啊。”直弼开口说话，身体却仍然一动不动，“命人拿衣服来，我需照例在清晨遥拜皇宫。”

“是。”六之丞松了口气。他命小纳户拿来衣服，自己亲自服侍直弼更衣。而在更衣完毕之前，直弼始终一言不发。

屋外飘着如烟细雨，打开房间的拉门，只见洗手盆以及铺在周围的小石子都已被润湿，黑幽幽地闪烁着光泽，泉水周围则涌起大片白色雾霭。

直弼取出笏板，从门口放鞋处径直踏上院中的大粒沙砾。他此前一直在走廊里遥拜，今天似乎打算冒着细雨在沙砾上遥拜。

“从四位上中将井伊扫部头直弼于此……”

六之丞当时正跪拜在走廊里，未能听见后面的话。只见直弼双肩哆嗦，脸色在雨中显得愈发苍白，而声音止不住地颤抖。

（大人似乎已经做出了某种决定……）

直弼的决断令六之丞感到颇为惊讶，因为直弼显然同忠固一样，已经决心在不得到敕许的情况下就签订条约。察觉到这一点，六之丞的泪水不禁如滂沱大雨般滚滚而下。

（这是多么正直诚实的人啊……）

这份忠诚！这种尊皇！绝对不逊于水户老公……六之丞觉得自己必须将此事好好记录下来。

“六之丞，上茶。”

“是。”

直弼今日比平素起床的时间还早。六之丞跑到厨房，烹了壶茶，回来时见直弼已经更衣，正端坐在屋内。

“六之丞，从今日开始，我也要做松平伊贺守所说的政治家。”

“是……”

“首先，我准备谨遵天皇之命，重新征询众大名的意见。”

六之丞跪拜在地，心中暗想——无论征询多少次意见，条约的签订已是不可延期，此乃大势所趋，不会发生任何变化。

“倘若众人不反对，便可确定签约日期。不过，我与伊贺守、目付、奉行和国防负责人等人的意见相左，他们一定会主张不必等到朝廷下达敕裁，但我不以为然。井伊家的当家竟会轻视朝廷，这是我从未想过的。”

“您所言极是。”

“可是……”直弼说到这里，喝了口茶，似乎在重新思量。他目光灼灼地盯着半空，脸颊周围逐渐恢复了血色。

“不，下面的话就不说了，到时候就会知道。你要听好，作为记录事实的人，你万不可误解我的心。”

“遵……遵命。”

“我今日便直接前往江户城……”说到这里，直弼又顿了一顿，方才继续说道，“来个快刀斩乱麻！”

直弼斩钉截铁般的说出这句话，目光突然望向六之丞的额头，眼中闪闪发亮。

“你去睡吧，你的身体不如我这般强健，不要勉强，接下来会越来越忙。”

六之丞当时尚未意识到直弼下定了何等了不起的决心。

直弼最终决定主张一边请求敕许，一边签订条约，让堀田正睦背黑锅，再将松平忠固逐出幕阁，由自己承担全部责任。正睦和忠固会怎样做？直弼已经冷静地思考过这个问题，但对他而言，这是一次表里不一的决断，具有浓厚的政治色彩。

六

（首先要挽救日本国的危机……）

为此，直弼可以牺牲自己的生命。他打算让堀田正睦承担不等敕许下达便签订条约的责任，再罢免敕许无用论者松平忠固，并已准备好面对指责自己无视朝廷的反对声音。一切均非出自私心和私利，这是为了躲避列强射向日本国的枪林弹雨而做出的独一无二的决断。

（神佛共鉴，我井伊直弼……）

直弼早早离开藩邸，前往江户城，他的心情逐渐变得轻松下来。

（莫妄想！[1]）

他一边在内心深处高举尊皇大旗，一边尽力保卫德川社稷……为了实现这个目的，行使这一手段是唯一途径。自己被选任为大老也好，正睦和忠固均在自己的阁僚之中也好，或许均非偶然。直弼陷入了为难处境，既要让正睦竭尽全力，又必须在某种程度上认可忠固的意见。而事后罢免二人的做法实在情何以堪，却又不得不为之。

松平忠固劝说直弼无视朝廷的意见一事，不仅已传遍众大名，连水户甚至都已是有所耳闻。罢免之举虽很无情，但即使为了在事后避免遭到水户的攻击，也是势在必行。本来，直弼所主张的开国与堀田正睦的开国，就在思想层面上存在着差异。

堀田正睦对列强几乎毫无恐惧心理，他对西洋知识的渴求程度要远远超过对西洋文明侵略性的戒心。从这个意义上来说，直弼甚至可以被称为“尊皇攘夷派”。经过长期的海防生活，他对列强武力的强大程度有着切入骨髓般的了解。倘若日本的武力能够胜过列强，他一定会堂堂正正地站在朝廷一边，坚决主张攘夷。井伊家与朝廷之间的关系正是如此深厚，而坚定的尊皇之心也已形成家风。

然而，日本现下根本不具备对抗列强的武力，战则必败。直弼深深明白这一点，却仍继续蛮横地勒令水户隐居，因为他认为，水户胸中怀有令幕府当政者为难而趁势夺取宗家的野心。

（怎能忽视这种野心！）

直弼憎恨水户齐昭，并且知道日本与列强在武力上的现实差距，这才无可避免地成为开国主义者，所以与堀田正睦存在根本上的不同。

直弼登城后立刻唤来松平忠固，再次提出了谨遵敕命、重行众议的意见，但是忠固却撇着嘴摇了摇头：“这样做毫无意义。”

“即便毫无意义也无妨，请尽快安排。”

忠固笑了笑，并未立刻起身。

---

[1] 莫妄想，禅林用语，喝令他人勿起妄想之意，一心执著于心念之源的用语。

“井伊大人，政治是很微妙的事情。在目前这种情况下，您对朝廷实在是太过客气了，而这种心态并不利于以后的团结。暂时应该将政治悉数交付幕府！我们需要秉持这一方针，坚定地做出决断，这是很重要的。”

忠固以直弼的政治指导自居，语气犹如哄小孩子一般。对于忠固的一番话，直弼表现得十分冷静，开口说道：“出于慎重起见，我们应该重新征询众人的意见，请尽快安排。”

忠固顿时感到十分恼火，他从未想到直弼会变得如此顽固。

“倘若众人认为应该谨遵敕裁，您也会听从吗？”

“还不好说，总之请尽快安排。”

此时此刻，直弼表现出了如秋霜烈日般的严肃与不可思议的威严，忠固只得奉命而去。

七

井伊直弼一直在禅理中寻求精神食粮。既然已经下定决心，他的所有觉悟便都是严肃的“莫妄想”。倘若做得过火，就会变得缺乏反省，因为他觉得反省也是一种妄想。直弼自然很清楚这一点，而他心已决，认为此时此刻不能踟蹰不前。至于在众议时会议论什么，会得出什么样的结论，直弼早已进行过充分的研究。不过，重行众议本身便是对朝廷信守家风的做法。

（并非只有水户才能尊皇！）

事到如今，笼罩在他心头的一片乌云仍是水户。在行事之前，他必须充分预计到水户发生违诏骚乱的情况。

众议之日定于6月19日。日期确定以后，又发生了两件轻视直弼的可疑事件，令人不得不加以重视。其一便是一直待在下田的哈里斯突然在17日乘上波瓦坦军舰，驶到了神奈川。哈里斯之所以这样做，一定是因为堀田正睦已将19日众议之事泄露给他。

其二便是规定众议的主题只能由松平忠固变更。直弼的宗旨是“谨遵敕命，重行众议”，而最后的决议内容变得十分直接——“条约的签订是否应该遵照敕许进行”。

直弼感到十分不快，而与此同时，他又觉得找到了罢免忠固的借口。

会议从一开始就展开了激烈的讨论。老中久世广周、内藤信亲、胁坂安宅三人起初认为“应该延期条约的签订，直到朝廷下达敕许”。但松平忠固首先提出反对意见，堀田正睦也积极支持松平忠固。这导致前三人的态度又变得模棱两可起来。

“老中一致认为不需敕许，大老意下如何？”

井伊直弼此前一直安静地闭着眼睛，直到听到松平忠固的问话，这才开口说道：“还不能说就此确定，因为我还没有发表意见。”

“那您的意思是？”

“在得到朝廷的敕许之前，无论多么为难，都不可签订临时条约，这就是我的意见。”

松平忠固的反应自不必说，堀田正睦也变得哑口无言。

“您的意思是说，即使英法舰队攻来，也要等到敕许下达？”

“没错。”

堀田正睦对井伊直弼的为人也不甚了解。正因如此，他才会感到意外，同时也有些可怜直弼。他毫不客气地叹了口气，转而面向这次交涉的全权委员井上清直和岩濑忠震：“请向大老说明详细情况。”

听到正睦的话，直弼立刻对二人说道：“二位请听好，在得到敕许前不能签订条约，请务必延期。”

这是严肃的命令，毫无商量余地，四下瞬间变得鸦雀无声。

“大老所言极是，我也持同样的看法。”只有负责海防的水野忠德一人明确表示支持直弼。

“是吗，您也持有同样看法吗？太好了，我会记住您的这份支持。”

这自然是直弼的心声。他本以为忠固或正睦会勃然大怒地表示反对，却没想到全权委员岩濑忠震抢先出面，面红耳赤地说道：

“请大老听我一言！”

八

直弼静静地将目光移向忠震。

“大老所言极是，但英法舰队眨眼之间便会驶来日本。”

“那又如何？”

“面对如此庞大的舰队，倘若在他们的示威要挟之下签订条约，实在有损国威，届时我日本国将会蒙受奇耻大辱！”

“因此，你便认为不需敕许？”

“天皇下令重行众议，其用意在于不污国体。而我们即使立刻签订条约，也并非对圣意不尊。”

“此言差矣！”直弼冷冷地打断了忠震，“既然已有堀田大人进京上表的前车之鉴，我们怎可无视朝廷而签订条约呢？这样做恐怕不仅仅会在公武之间造成不愉快，更可能会招来狂徒的激愤，导致国内长期混乱，你不这样认为吗？”

“您的意思是让我们与哈里斯重新交涉？”

“在得到敕许之前，请尽量延期签订。”

“那……那是不可能的！”井上清直忍无可忍地插嘴抢白道，“哈里斯已明确表示，倘若幕府无权签订条约，他将直接与朝廷交涉，这才会乘军舰驶来。”

“万一他当真直接与朝廷交涉，关东颜面何存……”

听到两位全权委员语气强烈的诘问，直弼再次闭上了眼睛。目付岩濑忠震的尊皇之心是松平忠固无法相提并论的，连他都主张擅自签订条约，当是哈里斯乘军舰驶来神奈川所带来的逼迫所致。

（或许哈里斯当真打算不理会幕府而直接进京吧。）

“也就是说，二位认为已无交涉余地，所以不会听从我的命令，是吗？”

二人愕然地面面相觑，他们也完全没想到直弼竟会提出如此强硬的反问。事实上，他二人根本无法回答。直弼的话可以理解为是一种胁迫——倘若不听从命令就罢免二人，但更可以将此理解为让二人承担交涉不利的责任而剖腹自尽。

正当尴尬之时，直弼又立刻改口，令二人得以下台：

“是我的问话过于直接了，你二人并没有说不听从命令。”

“您说得没错。”

“既然如此，我要重申：延期交涉或许会十分艰难，但事关重大，二位应该即刻赶赴神奈川，设法延期签订。”

二人之中，岩濑忠震比井上清直性情更直，脑筋也转得更快。

“明白，我们会再次进行交涉，但倘若所有办法都已用尽……”

他顿了顿，但直弼并未回答。

“倘若所有办法都已用尽……”忠震又重复了一遍，然后单膝跪向直弼，“就可以签订条约了吧？”

忠震的意思是说，倘若哈里斯不理幕府导致交涉终止……这是十分尖锐的质问。直弼依旧不发一言，看起来既似在点头，又似对忠震的话充耳不闻。

“我明白了！”岩濑忠震郑重其事地跪拜在地，“我们二人立刻动身前往神奈川，在波瓦坦号军舰上面见哈里斯，进行最终交涉。”

“好，就这么办。”堀田正睦出面圆场，井伊直弼却仍然闭着眼睛，一言不发。只见他脸上亮晶晶的，满是汗水。

百年悔恨

一

安政五年（1858年）6月19日。

在停泊于神奈川港的波瓦坦号军舰上，《日美修好通商条约》十四条和《贸易章程》七则条约终于在未经敕许的情况下完成了签订。依照国际惯例，即使没有交换批准书，条约的签订也将从第二年，即安政六年（1859年）的6月5日伊始生效。

擅自签订条约的幕府需在6月21日向朝廷上奏条约签订事宜，所以准备了五位老中联名画押的文件。这五位老中分别是堀田正睦、松平忠固、久世广周、内藤信亲和胁坂安宅，而文件上并无大老井伊直弼的署名。

为何井伊并未联名画押？

令人感到不可思议的是，忠固和正睦并未对此事感到疑惑。难道是因为按照惯例，有了这份联名画押的文件就足够了？除了正文，这份文件还附加有大意如下的辩解书：

……倘若处置不当，则吾国之信用不保，而英法舰队逼至，恐重蹈中国覆辙，故虽未经敕许，签订条约……

这份辩解书暗指朝廷也应该理解此事，与其说是辩解，不如说含有很强的威胁意味。而且，在22日，幕府以防止中途发生意外为由，命东海道和中仙道的驿使将该文书送交给了京都的武家传奏。

鉴于先前已有老中首座堀田正睦进京斡旋，历时近两个月仍未能得到敕许，这种做法可以说是赤裸裸的挑战。这种极端傲慢的态度简直就是在说："倘若你们不老实准许，我们也就不客气了。既然政治悉数交付关东，就算无视京都，我们也无可指摘之处。"

直接负责条约签订的岩濑忠震也对此事惊愕不已。他立刻书信通知自己一向敬服的松平庆永，请他提醒井伊直弼妥善处置。

（前略）幕府已遣驿使陈说条约签订之事于朝廷，世间议论纷纷，未知当否。（中略）愚窃以为，若初即擅断，反有说辞，而今既有堀田老中进京乞敕未果，再行上书陈说，反成欲以一纸抵消先前之事（堀田进京），于朝廷实有轻蔑之意，绝不当行。（后略）

连忠震都在信中如此陈说，可见这次驿使上书事件必定是由松平忠固强行决定的。在此之前，井伊直弼恐怕一直在默默地关注事态走向。而在文书送交出去的同时，他终于拔出了大老的权力宝刀。

6月21日，井伊直弼勒令堀田正睦和松平忠固停止出勤，并以一纸命令书将二人罢免。堀田正睦的罪名是"大胆放肆，擅自签订条约"，松平忠固的罪名则是"驿使上书轻率之至"。于是，在这场钩心斗角的政治斗争中，正睦和忠固彻底败给了直弼。

22日，直弼命令在江户值勤的众大名集体登城，宣布了条约签订一事，同时公布了雷厉风行的阁僚更替，这便是今日所说的内阁大换血。

堀田正睦和松平忠固被罢免后，太田资始（挂川藩主）、间部诠胜（鲭江藩主）和松平乘全（西尾藩主）三人成为新任老中。三名新任都曾当过老中，其中的松平乘全更是水户齐昭示意阿部正弘罢免的人物。如此一来，政治斗争自然会愈演愈烈。

二

论及私情，最为震怒且沮丧之人便是松平忠固。他刚刚以为“万事成功”，却被自己苦心推举为大老的直弼罢免。

在条约签订后的第二天，即20日，直弼并未登城。忠固还以为是19日的条约签订令他过于辛劳，而且自己正在整理驿使文书，安排阁僚联名，忙得不可开交，也未曾多想。当然，松平忠固坚信井伊直弼不会有异议，便打算以直弼的政治指导自居，说些鼓励的话。

“万事自此方始，水户和越前恐怕都会尽力反抗，但我们既已决定不理会朝廷，自然更不能将他们放在眼里。”

直弼尚未熟悉政治，不能由着他犹疑不定。

（登城后要首先慰问井伊大人……）

21日清晨，松平忠固一边这样想着，一边吃着早饭。正当此时，却有使者从江户前来：“公文在此。将军有命，松平伊贺守理应自省，禁止出勤，特下此令。6月21日，井伊扫部头……伊贺守大人，接令吧。”

听着使者药师寺元真诵读公文，忠固尚未理解其中的含义。他恭恭敬敬地接过公文，重新读了一遍，这才惊得脸色大变。

“这……这是让我松平忠固停止奉公吗？究竟发生了什么事？”

“我只是奉命行事。”上使冷冷地转身离开，忠固发狂般的追至玄关。

“药师寺大人……药师寺大人！请您等一等！如此一来，我松平忠固……”

然而，上使连头都没有回。

“上意如此，抱歉！”

（完了！）

忠固相信权力宝座是通过斗争得到的，并始终依据这种信条行事，而这道命令实在是一次完美的复仇。大老直弼的确已经拥有擅自决定忠固命运的实力。而且，赋予其此权力的不是别人，正是忠固自己。忠固本打算在今日登城后先令井伊直弼罢免堀田正睦，然后再让一个自己的心腹入阁，因此正在考虑人选。

（孰料那个近江牛竟然……）

然而，这不过是无用的牢骚罢了。世人也好，御三家也好，外样大名也好，萨摩和土佐也好，大家都认为“极恶之人乃是桐阁（忠固的绰号）”，纷纷表现出强烈的憎恨之情。而在驿使上书的瞬间，这位推举井伊直弼、不由分说地解决了世子问题和条约问题的实力者却被罢免，这是何等讽刺的背叛啊……

权力的魔力就是如此之大。明知如此，忠固还执著不放，最后终于被貌似拙钝的近江牛顶翻在地。

忠固跑进房里，拔出匕首，然后便茫然地陷入一种恍惚状态。他并不打算因为惨败给对手就剖腹自尽，只是觉得天地都在疯狂地旋转。怎会落个如此下场……话虽如此，但这毕竟是不可改变的事实。

就这样，自当日以后，这位拥有大老以上的实力、从世子问题出发一气解决条约签订的重要幕后人物松平忠固，便从政界完全消失了……

三

松平忠固被井伊直弼电光石火般的决断彻底抹杀，同时被罢免的堀田正睦或许会松一口气，但面对直弼如此凌厉的决断，他不可能无动于衷。

当时的江户市民似乎也受到了极大震动，街尾巷间流传着下面的《一（伊）语道尽》歌谣：

一（伊）语道尽世间事
禁止外国交易的是井伊
些许顾及圣意的是井伊
勒令水户隐居的是井伊

削减越前半俸的是井伊
致使太田隐居的是井伊
压制萨摩地位的是井伊
彻底摒弃西洋的是井伊
下调诸多物价的是井伊
禁止金银重铸的是井伊
控制市况平稳的是井伊
杀死有理之人的是井伊（后略）

歌谣表现出了市民讽刺与愿望交织的复杂感情，这可以说是近三百年幕政时代中史无前例的政治斗争。

水户齐昭和松平庆永自然勃然大怒。在此之前，二人以为井伊直弼不过是一头埋首于日莲宗、禅和茶道的老实的乡下牛，因此并未在意他的政治手腕。二人一直认为，以家世为由将井伊直弼推上大老之位、说服溜间诘大名、一心维持谱代大名政权并在暗中操控之人是松平忠固。然而，井伊直弼却给忠固安上了轻视朝廷的罪名，又令堀田正睦承担条约签订的责任，将二人同时罢免……

（这可不是能够轻易摆平的替罪羊！）

对此感到最为震惊的人是水户齐昭。在罢免堀田正睦和松平忠固后，井伊直弼提拔了三人担任老中。这三人虽然都当过老中，但用齐昭的话说，他们都是“毫无见识的俗吏”。

齐昭明白，直弼这样做的根本原因在于维持谱代大名老中制，但如此一来，很可能会变成井伊的独裁统治。齐昭认为，不仅仅是强行决定世子人选，连擅自签订条约和驿使上书这种轻视朝廷的做法其实都是直弼一手策划的，因此备感愤怒。

“最令人无法容忍的是他嫁祸于他人，自己却伪装成一个大义凛然的尊皇家，这种武士的阴险实在臭不可闻！他的做法根本就是在故意违抗朝廷，令天下一分为二。”

从感情上来说，齐昭无法忍受直弼表现出的尊皇家姿态。而且，强行确立纪州为世子的做法也进一步招来他的不满。

“自权现公创业至今二百六十年间，谱代和外样大名都不曾有过如此大不敬之行。当此万众一心抵抗国难之际，他却故意令日本一分为二，天下怎能交给这种愚痴之人？”

一旦私情与公愤有了一致的目标，任何人都会变得怒不可遏，松平庆永也毫不例外。然而，在这些令人怒不可遏的重重事件之中，却有两个人出人意料地保持着冷静。一人便是当事人井伊直弼，另一人则是未被选为世子的一桥庆喜。

四

庆喜认为条约签订只是时间问题，他也收到了很多相关信息。从现实角度来看，当时的确已经来不及等到敕许下达。这种做法或许会令父亲齐昭感到不满，但考虑到当今日本的国防实力，的确是不得已而为之。然而，庆喜清楚地看出，这种做法会为后世留下祸根。

从精神层面来说，朝廷和父亲的意见是绝对正确的。既然列强怀有侵略的野心，炫耀武力威逼而来，日本怎能轻易屈服？因此，首先应该与之一战，让对手知道武力侵略并非万能，然后才能开国，否则完全不会存在平等的外交。无论对个人还是对两国之间的外交而言，情况都是一样的。只有先表现出不逊于对方的膂力和体力，才能在交往之中产生平等礼让，开创一个智慧和品德也能发挥作用的平等世界。

然而，这种想法如今已与现实完全脱离，变成了单纯的道理和理想。因此，庆喜必须以势必留下百年悔恨的开国为戒，宽慰老父，并出面说服朝廷。

（是否应该首先说服父亲……）

庆喜听闻条约签订之事后，一直在左思右想。而这次尚未等到平冈圆四郎开口，长崎奉行水野忠德便已有信寄来，在信中对井伊直弼的过错大加斥责。

“此事非同小可，井伊大人将政治混同于私物，连在外交上如此勤恳的堀田大人都被蛮不讲理地……”侧用人中根长十郎将信交给庆喜，脸上早已变了颜色，“总之，水野大人认为天下即将大乱，所以特意来信，请公子指示。”

“连他也学着圆四郎乱来。”

庆喜轻轻地责备了一句，展开了手中的信。与堀田正睦被罢免一事相比，驿使上书更令水野忠德感到愤慨。这样做根本就是在故意违抗朝廷，一心恢复幕权，以致内外树敌，如何还能应对眼前危机？水野忠德得知庆喜将于23日登城，便来信示意庆喜应于当日责问大老。

“所幸公子将于明日（23日）登城，良机难再，若能借机责问井伊大老，挫其气焰，实乃天下一等幸事。”

庆喜感到十分意外。井伊直弼早已为自己留好退路，擅自签订条约的是堀田备中守，命令驿使轻率上书的则是松平伊贺守。然而，他的下属却丝毫不信，通过催促自己登城之人便可看出端倪。

“你认为这封信仅仅代表水野一个人的意见吗？”

“是的，这封信……”

“这其中既包含了有备中守的不平，也有伊贺守的怨念。算了，你可以如此回复于他，就说我明日登城时自会责问井伊。”

“我明白了。总之，此事不可坐视不理。”

命中根长十郎退下后，庆喜正打算开始重新考虑如何宽慰父亲，立刻又有黑川嘉兵卫和平冈圆四郎联袂而来。圆四郎脸色铁青，一言不发。由于他每次发言都会被庆喜反驳，便由嘉兵卫代为迅速陈说。

一桥派的得力干将接连遭到罢免，水户家中自然也已纷纷响起“杀死井伊”的呼声。众人皆激愤不已，纷纷表示不能放任如此愚昧的大老胡作非为。

（原来如此，还有人认为这是愚昧的过错……）

对于嘉兵卫的说法，庆喜也不得不冷静地细加揣摩。倘若被烧沸的水壶弄得手忙脚乱便贸然一脚踹翻，结果只会被烫伤。

五

之前发生的诸多事件令水户众人变得斗志昂扬，其中最大的问题便是确立纪州庆福为世子的决定。接下来又发生了条约的擅自签订及驿使上书的无礼举动，而且倾向于一桥派的干将又被罢免，这无异于火上浇油。

（难道井伊竟然迟钝到连这个道理都不明白吗？）

事实并非如此。这些接二连三的决断，是这个一心以主公（德川家）为重的男人对当前局势错误分析所导致的结果。

“公子！我们的同志已接连受到打击，您仍然打算袖手旁观吗？”

黑川嘉兵卫喋喋不休地说了好久，圆四郎也终于开口问道。他盯着庆喜，浑身散发出浓重的杀气。

“圆四郎啊，你以为我还会继续保持沉默吗？”

话一出口，庆喜自觉很是奇怪。他明明觉得二人不够成熟，心中却产生一种强烈的冲动，很想趁着二人的愤怒主动请缨。

（是的，应该见见直弼这个人了。）

一念及此，庆喜接下来的话便比之前更进了一步：“倘若坐视不理，水户的大义将沦为笑柄。这个可恶的家伙未经敕许便签订条约，还打算仅以一纸文书息事宁人，对朝廷实在轻视至极。我已经从心底感到愤怒，再也无法袖手旁观了！你们看我的脸色都变了吧？”

“您……您请息怒。”

“见到长十郎，你们也说我已怒得变了脸色。我明日便会登城诘问直弼，你们可先行通报。将军病弱，世子年幼……能够责问大老的只有我了。”

一个人说出的话语，有时不仅会感动对方，更会感动自己。说着说着，庆喜感到“的确应当如此”，便再次笃定地点了点头。

他开始反省自己。

（此前一直没有激怒，或许是因为自己心里缺乏危机感……）

不，即使不用过分夸张，自己与井伊直弼的危机感恐怕也存在很大差距。对井伊而言，这次的决断一定需要做好牺牲生命的心理准备。然而，庆喜的处境尚有余裕，因为井伊最害怕且最戒备的水户隐居之人是他的生父，倘若他能尽力劝谏，还是有望令井伊接受的。至于朝廷方面，不仅有鹰司家，还有有栖川亲王家和姻亲一条家。

倘若庆喜亲自出面说明原委，应该不会受到堀田正睦那样的待遇。

（然而，在爱国之情上，恐怕便不及井伊直弼了……）

想到这里，庆喜心里不禁感到一阵愕然。

他对井伊决断的内容是再清楚不过了。井伊直弼的着眼点，与德川家溜间诘众人是一样的。而父亲、齐彬及庆永的目光中则充满了对日本在世界中命运的忧虑。令这两种目光在感情上针锋相对的是世子问题……而世子问题如今已经解决，双方再无发生冲突的理由。

（没错，我生来就拥有不可思议的命运！）

直弼害怕公武意见发生冲突，便罢免了堀田正睦和松平忠固。他正苦恼于如何证明自己怀有一颗足够尊皇的心。

（意外出生于公武之间的不正是我吗……）

父亲是德川家的一员，母亲出身皇族。或是缘分如此，出身的奇缘与政情的混乱出人意料地令庆喜觉醒。一旦睁开双眼，庆喜就获得了全新的视野，同时也令他变成了一个火热的熔炉，年轻的热情之火在其中熊熊燃烧。

六

（我既是德川家人，同时也流着皇族的血。）

这样的心念并非是庆喜将将生出的。这种骄傲自幼便存在于庆喜心中，但直至此时，这种情感才与政治直接联系在一起，开始在庆喜胸中大声呐喊。

（没错，我的身体便是公武合体的活生生的证明。）

察觉到这一点，庆喜的双眼变得闪闪发亮："嘉兵卫，听好。你去驹込拜见家父，就说我听闻擅自签订条约及驿使上书之事后愤然变色，认为不能继续袖手旁观，明日就会在幕府诘问井伊直弼。在我有所联系之前，请他务必多加隐忍。"

庆喜打算劝水户老公在自己面见直弼讲解道理之前不要轻举妄动，他认为倘若父亲有所行动，只会令事情变得更加复杂。关于此事，越前的中根雪江在《昨梦纪事》中有如下记载：

勃然色变，声色俱厉，左近之人惶恐逡巡，均惧遭至呵斥。

然而，这不过是庆喜为了避开齐昭、平冈圆四郎以及其他近侍的激愤而演的一出戏而已。只要对庆喜在第二日——23日在幕府与井伊直弼的对谈略加推敲，自然便会明白。

"一桥卿似乎打算亲自弹劾扫部头。"

对这一说法感到害怕的自然便是几位新任老中。据传闻称，老中们将自己的恐惧转嫁给了直弼，令大老感到十分震惊。然而，井伊直弼并非会被传言吓得魂飞魄散的胆小人物，他在行动之前便已准备好应对意料之中的反抗。

"原来是恶龙之子打算先下手为强啊。"直弼以为自己充分了解庆喜的为人。

（这个毛头小子会说些什么呢……）

直弼怀着浓厚的兴趣，毫不迟疑地答复了前来通报的中根长十郎，决定在幕府与庆喜见面。

二人之间的会谈是在大廊下的上间进行的。他们几乎在同一时间登城，而在二十二岁的一桥庆喜休憩喝茶期间，直弼首先处理了清晨的诸多事务，然后便立刻出现在了庆喜面前。

他刚刚施了一礼，庆喜便抢先开口说道："扫部头可好？"

"拜见一桥卿。"

"当此艰难时节，足下初任大老之职，实在辛苦了。"

就连颇有度量的直弼都未曾想到庆喜开口便会慰问自己，不禁惊讶地抬头望向对方。只见庆喜一双明眸熠熠生辉，身姿端正，标致的脸庞上带着无所畏惧的平和，勾画出一位有着良好家世的贵公子形象。他的声音也很清澈，沁人心脾。

直弼一时感到心里一阵火热。

（倘若将军能像此人一样……）

总之，对于高高在上的大名而言，外表是很重要的，所以他们才会特意选择美女作为侧室。即便是壁龛中的装饰物，若是难看丑陋，对家老而言也是无比沉重的负担。

“您可知历代将军对世子有何教诲？”此时，庆喜淡然开口。最初的质问既非条约问题，亦非驿使上书。

“历代将军……”就在直弼慌张地重复这句话时，庆喜则微笑着放下了手中的茶碗，看上去没有丝毫争斗或非难的意思，这令直弼感到十分混乱。

七

“您是说，历代将军对西之丸的世子……有何教诲？”直弼一脸惊讶地反问道。只因庆喜的态度过于柔和，令他不禁提出反问。

“是的，西之丸大人很快就会成为将军，届时将变得无人可掣。”

“无人可掣？”

“届时，没有人能位于将军之上，对其加以训斥，令其惧怕，没错吧？”

“的确如此。”

“因此，我听说历代将军都会对世子如此教诲——倘若举止失当，将是对京都的无礼……您明白吗？”

（糟了！）

直弼没想到对方会从这里开始斥责驿使上书的无礼。

（对此人万不可掉以轻心！）

庆喜继续淡淡说道："在我年幼之时，也曾受到上代将军家庆公的谆谆教诲。无人可惧会令人变得粗野。因为幕府之中已经无人能够对将军加以训斥，所以要时常念及京都，借以自省。此事是最为重要的大事，关系到日本国体。"

"不胜……惶恐。"对方无视水户学的理论，而通过上代将军的话来展开非难。直弼感到浑身直冒冷汗。

"不必惶恐。我听说驿使上书一事并非出自您的意愿，松平伊贺守忠固似乎本就以为外交属于他的施政范畴，因而专横独断。既然您已让他承担责任，问题也就暂时解决了。"

"啊，不胜惶恐……"

"不过，您应该了解当于何时进京向朝廷直接汇报吧？"

"这个……"

"正如伊贺守所言，京都已将国内政治悉数交付于幕府处理，但涉及在全世界面前决定一国国策的大事，便绝不可专断。锁国是幕府在三代将军家光公时期暗中征询朝廷意向后制定的国家方针，如今已经到了改变的时刻。您对此意下如何？"

"的确如此。"

"您恐怕感到很遗憾吧？堀田备中守正睦等人的考虑极其单纯，他们以为日本人已习惯了太平生活，兼之国防实力不足，面对列强的胁迫，只能忍气吞声地开国。我对此事也深感遗憾。"

"嗯……"

"但是，倘若我们就此屈服于对手的武力而开国，数十年后……不，百年之后，我们的子孙后代将会变得忍无可忍。不平等的外交一定会埋下怨恨的种子。"

直弼茫然地听着。庆喜的声音让他产生一种恍惚的感觉，一字一句直沁入直弼内心。

"总之，我们需要与对手一战。倘若不能在平等友爱的基础上建交，胁迫方与被胁迫方将很难统一。在距离东照公创业二百五十余年的今天，整个日本的外样大名和谱代大名心中仍然有一个疙瘩，此事便是最好的证明，您应该是再清楚不过了。朝廷收到驿使文书后恐怕也会感到遗憾，因为幕府竟连为国一战的实力都不具备……无论如何，此事都是征夷大将军的责任。因此，我认为您必须立刻进京，以留下百年悔恨的条约签订一事为戒，考虑如何善后，并以至诚之心上奏朝廷，请求宽恕。您意下如何？”

“这个……”

“原本当由将军亲自进京，但将军有病在身，理应由大老承担起这份责任，没错吧？”

八

庆喜的话条理井然，不露丝毫破绽。倘若其中充满责备的语气，自然会令直弼产生反击心理，但庆喜的一番言谈只是思路清晰的推论，令直弼甚至感觉不到一丝敌意。直弼不禁开始责备自己。四十四岁的直弼竟会被年龄只有自己一半的二十二岁的庆喜谆谆教诲。

（为何没有在四五年前便见到此人呢……）

直弼的想法中夹杂着狼狈、悔恨以及感叹。

（原来如此，松平庆永和岛津齐彬极力推举此人的确有其道理……）

想到这里，他顿时觉得世子问题已经变成了一片泥泞的沼泽，而自己已经狠狠地阔步迈入，以致深陷其中。

（前将军家庆公或许当真打算立此人为世子……）

家庆的正夫人也是下嫁自有栖川亲王家，但家庆与正夫人并未生有世子，唯一的儿子便是形同废人的家定。因此，纵然家庆将自己的希望寄托在最亲近的正夫人之妹产下的子嗣身上，也是合情合理的。而且，庆喜还具备世间罕见的贤明……

“直弼惶恐之至。”

井伊直弼浑身大汗淋漓，跪拜在地。在他心中，庆喜指出的“百年悔恨”令他大为震动。

在战国时代，外样大名曾与宗家敌对，因此谱代大名至今仍无法相信他们。即使历经二百五十余年，这种毫无理由的怨恨之种仍在继续萌芽。

（列强与日本之间一定也会埋下同样的种子……）

因此，在能够互相平等握手前倘若不能一战，那么在遥远的将来必定会发生更为激烈的冲突。对于正在钻研佛教的直弼而言，这种因果报应的想法造成了一种极大的震撼。倘若如此开国，总有一天日本会变得军备齐整，届时一定会向列强展开反击。庆喜的目光早已投向遥远的将来，而且他似乎并不打算责难自己，只是不住劝说自己进京代将军请求宽恕。

“倘若……”庆喜说了一个词后突然停住，然后才如同自言自语般的继续说道，“倘若朝廷震怒，要求将军亲自进京的话，事情会变得更加麻烦，请您也要考虑到这一点。”

“不胜感激！直弼立刻了结杂务，而后必定亲自进京。”

直弼斩钉截铁般的说道。这绝非曾对忠固和正睦使用过的手腕，而是直弼的真情流露，他似乎当真发自内心地觉得必须这样做。

“是吗？您会这样做吗？”庆喜也垂下一直紧紧端平的双肩，松了口气。

（总算说服他了……）

任何人都能从眼前的庆喜身上看出一种极度紧张后的放松。

“接下来，我听说已将纪州公子内定为将军世子。”

“是……”

“当此艰难时节，纷争越少越好，因此这件事情如此便好。擅自签订条约的做法极不合适，请您将此事铭记于心，亲自向天皇解释，直至天皇宽赦，多有拜托了。”

“明白……”

“此行必会十分辛苦，请您一定保重身体。”

井伊直弼深施一礼后离开廊下，却仍觉得自己犹在梦中。

（竟令人感到如此清新舒爽……）

这种犹如一抹凉风般的清爽感觉究竟是怎么回事？自己竟会觉得可

以为此人献出生命……而且，他明明是水户恶龙的儿子！

另一方，庆喜的父亲齐昭正唤来近侍茅根寒绿，寻找怒气的发泄对象。

九

一桥庆喜的立场与水户齐昭的立场决然不同。庆喜不仅是齐昭的儿子，同时也是有栖川亲王家的孙子，而齐昭并非如此，他不过是镇压藩内反对派而得以继承水户家的前任藩主而已。他站在继承义公精神的立场上，以指导幕政改革为目标，无论其见识如何高远，也不过与井伊直弼处于同一水平，并且彼此互不相让。

换句话说，庆喜是站在高处往下看，而齐昭则与对手站在同一高度。

在与对手站在同一高度的齐昭眼中，井伊直弼完全就是一个不可饶恕的桀骜不驯的权力主义者。

“你对当前国难有何看法？”

齐昭咬牙切齿地向茅根寒绿问道。侧用人茅根寒绿便是在后来的安政大狱中被判死罪的茅根伊予之介。他当时三十五岁，正值年富力强。

“你听好了，寒绿，倘若彦根有尊皇之心，他们就应该按照朝廷的意愿行动。”

“您所言极是。”

“从朝廷的立场来看，并无外样大名与谱代大名之分，他们都是一视同仁的国之赤子，彼此是兄弟。朝廷下令重行众议，目的就是让赤子发自内心地统一起来，而统一以后才能发挥出真正的力量。可幕府竟然违抗圣意，不仅擅自签订条约，还打算通过驿使上书息事宁人，这是何等无礼、何等傲慢！既不能看清时势，又毫无尊皇之心，你认为我能放过这种人吗？”

“您的愤怒都是有道理的。”

“你明白了吧？若是明白的话，就立刻去一趟越前藩邸。明晨九时，我会偕同尾张大人和水户当家强行登城，将扫部头留住，加以诘问，逼他剖腹自尽！你请越前大人届时一同登城，希望他能为了日本国和德川家协助出力，明白吗？”

齐昭的话语之中燃烧着愤怒的火焰，茅根寒绿认为齐昭愤怒之下的决断是理所当然的，但当时已是23日深夜。于是，他便决定于第二天一早以正式使者的身份拜访越前藩邸，说明所有事宜。

在此期间，黑川嘉兵卫从一桥家出发来找齐昭，将庆喜与井伊会谈之事通过茅根向齐昭作了汇报，至于齐昭是否会听从便不得而知了。

总之，第二天——24日，气氛从一大早就显得危机四伏。大名皆有各自确定的出勤时间，即使是御三家和御三卿也不能随便登城。然而，齐昭打算无视规定，于当日“强行登城”。天刚破晓，尾张的德川庆恕就来到了水户藩邸。隐居的齐昭此时早已来到小石川的水户藩邸，当家庆笃（庆喜之兄）自然也会同行。

茅根寒绿也按照预定计划，以使者身份来到了御家门首座越前的藩邸。对于使者的到来，庆永也显得有些兴奋，他回复道：“我已提出今早拜访井伊宅邸，等会谈结束就立刻登城。”

也许是比水户齐昭年轻的缘故，庆永对于此事表现得更为冷静。

他打算先与井伊直弼面谈，借机说服对方。以当前局势而论，擅自签订条约本就已不可阻止，但通过驿使上书息事宁人——更准确地说是自以为可以息事宁人的做法，完全是因为直弼太不了解政治了，必须在这一点上好好对其教导一番。但与此相比，庆永认为继嗣问题更为重要，并且至今仍未放弃。他相信，必须立贤明之人为世子，消除谱代与外样之间的隔阂，充分发掘整个日本的人才，断然实行幕府大改革。这位三十一岁的年轻大名有着强烈的上进心，他认为直弼也应该明白其中的道理。于是，在茅根离开后，庆永也立刻离开了藩邸。

十

走出藩邸大门，庆永胸中翻腾不已。

（我一定要帮助井伊。）

尾张、水户父子加上松平庆永，倘若这些人当面责问井伊直弼，他是无法忍受的。以水户齐昭的脾气来看，他很可能会逼迫直弼当场剖腹自尽。然而，将井伊直弼逼至剖腹自尽究竟又有什么好处？

与其这样，倒不如让井伊认识到自己的过错，拥立一桥庆喜，摒弃非谱代不能涉足政治的陈旧思想。被埋没的人才实在是太多了。如今，水户的藤田幽谷就屈居于旧衣铺，己藩的桥本左内也还是个贫穷的医生……

如此俊才被旧习与制度压制，国力怎能得到增强？

（没错，自己并不憎恨井伊，而是想救他！）

从常盘桥内到外樱田井伊宅邸的这段路上，庆永无数次对自己说着同样的话。然而，井伊直弼并不这样想。他很清楚自己的失败，令他最为悔恨的是没能在更早以前了解一桥庆喜的为人。对他目前身处的苦境而言，此事无异于雪上加霜。

将军家定比他预料中的更加没用，这令他的立场变得无比窘迫。正因如此，庆喜的聪慧才会在他心中平添一道悔恨的伤痕。

（若能在那种人手下从事政治……）

然而，事情已经无可挽回。因为正是自己以为水户老公怀有夺取宗家的野心，所以成了拥立纪州的急先锋。而且，庆喜丝毫没有针对此事责怪他的意思。

“当此艰难时节，纷争越少越好。”

庆喜不仅干脆地认可了世子问题的决定，还针对最令直弼担心的“无视朝廷”问题提出了善后建议。

（纵然别人有野心，此人也一定没有。）

恍惚之间，他产生一种厌恶情绪——究竟如何才能赎清自己的罪过呢？答案自然是令公武团结一致，战胜当前国难。

当日清晨，直弼仍旧例行遥拜皇宫，而后吃过早饭，便迅速开始更衣，准备登城。这时，宇津木六之丞前来禀报：“水户大人将偕同尾张大人、水户当家和松平庆永大人，于今日强行登城。”他在昨晚便察觉到气氛有异。

“是吗？他们是想责问我吧，我早有准备。”直弼嘴上显得若无其事，心中却并不平静，“一桥卿实在是太可怜了。”

“什么……您说什么？”

“没什么，只是周围的恶龙太多了。好了，我出门了。”

这时，近侍柏原与兵卫又慌慌张张地跑了进来，禀报越前的松平庆永来访。

“什么？越前侯……你是否已告诉他我会在幕府见他？”

“是的。他说一定要在您登城前与您详谈，我曾表示拒绝，但他并不让步。”

“竟然要强行见我？”

直弼脸上露出苦笑。对四十四岁的直弼而言，三十一岁的庆永不过是不谙世事的屋形号而已。御三家和御三卿即将强行登城向自己提出责难，倘若二人在此之前会面……庆永的立场将比直弼更加为难。

“你去小心地拒绝他，就说我在幕府见他。”

十一

人类在主观上通常认为自己是正确的。在接连被柏原与兵卫拒绝后，松平庆永愈发觉得必须要见井伊直弼。

“倘若在幕府面谈能解决问题，我如何还会特意来此？你根本不会明白，我这样做是为了扫部头着想，你告诉他不要怕麻烦，一定先要见我！”

出身于田安家的庆永言辞强硬，不知心里是如何考虑的。柏原与兵卫被庆永不分青红皂白地训斥了一番，又换六之丞出面，但六之丞也难以招架庆永，终于向直弼抱怨起来。

“松平庆永大人说他是为了大人着想，无论如何都不让步！”

直弼眉头紧皱，咂舌不已。在他眼中，庆永这个御家门首座为人太过老实，已被水户恶龙彻底迷惑。

“好，既然说到这个分上，我就见见他吧。不过，倘若幕府有事，我或许会在谈话中途离开。你就这样告诉他。”

对今天的直弼而言，御家门首座并非敌人，敌人是无视规定强行登城的水户恶龙。他将接下来的会谈想象成在客厅坐禅，然后带着这种心情先行来到客厅。庆永则在六之丞的引领下走了进来，脸上带着极度激动的神情。

“没时间了，我就不客套了，立刻谈正事吧。”

直弼昨天刚刚在幕府见过庆喜，他只觉得这两个人存在着难以言喻的差别。

“我马上就要登城，请长话短说。”

“了解。首先是条约一事，天皇明示要同众大名进行充分讨论后再行上奏，而您却擅自签订条约，这是违诏行为，此事如何处理？”

直弼脸上露出苦笑，甚至无意回答。关于此事，庆永自己不也认为“签订条约已是势在必行”吗？他并未考虑到直弼的立场，便以此事展开诘问。

（果然是为了非难而提出的非难……）

看到直弼沉默不语，庆永感到异常焦急。庆永自负地认为自己这是在教导直弼何为政治，却没有意识到自己的话正在令直弼逐渐闭塞心扉。

“而且，您大胆违诏在先，而后又想借驿使上书息事宁人……这是何等傲慢，何等僭越！您没意识到这一点吗？”

“话虽如此……”直弼的态度有些像在哄小孩子，“正因为我意识到了这一点，才会先将备中守和伊贺守罢免。当然，我并不认为事情会就此了结，我会亲自进京，向朝廷解释。”

“那还是太僭越了……”说着，庆永连忙重新阐述自己的观点，“幕府尊重朝廷原本就是为了确立次序。倘若幕府不尊重朝廷，众大名也就没有理由尊重幕府。大老轻视朝廷，无异于亲自命令众大名轻视幕府。”

庆永打算用这些深刻的话来阐明尊皇的利益。他指出了幕府存在的根本理念——正因“朝权委任”，幕府才能号令众大名，倘若轻视朝廷，无异于破坏了幕府制度。然而，在人类的交谈过程中，要想让对方准确领会自己的意思，必须保证气氛的和谐，保证对方真心想听。而庆永并不了解这一点。

“我会牢记您的教诲，如今登城的时辰已至，我得走了。”

“等……等等！我还……”

“登城的时辰已至。”

在为人处世方面，直弼可比庆永老奸巨猾得多。

十二

理论的对错与做人的成熟度不一定是完全对应的。松平庆永固然具有卓绝的视野，但在做人的成熟度上，他还远远不及井伊直弼。在当时的问答之中，直弼已经清楚地回答了庆永的问题：正因条约签订已是不可避免，所以自己才含泪罢免了堀田正睦和松平忠固，而且，为了解释二人的无礼举动，直弼将于近日亲自进京。

（在方才的交锋中你已经输了！）

庆永足够聪明，他能够敏感地感受到这种气氛。直弼悠然起身，狼狈的庆永连忙向前探身，打算按住直弼的衣摆。

哧啦——

锦帛撕裂的声音响起。在那一瞬间，二人的理性也开始出现裂纹。

庆永被自己不雅的姿势惊得目瞪口呆，而他的蛮干也引发了直弼的怒气。

“等……等一下！你这也太失礼了吧！我的话还没有说完！”庆永亟亟辩解。

“真没想到，堂堂御家门首座竟然故意妨碍天下大老登城。”

“我并非妨碍，只是我们还没……还没说完呢！”

“那就到了幕府再说，抱歉！”

“等等！您说准备亲自进京，究竟是哪天？只要知道准确日期，我便立刻离开！”

听到这话，直弼额头青筋暴起。但眼前之人既不能一脚踹飞，又不能大加呵斥……他咂着嘴，重新坐了下来："当此宫中事务繁忙之际，进京日期恐怕无法立即确定。"

"请尽快实施！否则京都的骚乱恐怕会……"

"我明白。"

"还有一事，据我所知，将军世子已经内定为纪州公子。"

"没错，我已经决定于25日，即明日宣布此事。"

"就……就是此事！"二人之间的交谈已经完全变成了语言上的激烈交锋。

（想说的果然还是这件事……）

直弼变得愈发误解并蔑视对方。

（这个恶龙的傀儡……）

庆永也知道，继续这样凭空说下去，对方是不会理解的。一种倔犟的热情开始在他胸中翻腾："您明知一桥卿在朝廷深孚众望，为何故意违背圣意而立纪州公子？"

"此事您应当有所耳闻，朝廷中对于'天皇认为一桥卿优秀'的评价只是空穴来风。"

"空穴来风……不，事到如今，已经来不及了。因此，可以先将世子人选的宣布日期延期一天。只要您愿意，此事应该不难。"

实际上，庆永想与直弼好好商谈的正是此事，而二人之间也存在充分的立场谈论此事。直弼自己也对这件事感到十分后悔。如今虽已无法更改世子决定，但未尝不能让一桥卿以"世子代理"的身份做出最高决断。然而，眼前的庆永与直弼由于争论而不能心意相通，因此即便是有商谈的立场，直弼也无心情去理解。

"确立世子乃是幕府一大喜事，而朝廷已被条约一事激怒，故不宜在此时急于宣布世子人选。"庆永的意见并未在直弼心中引发共鸣。

于是，直弼强压了怒火前去登城。在一桥派中最为冷静、一直观察时势的松平庆永也强忍着屈辱感，咬牙切齿地离开了井伊宅邸。

十三

幕府的始祖家康说过，他一生中最重要的收获便是“忍”字。这个字在实际生活中具有重要意义。

安政五年（1858年）的激烈冲突在近代日本历史上留下了百年的悔恨，起因皆源于核心人物们忘记了这一训诫。冲突的原因自然在于水户齐昭与井伊直弼之间的对立。然而，对立的双方都存在着误解。

齐昭以为井伊直弼只是满心私欲的傀儡，通过威吓就可以解决，而直弼以为齐昭是怀有夺取宗家野心的恶龙。但实际上，齐昭是罕见的天才，直弼也是诚实正直的硬汉，具有一往无前的气概。

倘若二人能牢记“忍”字，怀着虔诚的互敬之心，一定可以避免后来的激烈冲突。至少经过在幕府冷静地试探直弼后，一桥庆喜能够感觉到这一点。

（直弼已经明白自己的失败……）

既然他已明白，便一定会于近日进京直接解释。天皇对彦根藩本就并无反感，若能尽显诚意加以解释，一定能够以此为契机开辟一条新的道路。

不，是必须开辟一条新的道路。在这一点上，庆喜的想法绝不逊于父亲和松平庆永。因此，他以为自己的想法已经由中根长十郎准确地传达给了父亲。在四位核心人物中，庆喜的考虑是远远高于其他三人的。

然而，松平庆永却过于性急。在他心中，幕政改革与拥立一桥庆喜已经有了千丝万缕的重要联系，只要是忧国之士应该都能明白这个道理。改革的第一步是消除谱代与外样之间的隔阂，在各个方面发掘人才。如此一来，统率新发掘的人才之人也必须是德川一门中的杰出人物，否则将有损幕府颜面。

由于立足于这一观点，庆永对井伊等人绝无恶意。正因他自信心中毫无恶意，才会说出露骨忠言。“无论如何，我也是出身于田安家，您应该相信我，听从我的忠言”——松平庆永的这番真情流露反而点燃了直弼的怒火，松平庆永却仍未留意到这一点。

（此人根本就不是当大老的料！）

当直弼无视自己的来访而出门登城时，庆永心中就已被无处发泄的愤怒占据，与此同时，重要的“忍”字也已被他抛之脑后。他从心底里觉得自己极尽情理的话，竟遭到了直弼清高不逊的无视，实在是一个大俗人。

如此一来，想到齐昭等人即将登城，他也变得不甘人后。一定要在幕府逮到直弼，大加责问，逼其剖腹自尽，让他知道御家门首座的可怕之处！

客观而言，松平庆永的做法又制造了一个人间雷公，惊天落雷的骚动恐怕已是无可避免。不仅如此，激动的庆永并未意识到，自己登城的做法也同水户齐昭和尾张庆恕一样，属于“强行登城”，无异于是无视法规的暴举。

即便如此，当他回到自家宅邸后，仍然匆忙得仅仅换了衣服。

“不可饶恕！来人，我要登城！立刻出发！”

庆永声嘶力竭地命令侍从聚齐，然后便直接离开常盘桥内的宅邸，追直弼而去。庆永坐在轿中，愤怒地考虑着如何对付那个对自己的好意无动于衷的俗物。外面下着雨，雨水中裹着浓浓的暑意，更平添了几分不快。

狂怒之火

一

在井伊扫部头直弼登城之前，水户齐昭已偕同尾张庆恕和当家庆笃先行抵达幕府。

大廊下的上间是御三家的聚集之所，齐昭那熟悉而又洪亮的声音从上间内传出，宛若在高声叫嚷一般，连办公处的走廊里都能听得一清二楚:“这次签订临时条约的做法实在是无礼至极，你们难道不知道这是违诏行为吗？今天不能放过扫部头……我一定要让他剖腹自尽！”

直弼苦笑着走入办公处。

“现在正在训斥谁？”直弼一边从茶坊主手中接过茶盏，一边向老中太田资始问道。

“间部下总守诠胜。”

“太可怜了。”

直弼若无其事地开始同众人商量定于明日宣布的世子问题。纪州庆福毕竟只有十三岁，自然须由阁老之中选任监护人。直弼向众人提出了自己的意见，他打算让胁坂安宅担任此职，而让纪州公子暂时不搬入西之丸，而是住在本丸内。

胁坂安宅、太田资始和松平乘全等人自然没有异议。

“下总守怎么还不回来？”

众人商谈完毕，直弼突然一脸的聚精会神，似乎在倾听齐昭的声音。但实际上，在直弼心里留下阴影的并非在上间高声叫嚷的齐昭，而是一桥庆喜。

（庆喜与齐昭未必会父子一心……）

倘若果真如此，就不能不去理会一桥卿。幸好纪州家的当家庆福已经入继宗家，所以纪州家目前并无当家。

（应该尽快让一桥卿入继纪州家，以纪州公的身份辅佐世子。）

然而，直弼觉得很难开口，因为一桥卿的寡欲之态早已被他完全看在眼中。

（如此一来，就必须先向世人证明我并未与一桥卿作对。）

这时，间部下总守诠胜终于擦着汗回到了办公处："哎呀，水户老公真是一个火药桶啊。"

在当今老中之中，间部诠胜是待人接物最为老练的一位。他有一种手段十分有名，便是对方越怒，他越能从不可思议的角度将对话变得谈笑风生。

"坊主们退下吧。"诠胜遣退了在角落里眨着眼睛的茶坊主野村休成，开口说道，"大老今日还是不要去见水户老公为好。他这个火药桶正在发怒，若是被烧伤就不值得了，就让我们老中想办法挡一挡吧。"

诠胜绝非大政治家，但他知道，倘若此时让二人见面，只会徒增双方的好胜之心。这种将世故礼数看个透彻的能力与直弼相比也毫不逊色。

"无论如何，倘若老公逼迫您在他眼前剖腹自尽，我们也无计可施，所以还是不见为妙。"

"可是，是他叫我来的。"

"话虽如此，但您可以说将军有十万火急之事要召见您，这样不就行了？"

"原来如此，这个办法好！"

太田资始也在一旁随声附和。直弼突然啪的一声合上了白纸扇。

"我去见见他。现在逃避也不是办法。"

"可是……"

"你们若是担心，就一同出席吧。倘若井伊直弼因惧怕老公的蛮横而望风而逃，如何还能战胜今后的国难？”

直弼目眦尽裂地站起身来。他一直坚信齐昭是水户恶龙，并认为松平庆永是这条恶龙的傀儡，而松平庆永今早的强行面谈又令直弼的误解加深了一层。

直弼做好了正面冲突的心理准备，站起身来，拂开了间部诠胜阻拦的手。

二

在大廊下的上间里，尾张庆恕、水户齐昭及当家庆笃均露出焦急的神情，讨论直弼是否会避而不见。原定计划在此碰头的松平庆永却仍未出现。

“还是等大家聚齐再开始行动吧，越前侯的辩论口才可是很厉害的。”

齐昭也认为，倘若需要冷静地坐下来讲道理，庆永比自己更为合适。倘若由庆永发起责难，直弼一定会无言以对。

“扫部头，快剖腹自尽吧！”齐昭很想立刻在直弼头上降下一道落雷。他自然并未当真打算让直弼剖腹自尽，只是想威逼对方辞职，将宣布世子决定的日期向后推迟，同时直接面见将军家定，先让松平庆永当上大老。对此，庆恕和庆笃自然没有异议，只有庆永表现出了些许不安。

（难道直弼正在大奥寻找帮助，所以并未登城？）

然而，大势终究已定。抛却纪州不谈，除了尾张和水户两家，庆永和一桥即使不来登城，也会站在己方这边。更何况还有御家门首座越前，这些人代表了德川一族的全体意见。在德川一族的全体意见面前，无论直弼如何倨傲清高，能做的恐怕也只剩下惶恐不安了。

（赢定了！）

齐昭坚信自己已经赢了。

“鲭江（间部诠胜）恐怕仍会独自返回，但他应该不会想出什么好办法。倘若直弼不现身，我们就一直等下去。对了，越前侯怎么还没来？”

正当齐昭向同室的官吏询问时，众人以为不会现身的直弼却跟在太田资始、胁坂安宅和松平乘全三人身后走了进来。这出人意表的一幕令齐昭当场惊呆了。至于间部诠胜之所以仍未出现，是因为他已去廊下面见火冒三丈登城而来的松平庆永。

间部诠胜猛然站到庆永身前，堵住去路，脸上露出若无其事的笑容，开口问道："越前大人，您这急急火火的是要去哪儿啊？"

"是下总守啊，辛苦了！请让一让。"

"哎呀，您脸色可不大好，究竟出什么事了？"

"是水户老公叫我来的，他人在哪里？"

"水户老公啊……"

"没错，他应该是为了天下大事强行登城的，足下不会说他没来吧？"

"哎呀，我什么也不知道啊。"

"知不知道都无所谓，我现在叫你让开。"

"这可糟了，越前大人不会忘记幕府的惯例吧？即便水户老公已经登城，也是在与大老商量事情，我不能让您进去。"

"你说什么，不让我进去？太……太无礼了！"

"不好意思，无礼的应该是越前大人您吧。御三家与越前大人家世不同，您不会忘了吧？"

"什么？家……家世不同？"

"没错。越前大人与御三家享用的房间不同，不可同席。按照幕府惯例，恐怕要请您去下间等候。总之，既然我已经遇见您，就只好……"

庆永浑身颤抖，觉得自己受到了侮辱，可这位理论家却不善理论。诠胜脸上露出微笑。于是，庆永未能与齐昭同席，诠胜独自一人回到了上间。

其时，齐昭与直弼之间的憎恨正在上间愈演愈烈。

三

"您此番登城有违惯例，我与老中们都想问一问，您究竟有何要事？"

直弼刚在齐昭面前坐下，便抢先引燃了导火索，一板一眼地问道。听到这句话，齐昭不禁勃然大怒。

"'有何要事'？扫部头竟然愚蠢到连我们因何而违例登城都不知道吗？"

"既然如此，看来您已清楚违例登城会受到何种处分，下面说说究竟有何要事吧。"

齐昭不禁凑近对方，似乎要跳上前去。这位天才最大的缺点就是性急，在暴怒的瞬间会变得不顾一切、口不择言。正因如此，藤田东湖和户田蓬轩生前才会煞费苦心地尽量避免齐昭同幕府众官吏直接接触。

终于，随着误解的加深，直弼成了齐昭发泄愤怒的对象。

"我早已说过！你惧怕夷狄威吓，未经敕许便签订了极其不平等的条约，实在是可恶至极！你让外夷随便踏足神州国土，还不觉得犯下了违诏之罪吗？此事无论如何都应向朝廷谢罪！我倒要听听你能给我一个什么样的说法！"

直弼也是毫不退让："水户大人的意思是让我即刻便与美国、英国和法国开战吗？"

"谁……谁说要即刻开战了？我是在问你违诏之罪，不要转移话题！"

"我明白了，老公也认为倘若如今即刻开战，日本并无胜算，对吧？"

"违诏！我在问你违诏之罪！"

"关于此事，我已于前天派加急信使进京解释。我知道还必须尽快派遣使者进京谢罪，如今正在详细商议。"

这期间，间部诠胜已将松平庆永引至其他房间，此刻刚好返回。他脸上仍然挂着一成不变的微笑。

"哎呀哎呀，已经争论起来了吗？"

听到间部诠胜的寒暄，敏感的齐昭暂时强压怒火，开口问道："下总守，越前侯还没来吗？"

"禀大人，刚才松平庆永大人有消息送来。"

“什么？他说什么了？”

“他说昨晚吃了……叫什么来着？总之是贝类，不是蛤蜊就是竹蛏。”

“然……然后呢？”

“应该是蛤蜊，和竹蛏一起吃的，吃完就闹肚子了，今日恐怕无法登城，让我代他向老公道歉。”

尾张的庆恕不禁发出轻笑，齐昭则不快地咂了咂嘴，然后又转向直弼开口问道：“你再说一次，扫部头。你说已于前天派遣加急信使进京，可是指驿使上书一事？”

“没错，我如今正在详细商议，准备尽快派遣使者进京谢罪。”

“胡闹！既然你说是尽快派遣使者进京谢罪，也就是说尚未派遣。太怠慢了！太无礼了！”

“我不觉得有何怠慢！”直弼声音严厉地打断了齐昭，“使者人选尚待商议，而你却在我们商议的过程中强行登城，令商议被迫中止。若说怠慢，你才是最能捣乱的一个！”

直弼认定是齐昭妨碍了事情进展。齐昭顿时变得哑口无言。他的头脑实在过于敏感，以至于哑口无言的狼狈模样也更加引人注意。尾张的庆恕眼见不妙，连忙插嘴解围。

四

“关于驿使上书暂且不谈……”庆恕表现出了御三家长老应有的大气，“当此国家多事之秋，不知大老为何抛弃素有年长贤明之名的一桥卿不用，而决定立年幼的纪伊宰相为将军世子？”

庆恕本打算转移话题，令二人的激动情绪平定下来，却没想到反而给了直弼反击的借口。

“哎呀哎呀，您怎能这么说呢？”

“如此宗家大事，仅凭大老一念决定，您认为合适吗？”

“真没想到！您的话太过分了吧。”直弼的回答显得十分激动，他似乎打算在这个问题上紧咬不放，“世子人选是根据将军意愿决定的，您怎能说是仅凭大老一念决定呢？希望您能注意自己的言谈，不要蛮不讲理。”

“什么？蛮不讲理？”一贯沉稳的庆恕也终于变了脸色，“既然你这样说，我们现在就去面见将军，听听他的意见。”

“不可！将军现在心情不佳，正在睡觉。况且此事已定，重新上奏极为不妥，请您理解！”

双方立场突然颠倒过来。庆恕本想从中调停，却被直弼责备了一顿。齐昭面色阴郁地咂了咂嘴。现在不应该提出继嗣问题，而应该死死抓住违诏问题，逼迫直弼承认错误。

听到齐昭咂嘴的声音，庆恕也意识到了这一点：“扫部头，如何？”他放轻声音，再次改变了话题，“将国事全部交由一人，实在令我等放心不下，心中苦闷不安。不如趁此机会任命越前侯为大老，您意下如何？”

这番话明显是在奉劝直弼请辞，同时也是在试探直弼是否有此想法。然而，直弼暂时将怒气压在心底，面上装出一副若无其事的样子开口说道：

“原来如此，以前的确曾有过两位大老的先例……不过，我此刻无法立即答复。一个人也好，两个人也好，我认为这种安排应该征询其他老中们的意见。”

等到直弼此番推托之词说完，间部诠胜眨了眨眼，太田备后守立刻扬了扬手，站了出来：“听过尾张大人之言，窃以为扫部头已是大老的最合适人选，尤其是其精于政务，所以不需要任命新的大老。”

“但是，”庆恕反驳道，“日本正面临史无前例的天下大事，而越前侯在御家门中也是杰出人物，理应起用。”

“问题就在这里……”这次间部诠胜站了出来，在这种剑拔弩张的气氛之下，他仍在呵呵微笑，“在镰仓时代，大老便是掌权之职。宽永、正保年间，的确曾有二人同时担任大老的先例，但若从源氏掌权说起，自古至今皆是一人。”

听到这种犹如坊间戏言的说法，庆恕难以理解其中真意，不禁愣在当场，而这正是深知戏谑作用的间部诠胜的目的。他再次露出若无其事的笑容，开口说道："比如，将军的兄弟之中纵有人品器量出类拔萃之人，也不能将御三家变成御四家吧，否则岂非太过怪异？"

这时，齐昭距离二人较远，有些听不清，于是他便将双手拢在耳旁，瞪着眼睛，身体向前探出。听到诠胜的话后，却不由自主地笑出声来。突然，太田资始和松平乘全也一起笑了起来……

五

总之，齐昭和庆恕毕竟出身高贵，二人都知道如何骂人，却根本不懂如何与别人谈判。因此，他们才想充分利用松平庆永的谈判口才，孰料却并未能与庆永会合。

至于水户当家庆笃就更不用说了。在顽固的父亲与尾张公面前，他甚至从未想过有自己开口的余地。对手显然已经充分预计到了这一点，所以才让直弼负责表达愤怒的意见，而老奸巨猾的太田资始和间部诠胜则负责收拾残局。

从这个意义上来说，通过人物安排及配备关系便可看出，这次会谈的胜败从一开始就已经确定。

即便如此，将御三家变成御四家的说法也的确太过怪异。因此，诠胜为了证明大老应由一人担任而引用的例子根本就是在愚弄人。而且，听到这句无聊的笑话，敏感的齐昭竟然不由自主地笑出声来。看到齐昭发笑，太田资始和松平乘全也像听说书的观众般哄笑起来。

"现在是什么时辰了？"笑过之后，松平乘全开口问道。

"已过晌午。"

"都这个时候了啊。"间部诠胜惊讶地向三人一拱手，开口说道，"是我粗心了，如今已经过了用午饭的时辰，不如这便去吃，如何？"

就在诠胜说完的一瞬间，井伊直弼立刻站起身来，开口说道："我今日公务繁忙，就此告辞了。"

"啊……"

齐昭慌忙起身，但井伊直弼早已挺着胸膛走了出去，只听见响亮的脚步声从廊下传来。三位贵宾脸色不快地面面相觑，而对面留下的几位老中们脸上则露出了真诚的笑容，令三人又不好意思再次怒吼。

“我们去用膳如何？”间部又带着若无其事的笑容问道。

“我不去了！还是吃蛤蜊腹痛的人聪明啊。”尾张庆恕哭笑不得地说道。

过了片刻，齐昭开始感到一股怒火自心底燃起。自己联合御三家一起强行登城，却遭到井伊直弼的痛斥，最终完败……

然而，从这场政治斗争的性质来看，这场胜利不仅不能令直弼充分放心，更是埋下了一个巨大悲剧的种子。

返回办公处后，直弼发现那里还有一个难关在等着他。事实上，在得知齐昭和庆永强行登城后，一桥庆喜也连忙赶到了幕府。御三卿的登城日期自然也是固定的，但一桥庆喜并非臣子，而是将军家族之人。将军身为家族的家长，庆喜只是说了句“我有要事需亲自面见将军陈说”，问题就会变得与政治无关。

“他竟还是来了……”直弼再次产生误解，心中的憎恨也再次加深。

在得知父亲等人有勇无谋地强行登城后，一桥卿立刻赶到幕府，为的是避免发生激烈的冲突，但直弼并不这样想。

“原来如此，他原来是要亲自面见将军啊……”对于在形同废人的家定手下独断专行的直弼而言，这种行为最能触到他的痛处。

（这个一桥庆喜果然也是一丘之貉！）

既然如此，就更不能有半步退让。

“好，那就见见吧！”

六

安政五年（1858年）6月24日。

对于幕末的日本而言，这一天实在可以说是大凶之日，比签订条约的6月19日更加不幸。

井伊直弼让一桥庆喜等了一会儿，然后才来到大廊下的上间，而老公齐昭刚刚已经勃然大怒地离开这里。然后，他又坐在这里等了十来分钟。直弼这样做显然是意在激怒庆喜。然而此时的他并未意识到，这个基于严重误解而做出的独断足以毁掉他的一生。

庆喜早已多次催促太田资始，要求面见大老，而资始一直顾左右而言他，极力隐瞒真相。倘若他知道水户老公已经离去，庆喜一定也会有所察觉。然而，资始并不知道老公已经离去，庆喜也就以为双方还在展开激烈辩论。

（井伊也真够可怜的……）

众人之中，只有庆喜不会生气。不过，只有保全父亲和尾张公的脸面，事情才能平息，因此必须催促大老亲自进京。只要得到敕许，事情就会平息。父亲、松平庆永、岛津齐彬和山内丰信都已明白，开国已是不可避免。近卫忠熙可以由齐彬说服，三条公可以由丰信说服，而二条、九条两家原本就与彦根私交颇深，只要天皇认可，鹰司父子也不会单独跳出来反对。

（总之必须催促直弼亲自进京！）

庆喜的想法与昨日完全一样。他打算让直弼不仅仅是给出“尽快”的回答，而是催促对方决定进京的确切日期，然后以此说服父亲。

他之所以推说是要见将军，只是为了避免蒙受无视规章强行登城的罪名。家族之人要探望病中的长辈，任何人都没有理由拦阻。他明明可以直接向将军近侍药师寺元真或本乡丹后守提出觐见请求，却要故意通过井伊直弼来传达，就是因为他本就不打算面见家定。

直弼从一开始就对此事产生了误解，他故意让庆喜等了很久，在庆喜进来的同时，他立刻开门见山地说道：“将军今天似乎不愿见任何人。”

庆喜轻轻点了点头，他从一开始就并不想见将军。倘若直弼能够静下心来，庆喜的反应一定会令他感到疑惑，但直弼并未留意到这一点。

“您是说……将军身体抱恙？”

“将军似乎偶染风寒，兼有发热，貌似心情不佳，所以希望您不要打扰。”

“是吗？既然您这样说，那我就不觐见将军了。您今天辛苦了。”

直弼避开庆喜的目光，并未作答。他心想，你们今日强行登城原本就是商量好的，又何必假惺惺地慰问我呢？一念及此，直弼心中顿时涌起一种不快，而这种不快的感觉又与昨日截然不同。

“您找我有何要事？”

“仍是昨天说过的事，请问大老准备何日出发前往京都？”

庆喜清楚地感觉到了直弼的愤怒，所以问话的声音也尽量放得柔和，然而直弼的态度却截然相反。

（对付此人不可大意啊……）

此人言不由衷，居心叵测，幸好已经阻止其与将军家定见面，接下来要做的就是来一记漂亮的反击。

“关于此事，我正在与老中们商议，却遇到了出人意料的阻碍，因此尚未决定。”

“您的意思是水户父子妨碍您了？”

“不好意思，你们这样做令我无法处理政务，将军也会十分不满。”

听到直弼将一切归咎于自己父子强行登城的做法，就连庆喜也感到胸中燃起一股怒火。

七

“尾张大人和水户老公呢？”

“老公不仅无视惯例强行登城，还大声呵斥诸官员，使东唤西，而后方才离开。如此在幕府之中胡作非为，实在是前所未闻！”

“前所未闻……”

“没错，将军已经多次传下命令。老公如此欺凌将军的病弱之身，实已令将军出离愤怒。”

“我有些不明白。您的意思是说，将军其实并未染上风寒，而是因为生气才连我也不想见？”

“没错。”

“扫部头！倘若足下所言当真，那我无论如何都必须面见将军。您方才说尾张大人和水户侯父子欺凌将军病弱之身而胡作非为，我岂能充耳不闻。这可是宗家的一件大事。”

直弼顿时变得脸色苍白，因为他发现自己已经打草惊蛇了。此时庆喜也变得十分激动：“尾张和水户怀有蔑视将军的不良企图？他们并非欺凌将军，而是因为察觉到足下等人的政治漏洞才登城的，难道不是吗？”

“这个……”

“您竟然将此举污蔑成侮辱将军，实在是岂有此理！倘若将军有所误解，就必须澄清；倘若你们行为不端，也不能置之不理。如何？您能否带我去见将军？”

“小臣惶恐。”

“扫部头，光是惶恐是没用的。我正是因为明白足下的立场，今日才会前来幕府。问题在于如何妥善处理无视朝廷的失败做法，您不会不明白吧？”

“小臣……诚恐。”直弼再次深深低下头去，跪拜在地。

然而，今日跪拜所包含的意义与昨日的惭愧完全不同。直弼今日被这个不可思议的聪明之人彻底抓住了“把柄”。

（倘若让他面见将军……）

直弼此时的跪拜是为了掩饰自己的狼狈。然而，庆喜并未看穿对方的用意。

（看来他终于明白了。）

庆喜长出了一口气，他心想，倘若不澄清此事，井伊直弼甚至可能会用将军的名义来对付御三家，如此一来便会发生史无前例的诸侯内讧。

“您明白就好，我这就回去，就不觐见将军了。我还要问一次，足下何日进京？”

“此事我方才已经说过，目前正在商议……”

“即使正在商议，也应该有个大概日期。足下将日期告知于我，我便立刻离开，如何？”

“这个……”

“容我多说一句，此事非您进京不能收场。我如此催促您尽快动身，是考虑到天皇收到驿使文书时一定会大为震怒。倘若天皇震怒，足下进京后的担子就会变得更重……而另一方面，我知道确切日期后，才有理由说服尾张大人及水户侯等人，您明白吗？”

庆喜的真正用意并非逼迫对方，他以为直弼已经明白，然而直弼却越听越感到毛骨悚然。

（对方如此纠缠不休地催促自己进京，难道是打算趁我出门期间将我赶下台？）

松平忠固在不久之前如此对付堀田正睦的先例在直弼心头浮现。

八

人类是具备“思考能力”的物种——造物主实在是太会刁难人了。

倘若直弼当日并未被对水户齐昭的极端反感和憎恨冲昏了头脑，他一定会对庆喜的言行有不同的理解。庆喜的话直指重点，是为直弼着想而做出的忠告。可以说，若要令日后的政策走上正轨，令国民充分团结一致，除此以外别无他途。然而，对齐昭的憎恨与反感已然形成一个阴暗的旋涡，在直弼心中翻腾不休，令他对庆喜的话置若罔闻。

不仅仅是置若罔闻，直弼还将其理解成是暗算自己的陷阱。

“小臣诚恐。”直弼此刻说出的话全部都是充满反感的伪装，他心下暗想：“走着瞧！”

“您若明白了，我这就离开，不妨碍你们商议了。进京计划确定以后，请尽快通知我。”直弼说进京事宜正在商议，庆喜就相信了他的话，自己的父亲性情耿直，的确可能会妨碍他们的商议。

直弼跪在地上送走了庆喜。等到庆喜的脚步声远不可闻，他一时间凝望虚空，双眼变得血红。这一瞬间甚是奇妙诡谲，竟决定了日本和他的命运。

他站起身来，整好衣摆，抚平裤裙上的褶皱，慢慢地走回办公处。

直弼临走前曾吩咐过自己一人去见庆喜，所以老中们都在等待他的回来。四周已经开始变暗，正是需要点燃蜡烛前的一刻。

“一桥可是个难对付的辩论高手，情况如何？”间部诠胜首先问道。

“他果然要强行觐见将军吗？”太田资始和胁坂安宅提出了同样的问题，似乎早有商议。

直弼对二人未作理会。“我必须尽快确定进京解释的使者。”他自言自语般的说着，目光蓦地望向间部诠胜。

“间部下总守，我看能够代替我进京面圣的重要使者非您莫属。”

“既然您这样说，那我就……”

“各位意下如何？”

直弼此刻的发言无疑表明，他并不打算接受一桥庆喜的意见亲自进京。倘若自己亲自进京，一桥派的人一定会借机控制将军家定，将自己革职，而一桥卿也必是这个计划中的一员……不，根据直弼的推断，一桥庆喜正是这个计划的幕后策划者。

于是，直弼决定由间部诠胜担任进京使者。等到直弼离开幕府，天色已晚。

御三家于午后二时许离城，百无聊赖之中，先头威势已尽化乌有，沮丧离去，越前侯亦于午后四时许离去。（出自《公用方秘录》）

之后，直弼也离开幕府。在此期间，井伊家的戒备极其森严。宇津木六之丞与家老三浦内膳经过商量，命令长野主膳义言率领数人于江户城正门的下马札附近守卫。在归程中，长野主膳与直弼窃窃私语，将纠缠在直弼心头挥之不去却又看不见摸不着的“水户阴谋”细加描述，又对直弼造成了不可忽视的心理影响。

九

当直弼得知为了保证自身安全，连长野主膳都率领数人在下马札附近警戒时，脸上不禁露出苦笑。长野主膳是个学者，至少不是可以在武艺上加以信赖的身手出众之人。他不明白三浦内膳为何特意让主膳在江户城正门前警戒。

“内膳为何让你来此？”直弼一路平安无事地回到宅邸，换下被汗水浸湿的衣裳，含笑向主膳问道。

“其实是我主动要求的。”只见主膳身穿武士常见的无袖上衣，后背浸满汗水，表情紧张地说道，“那条恶龙的智慧非比寻常，万一当真欲对主公不利，地点应该就在城正门外……想到此事，我就感到坐立不安。幸好您一路平安无事。”

随后，主膳又讲了自己在京都数次被刺客偷袭的事情。在关东的同伙只有九条关白一人，这令主膳放心不下，他极力设法拉三条实万入伙，但三条家周围总是杀机四伏，令他无法接近。主膳认为，水户恶龙的势力既然已经触及三条家周围，今日在井伊家附近自然也是危机重重，所以才主动请缨充当警卫。随后，他又说出一件此前从未汇报过的古怪之事。

“总之，水户恶龙的固执或许会令他滋生居心叵测的阴谋，我们千万不可大意。他恐怕是想让自己的儿子当上世子，控制将军，对朝廷也会为所欲为。”

“什么？对朝廷？”直弼一边擦汗，一边轻声反问道。他问得十分平静，似乎并未理解主膳的意思。

“是的。倘若事情进展不顺，他会废黜当今天皇，拥立中川之宫（青莲院宫）为帝。他会利用市井暴徒直接对付朝廷。”

直弼慌忙系好衣带，望向主膳：“这种谣言，你究竟……不，你是从何处得知如此可怕消息的？”

看到直弼突然坐到自己面前，连主膳也吓了一跳，十分狼狈：“哎呀，大人，是我乱说的。”

“这件事情我可不能充耳不闻！主膳，不管是传闻还是流言，你是说已经有可疑之人在朝廷周围出没？”

“这……”

“如实说来！你方才说过利用市井暴徒……那暴徒是谁？”

长野主膳有些难为情地重新坐正，他已不再发憷：“暴徒的真身便是京都的市井学者。其中接触中川亲王最频繁的是酒井若狭守的浪人梅田源次郎，以及梁川星严和赖三树三郎。”

“这些人当真对朝廷……”直弼急得满脸通红，开口问道，“你是如何得知他们在朝廷周围出没的？”

“查出此事的人您也认识，是村山可寿江。”

“什么？村山可寿江？”

一瞬间，直弼惊得说不出话来。村山可寿江以前名叫隆女，是多贺神社社僧般若院慈尊的侄女，直弼在埋木舍时代十分宠爱此女。村山可寿江身材瘦小，但相貌绝美，同时又是才女，比直弼年长两岁……直弼至今仍能回想起这个女子肌肤散发出来的芳香。

“隆女她……”这次，主膳也开始直呼她以前的名字，“暂时居住在北野的天满宫[1]旁边，她为了大人您可谓呕心沥血。”

“唔……”

“她不仅在众公卿家中往来走动，还出入于皇宫，所以此事当非空穴来风。”

直弼闭上了眼睛。他相信隆女的话。

（如此说来，水户恶龙竟然打算以尊皇名义的幌子，暗中觊觎皇位……）

十

误解岂止是双头蛇，甚至有可能变成八岐大蛇[2]。

（倘若亲自进京，我大老之位将不保啊……）

当直弼产生这种想法时，他已经让一条蛇住进了自己心中。主膳的

[1] 天满宫，日本最著名的神社之一，建于公元949年，供奉日本著名学者菅原道真。

[2] 八岐大蛇，日本神话中所描述的怪物，是拥有八头八尾的巨蛇。

话令这条蛇快速长大，而在村山可寿江的名字出现的一瞬间，这条蛇终于变成了双头蛇。

（看来用常规手段是无法制伏水户恶龙的……）

村山可寿江，即隆女至今仍然深爱直弼，直弼对此很有自信。直弼自己绝非因为厌倦才抛弃这名比自己年长的才女。实际上，此女本是养父井伊直亮的侍女，当时尚在埋木舍郁闷不已的直弼发现直亮并不宠爱此女，这才对其生出爱恋之情，而他也是第一个打开隆女心扉的男人。直亮不过是一时贪恋隆女的美貌而夺走她初夜的人而已。

等到隆女与直弼之间好到可以发生肉体关系时，她立刻向直亮申请，以咏歌操琴的名义住进了埋木舍。倘若直弼一生都在埋木舍度过的话，她也会心无旁骛地继续这段真挚的爱情。

然而，后来直弼变成了俸禄三十五万石的当家，而隆女却只是先代当家身边的侍女。如此一来，二人之间的关系纽带便被迫断裂。

世人风传，直弼借井伊家老犬冢外记之手，将隆女塞给了长野主膳。然而，事实并非如此。实际上，是家老们闹事，并让犬冢外记作为代表出面，强行要求直弼离开隆女。于是，直弼和长野主膳合力做戏，向隆女阐明事情原委，让隆女成为长野之妾，以此作为二人分开的证明。

“只要是为了大人……”

隆女曾经说着这样的话离开了埋木舍，然而她还是无法割舍，又向长野主膳哭诉道：“让我再见他一次，就一次！我就不会再留恋于他。”然后，她在主膳家中悄悄做出了与直弼分手的约定。

令直弼至今仍觉得十分可怜的是世人对她的恶评：此女从侍奉直亮到直弼，再从直弼到主膳，实在是毫无节操可言。于是，为了躲避无稽非难，隆女只好离开彦根前往京都。即便如此，藩士们还是认为她不会独守空闺，而是会追随长野主膳，纷纷嘲笑她的淫荡。

在直弼傲岸严肃的形象背后，还隐藏着多愁善感的丰富感情。随着隆女这个名字的出现，这种多愁善感的丰富感情令直弼对水户齐昭的憎恨之情又加深了一层……

直弼让长野主膳陪同用膳，而在用完晚饭前，他几乎没有说过话。

（从一开始就决定舍弃生命！）

在当前情况下，这种悲壮的情感反而成了直弼的负担。京都的市井学者们之所以对水户抱有好感，绝不是因为齐昭的阴谋，而是源自水户学的普及。他们接近中川之宫也好，出入于众公卿家也好，都是万众忧国的时代潮流所致。只有在时代潮流中奋力举棹，才能让政治保持正确的行进方向。直弼当然不会愚昧到连这种事都不晓得，但今天发生的每件事情都在蛊惑他向错误的方向迈步。

从某种意义上来说，这也可以说是一次考验，是造物主的故意捉弄。直弼区区凡人，已经看不见坐在面前的国学老师长野主膳了，而是一直在想象长野身后的村山隆女，以及二人之间的爱欲情仇。

（必须果断行事。）

倘若水户齐昭当真怀有染指皇位的野心，那他就是整个日本最大的恶人。而且，据主膳讲，中川之宫也有意支持水户齐昭，这究竟……

十一

等到直弼再次开口时，他已经不再是以前的直弼了。在政治这个现实的巨大旋涡的翻弄之下，直弼存在的性质已全然不同以往——他变得以伴随政治而产生的权力为目标，成了一个真正意义上的“政治家”。倘若将这种变化叫做成长，那么可以说，那条双头小蛇又多出了六个头，已经成长为八岐大蛇。

“师尊，你恐怕还得立刻去京都走一趟。”直弼开口说道。他按照国学风格称呼主膳为师尊，其中恐怕含有很强的煽动意味。听到俸禄三十五万石的太守称呼自己为“师尊”，主膳白皙的额头立时染上了一层红晕。

“既然大人有命，属下万死不辞。”

“师尊，我一直以为那恶龙的野心不过是觊觎宗家而已。”

“我也是。”

“可是，倘若他连皇位也要染指，我就不能坐视不理。直弼的这条老命算不得什么，即使拼上整个彦根藩的命运，我也定要阻止他。”

“大人鸿鹄之志，属下不敢怠慢。”

“师尊，希望您能尽快赶赴京都，详细打探那些被水户学蛊惑的人的动向。”

“明白。”

“我就不去了。若是亲自进京，我放心不下江户，所以才让间部下总守去，但也不能太过催促。”

“您的意思是？”

“首先必须重整阵容，更换官吏，如所司代、町奉行等。”

“您所言极是。”

“而且……”说着，直弼呵呵笑了起来，“我要整肃江户内部。不仅轻侮将军，竟然还要染指天下，真是罪不可赦！”

“罪不可赦……您此言何意？”

主膳起初是煽动者，眼下却变得完全相反。当主膳诚惶诚恐地提问时，直弼却说了一句毫不相关的话：“天皇还真是可怜啊。”

“啊……您说什么？”

“天皇之所以特意复兴学习院，就是想让所有公卿都能学到真正的国学，对吧？孰料却被水户学的暴徒们占领，乃至累及自身……”

“啊，原来是这件事啊。”

“师尊，学问是很可怕的。”

“您说得没错……”

“既然如此，就必须将水户学的暴徒赶出学习院。整肃学习院的学风便是斩断恶龙手足的第一步……然后我再派间部诠胜进京，将我的用意禀明天皇。这就是我的行动步骤，当然，在此之前要先解决江户的问题。”

说着，直弼喝干杯中酒，将酒杯递向主膳，主膳的手却微微颤抖不已。虽然他此前在京都表现活跃，但他的身份不过是彦根藩主的密使。但如今，他接到的是执掌天下的大老井伊直弼的密令。如此一来，所司代也好，伏见、京都的两町奉行也好，大坂城代也好，武家传奏也好，都可以由他随意调遣……

“属下领命。”

主膳刚说完，屋顶上霎时间响起一声震耳欲聋的雷鸣，随后便传来密密麻麻的敲打声，正是大雨倾盆而下。

“师尊，您方才说隆女暂时住在天满宫旁边？”

“啊……是的。”

“再给我讲一些她的事情吧。”说完，直弼仿佛又在倾听雨声，“天满宫当与雷神有关啊。[1]”

“您说得没错……”

“连雷神也准备支持我吗？好大的雷雨啊，怕是天要凉了。来，再喝一杯吧。”

---

[1] 学者菅原道真在仕途鼎盛时遭人诬告而被贬，后病逝。据传说，此后平安京（京都）内天象大变，屡遭雷轰。人们认为这是菅原的怨气所致，于是将菅原视为雷神供奉在天满宫之中。

怒涛前夜

一

世人大多认为，在安政五年（1858年）5月，长野主膳义言胸中便已有了安政大狱的计划。主膳与这一事件自然不无关系，但驱使主膳的人正是直弼，长野主膳只是深察其意、忠实执行而已。这才是正确的理解。

直弼绝非主膳的傀儡。从这个意义上来说，主膳只是一个打算向后世鼓吹直弼开国之功的人，这令其古怪的人物性格变得比实际更为夸张。纵然不向主膳下令，直弼也会命令其他人以间部诠胜先遣的身份第三次秘密进京，可见其行动会走向极端是一种必然。

而且，此番三度进京的决定并未立刻付诸行动。主膳于7月17日离开江户，于21日抵达彦根，因遇到洪水，又在彦根等到8月1日，后经大津抵达京都时已是8月3日。这就能够充分证明，直弼是经过谨慎的联系与准备才最终实施第三次上京的计划。

直弼在6月24日下定决心，而主膳直到7月17日才离开江户，个中缘由应该不难理解。直弼已经彻底变成了一个“政治家”，这二十三天其实是他决心发动安政大狱的准备期。

京都此时尚未受到直弼镇压准备的影响，而事态却因其他原因而一路恶化。

倘若直弼能够接受一桥庆喜的劝告，在遣驿使上表文书后立刻亲自进京，事件可能会就此平息。然而，直弼并未这样做。他的这一决定甚至毁掉了自己的命运。

6月27日，万众瞩目的驿使文书抵达京都。

当时的武家传奏是万里小路正房和广桥光成。两位传奏接到文书后大为震惊，立刻将这份幕府上书誊写一遍，随后带着原本与抄本进宫晋谒天皇。当日在皇宫处理事务的有左大臣近卫忠熙、右大臣鹰司辅熙、前内大臣三条实万和大纳言二条齐敬。两位传奏在书斋向他们展示了抄本，众人愕然，良久无语，因为他们完全没有想到，幕府竟然擅自签订了如此不平等的条约。

“总之，这份文书必须尽快禀告天皇，快将议奏唤来！”近卫忠熙开口说道。三条实万立刻起身，亲自去找议奏。

当时的议奏是久我建通、德大寺公纯和中山忠能三人。其中，德大寺和中山并未出勤，众人忙派使者通知二人立刻上朝。如此一来，御前会议召开时已是黄昏时分，而重要人物之一九条关白尚忠因病缺席了当日会议。武家传奏诵读文书后，帘后的天皇自然极为震怒，众人也如同胸口中了一记重锤般大受震动。

当日会议并未讨论出结果，众人总不能冲着发来的文书责骂甚至大打出手。倘若接受这份文书，无异于表示原谅幕府；但若拒不接收，又无先例可循，而且眼前又没有可以生气的对象……正因如此，众人才会更加感到愈加愤怒不堪。

“总之，不能善罢甘休！是否应该命令大老或御三家中的一人进京解释清楚？”

听到近卫忠熙的话，并没有人表示赞同。纵然御三家或大老前来，擅自签订条约这种“无视朝廷”的做法也已成为不可撤销的事实。最终，众人决定于翌日，即28日再次召开御前会议，当日无果散会。如此一来，众人的怒气更加高涨。

二

纵然同为愤怒，孝明天皇的愤怒与大臣的愤怒在本质上也是截然不同的。亲幕派的九条关白听闻此事后，也震惊于幕府的无礼举动，在日记中写下了自己的狼狈与困惑。

（前略）关东之举无礼至极，龙颜大怒。三公（近卫、鹰司、二条）、前内府（三条）、两役（传奏、议奏）等人齐聚众议，皆无良策。然亦不能就此下诏宽赦，此事棘手之甚，令人心忧……（后略）

关白之所以明确写下“龙颜大怒”的字样，是因为在众议结束后，孝明天皇手书了宸翰（天皇的亲笔书信）一封，交给关白。

（前略）今日朝上，有武传（武家传奏）上奏幕府于墨夷（美国）事之答复。鸣呼，事出不测，朕甚感心忧悲痛，逢此一筹莫展之秋，更添无垠悲叹。其中为难之处，尊公想必亦知。今众说纷纭，莫衷一是，实乃前所未有之窘境。闻公染病，朕实心有不忍，然望明日务必上朝。朕届时欲集三公、三条前内府、二条亚相及两役，众议裁决，故特此告知。当此关头，此等大事不容疏忽，非众议不能济事。特此告知，望早作准备。（下略）

六月二十七日

此花[1]

致关白殿

在写给27日并未上朝的关白九条尚忠的信中，孝明天皇写下了“闻公染病，朕实心有不忍，然望明日务必上朝”的字样，由此即可看出天皇震怒的实质。天皇的愤怒绝非任由感情爆发而丧失理性。

众议是在书斋进行的，而这封宸翰是在天皇起居室内写成的。其间，天皇曾一度回到卧室，而后却又再次返回起居室，最终一夜未眠。

[1] 此花，日本亲王的别称。

天皇写好了一封让位诏书，将在第二天早晨的御前会议上出示。这位天皇让位的决心不能与通常逃避世间不平与责任的辞呈之类混为一谈，因为其中蕴涵着日本国体特殊的性质及传统。

日本国子孙相继，正统一脉相承，自神武帝始皇统连绵，此乃日本独有，他国实无同例，朕亦感激不尽。此全仗天照大神仁虑，尊崇之至，言语实难表述万一。统仁（天皇名号）虽愚昧短才，亦不敢有悖血脉传承，无奈继承皇位，不胜惶恐。当先帝登遐（驾崩）之际，本应固辞皇位，然其时多有哀愁，心绪惑乱，以至忘乎所以，终于践祚（继承皇位）……

孝明天皇书写之际，数次紧闭双眼，强忍呜咽。这是对自己的旨意并未准确传达给关东的强烈反省与自责。他并不打算给幕府出难题，即便要召集众议，也是因为天皇视全体国民为子民，不想令国土分割，这是一种理所应当的规矩与传统。然而，这份心意并未被幕府领会，而是被彻底无视。对于无奈继承皇位的天皇而言，这种无可奈何的处境实在可悲。

于是，孝明天皇只能在祖宗灵位前承担失德之责，退离皇位。天皇愤怒的真正含义，便是这份反省。

三

作为孝明天皇的种种行为根源的“良心”与普通百姓并不相同。天皇的良心是一面能够映射宇宙生命的镜子，其中蕴藏着列祖列宗之灵。自己的失德令这面镜子蒙上了污尘，幕府未能理解朝廷的传统，这无异于在皇位上泼洒了污点。

恰值大事之际，统仁愚昧，勉强居于帝位，然毕竟力微，不足以治世……若仍踞之不放，实恐有辱圣迹，理当让位于英明之人。今佑

宫（后来的明治天皇）年幼，事关天下安危，让位于幼童非朕本意，故当让位于伏见、有栖川三亲王中一人。（下略）

及至搁笔，已近黎明时分，孝明天皇立刻亲自参拜温明殿，迎来了一天的清晨。

天皇认为让位是“无可奈何”的大事，后人却未必完全理解了他的真正用意。以皇位为绝对无私的真、善、美的代表，代代传承——这种生命观的延续在世界范围内的皇位继承中是独一无二的。因此，史学家也容易将天皇的让位举动混同于世间掌权者任性的愤怒行为。

倘若天皇当真只是恣意愤怒，为何会置独生的宝贝儿子佑宫于不顾，而说出“让位于伏见、有栖川三亲王其中一人”的话来？所谓三亲王，是指伏见宫贞教亲王、有栖川宫帜仁亲王和有栖川宫炽仁亲王。有栖川宫帜仁亲王自然便是一桥庆喜的堂兄，而炽仁亲王是他的儿子。

人类生来就怀有两种不同级别的“心”。低级的是出于本能的利己之心，另一种则是不期而生的爱人之心，而后者便是一种高级的心境。日本人将后一种高级之心称做“真心”。

至于孝明天皇怀有哪种心，想必已不用赘言。自从听闻黑船来航的消息后，天皇每年都会去七社七寺祈愿。此外，不仅仅是在温明殿，天皇还在寒冷的霜夜站立于庭院中为天下祈愿，可谓极尽真心。

对于外国的情形，天皇自然不如当局者一般清楚。但倘若有人认为其攘夷之心不过是出于厌恶夷人，则只能暴露出持这种观念的人心灵的贫瘠以及对国体的愚昧无知。

天皇无私的良心之镜中映照出外夷侵略的肮脏私心。倘若不能驱走这片阴影，皇位将会受到玷污——天皇的出发点正是基于这种国体的传统。换句话说，天皇将一切都寄托在了祖宗的训诫上：屈服于不正的生命不会繁荣。

通过天皇所作的和歌，我们也能体会到这种“真心”的存在：

此身朝夕思民安，

心之所挂异舰乱。

纵得躯沉浊水中，

四方民草澄澄然。

此外，天皇还写有如下诗句，乃是当时的述怀之作：

和歌道尽愚之伤，愧无涯，人海茫。

这是何等谦虚的“真心”啊！天皇怀着决意让位的真心，出席了御前会议。

四

28日的御前会议仍然是在书斋召开的。会议开始前，天皇已将彻夜亲笔所作的让位书交给了关白，气氛的紧张程度可想而知。

于江户反复进行的艰难外交交涉一直令天皇牵挂于心。在幕府擅自签订条约（19日）的两天前，天皇曾特意派遣钦差前往伊势神宫，祈愿交涉能够圆满成功，祈愿对方能够等到国论统一、不分谱代外样的那一天。不，不仅仅是伊势神宫，23日，天皇还曾分别派遣钦差前去石清水社和贺茂社祈愿，而天皇本人自然还要在温明殿内日日祈愿。

就这样，天皇极尽数千年传统造就的“真心”，却收到了幕府随意送交的报告，声称若不签订条约，英法大批舰队就会攻来日本，口气简直就好像朝廷是幕府的敌人一般。

（天皇提出让位也是不无道理的……）

天皇身边的亲信皆明白皇位的尊严，也很了解天皇的心事。他们知道，天皇的一切行动发自于良心。然而，天皇让位并不能令日本打破当前局面。

（无论如何都要让天皇断绝让位的念头！）

九条关白首先陈述此意，随后又有近卫、三条、鹰司轮流上奏。

世人通常都抱有“可保面子的方法林林总总，不如先化解怒气”的想法。要想化解怒气，就必须争得面子；要想争得面子，只能让对方道歉。这种逻辑和顺序不论是对于身居高位的人来说，还是对于普通百姓来说都是讲得通的。

“总之，应该命令御三家或大老进京为上奏之事道歉。”

朝廷也知道将军家定形同废人，因此，提到能够以将军代理身份得到天皇认可的人物，就只有大老和御三家。众人最后只得出一个结论，便是命令大老或御三家其中一人火速进京，怀着“真心”解释清楚。事实上，在御前会议得出结论后，武家传奏立刻便已准备好向关东发送“诏书”通知。

亲幕派的九条关白也相信，从理解关白立场、保全关白颜面的角度来说，幕府一定也会答应此事。这份通知抵达江户的时间是7月5日，也有人说是7月6日。此时，另一端的江户发生了一件紧急大事。

此事并非其他。井伊直弼决心进行“内部大清洗”，勒令水户齐昭、尾张庆恕、越前庆永和一桥庆喜隐居或反省，为使其不能插手政治而准备采取史无前例的镇压政策，但没想在此期间，他的后盾将军家定却因脚气而病倒，而且病情危急。

直弼感到异常狼狈。倘若将军现在病逝，直弼就无法以“此乃将军之意”这种不容分说的借口来展开镇压了。事实上，不论发自京都的“诏书”抵达江户究竟是在5日还是在6日，这件事与家定病危几乎同时发生，实在是微妙得很。这是何等尖锐的讽刺啊……

五

6月24日强行登城，松平庆永被老中们阻拦，未能在幕府与水户齐昭取得联系，最后只得无奈且又毫无作为地离去。然而，强行登城虽然失败，但他并不会因此而萌生退意。

他从未以为自己的见识与诚意会逊色于井伊直弼。

（那头顽固的近江牛，竟然无法理解我的诚意！）

如此一来，作为非常时局下的大老，直弼简直是罪无可恕。松平庆永立刻联络与其志同道合的大广间诸侯商谈，开始展开排挤井伊的行动。溜间诘的诸侯（谱代）早已被井伊笼络，不可信赖。于是，就由盟友土佐的山内丰信、宇和岛的伊达宗城、备前的池田庆政、久留米的有马庆赖、津的藤堂高猷、弘前的津轻顺承、二本松的丹羽长富和久保田的佐竹义就八位外样大名联名提交了建白书，责难幕府擅自签订条约。

至此，德川家谱代大名与外样大名划分各自派系，表现出分裂的迹象。可以说，天皇担心的事情终于发生了。然而，当事人却全未留意。倘若尊皇之心深厚的井伊直弼能够发现天皇的忧虑所在，他或许就会退后一步，重新考虑。但他实在是太过着急，而且他周围的人还以效忠的名义，给他戴上了一副令人目光短浅的遮目镜。

直弼看到八位外样大名的联名建白书，立刻厌恶地嘲笑道：

“恶龙一人的邪心竟然引发出如此巨大的野心。倘若任由其胡作非为，家康公创建的伟业将被蹂躏，日本岂非又要重返战国时代？”

直弼自己就置身于一群谱代大名之间，这进一步加重了他的不快。

（走着瞧吧，我要一扫祸根！我直弼要凭借这双手将内部彻底清洗！）

直弼一直认为，外样大名从未曾真心为德川家考虑过。这些人跟在水户恶龙屁股后面随声附和，争先恐后地想要抓住在政权上置喙的机会。祸根的根本在于水户恶龙，松平庆永则是他的傀儡。这个傀儡不仅自己上蹿下跳，还勾结外样大名……一念及此，双方便彻底形成了对立局面。

综观今日的政党政派之争及派系分裂，竟然与当时的局面惊人一致。

于是，井伊直弼变成了乍一看刚毅果断的大老，史无前例地提出御三家和御三卿罪无可恕的看法。所谓的“乍一看”是指外表，实际体现出的完全就是胆怯的心绪。

直弼认为外样与谱代之间存在差别，所以无法看清将天下一视同仁的天皇之心，也不相信经历了二百六十年岁月沉淀的传统。事实上，经过二百六十年岁月的洗礼，谱代与外样之间的隔阂早已一扫而空，如今他们已是面对同样命运的同一民族，被抛入世界的巨浪之中上下翻滚。而这一切，他都无法看透。

而且，直弼正站在风口浪尖，是日本丸这艘大船的掌舵人。他身在这艘大船之上，却回忆起谱代与外样在三百年前战国时代的抗争对立，这是何等胆小的被害妄想啊！而直弼对此丝毫未曾发觉。正因如此，他才会变得意气风发，打算趁国家危机混乱不堪之际将扰乱国内的人一举消灭。

就在直弼意气风发地决定处置齐昭及其下一干人时，却从大奥接到了“将军病重”的消息。直弼愕然不知所措，他立刻唤来大奥医师冈栎仙院，命他召集所有名医。

只有将军活着，自己的一切行动才有意义。倘若不能声称是将军的命令，他的独断便完全行不通……

六

将军家定病倒的消息令江户城上下一片骚乱。在江户值勤的众大名自不必说，连茶坊主都在屏息关注大老井伊直弼如何妥善处理水户齐昭强行登城的举动。而在这时，名义上的专政者却病倒了。

据大奥医师透露，将军已近乎病危，这一消息在幕府中瞬间传开。

当时，定期为家定诊脉的是冈栎仙院。他害怕自己担上责任，便忍不住极力辩解，又说脚气攻心是多么多么突然，又说一旦攻心已是无药可救……

“没希望了吗？”

“这，很抱歉，恐怕已经……更何况将军的身体平素便十分虚弱……”

众人皆知对病情最熟悉的人便是冈栎仙院，于是大奥中从生母到侍女，冈栎仙院早已被数十次问过同样的问题，他每次都是支支吾吾，给人的印象仿佛将军就要不行了。

直弼不禁咬牙切齿地对冈栎仙院大加呵斥："倘若将军就此病逝，你的脑袋也别想要了！"

"您……您怎能如此霸道……"

"什么霸道！早有传闻称你接到水户齐昭的密令，给将军服了一剂毒药，不要装作不知道！"说完，直弼不禁四下张望了一番。他此前从未有过这种想法。直弼对冈栎仙院的非政治性放心不下，打算命他严守秘密，这才说出了齐昭的名字。他之所以这样说，正是因为对齐昭的憎恨一直埋藏在他心中的某个角落里。然而，栎仙院的惊愕可就非同寻常了。

"呀——"栎仙院发出犹如寒风破空一般的惨叫声，当场仰天摔倒，然后便像鼹鼠一样拼命撕拉榻榻米，似乎想要逃入地下一般。

"绝……绝……绝对没有这种事！"

直弼看着栎仙院口齿不清的狼狈模样，莫名其妙地增加了自信，觉得自己的诱导并非徒劳无功。

"倘若传闻无凭无据，你为何要对将军的病情胡说八道？你和一桥派的人有关，以为我不知道吗？你见过谁了？快说！"

"是……是……是。那人是……"

栎仙院又中了直弼诱导讯问的圈套。事实上，他通过一桥家侍女长须贺养父的妹妹杉浦的介绍，已经与平冈圆四郎见过面。说起来，他也曾向圆四郎透露过家定的病情。冈栎仙院断断续续地坦白完毕，直弼又直接将冈栎仙院拉到了家定的病榻前。当时，家定已是脉搏紊乱，意识模糊，总之是处于无法对话的状态。

将军已是无药可救，不两日便会病逝——栎仙院颤抖着将自己的诊断结果告知直弼。

"不可能……绝不可能！"直弼喝道，"将军明天就会起床在庭院内散步！"

"即便是奇迹……"

"会好的！纵然将军即将病逝，也要说他有所好转！你听好了，自今夜夜半至明晨，将有四五位医师前来，你告诉他们将军病情有所好转，无须直接把脉，让他们回去。绝对不能让他们见到将军，否则你的脑袋不保！”

冈栎仙院完全不知道这样做意味着什么，他只是像一个玩偶一样，机械地点着头。

七

“听说将军已经脱离危险了。”

“整个江户的名医都已被召入幕府候命，这下他们终于能够松口气回家了。”

“听说将军今日召见了大老和老中们，言谈之间显得心情不错，而后还在庭院里散步了呢。”

“如此看来，过个两三天就能完全复原。听说本寿院夫人也松了口气，还为将军梳头了呢。”

不仅传闻如此，连井伊家《公用方秘录》7月4日一项中也有如下记载：

大人（直弼）及老中受命入内，拜领将军意旨如下：尾张中纳言隐居反省，水户中纳言禁闭反省，松平越前守隐居并禁闭反省等。大人所思亦在其列……

也就是说，直弼在4日离开幕府后，对宇津木六之丞说了这样一句话：“今日被将军召入大奥，拜领了将军对尾张、水户、越前等人的处分指示。”并让宇津木六之丞写下了上面的记录。但显而易见，这绝非家定的指示。

第二天，即7月5日，家定病逝。就在7月5日的清晨，老中久世广周寄给直弼一封信，信中提出了“我还是不赞成处分御三家”这样的反对意见。久世广周似乎曾在4日迫于直弼强硬的意见而暂时表示了同意。

“昨日已然应求，今日又添赘言，吾实诚惶诚恐，然所议事要，还望重新定夺。”久世广周在信中还说了这样的话，但他担心的是家定大病，倘若做出如此决定，一旦家定病故，必然要为继嗣人纪州庆福挑选一位监护人，届时将如何是好？势必只能在御三家之中挑选。

通过这封信可以看出，久世广周已经坚信家定将不久于人世。甚至或许在他写信之时，将军已然病故了。

将军病故之后，倘若世人怀疑处分完全是大老和老中借将军之名而做出的独断，便将会发生无法收拾的大骚乱。因此，久世广周才会请直弼重新定夺。

看到此信，直弼顿时气得脸上变色。既然一位老中提出这样的意见，就只能召开内阁会议。而一旦召开内阁会议，势必会出现持同样意见的人，因为直弼要处分的对象是御三家和亲藩，对老中而言，这些人都是将军家一族。

“六之丞，你快去走动走动。先去找间部，然后是太田，最后去找松平乘全。听好，一定要确认清楚，让他们一定不能改主意！”

纵然久世广周等人反对，只要间部、太田和松平三人站在直弼一边，就要少数服从多数。六之丞接到命令后，立刻在三位老中登城之前前去拜访。

于是，在5日的内阁会议上，久世广周因病缺席，出席的老中意见一致，决定执行直弼对御三家及其下人物的强硬处分。在将军家定病故的7月5日，久世广周却因病未能登城，这也是疑点之一。家定是否在4日就已经病故了？从死人口中接到命令并做出处分……若让水户和尾张的藩士们得知此事，岂能善罢甘休。

八

7月6日，幕府内部秘密地公布了将军家定的死讯。当日，一封诏书自京都抵达江户，上面写着“命御三家或大老中一人火速进京”。

诏书抵达江户之时，御三家刚刚因行为不端而受到处分，整个事态的进展可谓是如履薄冰。也就是说，在诏书抵达的前一天，即5日，依照将军的命令，幕府决定执行史无前例的处分。

井伊直弼恨之入骨的德川齐昭受到了禁闭反省的处分，而为虎作伥、强行登城的德川庆恕和松平庆永受到了隐居的处分。此外，水户当家德川庆笃和一桥庆喜被勒令禁止登城。

而在做出如此严厉处分的第二天，即6日，就有消息称将军家定已经病故。这件事情相当尴尬，既不容辩解，又无法确定真伪。在将军病故之日，京都送来诏书，御三家均为罪人，自然不能进京，而大老事务繁忙，更无法进京。

因此，直弼才命老中间部诠胜代替自己进京，并表示除此之外别无他法。以世人的角度来看，这完全就是卷起袖子准备大干一架的做法。纵然事态可以按照这个顺序进行安排，也无法令世人接受。

果然，甚至在茶坊主中间，也已有两条流言四下散播开来。

一种说法是一桥派的人笼络了冈栎仙院，给家定服了一剂毒药。

而另一种说法却是恰恰相反。家定毫无政治能力，针对世子问题也没有明确意见，当此关头，大老却不得不进京。倘若大老离开江户，就一定会在世子问题上翻船。基于如此考虑，大老便命令冈栎仙院给将军服了一剂毒药。

无论如何，冈栎仙院都脱不开干系。他虽然极力描述脚气攻心是如何突然、如何可怕，说得口干舌燥声嘶力竭，但最终还是落得个被处分的下场。尽快执行处分可以消除流言，但处分权力在大老手中，而不在一桥派手中，所以这场较量的胜负变得毫无悬念。

“行为不端，严肃反省！”

几天后，冈栎仙院被视为一桥派的同党，彻底断绝其与外界的一切联系。

事态发展的关键，在于公布将军死讯的7月6日。在京都下达的诏书抵达江户的6日早晨，幕府一举公布了5日做出的处分决定。

当晨，直弼命令水户、尾张、越前三藩的亲属火速登城，然后宣布了处分决定。这里所谓的“隐居”并非世人常说的闲散避世，而是强行令其辞政，意味着藩主地位的丧失，是仅次于剖腹的重刑。

受到重刑的是尾张的庆恕和越前的庆永，而当时松平庆永年仅三十一岁。直弼又唤来越前家分家的糸鱼川藩主松平直廉，任命其为越前藩主，庆永则受到“隐居并严肃反省”的处分，可谓是致命一击。

尾张的下场也是同样的凄惨。水户当家庆笃和一桥庆喜则被勒令禁止登城，庆喜还被禁止进行一切对外联系和书信往来。

当得知这命令来自死人之口，一桥家的热血男儿平冈圆四郎自然不会善罢甘休。

将军养子一事已成定局，然事关天下，所恨所怨自当归咎于大老。方今之首任，乃是推翻大老，举贤用明，挽回天下大势。可得良策乎？（摘自《昭梦记事》）

就这样，憎恨的种子不断繁衍、滋生，永无休止……

九

被视作天下骚乱罪魁祸首的水户齐昭之前就已被勒令隐居，所以并未再次受到隐居处分，而他被命于驹込水户藩邸内禁闭反省，不得外出一步，此前的近臣亲信也必须与其断绝联系。禁止与外人会面自不必说，连信件往来也被禁止。驹込藩邸过于狭小破旧，当齐昭提出修缮申请时，竟然也不被准许。

一边是群情激昂的藩士们，一边是早已有所警戒的幕府内阁，江户城中杀气弥漫。就在如此杀机四伏的气氛中，幕府连日召开了内阁会议。直弼打算借将军生前决定的名义，一举解决所有后顾之忧。他所制定的大肆镇压的策略，简直就是汹涌而来的惊涛骇浪，疯狂程度前所未有。

其间，与外国的交涉也逐渐变得紧迫起来。如今幕府要应付的，可不仅仅是美国的哈里斯一人了。

7月4日，英国使节额尔金[1]来到品川，住在芝西应寺。还有俄国的普提雅廷[2]也来到江户，住在芝真福寺，催促幕府签订条约。

井伊直弼一直认定国内存在“敌人”，此刻自然会惊慌失措，忙得不可开交。然而，直弼并非在狼狈之下就会思绪混乱之人。除了因误解而憎恨水户齐昭这一点外，可以说他的确拥有快刀斩乱麻的能力和头脑。

在如此错综复杂的情况下，他立刻决定新设外国奉行所（外务省），并任命水野忠德（一桥家家老）、井上清直、堀利熙、永井尚志、岩濑忠震等人为奉行。这一决定令老中间部诠胜和太田资始目瞪口呆，因为所有被起用的外务奉行都是一桥派的人。

“您起用这些人，将来会……”

“没关系，就这么定了。”直弼强硬地说道，“让永井和岩濑应对俄国，其间还要与英国和法国签订条约，朝廷未必会在此之前下达敕许。就是这样。”

“就是这样”。虽然直弼语气十分肯定，但当时没有任何一位老中能明白他的老谋深算。必须在朝廷尚未下达敕许前接连签订条约，既然如此，就可以尽量让一桥派的人去直接交涉。如此一来，这些人就会理解当前局势是多么无可奈何，而且万一出现纰漏，还可以让他们背黑锅。

“就像推举堀田，然后再让他背黑锅一样？”直到幕府与荷兰、俄国、英国接连签订条约后，老中们才终于明白了直弼的深谋远虑。外国奉行所设立于7月8日，由大老和老中联名拟好的答复书也于当日返送京都。

“御三家之中，尾张隐居，水户亦在禁闭之中，纪伊尚年轻（茂承，十五岁），大老事务繁重，故由老中间部诠胜、所司代酒井忠义（若狭小浜城主）急速进京，阐明事情原委……”

这封答复书自然令朝廷极为失望。不，不仅仅是失望。当时，不

[1] 第八代额尔金伯爵，詹姆斯·布鲁斯（1811—1863）。

[2] 普提雅廷（1803—1883），俄罗斯海军上将、教育部长、外交家。

只是水户和尾张，连一桥庆喜和松平庆永受到处分的消息也已传到了京都。当时，天皇的左右亲信认为由纪州庆福担任将军养子亦无不可，只需在庆福长大成人前，任命一桥庆喜为将军，水户齐昭为副将军，松平庆永为大老，统一国内步调，如此才是大势所趋……

十

江户杀气弥漫，京都深陷绝望。在天皇格外信任的三条实万的日记中有如下记载：

尾张、一桥、越前等人皆为英才，深孚众望，天皇早有耳闻。德川家如此才人、皇国之国宝竟遭严重处分，实令天皇痛苦万分。

因此，很难说直弼的镇压在政治上是成功的。他的行动简直就是一种吹毛求疵，令朝廷对幕府的信赖急剧下降。与此相比，受到隐居重罚而被革职的松平庆永则处于一种极度纯净的悲伤心境之中。6日，庆永当即在藩邸内反省，并写下了同藩士们的诀别书。

如今之事，想必汝等皆感不服。然吾向来心怀赤诚，毕竟乃御家门之身，只在一心辅佐公家（将军），丝毫未敢顾及自身吉凶祸福。至于藩主一事，今有日向守（糸鱼川藩主松平直廉）即位，定能令藩内太平，吾亦将祈于神明，唯愿公家荣誉永存。家臣亦不得轻率，当各守本职，恪尽忠勤于日向守，一如于吾，慎之慎之。一旦不堪激愤，心存不平，纵然其心忠义，亦非吾愿。望众位深念吾之本意，于公家万万不可轻慢。

根据中根雪江的记述，当庆永写完这封诀别书并交给近臣时，已是热泪盈眶。当时，除了中根之外，在庆永身边的还有桥本左内、平本平学、石原甚十郎和天方五郎左卫门等人，皆是与庆永一同全心全意忧国奔走的近臣亲信。

庆永流着泪读完诀别书后，开口说道："众位皆是我的心腹，你们做得很好，我很满足。"他低下头去，呜咽不已，"我的生涯已于今日终结……但是……无论如何心有不甘，你们都不可无视法纪，明白吗？这是我最后的要求……"

说完，庆永与众人一一拥抱作别，然后便将政务交接给养子日向守，自己便前去灵岸岛的宅邸隐居。

庆永年仅三十一岁，执政以来一直为国事四处奔走，连子嗣都未能生养便被迫出世，其内心之苦显而易见。对庆永而言，皇国与德川宗家绝非对立的两方。从这个意义上来说，庆永一体观的立场与孝明天皇的宏愿可谓心意相通。

然而，全力施行镇压的井伊直弼的心境已经彻底变质。在不知不觉间，权力宝座甚至改变了一个人的本质。直弼曾在写给宇和岛藩主伊达宗城之父宗纪的信中说道："水户、尾张、越前之目的在于排挤在下，以昨日强行登城之事，亦可见其打击在下之企图。在下为将军不惜己命，然若因此等之人丧失政治生命，委实心有不甘。倘若在下如今退位，天下之事将如何是好……"

年仅三十一岁的庆永一边哀叹自己政治生命的终结，一边忠告近臣不可无视法纪，而直弼则显得异常自负，二人在见识上实在有着天壤之别。因憎恨而做出的目光短浅而又刚愎自用的决定，终于打开了一扇不归之门，将直弼引向足以抹杀其自身功业的安政大狱。

于此，不得不再次重申一遍：憎恨只会引人走上损人害己的不归途，没有任何希望可言。

十一

彼时，日本的政治已经走上了憎恨的轨道。到了7月12日，井伊直弼收到了两条非同小可的情报。

一条来自京都九条家的岛田左近。据说在此时的京都，一则不可思议的流言已经在朝廷传播开来。流言自然是关于直弼无法亲自进京，所以便命间部诠胜代替自己进京之事。然而，在京都传开的流言却十分耸人听闻——直弼打算亲自率兵进京，不由分说地将天皇拉去彦根。听到这一流言，议奏久我建通、中山忠能、正亲町和三条实万诸家都感到十分狼狈。

“这件事非同小可！”终于，鹰司太阁和中山大纳言将此事上奏天皇，引发了严重骚乱。

另一条则是数寄屋坊主头野村休成查出的情报，前来通知的人是朝比奈昌广。说是在直弼的镇压之下，水户、一桥、越前和萨摩等藩的志士们的愤怒终于在7月8日夜里爆发，他们聚集在日本桥某酒家内，密谋报复计划，并已于第二天秘密派遣先锋进京。

集会的人有越前的桥本左内、一桥家的平冈圆四郎、水户的安岛带刀、鲇泽伊太夫、荻清左卫门、加志村准藏和木村三穗介，此外还有镰田出云、堀仲左卫门（后来的伊地知贞馨）、久木山泰藏和有村俊斋（后来的海江田信义）等萨摩藩士。显而易见，这些人打算以朝廷为靠山，向做出处分决定的直弼报仇，挽回一桥党的势力。据说在水户效力的萨摩人日下部伊三次表示要抢在间部诠胜之前进京，并已经率先离开了江户……

（果然要动手了！）

在直弼看来，江户的密谋与京都的流言之间是存在某种联系的。这必定都是水户的恶龙在暗中操纵。不，除了恶龙，还要算上智谋更高的一桥庆喜，因为集会的人中有平冈圆四郎，这就是最好的证据。

（不过，他们竟然想到污蔑我直弼觊觎皇位，实在是太狡诈了……）

直弼认为，水户齐昭既然能如此暗中操纵，就表明他哪里是在驹込藩邸幽闭，一定是在嘲笑法纪，私自允许心腹出入。

实际上，这又是一个大大的误解。前文提及的伊达宗城之父宗纪（俗称伊予入道）与齐昭和井伊直弼都有深交，正是他负责向直弼报告齐昭的日常生活。根据他的报告，齐昭目前正是“自受到幕府处分以来，礼服昼夜不脱，每日端坐于一室，著书以作消遣”。

礼服昼夜不脱，表明在将军灵前反省的诚心。

然而，另一则情报却与此完全相反。据说他每日坐在书桌前，积极地书写寄向京都的上表书，而且到了夜晚还潜行出宅，其夫人也向侄子上野轮王寺之宫的慈性法亲王寄信，似乎有所谋划。

古往今来，以金钱为目标的情报员皆非善主。与宗纪的报告相比，直弼更喜欢后者。若是以前的直弼，一定会再三思量，但此时的直弼却毫不犹豫地相信了后者。他预料到齐昭与宗纪会互通消息，便给宗纪写了一封回信："其（齐昭）与朝绅（朝廷公卿）通谋，所谋之事非同小可，若不反省，罪罚加重！"

在如此日益尖锐的对立之中，另一位出类拔萃的先见者——萨摩的岛津齐彬突然于7月15日与世长辞。

潜龙之叹

一

“公子，幕府有令，命您暂缓登城。”

5日夜里八时，家老竹内丰前守第一次向一桥庆喜出示了文书。其时，将军家定的死讯已自大奥传到了一桥家。虽然确切时间不明，但据说将军已于4日病故，为了守护遗骸，水户分家的高松藩和彦根藩的武士们都已进入大奥。因此，当丰前出示文书时，庆喜马上默祷了片刻。

“我被唤至土圭（时钟）间，井伊扫部头及众位老中俱在。我自当值的内藤纪伊守手中接过文书后，间部下总守又口头重新宣读了一遍同样的内容。”竹内丰前守解释道。

“辛苦了。”

“文书字面意思甚为晦涩，但据我观察，实际是要您闭门蛰居，明日恐怕还会有详细通知。”

“或许吧。”

“在座的老中之中并无久世大和守，而且，同席的太田备后守起初一直低着头，面带为难之色，极力不去看我。”

说到此处，竹内丰前守顿了一顿，试探性地观察庆喜的表情。然而，庆喜那张白皙的脸仿佛冻结一般，毫无变化。

（看来他早有心理准备……）

丰前守感到有些不满。在幕府之中，不仅仅是内藤纪伊守，连平冈丹波守和夏目左近将监等人都曾问东问西，他原本预计庆喜自然会问得更为详细。

这全都是井伊扫部头的独断。按照处罚令，到了明日，正门、后门和御广敷门[1]必定都会禁止一桥卿通行。倘若所有大门都被关闭，一桥庆喜就只能被活活饿死，所以恐怕只有御守殿[2]的常用门允许通行。

丰前守曾悄悄问过平冈丹波守，得知此次反省处分会十分严厉，甚至可能会禁止剃月代，连关上套窗在庭院中散步都不被允许。难道一桥卿连这种情况都已有心理准备……

实际上，倘若希望能够从轻处分，只能在今夜至明早这段时间内有所行动。于是，丰前守提到了两个名字——似乎因反对处分而休假的久世大和守和貌似良心受到谴责的太田备后守，但庆喜并未趁势附和。

“总之，连坊主们都已脸色大变，骚乱纷纷，认为‘将军鬼魂’的惩罚过于严厉。明日，近侍石川土佐守、冈栎仙院等人恐怕会被勒令禁止奉公兼隐居反省……若年寄本乡丹后守怕是很快也会丢掉官职……”

只有将知道将军死期的人全部罢官，直弼才能安心。他要让所有人都确定，在6日之前，家定无论如何都是活着的。您难道不清楚这其中表现出的政治的古怪特性吗——这便是竹内丰前话中的含义。

“公子，我让您感到不愉快了吗？”

“没有。”

“但我觉得您根本没在听我说话。”

刹那间，庆喜目光严厉地瞥了丰前一眼。

“可怜的人是尾张大人啊。”

“啊？您说什么？”

“尾张大人是被殃及的池鱼啊……希望藩士们不要激动骚乱才好。”

庆喜此刻似乎并未考虑自己。

---

[1] 御广敷门，大名宅内位于后院的房间。

[2] 御守殿，嫁给等级三位以上诸侯的将军女儿的住所。

二

“你没问问负责通知尾张的使者是谁吗？”

听到庆喜的询问，竹内丰前守感到十分不解。他自然已经问过，但他不明白庆喜的意思，不知庆喜为何会对尾张如此在意。

“负责通知尾张的是松平肥后守（会津）、松平左京大夫和丹羽左京大夫三人。”

“尾张被命隐居，并兼在外山（户山）藩邸反省，对吧？”

“是……是的。中纳言大人唤来竹腰和成濑两位家老，宣布由松平摄津守继承藩主之位，尾张大人须在外山藩邸反省。”

庆喜点了点头，陷入沉默。

尾张的德川庆恕并非格外激进的一桥派。自高须藩入继本家的庆恕性格过于温厚，从来不会强烈地表达自己的主张。他并非那种棱角分明之人，自然不会从个人的角度憎恨井伊直弼并与其对立。他只是为德川宗家的将来考虑，推荐庆喜担任世子，却意外受到牵连，受到了严厉处分。怕是直弼无法仅仅处分水户，所以才瞄上了这位温厚的尾张当家。换句话说，尾张是直弼对水户的憎恨的牺牲品。

“竹内啊，你能理解我对尾张大人的……”

庆喜不经意间开口说道，却又半途收住话头。他深切地感受到尾张此番遭遇的不幸完全是因为自己，似乎是想问竹内是否能理解他对尾张大人愧疚的心情。最终他还是摇了摇头，变了话题。

“时候也不早了，你辛苦了。”他叹口气，陷入沉思之中。

父亲与庆恕的关系并不像父亲与松平庆永之间那样肝胆相照。庆恕之所以被卷入这场旋涡之中，完全是因为他心怀宗家，对庆喜寄予厚望。

（我究竟怀着何等深重的罪孽啊……）

庆喜不禁觉得自己根本就是为了掀起波澜才来到这个世界上的。倘若他并未被将军家庆垂青，而是一直做水户家的七郎麿，恐怕就不会发生如今这样的骚乱了。众多水户藩士、越前的松平庆永……不，连尾张的德川庆恕也出乎意料地受到了牵连。这给他曾经简单的生活方式蒙上了一层难以忍受的阴影，而如今，留下的只有无计可施的深深苦痛。

（若是没有自己，父亲的愤怒和直弼的憎恨也就不会存在……）

庆喜遣退竹内丰前守后，略有顾忌地拍了拍手。其时已是深夜，宅内一片寂静。

“大人何事？”只见一人悄悄打开拉门，双手低垂，竟是须贺。

“哦，原来是你。”庆喜下意识地转过身来，“看来从明天开始，我就无法随意会见家人了。”

“我知道。”

“今晚我很想见一个人，你能替我唤来吗？”

“是……请问是谁？”

“我想见甚三老爷子。”

须贺顿时脸色大变，因为她知道，对一桥卿而言，自水户随同前来的井上甚三郎是关系到生命和灵魂的重要监护人。

“不必担心，我只是想在睡前和甚三老爷子喝杯酒……仅此而已。对了，老爷子那里或许有小沙丁鱼，有的话就带过来。你说我想就着小沙丁鱼喝杯酒……他会明白的。”

“是，我这就去叫醒他。”

“去吧，自明日以后，这点小事恐怕也做不到了。”

须贺接到命令，站起身来，悄悄用袖口掩着眼角，出门离去。

三

过了片刻，井上甚三郎方才赶来。只见他身穿齐整的武士礼服，手上捧着盛有小沙丁鱼的碟子。

“公子有命，我便烤了些小鱼，须贺一会儿就将酒拿来。”

“甚三老爷子，你来得好快啊。”

庆喜的这番话，其实是言不由衷了。虽然时间并不长，但他一直一人独坐，只感到漫长难熬的时间，以及伴随而来的难以忍受的寂寞。这时，须贺端来了食案和酒。只见食案上摆着咸干鳕鱼和烤猪肉，都是须贺亲手做的。

看到猪肉，一桥卿眼中顿时闪过两道光芒，甚三郎立刻低下了头。

“是我让须贺做的猪肉。”

“你不是讨厌吃猪肉吗？”

“因为我一直不喜欢吃，所以今晚想尝尝。”

“今晚……”

“是的。沙丁鱼是生物，猪也是生物，不能因为只觉得吃某一方是罪业而心存厌恶，那样于理不合。我这个糟老头以前实在是太自私了。”说着，甚三郎靠近食案，伸出瘦骨嶙峋的手，将烤猪肉和沙丁鱼的碟子调换了位置，“公子，喝一杯吧……”

“老爷子啊，竟连尾张大人都被卷进来了……”

“哎呀哎呀，先喝一杯再说。”

庆喜无言地伸出酒杯，他明明还什么都没说呢。不过，他感到二人心意相通，心里不禁轻松了许多。

（为何我的心意就无法准确传达给直弼呢……）

“来，再来一杯，接着喝。”甚三郎郑重其事地低下头去，却并未给庆喜斟酒，而是先夹起了一块烤肉。他闭起双眼，将烤肉送入口中，细细咀嚼起来。

“原来如此，美味！公子啊，我在这方面就应该好好反省。”

甚三郎的语气十分自然，庆喜终于也顺着他的话头说道：“不过，吃兽肉的人和吃鱼肉的人罪业自然不同。”

“都是生物，何来不同？”

“猪总是哼哼地唤着不平，声音极其可怜，而鱼则不会发出声音。”

“这就奇怪了。”

“什么奇怪？”

“这可不像公子您会说出的话。公子能够关心哼哼叫唤的猪，竟然不能留意默默奉献的鱼吗？”

说着，老人已经彻底换上了一副水户人的表情——顽固、执拗、对看不顺眼的事情绝不屈服。实际上，庆喜对此正颇有期待。

“原来如此，所以您才要吃猪肉？”

“就算是吧。可以吃鱼却禁止吃四足兽……这种想法实在短浅，于理不合。还是公子说得对，从今以后，我不再吃沙丁鱼，改吃猪肉。”

“哦？那我就只能吃沙丁鱼了。”

“真没想到！沙丁鱼、猪肉、蘑菇，公子什么都得吃，连竹笋也要吃。”

“这又是为何？”

“有声也好，无声也罢，所有生物均怀有一颗心。倘若因为出声叫唤就网开一面，因为沉默不语便狼吞虎咽，是无法确立政道的。”说着说着，老人变得愈发兴奋，“彦根的牛也好，越前的鱼也好，都要从头到脚吃个精光。”

“老爷子越说越起劲啊。可是，你的话有些地方可说不通。”

“老朽惶恐，老朽断然不会和公子讲说不通的话。”

“可是，你方才还说不再吃鱼。”

“那是用来劝诫我们家臣的，公子您可是天下栋梁。”

“也就是说，栋梁就不能不吃鱼和猪肉？”

“公子，政治的本质在于吃尽善恶混杂的世界，然后在腹中转变成善良的、美好的食物，以飨万民！”

四

“倘若发生战乱，就挺身而出镇压；倘若出现争斗，就跳入其间仲裁——这便是义公光圀在西山隐居的精神所在，公子您还不明白啊。这绝不是因为害怕将军而做出的隐居举动。”

对今夜的庆喜而言，甚三郎的一番话可谓怀念多过欢乐。他早已听过数十遍同样的话。

光圀曾向号称犬公方的五代将军纲吉献上一捆狗皮[1]，其惊人的勇气并非来自抗争权力的渺小立场，而是来自劝谏的立场。因此，当他被迫隐居时，也并非因为害怕才服从命令，他并非如此器量狭小之人。

佐竹众人盘踞在水户辖内，隐隐成为叛乱的源头，光圀只身潜入太田乡隐居，只为宽抚劝慰佐竹众人，向纲吉展示治世典范。一边从历史中寻求“大义”，一边在执政方面进行实践，以保证精神不会被架空，这才是义公真正的伟大之处……

“公子不要将目光局限在您父亲身上，而应以义公为楷模，成为胜过义公的大勇明君。”

一番述怀之后，甚三郎最后总会说上这样一句话：“唉，不知道您到几岁才能真正明白这个道理。”说完便毫不客气地在庆喜面前唉声叹气。

甚三郎今晚也在重复着同样的话。

（自己难道当真像这位老人所想的那样幼稚？）

庆喜一定是想确认一下，才会将甚三郎唤来。

“若是义公在此，一定会二度登城，驯服井伊直弼这只近江牛。公子，您也应该再去幕府……”

说到这里，甚三郎呷了口酒，似乎在重新考虑似的喃喃自语道：“我虽是想这样说……”

“虽然想这样说……又如何？”

“但情况已有不同。如今已非义公的时代，不论表象如何，毕竟都在将军服丧期间，而且已经累及水户、越前和尾张，所以必须改变策略。”

庆喜也默默地举杯喝了口酒，看来甚三郎与自己的苦闷终于在同一空间实现了接轨。

“公子，您要做出一个任何人都做不到的反省。”

“任何人都做不到的反省？”

---

[1] 五代将军德川纲吉颁布荒唐的《生类怜悯令》，尤其优待犬类，故被世人称为“犬公方”，又译作“狗将军”。

“是的。天下的法令是绝对不能违背的，倘若大老的命令有法可依，您就要拼上自己的性命，坚强地服从下去。”

“嗯……”

“老朽所说的任何人都做不到……是将这场不幸当作神明赐予的良机，一边反省，一边重新锻炼自己。”

“若不重新锻炼，就不能发挥作用……”

“恕我直言，您还远远不及义公，而且当前国难要比义公之时严重数倍。倘若您的觉悟太过普通，定会失败。”

“唔。您是要我做出不输给任何人的反省？”

“没错。您理当遵守法令，如此一来，无论井伊那头近江牛如何迟钝，终究都会发现自己的违法和粗暴。在日本国，最严重的违法莫过于违诏。老朽认为，让他发现自己犯下的违法行为才是在水户传承的士魂精神。”

庆喜大吃一惊，双肩不禁剧烈颤抖，然后目光炯炯地望向甚三郎。不，不仅仅是庆喜，就连一直端坐在二人旁边小酌的须贺也蓦地浑身颤抖，似乎在一瞬间受到了猛烈地冲击。

五

“原来如此，原来还有这样一条路……”庆喜自言自语般的说着，又喝了口酒。甚三郎仍然严守着水户的精神，他所说的“天下法令”是指代替朝廷接管政治的幕府的法律。

如今，井伊直弼以该法律为武器，逼迫德川家一门与其对决。因为家风紊乱，所以要受到惩罚——直弼就站在这种立场上，俯视着齐昭及其以下众人。

甚三郎的意思是说，就按照直弼的命令老实反省，不去开口争辩，而是彻底严守法律。这种沉默顺从的做法却相反会形成一种尖锐的反问，甚至是诘问：“我已经做到完全遵守法律，可是满嘴守法的你又如何呢？我如此尊重接管政治的幕府的命令，你却为何违抗身为委托人的朝廷的命令？敕命是幕府法律规定的大权，你直弼违抗大权，却命令我严守法律，岂非可笑！”

（甚三郎的话很有道理……）

庆喜缓缓夹起一条沙丁鱼，放入口中细细品尝。他责备直弼的真正用意就在于此。要求公正严明施行法律的人竟然违抗大权，万民是无法接受此事的。万民无法接受，也就不会有“和”，所以绝对不可违诏，因此庆喜才会催促直弼进京。

实际上，对幕府而言，上有朝廷实在是好事一件。显而易见，朝廷是政治上的保险栓。虽然幕府初代之祖权现公德川家康对此有很深的了解，然而直弼似乎并未在意此事。

倘若上无皇朝神子，人类世界就只会存在因暴力与冲突而产生的胜者为王、败者为寇的局面。要想将人类从以暴制暴这种极其野蛮的对立之中解放出来，就必须在更高的高度存在一个基于理性和道德并顺应天理的中心。

实际上，这个中心就是朝廷。朝廷既没有可以直接动用的武力，又没有大坂城这样坚固的城墙。然而，作为数千年的传统，朝廷传承着能够直触人心的无私大爱。正因如此，权现公才体验性地了解并获得这种大爱，水户藩祖赖房才会继承东照公的遗志，义公光圀才会以此为学问，努力贯彻“大义”……

庆喜觉得将甚三郎唤来是对的。他伸出手去，从甚三郎的食案上夹起一块烤猪肉。沙丁鱼的确好吃，但猪肉也相当美味！

“老爷子，来，这次我给您斟酒。”

“哎呀呀，老朽惶恐。”

“您打算一直不吃鱼？”

“是的，直到公子的心能够静下来。”

“是吗？也就是说，只要我做到你所说的心静如水，你就可以重新吃到如此美味的食物喽？这么说来，不久你就能吃到了。”

“诚惶诚恐！”甚三郎突然垂下头去，开始哭泣。他一定已经感觉到庆喜领会了自己的心意。

“须贺，多拿些酒来。喝酒让我的心情轻松了许多。”

须贺在庆喜和甚三郎之前便已双眼通红。她能够理解二人之间的谈话，那种熟悉的感觉就像故乡泥土的气息。她起身去拿酒，甚三郎则开始静静地整理食案。

“谢谢公子好意，老朽尚有一事相求。”说着，甚三郎又开始啪嗒啪嗒地掉眼泪。

“又怎么了？说说看。”

“是。老朽在想，公子今后在反省中如何打发无聊时间。”

“是担心我会意气用事？”甚三郎不再说话，而是死死盯着庆喜的眼睛。

六

庆喜也毫不畏惧地回视甚三郎：“在须贺面前不方便说是吗？”

“是……是的。”

“说说看，老爷子说的话我总是会用心听的。”

“谢公子。其实，与公子的意气相比，老朽更担心的是周围人的愤怒和血气。我们本家也好，水户也好，这种人其实相当多。”

“然后呢？”

“您在禁闭中自然是无法见到任何人的……”说着，甚三郎又试探性地望向庆喜。

“你是担心我的脾气，怕我见不到他们就无法忍耐？”

“不是您的脾气，而是您的年轻……因为年轻不是人为可以改变的，所以老朽有些担心。”

“原来如此，你是想让我在禁闭反省时克制自己的年轻气盛。倘若没有足够的觉悟，就无法令井伊直弼接受教训，对吧？”

这次，甚三郎大大地摇了摇头：“近江牛不是问题，老朽是希望公子能再次坦然面对这片天地。”

“什么？你是说……让我重新认识这个世界？”

“正是。”

“不必理会井伊，而要重新面对天地——老爷子，你又说了一件了不得的事啊。”

“所以老朽才斗胆……”

“好吧，您说说看，我会专心听的。”

“不胜感激……那我就说了，倘若惹公子生气，您可以随时杀了我。”

“胡说什么！你但说无妨。”

庆喜刚刚说完，甚三郎便快速开口说道：“公子的心智不健全，还相当幼稚。”

“你……你说什么？”

“您对水户的学问十分熟悉，但仅仅如此相当于只有单手。有人说过，要想真正支撑起水户的学问，一定要双手并用才行。”

“有人说过……难道这不是你的思想吗？”

“不，这是某位上僧的话。”

“那个僧人是谁？叫什么名字？”

“此人在大洗一带建造了草庵并在其中修行，乃是日莲行者，如今叫做日桂上人，我曾多有受教。”

“是那位僧人这样说的？”

“是的。他说水户老公只知神，不知佛，因此生涯一定会遭遇重大不幸。神和佛是日本的左膀右臂，而老公似乎正在故意将二者分开。这本是堕落的僧侣的责任，但老公未能察觉佛智之深，实在有如白玉微瑕。如果可能的话，他让我将这些话告知公子……”

“唔。说得好！老爷子你也是这样想的吧？”

“是的。权现公和义公都具备佛智。佛智能为天地之理添加甘甜的慈悲，他希望公子也能具备佛智。”

庆喜目光炯炯地凝望虚空。他虽然并未生气，但没想到这些话会自甚三郎口中说出，可谓吃惊非小。

“您想让我在反省时修行佛道？”

听到庆喜的话，甚三郎又重重地摇了摇头。

“有一部很长的经文，叫《法华经》，我只是劝公子在闲暇时能抄写经文。”

“抄写经文……”

“是的。您应该将这当作一次绝佳的良机，全神贯注抄写经文，让自己远离年轻气躁之人……”

这时，须贺走了回来。见到须贺回来，老人不知想到了什么，立刻闭口不语，继续整理食案，随后便回复到之前若无其事的模样。

七

“唔，原来如此……”庆喜数次歪着脑袋，口中念念有词，令须贺感到十分不解。

他好像明白了，但其实又不甚明白。甚三郎对须贺小心防备的样子实在可疑。

“须贺，你去厨房切些咸菜回来。夜深了，轻声慢行，不要吵醒别人。”

庆喜再次遣开须贺，然后以半带责怪的语气向甚三郎继续说道：“抄写经文的事情我倒是明白，的确既能打发无聊时间，又可得以修行。可是为何要对须贺隐瞒此事呢？”

“因为要考虑到水户的骄傲。”

“什么？水户的骄傲……你认为须贺会玷污水户的骄傲？”

甚三郎脸上露出一副“当然如此”的神情，继续说道：“之所以不让须贺知道，自有其他理由。”

“详细说说。”

“老朽之所以劝说公子抄写经文，并非为了打发无聊时间。”

“那是为何？”

“权现公每日要念六万遍南无阿弥陀佛，可谓极尽佛心。义公也深深沉浸在日桂上人的教诲之中，写下了《妙法莲华经》。而公子尚未学过佛经，所以老朽才劝说公子抄写经文。”

“啊……”

“您明白了吗？权现公学习过，义公也学习过……公子您是将军一族的血脉，这自然也是不可不研究的学业。如今，希望您能为了天下而学习！我若不劝便是不忠，所以才斗胆进言。”

“唔。”庆喜沉吟片刻，又说了一句，“也就是说，你认为我若不学习，就无法独当一面？”

“您说得没错。”

“好，我明白了。不过，你还是没有解释为何要瞒着须贺。”

“对须贺隐瞒的话，她就不会知道公子是在老朽的劝说之下才开始抄写经文的。”

“原来如此，这样做原来是为了替我掩饰。”

“不仅如此。必须让身边的人深信您是在怀着佛愿专心抄写经文的，否则便无法令自己远离血气方刚之人。”

“原来如此，这我也明白了。我怀着佛愿，一边反省一边专心抄写经文，所以才不能与任何人见面。是这个意思吧？”

“若不如此，水户的学问和朝廷的大爱就会分道扬镳。一方是大和之心，另一方却可能走上废佛的歧路。日桂上人也曾特别提醒，表示在这方面决不可怠慢。”

“我想见见那位日桂上人。”

“上人已经事先表示拒绝了。”

“他不愿见我吗？”

“他害怕破坏反省的法规……而且，须贺她……”

说到这里，甚三郎又显得颇为犹豫。很快，庆喜就明白甚三郎为何会如此防备须贺了，因为甚三郎所说的反省要比庆喜想象中的严厉数倍。纵使大老没有指示，他也要主动幽居一室，只将窗户打开一道缝隙，从早到晚抄写经文。月代自然也不许剃，也不能去找妻子。一日三餐皆由须贺负责递送，除了须贺以外，任何人都不得接近。庆喜年方二十二岁，倘若反省时间拖得过长，很难说他不会对须贺的身体产生渴望。甚三郎已经看穿了须贺的心思，这或许是对她的一种担心……这是庆喜后来才明白的，当时的庆喜还无法参透甚三郎的一片忧心。

八

当二人喝光须贺二度拿来的酒时，甚三郎要说的话、考虑的事都已在庆喜心中悄然浸润开来。对甚三郎而言，庆喜就是他生存的意义。可以说庆喜就是他生命中的一切。倘若离开庆喜，就没有国难，也不可能发生这次事件。

因此，他的视野虽然狭隘，却有着惊人的深度。

初代将军家康身边有酒井雅乐头和本多作左卫门，甚三郎的性格则仿佛是这二人的组合——沉默、顽固，在顽固深处还潜藏着有如温润的水滴般的爱与诚实。

自从甚三郎被选为庆喜的监护人那一天起，他就对自己宣布了“死亡书”。从今往后的他，既不需要妻子，也不会回顾过去的荣辱。他只是全心全意地关注庆喜，专注于庆喜生存的意义，让庆喜放心地生活在清凉的荫蔽之下。他奉献了一个监护者的全部心绪，踏入了崇高无私的境界。

他相信，作为第十二代将军家庆的养子，庆喜理应成为将军。然而，家庆却将家定立为世子。

（或许这样也好……）

当时，甚三郎坦率地肯定了家庆的做法，因为毕竟家定是家庆的亲生骨肉，他想他能够理解这种为人父的感情。不，不仅如此。庆喜入继一桥家，令高高在上的将军家庆放心地沉溺在了“人之常情”之中，即便是这一点，甚三郎也能够理解——无论病弱的家定何时死掉，都还有一桥庆喜这个继承人。即便家定可以更长久地生存下去，庆喜也一定会辅佐家定直至终末……

然而，位次安排尚未圆满，家庆就暴病去世了。不仅仅是家庆，第十三代将军家定也在对井伊一派拥立的纪州进行裁定前便匆匆病故。对甚三郎而言，这些都成为了层层叠加在庆喜肩膀上的责任。庆喜早已得到家庆的垂青，这不正是上天为庆喜安排的试炼吗？

甚三郎的理解方式虽然十分单纯，但即便面对如此出人意料的“意外事件”，他也坚信庆喜的心不能产生丝毫动摇。

将军家庆自一族之中选中庆喜的时刻最为重要，这个选择正是基于“只有庆喜方能背负德川宗家的命运”如此严肃的期待而产生的。齐昭接受了这种期待，将庆喜送入了一桥家。

（在那一瞬间，庆喜作为一个男人不可动摇的责任便已经决定。）

甚三郎信念的根源，便是水户武士的坚强意志。发生的种种事件，不过是在这一选择做出后所要面对的试炼。庆喜无论如何都要成为一个能够通过所有试炼的统帅，不可回避任何责任……这便是甚三郎的想法。

不必将形式上的将军等人放在眼中，更不用说要在意大老、老中和家臣们了。不过，倘若现在无视法纪，井伊一派就永远都不会意识到自己的过错；而若能够做到恪守法纪，便可让井伊一派刻骨铭心地记住敕命的尊严。庆喜明白，甚三郎的意思是说，这才是水户学问的真正用意。

“你的意思是，在反省结束前，除了须贺以外不能让任何人接近我，对吗？”

“不，这不是由公子您来决定的。因此，我才会对须贺有所顾虑。”

“原来如此，因为须贺也是女人啊。”

“虽是女子，但可以说更胜男子，就好像在常陆国生根发芽的松柏一般。”

“是啊……以后我就要和须贺一同禁闭在此……”

“您还是要专注于抄写经文……”

这时，寂静的走廊里又响起须贺第三次拿酒回来的脚步声。

喷涌之物，坠落之物

一

西乡吉之助自萨摩匆匆出发，于7月10日再次来到了京都。当时，距离将军家定死讯公布的7月6日已过了四天，同时命西乡进京的藩主齐彬已经病危。而此时的西乡自然对此一无所知。

西乡于6月7日返回萨摩，当时尚在鹿儿岛的齐彬从西乡口中得知，一桥庆喜的拥立运动已因井伊直弼的强硬镇压而宣告失败。对齐彬而言，此事绝对不能放任不理。面对开国局势，日本上下必须做到思想统一、政权集中。倘若在各藩各自为政的形势下开国，日本全国就会出现无数的租借地和殖民地。

既然因武力处于劣势而被迫开国的窘境已成定局，那么确立能够集中日本整体力量的政治体制便成为必行之事，这远比理论更为重要。用现在的话来说，面对列强的强硬压力，需要成立凌驾于政党政派之上的非常时期内阁。

而这内阁的首领，非在水户学的熏陶下培养出的一桥庆喜担当不可。

“彦根竟连如此简单的道理都不明白吗！”齐彬拍着大腿，对西乡说道。

当时，西乡已经变得更加成熟，能够理解藩主的焦躁心理。现在的重中之重，不是要立刻追究幕府的责任，甚至推翻幕府。当此非常时期，依靠既有的谱代大名老中制是无法开辟一条生路的。而水户出身的一桥庆喜则具备明确的大义思想——朝廷是主人，将军是本家。因此，应该让一桥庆喜担任将军（或将军世子），集中日本的整体政权，重新巩固体制，以保证各藩不会在列强的分割政策下变得支离破碎。

因此，齐彬推举庆喜的决定绝对不是一时兴起的想法或玩笑。

“我是朝廷之臣，你们也是朝廷之臣，我们应当齐心协力，凝聚在一起！”

目前的当务之急，是需要一位能够如此振臂高呼的贤明的领导者。正因如此，齐彬才会特意给家定送去一位夫人，为拥立庆喜而努力。

然而，井伊直弼对如此明显的非常时期内阁的“必要性”却一无所知，不知他是对幕府的权力过度自信，还是对自己的实力过度自信。

总之，在这个问题上，已经不容客套寒暄了。齐彬认为必须借朝廷之力，尽快修正条约事件所造成的不良影响，一分一秒也不能耽搁，所以才命西乡迅速重返京都，命他重新向朝廷上奏必须立庆喜为将军世子的理由。

虽然提出上奏必然要通过近卫家，但齐彬提出，若有必要，他可以以保护朝廷的名义率兵进京，因为他预想到井伊直弼恐怕会凭借武力威胁朝廷。

于是，西乡在鹿儿岛仅仅逗留了十天，便重返京都，于6月24日到达福冈，7月7日到达大坂。在大坂，西乡与吉井友实一起拜访了城代[1]大久保要，确认了京都和江户当前的种种氛围，后于7月10日抵达京都。

西乡丝毫未能察觉，在他抵达京都的五天后，与他的生命息息相关的岛津齐彬就会病故。回到京都后，西乡立刻拜访了位于鸭川畔的梁川星严的住居——鸭沂小隐，他以前经常出入于此。

[1]　城代，江户时代诸侯外出时，替诸侯掌政的家老。

二

梁川星严是美浓的诗人，号称日本的李白，当时已是七十岁高龄。他与藤田东湖也相当熟识，皆为京都学者中的长老。不，不仅仅是京都的学者，他可以说是整个日本的名士，名声甚至传到了公卿和朝廷耳中，而位于河畔丸太町的“鸭沂小隐”也成了忧国人士的聚集之所。

西乡之所以首先拜访这里，除了打算获取新情报外，还有更为重要的目的。

在大坂，他从同藩的吉井友实口中听到了一些自己离开京都期间发生的事情。其中令他感到最为震惊的，便是直弼强行决定立纪州为将军世子，并趁势擅自签订了条约。而且，直弼竟然还以驿使上书的轻率方式将此事通知朝廷。因此，天皇才会大为震怒，提出让位。

西乡听到这里，不禁浑身颤抖。

（这可了不得了！）

西乡诚挚的勤皇之火纯粹无比，已凌驾于其他水户人之上，如今，他高大身躯内的火种已蔓延开来。在鹿儿岛海滨的藩邸内，西乡倾尽心魂侍奉的藩主齐彬曾凝望着樱岛火山喷出的浓烟，说过一句话。这句话现在又涌现在了西乡心头。

“我也打算于近期率兵进京。”

或许齐彬已经看透了一切。西乡从大坂的八轩屋出发，乘坐大船沿淀川逆流而上，并从伏见抵达京都。一路上，他一直在思考这件事。

若将擅自签订条约的违诏行为，与打算通过驿使上书息事宁人的无礼举动作为独立的两件事情分开来看，那就并非不能原谅。然而，这两件事之间有着紧密的联系，是无视朝廷的不逞举动，已经不是简简单单就能够解释清楚的问题了。

往严重里说，这种行为岂止是无视国体尊严，简直与不可能理解日本国体尊严的夷狄的做法如出一辙。当西乡听闻水户老公齐昭邀尾张、越前和一桥卿强行登城时，心中充满了期待。

（就这么做，就应该这么做！必须得这么做了！）

然而，强行登城也稀里糊涂地被直弼镇压下来，众人反而受到了史无前例的禁闭隐居处分。当西乡听闻这一消息后，眼前顿时变得一片黑暗。

（日本这艘大船究竟会驶向何方啊……）

在船抵达伏见之前，西乡一直目不转睛地凝视天空，不住叹息。船靠岸后，他立刻坐上坐轿，片刻之间便已站在锦小路的藩邸前。然而，他并未进去，而是去了萨摩在附近的定点旅店键屋直助（俗称键直），扔下行李后便直接去了星严的居所。

西乡听闻直弼正打算让天皇移居彦根。如此一来，就只有一个办法能够阻止直弼的胡作非为，那便是即刻催促藩主齐彬进京，依靠萨摩的兵力保护天皇，然后要求幕府改革。除此以外别无他法。

齐彬定是早已料到会发生如此事态，所以才会向西乡透露自己率兵进京的意愿。

（只有这一个办法能够拯救天皇了！）

面对如此纠纷，京都的志士和学者们到底在想些什么？天皇的亲信近臣又在……做着如此的思考，西乡已站在了位于鸭川畔的星严家门前。

（镇定！）

西乡嘱咐自己要镇定。自己如今背负的已不仅仅是萨摩的命运，而是与齐彬这位不世出的明主一起承担着神国日本的命运。水户、越前、尾张和一桥都已在井伊直弼面前屈服，土佐和伊予也不出手。如今，萨摩已是日本唯一的希望。

太守齐彬的进京决意可以说是希望之光，西乡打算先向星严明言此事，然后再获取情报。

“有人在家吗？”他特意放轻声音，同时挺起了胸膛。

三

宅内立刻传出了一个女人的应答声，那个声音十分熟悉，正是星严的夫人红兰女史。红兰女史打开拉门，一眼便看见了站在玄关处的西乡。

“哎呀！”红兰女史夸张地瞪大了眼睛，“西乡君，你还在京都啊？”

她并不知道西乡已经在萨摩和京都之间往返过，只是觉得与上次西乡到访时间相隔有些长。京都的生活氛围或许就是这样匆忙。

“不，我是从萨摩回来的。先生身体可好？”

西乡认真地回答着，脱下了草鞋。红兰女史一边高声唤寄读学生端来洗脚水，一边开口说道：“很好很好，他还是经常和年轻人们讨论国事，足以证明身体健康。这不，现在就在同潜庵先生商谈。”

“潜庵先生，是久我大纳言的……”

“就是那个春日赞岐守。两个人都板着脸，今天还没催我去上酒祛暑呢。”

“太好了，没想到还能见到潜庵先生。”

春日潜庵是久我家的诸大夫[1]，绰号是京都大盐（平八郎），是与星严肝胆相照的阳明学者，连公卿中的硬汉岩仓具视都视为眼中钉，对其敬而远之。

京都的学者们心怀敬畏地将潜庵和星严称做二长老。如今，这二位长老一脸严肃地商谈，一定是关系到国事的重要谈话。

“是麻烦您帮我通报一声，还是……”

“趁他们不知道进去就行，或者招呼一声再进去。”

“那我就不客气了。”

[1] 诸大夫，摄政、亲王、关白、大臣家中被任命掌管家事之人的职务。

西乡迅速拭去脚上的尘土，走进面向河滩且能够听见鸭川水声的星严的书斋。

“我是萨摩的西乡，打扰了。”

这里同江户的藤田宅邸一样，志同道合之士可以十分随便地出入。红兰女史比星严年轻二十岁，素来开朗活泼，平易近人地迎接各色客人的到来。二人是通过诗歌恋爱结婚的，如此开放的气氛也令星严以自己的妻子为荣。

时值盛夏，拉门已被撤下，换成了帘子，所以即使西乡不出声招呼，对方也能听见他走近的声音。果不其然，今日的书斋之中并无祛暑的酒，瘦弱如鹤的星严和略显肥胖的潜庵正表情严肃地对坐着。现场气氛与平日意气风发的谈论氛围截然不同，空气中弥漫着凝重的沉默，西乡有些不解地打破了这种僵局：“先生，我刚从萨摩回来。”

“嗯……”

“在我出门期间，似乎发生了很多大事。”

“嗯……”

“这真是奇怪，两位先生都是怎么了？”

其时，春日潜庵四十八岁，星严七十岁。只见二人手捻胡须，正襟端坐，互相瞪视，一副互不相让的神情。两人的眼神中甚至还能感觉到一丝怪异。在西乡第三次催促后，星严才苦着脸将一张美浓纸递给了西乡。只见纸张开头写着一个粗大的“檄”字。

星严、潜庵二位长老想必亦感无奈痛心。今诸事并发，西储之事（将军世子）、外交亲和之事，更兼彦根进京之事，天下恐将大乱，宜尽快会集，书不尽言。

既没有收信人姓名，也没有署名，既非星严笔迹，亦非潜庵笔迹。

“这……是什么？”

这一次，潜庵愤然答道：“是立刻征兵杀入彦根的檄文。岂有此理！”

“杀入彦根？”

“没错，否则天皇就会被挟持至关东。星严老先生竟怀疑是我命人在胆小的黄口公卿之间散发檄文的！”

四

西乡哑然地打量着二人，因为他对自己出门期间京都内的种种流言还不是很了解。天皇被驿使文书激怒，提出让位……当西乡听到这一传闻时，他刚好出发去了萨摩。

“也就是说，井伊直弼当真打算挟持天皇？”

“没错。不知道彦根那家伙在做什么，竟然命江户的塙次郎调查承久的典故[1]。我的确说过要先下手为强，但我不会说如今立刻杀入彦根这种胡闹的话，这实在是冤枉！”

“这就奇怪了，散发这份檄文之人究竟……”西乡疑惑地盯着手中的信纸。

“是赖三树三郎门下的大乐源太郎。”星严迅速地说，“大乐明明白白地对我说，春日赞岐守是知道此事的。”

“那是他迫不得已才说出的借口……他们借用我的名字……”

“大乐源太郎？”西乡想了一会儿，对这个名字十分陌生，“那人究竟是哪里的？”

“听说是长州吉田松阴的陪臣。吉田松阴最近突然变得十分激进，几年前他曾来过寒舍，自己的禁闭令解除后又开办了村塾，突然变得意气风发。因此，我才会告诉潜庵，倘若直弼要求天皇移居，我们只能秘密说动吉田，谋取西幸。我曾劝告他，在这种情况下，不要煽动血气方刚的年轻人，不要散布杀入彦根这种暴力传言。”

[1]　承久之乱，承久三年（1221），后鸟羽上皇出兵镇压镰仓幕府失败，反被幕府大举反攻，限制了朝廷的权力，导致了朝廷从属于幕府的局面。

“您还是认为是我暗中煽动啊？”

“纵然你没有煽动，只要你一瞪眼，石头就会滚动，树叶也会飘落！”

“那可不是我的过错！我想，实际上应该是您老给大乐灌了太多酒的缘故吧。人喝醉后就会变得过于勇猛，叫人束手无策。”

“你对我的酒有意见吗？”

“不，我只是提出忠告，对年轻人的放任要适可而止。”

“哦，真有意思！”

争着争着，二人似乎都有些不好意思。

“如此说来，春日先生是不会喝我星严的酒喽？红红！拿酒来。”

身后的纸门突然打开，红兰女史端来酒盘，笑着坐了下来。

“先放这儿吧，祛暑一定要用烫酒，请不要烫到舌头。”

红兰女史命婢女拿来酒杯，先给西乡斟了一杯酒。西乡有些拘束地坐正了身子。

“这份檄文已经广为散发了吗？”

“是的，倘若落入狗贼之手……”说着，星严重重地拍着自己的大腿说道，“对了！散发这份檄文的罪魁祸首或许就是附近的梅田源次郎。”

“如此说来，还是和您老的酒不无干系啊。”春日潜庵仍旧显得毫无兴致，板着脸拿过酒杯。

“总之，不能轻举妄动，一定要制定万全之策。不过，没有武力负责保护天皇，实在是太危险了。”

“关于这件事，”直至此刻，西乡才终于找到了说出要事的机会，“我家主公很快将会率兵进京，请二老放心。”

“什么？萨州公要率兵进京？”

“这……这是真的吗？”

“我何必说谎？”

“不，听到这个消息我就放心了。其实，日下部伊三次曾自江户匆忙赶来通知，称彦根已经变得彻底狂乱。水户、尾张和一桥都在幽居，倘若井伊直弼趁势将手伸向京都，势必……所以才会出现这份檄文。原来如此……岛津大人他……”

二人的欣喜程度极其夸张，令西乡看得瞠目结舌，一时无语。

五

“如此一来就放心了。”

“没错！有了这个喜讯，也可以平息年轻人的激愤了。不，更重要的是，只有先在天皇身边安排护卫，事情才能有所进展。日本不愧是神州之国啊！”

西乡没有想到，藩主齐彬进京的消息会在学者们中间引起如此巨大的反响。

“真可谓起死回生啊！只要忍到那一天就行了。”

如此一来，井伊直弼的施政可以说彻底失败了，而西乡并未意识到这一点。实际上，京都此前的学风一直是七零八落的。在任何时代，学者和艺术家都有很强的个性，很难成为一个整体。京都内有崎门学派、阳明学派、朱子学派和国学派，而且，各个学派的信奉者不仅在交际场合互展锋芒，在内心中也怀有可与一国一城之主比肩的自负和骄傲。

在京都被奉为二巨头的久我大纳言家的春日潜庵和梁川星严也是一样。潜庵是彻头彻尾的实践家、阳明学者，他与星严二人都经常出入于公卿家和朝廷，在内心中却互不相让。至于梅田源次郎、赖三树三郎、三条家的池内大学、中山家的田中河内之介，也是无一例外。

各自的学风加上无法消除的个性，造就了一只只独狼。虽然黑船来航慷慨地提供了“国难”这个统一的目标，然而仅有这个目标，众人还是只会置身于各自零散的集团之中，互相咆哮。但是，井伊直弼的出现却令众人迅速向同一方向会聚。水户学的尊皇思想以不可思议的形式渗入各个零散的学风之中，开始发挥凝聚的作用。

他们每个人都不会认为自己是水户门下，但他们的行动和推论甚至比水户门下之人更接近水户学。水户的士魂变成了一座火山，在京都喷薄出了一座安政新山。

直弼并未留意到这座大山的出现，甚至还火上浇油。从擅自签订条约到驿使上书，神国的地壳中被灌满了激愤的滚油，开始为天皇安危而鸣动。御三家和御三卿受到的幕府上史无前例的处分，更是为这欲出的喷薄灌下了一盆滚烫的燃料。

胆敢处分御三家和御三卿的人，不会不去考虑挟持天皇，直弼命埇保己一之子埇次郎调查昔日承久之乱的典故就是证据。正是这件事为众人提供了一个机会，令他们跨越学风和个性，凝聚成一个整体。

还有比这更失败的施政手段吗？

在这种情况下，西乡明示了齐彬率兵进京的意图。星严和潜庵正如大乐源太郎在檄文中所说的“二位长老想必亦感无奈痛心”，齐彬的进京自然会与他们的痛心联系在一起。当时的日本，虽然尚无如法国一般的“政变”思想，但人们自然也会开始思考具有同样内容的对策。

“西乡啊，这下日本国有救了！”

“听您这么说，西乡也很高兴。”

“齐彬大人不愧是明君！率兵进京，责难关东违诏之举。不，通过敕令要求幕政进行大改革。如此一来，水户既能获救，朝廷也可太平。必须如此，没有强硬的力量是什么也做不成的！”

潜庵脸颊通红，眼神变得异常沉着。实践派潜庵号称京都的大盐平八郎，他此刻一定已经在考虑如何说服公卿及其亲信近臣，采用何种手段来说服哪家皇族。

六

鸭沂小隐的酒宴不仅令二位长老变得异常兴奋，连西乡自己也感到了一种不可思议的激昂。

（学者们都是同道中人！）

西乡吉之助植根于藤田东湖，并得到藩主齐彬的培养。他并非水户人，但水户的思想已在他心中形成血脉，流淌不息。此刻，他的水户血脉与学者们的另一条思想湍流汇集在一起，开始逐渐形成滚滚的大河。

虽然西乡并不知情，但同样的烈火也已在长州燃起。

吉田松阴在往返于江户途中，曾多次去过鸭沂小隐。他已经开设了松下村塾，致力于门生的学习领悟。吉田松阴并未直接见过藤田东湖。以前，村田清风的水户学曾移入长州，但并未结出硕果，直到吉田松阴在东北巡游时拜访水户，才将二者紧紧地联系在了一起。

他在水户逗留了近一个月。他住在水户郊外的永井政介家中，如饥似渴地汲取着水户学的养分。东湖当时正在隐居反省，所以松阴多次拜访了会泽正志斋，倾听其学说思想和时事评论，并受到了很大的影响。

在松下村塾，他随时都会向门生们讲述自己从未见过的东湖的行事和逸闻，《回天诗史》和《常陆带》[1]甚至成了村塾的教科书。因此，这里也开始出现了火山脉的鸣动，其门下的桂小五郎和久坂玄瑞此时已经开始在京都有所行动。

西乡一边将酒宴间的情报一一铭记于心，一边考虑行动的步骤。

据说日下部伊三次已从江户来到京都，与水户藩的京都留守居[2]鹈饲吉左卫门往来频繁。西乡从未见过日下部，但他的目的一定与西乡一样——通过近卫公得到敕命，进行幕政大改革……而在此之前要做的便是解救水户、尾张、一桥和越前。

仔细想来，齐彬进京的确是所有环节中的首要之事。倘若没有齐彬率兵进京巩固朝廷安定，就无法打开一个缺口。倘若直弼抢得先机，将天皇挟持至彦根，一切就都完了。

（没错，必须尽快同吉井友实商量，派遣使者火速前往萨摩！）

西乡当下打定主意，明日去见清水寺的月照，向其确认近卫公及其身边情况。然后将齐彬的书信交给近卫公，再立刻同萨摩取得联系。另一方面，还必须确认日下部和水户的鹈饲吉左卫门行动的直接

[1] 《回天诗史》和《常陆带》都是藤田东湖所著书籍。

[2] 留守居，相当于诸藩的外交官，藩主不在时也负责保护藩邸。

目的何在。

夜里七时，西乡辞别星严，一同告辞的春日潜庵与西乡同行，一直行至键直附近。途中，潜庵反复称赞齐彬的知行合一，并请求齐彬尽快进京。随后，西乡又拜托潜庵负责自家老弟小兵卫的教育。可以想见，二人之间一定有过心灵上的交流。

西乡回到键直，只见日下部伊三次得知他进京的消息，已在那里等候。

“这太令我吃惊了！我还没将自己抵达的消息通知藩邸呢。”

日下部伊三次笑了。因为西乡的巨大身躯十分惹人注目，所以他很快就知道了。

“不好意思，您的确是一位心地善良的人。”日下部在二楼的一个房间中面见西乡之前，先是小心地检查了走廊，还偷偷瞄了瞄隔壁的房间，这才说出了自己进京的目的。

他此次进京有两个计划。其一便是说服井伊家的姻亲三条实万，逼迫直弼辞职。倘若对方不答应，就向水户当家庆笃下达密诏，将井伊及其一派罢免。

七

据日下部称，水户藩士的激愤已经势不可遏，这种局面并不出乎西乡所料。水户家自然不无以主公为重的稳重派，但他们终究无力遏止这波激愤的浪潮。日下部应该说是水户学风之下的子弟，他立刻向安岛带刀、茅根伊予之介、金子孙二郎、高桥多一郎、武田耕云斋和田丸稻右卫门等同志征求了意见，提出亲自进京。

幕府早已向水户藩士的动向投去了畏惧与监视的目光。于是，日下部避开东海道，经由中仙道秘密进京，如今正在积极说服三条实万卿。而三条公一定已经接受了他们的意见，向井伊直弼寄去了劝告辞职的书信。

“可是，直弼不听劝告，因为他最近又派遣长野主膳进京，打算以九条关白为中心开展反水户运动。”

西乡向日下部透露了齐彬即将进京的消息，日下部伊三次也屏住呼吸，双眼放光。

“这……这是真的吗？”

“我何必说谎。”

“太好了！既然如此，我们的行动就暂时中止！有齐彬大人进京，万事不成问题！”

再一次，听到齐彬率兵进京的消息后，对方的欣喜程度又令西乡看得目瞪口呆。日下部伊三次也相信，没有武力介入是无法促成幕政改革的。

（让日下部有如此信念的人不是别人，其实正是井伊直弼。）

主公齐彬拥有能让直弼瞬间沉默的智慧。当然，齐彬并不打算在国内发动战争，因为彦根和幕府并无这种勇气，所以只是打算通过巩固朝廷防御来重拾敕命的重要性。

“是吗？您的意见也会因此改变？”

“那是自然。倘若萨摩出兵，彦根就无法妄动。请您尽快将此事通知近卫家，我负责联系水户的留守居和三条卿。越快越好，否则等长野主膳一来，事情又会变得麻烦不堪。”

说完，日下部伊三次便说出了一个西乡从未想过的不可思议的见解——连接着长野主膳和井伊直弼的纽带既非主仆关系，亦非友情和恩义。

“主膳一生的野心便是凭借他所信奉的以本居派为根本的国学，先接近主公身边的公卿，再占领并控制主公复兴的学习院[1]这所学府。也就是说，主膳的最终目的，就是学习院。”

突然听到日下部说出这番话，西乡觉得不明所以。占领学习院又有什么好处？

[1] 学习院，日本旧时官立学校，1847年开办，1947年转为私立学校。

“所谓‘学贼’，便是指他这样的人。通过学问来随心所欲地操控朝廷和日本——这便是那家伙做了几十年的美梦。”

“如此说来，您认为长野主膳是在利用彦根？”

“没错。明智光秀为何钦佩并接近信长？主膳就是光秀，这正是这家伙的可怕之处。这都是我让中山家的田中河内之介和伊势的山田大路调查出来的。”

“原来如此。”

“在伊势学习时，主膳便抱有这种梦想。后来，他讨好纪州家，甚至声称自己是纪州某位要人的私生子。巴结上纪州家之后，他便立刻进京，又凭借自己的国学巴结了二条家和九条家，后来又去了彦根。从那时开始，水户学风便成了他野心的仇敌，而与水户关系最差的彦根就成了他野心的踏板。”

西乡歪着脑袋，用心倾听。学贼……竟然还有这样的贼？西乡露出了怀疑的表情。

八

正当世人纷纷哀叹武力不足，极力着眼于兵制和训练时，有人却凭借一身学问萌生了掌控天下的野心。对学者而言，这或许是再自然不过的事情了。

总之，长野主膳就这样虎视眈眈地盯着学习院，并遥遥地觊觎着江户的昌平黉[1]，野心愈发膨胀。他认为水户的学风过于做作。据说在二条家时，他曾公开表示水户学过于急迫地追求大义，失却了原本的姿态，变成了只注重形式而缺乏内涵的躯壳，导致人开始堕落。他认为今日幕府势力的败落便是源自这种堕落。而如今幕府正纠结于将军继嗣问题，更是让他为自己的主张找到了一个基础。

[1] 昌平黉，又称昌平坂学问所，建于1790年，是江户幕府直属的教育机构。

日本皇室的传统是血缘至上的万世一系，若将此传统用于德川家，就会得出纪州强于水户的结论。显而易见，这是一种严重的歪曲。但长野主膳若想要将纪州、彦根和皇室拉拢到一处，成为皇室的书斋——学习院的领袖，这是最便捷的道路。

“那家伙之所以能够随意控制九条家的岛田左近，就是因为使用了这种学问见识的咒术。正因如此，他此番进京定会将魔爪伸向所有水户学派的实践家们。所以，学者中间也有人开始不顾一切地提出暴力论调，要召集志士们杀入彦根。”

然而，只要岛津齐彬率兵进京，所有问题就都会迎刃而解。从这个意义上来说，此番进京的西乡简直就是救赎之神，是久旱后的甘霖天降，令日下部欣喜万分。

“直弼恐怕不会亲自进京。他不仅擅自同美国签订了条约，随后还有俄国、荷兰、英国和法国。无论多么厚颜无耻，他也不会亲自前来，因此才会派遣间部诠胜进京。而在此之前，从所司代到伏见、京都的两町奉行，都换成了井伊直弼的心腹，反对之人一律遭到弃用。一切事态都在按照长野主膳的预料发展着。”

根据长野主膳的进言，中山家的田中河内之介等人已经预料到京都会同时在学风和武力两方面产生争斗，因此已从主公家中撤销了户籍。日下部伊三次称，这样做是为了避免镇压累及主公家。

当夜，西乡与日下部促膝长谈，直至夜半时分。倘若齐彬火速进京，首先就必须考虑萨摩兵驻扎营地的准备问题。

“大概会带多少兵来？”

“我认为至少会有三千人。”

“既然如此，不如就驻扎在相国寺的后面一带。一旦有十万火急的情况，也可以及时应对。”

“太守也是这样说的。他说可以暂时借用那一带的民家作为驻扎点。”

“这下要忙了。”

“是啊，没时间再回江户了，就将写好的信以公用信的形式送往江户吧。”

此时的他们完全不会预料到，7月15日，齐彬病故，出兵计划也被迫中止。从这个意义上来说，历史和命运一直在以不可思议的嘲讽揶揄着人类。

西乡派遣使者前往萨摩催促主公尽快进京，而自己则终止前往江户的行程，为借用相国寺后面的民家而四处奔走。正在这时，传来了齐彬的死讯。

齐彬死于7月15日（或说16日的清晨）。

7月24日，死讯传到京都，西乡顿时呆若木鸡。当时，西乡已经有了不祥的预感，因为齐彬隐居在江户的老父齐兴很清楚，幕府对亲近水户的齐彬所采取的进步政策是极其厌恶的。

大地的鸣动

一

（藩主难道是被老爷子害死的？）

在江户隐居的齐兴害死了人在萨摩的当家齐彬……这一联想看似离奇，实则不然。在岛津重臣之中，的确有人站在“以岛津家为重”的立场上，对当家齐彬的进步政策和通过水户亲近一桥党的做法感到忧心忡忡。这就如同水户家内部也有“以主公家为重”的俗论党[1]一样。

而且，由良骚乱的影响在萨摩并未根除。与长子齐彬相比，隐居的齐兴更宠爱由良生下的久光，并曾打算让久光继承岛津家。或许正是由于齐彬计划出兵的决定，使得这一问题再度浮出水面。

齐彬率兵进京是与幕府正面敌对的行为，倘若让他这样做，岛津家的社稷就会危在旦夕——倘若隐居的齐兴有这种想法，只要暗中联系岛津家臣，其实很容易就可以做到自己人在江户而毒死齐彬。

（一定是这样没错……）

这种想法立刻就引发了西乡殉死的念头。对他而言，死去的太守岛津齐彬就是太阳、是师父、是自己生存的意义。西乡以纯洁无垢的人类感情为“真心”，并将自己的生命寄托其上。他无法想象失去太阳的人还

［1］　俗论党，1864年幕府和长州藩之间发生大规模战争，期间主张恭顺于幕府并主动谢罪的一派被成为俗论党。

有什么生存的意义。

齐彬曾认为，当此非常时期，幕府的主人非一桥庆喜不可，甚至以女人为牺牲品送到将军家定身边。孰料一桥卿却不敌纪州庆福，而齐彬自己也死在了自己父亲齐兴之手……命运竟是如此残酷。

（天下和萨摩都……）

对西乡而言，此时失去齐彬相当于失去了一切。那些迫切期待齐彬进京的学者们怎么办？中止其他一切活动、一心等待齐彬进京的志士们怎么办？正因为西乡是诚心诚意、尽心尽力，挥之不去的绝望才会在他眼前弥漫开来。

西乡呆呆地坐在键直的一间屋内，在茫然中迎来了25日的早晨。昨夜悄悄前来通知齐彬死讯的人是留守居伊集院太郎右卫门，倘若住在其他房间的吉井幸辅和伊地知龙右卫门再晚一些去找西乡的话，西乡可能已经剖腹自尽了。同屋内还住着福冈的北条右门和筑前的平野国臣。然而，纵使将这条消息通知这些同志，也于事无补。或许应该说，西乡已经茫然无措到想不到应将这消息通知其他同志。

“呀，早上好。”

吉井幸辅打开拉门，首先打了声招呼，却见到西乡目光呆滞地坐在屋中，不禁感到有些不解。

“怎么了？一夜没睡？”

直到被吉井幸辅摇晃着肩膀，西乡才缓缓开口说道：

“主公去世了。”说完，滚滚热泪从西乡眼中簌簌而下。

二

吉井幸辅和伊地知龙右卫门起初一直惊声追问西乡，因为他们不相信齐彬已经去世。他们将自己的惊恐一个劲儿地加载到西乡的身上，根本来不及静下心来仔细观察。否则就会发现，倘若西乡是在开玩笑，又怎会流泪？

为了打消二人的疑惑，西乡带他们前往藩邸，让伊集院太郎右卫门再次出示了本国发来的信件。直至此时，西乡才终于恢复了理智。信中自然也是语焉不详，只说病中的藩主于16日黎明时分与世长辞。

（一定是被毒死的……）

齐兴担心齐彬的英明决断会危及岛津家，便命令城代家老岛津丰后……想到这里，西乡甚至能够清楚地回忆起齐彬卧室的样子。当他随后联想到齐彬遗孤哲丸那稚嫩的笑脸时，不禁愕然。

（是啊，我若就此自尽，以后怎么办？我必须亲眼看到一切尘埃落定，然后再在主公墓前剖腹自尽！）

西乡并无意继续活在没有齐彬的世界里，但倘若就此死去，当自己在九泉之下见到齐彬时，竟然无法告知后事如何，又何谈奉公之道？这就是西乡质朴的想法。他无法不负责任地以死亡作为一切的终结。这种责任感更加速了他理性的回归。

（没错，必须向同志们和近卫公通知这一消息！）

己方同志们都在翘首以待齐彬率兵到来，而与此同时，近卫公也是与齐彬一心同体的支持者。正是他将养女送入了江户大奥，成了将军家定的正夫人。如今，他一定为了天皇的退位问题和如何应对彦根挟持天皇的传闻而操碎了心……

想到这里，西乡立刻离开藩邸，向近卫公府走去。

留守居伊集院太郎右卫门已经向近卫家通知了齐彬的死讯。近卫公唤来了负责与萨摩联络的清水寺的月照，并连同老女村冈三人茫然地等待着进一步通知。事出突然，所有人都无法接受，因为他们一直相信，齐彬正在积极进行藩政改革并推动救国大策。

既然水户齐昭已经下台，齐彬就是能够就顶替齐昭扛下大任的人。各藩的志士自不必说，连朝廷也十分相信齐彬，并寄予了极大厚望。事实上，齐彬的构想卓绝而宏大，他考虑以琉球王的名义购入军舰和商船，计划在国内生产雷管式后装枪，并策划让萨摩藩士伪装成琉球人，去欧洲和美国留学。齐彬认为，以琉球人的身份留学，就可以轻松避过违反国禁的罪责，而不会落得长州的吉田松阴那样的下场。事实上，他还考虑到了难逃责罚的情况，甚至想过令琉球独立。

如此出类拔萃的齐彬，就这样突然死去了。

西乡提出拜见请求后，近卫公命人将西乡直接引入了客厅。

“是什么病？”近卫公张口询问，西乡又忍不住热泪滚滚而下。大概是被毒死的……这可不能随口乱说。

“在下需立刻回国，此番是来道别的……”

三

待我回国调查病情之外的情况，然后再来通报，因为对自己而言，这件事就像噩梦一般令人难以置信……西乡终于没有说出自己的这番心思。

“实在是无奈啊。”即便向近卫公通知齐彬的死讯，也完全于事无补。西乡不忍看见近卫公那苍白而茫然的脸，便只说自己准备回国，然后迅速离开了客厅。

走出客厅，老女村冈立刻自身后追来。

“月照上人有话想对您说。”

在众多公卿的宅邸之中，九条家和近卫家的家邸格外宽敞。来宾众多，房间的数量自然也多。在村冈的带领下，西乡走进了玄关附近的一间屋子。

“西乡君啊……”村冈似乎有百思不解之事想问，却什么也没说便离开了房间，月照随后走了进来。京都的夏天炎热无风，残留在月照脸上的也不知是汗水还是泪水。

月照身材矮于常人，他端正法衣衣袖后坐在西乡对面，看起来就像是大人和小孩儿对坐一般。西乡和月照并非旧识，两人自去年的12月才开始有所交往，但很快就变得十分亲密。他们都拥有人性之中闪光的一面，能够纯真地相信对方。

清水寺是近卫家的祈坛（祈祷处），所以月照才会和近卫忠熙常有联络。此外，月照擅长和歌，他献上《阳明家（近卫家）御题》等和歌底稿，得以与弟弟成就院信海一同进入近卫家。

当然，月照与近卫间的关系不仅如此。在勤皇运动中，月照总能体察到近卫忠熙的心意，是重要的幕后之人。因此，西乡也一直通过月照向近卫公提出意见，体察其心意后再行动。

“西乡君，大人十分担心啊。”月照柔声说道。他不仅身材矮小，而且眉目俊雅，年轻时甚至会被人错以为是尼姑，“你方才和大人说要立刻回国？”

“是……是的。”

“大人让我来叫你不要这样做，你明白吗？”

“近卫公叫我不要回国？”

月照缓缓摇了摇头：“大人说，倘若你想在本藩剖腹殉死，那就想错了。”

西乡大吃一惊，不禁抬眼望向月照。

“我想你已经明白，就不再多说了。你对藩主感恩，对藩主敬慕，打算追随而去，这份心意我很理解。但你这样做，藩主是不会高兴的。”

“我并未打算剖腹殉死……”

“先听我说。藩主满腹经纶，世上不会再有第二个岛津齐彬。他计划拥立一桥卿，以期救国，不料一桥卿却在将军世子问题上败北，这次藩主自己又不幸去世，令后人悲戚茫然不已……倘若你追随殉死，藩主恐怕会很生气地认为，为何你西乡不去继承自己的遗志，为何置日本的艰难处境于不顾！”

“唔……”

“即便如此，你还打算违背藩主遗志，辜负近卫公的心意，认为非死不能成武士之道吗？好好想想吧。”

西乡巨大的身躯一动不动，只是默默地望着月照。

（自己当真有能力独自面对国难吗？）

月照则仍在柔声教诲……

四

西乡笔挺地坐着，专心听月照讲话。月照的语气简直就像在哄小孩子，却一字一句浸润人心。在九泉之下见到齐彬时，应该汇报的难道只有事情的结果吗？因为齐彬身死，局面变得一片混乱……既已如此，又怎能就此罢手？必须继承太守遗志，汇报自己是如何展开救国行动的，否则自己的生存还有什么意义！

在谆谆教导之后，月照又说出一番令西乡心如刀绞的话。

月照提出，齐彬身死导致萨摩军进京计划中止，如此一来，在京都屏息静候的志士和学者们接下来会采取何种手段呢？

“我只是一个愚钝的出家人，不懂得太深的道理，却也不会就此退缩。若是我的话，便会打算再次请求朝廷下达密诏，你以为如何？”

此时，西乡兀自沉浸在滚滚涌出的泪水与悲伤之中，无法理解月照的言外之意。

“志士和学者们希望朝廷下达密诏，而接受密诏的自然当是水户……你不觉得这其中有一个很大的问题吗？”

“你……你说什么？”

“接受密诏的水户是否有实力做到不负圣恩？”

“啊……”

“如今的水户庆笃公性情温和，与一桥卿不同。当然，水户家中也存在两派，一派顺承了老公的火暴脾性，认为日本国比水户藩更加重要，另一派则以水户藩的安危为首位。”

“这很正常。”

“但这样好吗？如此一来，好不容易得到的密诏可能就会变得无人领受。倘若当真无人领受密诏，那才是令人不胜惶恐的大事呢，这会令朝廷威严扫地。你考虑过这些事吗？”

西乡愕然地抬起了头。齐彬去世直接导致萨摩军中止进京。如此一来，日下部伊三次和留守居鹈饲吉左卫门大力推动的密诏运动一定会骤然再兴。

密诏可以说是天皇向水户当家庆笃发出的至高无上的命令。密诏代表着如下含义："不能继续将日本交给井伊直弼了。因此，水户庆笃应站在朝廷和幕府之间，罢免井伊内阁，取消自御三家、御三卿以下各人的处分，将谱代与外样一视同仁，凝聚全日本人的实力，坚决进行幕政大改革。"

只有这样做才能战胜国难。在水户，老公齐昭及其下众位志士率先提出这一见解并展开行动，而在萨摩，这也是齐彬及其下众人的宏愿。而且，如今这种思想还逐渐渗入公卿和京都学者们之中，已然形成一种重要的舆论风气。

（没错！）

西乡顿时觉得眼前的浓雾一扫而光。倘若萨摩军无法进京，保卫皇室的任务自然就落在了水户头上。而在下达密诏的策划之中，除了进行幕政大改革这个目的外，还存在更为现实的目的，那就是由谁来直接负责京都的警卫工作。

然而，学者和志士们如今都对密诏下达后的步骤了然于胸——通过近卫公请求朝廷下达诏书，然后通过鹈饲父子之手，将诏书秘密交给水户当家庆笃。

"敕诏如此重要，水户微力难以承担，请无论如何交付大老。"

倘若水户届时说出这样的话，该当如何是好？倘若无人领受诏书，不仅仅是近卫公，连天皇也将颜面不保……想到这里，西乡不禁颤抖不已。

五

西乡在一生之中从未感到肩负的责任像现在这般沉重。

"振作！"西乡感到日本这座压在双肩上的大山正在逐渐下沉，压得自己喘不过气来，仿佛齐彬、齐昭、东湖，还有一桥卿、越前侯、近卫公和所有学者的重量都负载于自己的身躯之上。

“我明白了。”西乡重新在月照面前俯下身来，“多谢教诲。原来如此，如今只能请求朝廷下达密诏，若不如此，则争端一触即发。”

“你明白了？”

“是的。而且，倘若无人领受密诏，这才是天下的头等祸事。”

“万一密诏落入彦根手中呢？”

“那我就无颜去见近卫公和太守了。好，西乡就不回萨摩了，我要火速前往江户。”

“江户？”这次轮到月照目瞪口呆。

“是的，我要去江户。幸好我与水户重臣安岛带刀很熟，我要让他向大家言明诏书之事。”

“西乡君，你要直接……”

“没错。我现在可不能死，我已经觉醒！我要亲自前去，用这双眼睛确认明白！”

“你打算这样做吗？哎呀，与你相比，屈屈小僧真是……”

当时，密诏的草稿已经拟定。西乡拜托月照将密诏抄本交给自己，打算带着抄本直接要求水户领受密诏。只要水户领受密诏，就说明他们有履行圣意的自信，倘若不接受，就说明没有实力，那就只能考虑其他手段了。

“不能让诏书变得无人领受！”对西乡而言，这是不容置疑的。纵然齐彬尚在，想法也必定相同。诏书条理井然地列举了当时的舆论，要求幕府改革。

幕府声称正在同美国就条约签订事宜进行交涉，无暇抽身，所以才让阁僚间部诠胜进京，但这种事务上的问题并非真正矛盾的核心所在。天皇只是一心希望朝廷和幕府能够诚心诚意地消除隔阂，齐心协力，令日本国永远长存、繁荣。因此，当堀田正睦进京之时，天皇才会下达诏令，命其征询所有大名意见后再行上奏。然而，幕府却无视天皇旨意，擅自签订了条约。尔后，天皇下令召御三家或大老进京，水户和尾张却又被命隐居反省，这是何等严重的违抗圣意啊！虽然不知御三家犯下何罪，但御三家难道不是德川家的左膀右臂吗？如今，外国船舰已大张旗鼓地驶来日本，正是不可动摇人心之时，朝廷上下实在无法理解做出如此处分的官员是怎么想的！

天皇之所以要听取御三家及其下众大名的意见，正是打算在内忧外患的局势下，谋求日本的长存及公武合体，会集大老、阁老、御三家、两卿、家门、外样和谱代，怀着“真心”商谈，共同扶助德川家，上下齐心，抵御外敌。正因如此，天皇才会下达诏令，遍示众大名、三家、三卿、家门其下甚至隐居之人，谋求幕政改革。

8月2日，西乡怀揣诏书抄本，彻底放弃殉死的念头，踏上了前往江户的旅程。

六

眼下最重要的问题，在于水户当家究竟是否具备彻底执行诏书旨意的实力。

诏书言辞绝无过激之处，但其内容却在字里行间表现出了对井伊内阁强烈的不信任，这份诏书就是命令受到处分的水户庆笃立刻对这个只会导致国民分裂的内阁进行改造。庆笃也被井伊直弼以将军的名义执行了处分，要命令戴罪之人进行改革，就必须发动凌驾于幕府法律之上的大权，即“诏书”。

按照正式程序，诏书自然一定要下达给幕府，但由于井伊直弼正掌握着幕权，所以不得不以密诏形式下达。

密诏上有左大臣近卫忠熙与忠房父子、右大臣鹰司辅熙、内大臣一条忠香、前内大臣三条实万和大纳言二条齐敬的联名，却并无关白九条尚忠的署名。因为九条关白违抗圣意，已与井伊大老同流合污，所以只有关白事先不知密诏下达。总之，如此大权发动实属史无前例，因此必须小心行事。

密诏虽已下达，毕竟事关重大，倘若因畏惧而不敢领受，必将有损朝廷威严。于是，月照找近卫忠熙商量，近卫忠熙又同三条实万密谈，才将抄本交给了西乡。

8月2日黎明时分，西乡悄然离开京都，于8月7日抵达江户。其时，有村俊斋、堀仲左卫门和有马新七等人一边与水户志士们保持着紧密联络，一边留在了江户的藩邸。藩主齐彬的死讯自然也令他们整日悲叹不已。

西乡与这些人详细地交换了情报，并于翌日前往小石川的水户藩邸拜访安岛带刀。他的不安是有道理的。水户藩内如今已是大乱，齐昭一派众藩士的激愤之情已经达到极限，俗论党害怕发生暴乱，也已急红了眼，正拼命阻止这些人接近老公。

有传闻称幕府要在8月1日拘捕老公，从分家高松藩到尾州的付家老竹腰兵部、纪州的付家老水野忠央等人都已派出人手，在老公禁闭反省的驹込藩邸周围严密监视。眼下气氛可谓极不安定，只要町奉行下令，连下级警务人员和消防员都会出动警戒。在这种情况下，纵然能够领受诏令，恐怕也无法执行圣意……

西乡对此感到十分同情。在同情之余，他也松了口气，于是怀揣着诏书的抄本回到了藩邸。

（事态越来越严重了……）

京都的气氛已经达到紧张的极限，而江户也眼看就要发生内乱。更严重的是，在这种情况下，所有人都不知道该以谁为中心来平息混乱。

水户的藤田和户田已死，阿部伊势守也已不在，岛津齐彬也已病故，水户的齐昭和越前侯松平庆永都被幽禁，众人欲推举为新领导者的一桥卿也已等同于囚犯之身。而且，有传闻称，此次幕府的镇压恐怕还会波及土佐和伊予。看来井伊不会放过任何一个反对自己的大名。西乡觉得自己不能就此离开江户。不管怎么说，这里都是此次大震动的震源所在。既然已经放弃殉死的念头，作为一个神国子民，西乡迫不及待地想要看清日本的前途……

他将重要的诏书抄本原封不动地托付给了准备回萨摩的有村俊斋，又通过月照送还给了京都的近卫家。

七

8月11日，俊斋带着诏书离开了江户。

然而，在这几天中，京都的事态已经变得更加紧迫。长野主膳相当于井伊直弼的分身，他的野心更超直弼，令在京志士们格外戒备。据传闻称，此人已于8月3日潜入京都。事实上，主膳于7月17日离开江户，于27日抵达彦根，因遇到洪水而等到了8月1日，并于当日离开彦根，在大津住了两晚，于3日抵达京都。

于是，到了4日，已有弹劾长野主膳的文书投递到了以德大寺为首的数家公卿手中。

该文书以“大日本国有志中”之名四处散发。文中首先断定，长野主膳进京的目的是预先为近日进京的阁老间部诠胜的镇压做准备，另外也是为了讨好九条关白。自今春以来，长野主膳与纪州老臣水野土佐守密谋策划，三度进京，与九条家的岛田左近通谋，打击一桥卿，确立纪州庆福为世子，打压尾、水、越三家。此计划长野主膳预谋已久。

长野邪智小人，一味阿谀谗佞，近逢扫部头宠遇得以发迹，谋种种诡计，终令将军家开违诏之先例，以致圣虑忧苦，荒谬已极！此实为神州一大逆，无以复加！

攻击之甚，大书特书。由此可见他们是多么憎恨、防备而又畏惧长野主膳。

当时，西乡怀着决不可令诏书无人领受的想法，正火速赶往江户。而志士们最为防备的长野主膳却反而去了京都，事情的发展真是无比讽刺。西乡前往江户是去确认水户是否能够领受诏书，而京都的气氛却因长野主膳上京而变得紧张起来，甚至来不及等待西乡汇报。

（不知会天降何等横祸！）

这种焦急情绪猛然爆发，令众人再次全力展开下达密诏的运动。最终，朝廷于8月7日召开会议，及至当日深夜，终于决定同时向水户和幕府下达诏书。

8月8日一早，水户藩的京都留守居鹈饲吉左卫门知信被召入近卫府邸，得知了朝廷会议的决定，更受命前去武家传奏万里小路正房的宅邸领受诏书，带至江户藩邸。

“这份诏书绝对不是敌视德川家，其宗旨在于——当此国家大事之际，无论如何都要扶助德川家，充分协商，确保国家太平……”

如此一来，与其说是密诏，倒不如说这就是一份正式的诏书。左大臣近卫忠熙为此可谓不辞辛苦。他特意提醒九条关白去参加7日的朝廷会议，关白却称病缺席。而且，议奏久我建通和武家传奏万里小路正房更是特意手捧圣旨来到关白府邸，专程通知此事。因此，连九条关白都已知晓诏书内容，很难称为“密诏”。而领诏之人的责任也因此变得更重，可以说埋下了一个很大的祸根。

总之，众人认为长野主膳既已进京，必然会将干涉之手伸向朝廷。这种判断在京都上下形成了不可思议的焦急情绪，促进了诏书的下达。鹈饲吉左卫门自领受诏书后，就立刻同萨摩藩士日下部伊三次商谈前往江户的具体事宜。

八

众人商议的结果，最终决定由鹈饲吉左卫门之子幸吉知明携带诏书前往东海道，再由日下部伊三次携带自三条实万手里得到的诏书抄本，自木曾路出发前往江户。

梁川星严和赖三树三郎自然已经知晓此事，梅田源次郎也从青莲院亲王的诸大夫伊丹藏人口中得知了诏书内容，并立刻透露给了旧主——小浜藩主酒井忠义。

他当然不是直接通知的，而是在写给同藩的坪内孙兵卫的信中如此写道：“五六日内，非止江户，天下亦有大震动。”

他们毕竟是学者，对世间的看法十分幼稚。他们以为诏书抵达水户后，尾张的庆恕便会振臂而起，率领两千余人的军队进京，由尾张藩完成萨摩齐彬未能完成的任务。

“御国太守公（旧主，酒井忠义）曾与彦根侯亲密合作，恐有危险。”

旧主酒井忠义作为直弼的心腹，将进京第二次赴任所司代一职，梅田源次郎对此不能坐视不理。然而，他这样做实在是太粗心了，因为此事绝不应该让井伊直弼知晓。

携带诏书悄悄前往江户的鹈饲幸吉和日下部伊三次皆于16日抵达江户。17日，幸吉通过家老安岛带刀，将诏书交给了当家庆笃。如此一来，西乡的苦心终究是化作一团泡影。

不知道水户藩接到诏书后是欣喜还是悲哀。

“拜领圣旨乃水户一家荣耀……”虽然领受圣旨时这样说，但水户上下皆不知自己是否能够履行诏书中的内容。于是，水户暂时让幸吉带着承诺书返回京都，表示将于19日向幕府言明诏书下达之事，并将诏书原封不动地拿给众大名参阅。

对幕府而言，此事无异于晴天霹雳。长野主膳经常向幕府详细汇报京都发生之事，但对于这次诏书下达一事，却全然不知。

（难道志士们已经抢在长野之前先下了手？）

无论如何，诏书如今都已送达水户，幕府又怎能置之不理。于是，幕府迅速做出判断，将间部诠胜上京日程提前——刚刚受到幕府处分的水户齐昭、尾张庆恕和一桥庆喜，却被称做是德川家重要的左膀右臂，而在朝廷下达的诏书中加以宽赦。倘若这样的诏书在众大名间传阅，幕府将颜面扫地。

在井伊直弼的执政败笔之中，这其实是最大的一个错误。他的爱国之心和尊皇之心的深厚程度绝对不逊于旁人，但他却完全没能认清最重要的政敌的本质——日本人的本质。

正如朝廷并非直弼和幕府的敌人一样，水户、尾张、一桥和越前都只不过是因为过于担忧日本和德川家而与直弼发生意见冲突，直弼却迅速将这些障碍划定为敌人，任由憎恨冲昏了头脑。

“不能置之不理！必须立刻派间部进京，谋求善后之策。”直弼表面上是为了向朝廷解释，但问题并不是简单解释就可以做到息事宁人。

“这全部是天皇周围的阴谋家们干的好事，岂能让众大名见到此等诏书！”他首先要做的，就是撤回诏书。为达此目的，只能强行让圣上另外下达诏书。

“那份诏书内容有误，因此应当归还朝廷。”

针对此事，被抢先一步行动的长野主膳感情上咽不下这口气，于是仍在火上浇油般持续不断地送来煽动敌意的情报……

九

幕府一边紧锣密鼓地为阁老间部诠胜进京做准备，一边却仅向御三家出示了诏书。首先，幕府派遣重新担任所司代的酒井忠义进京，为间部进京做好铺垫。28日，太田资始和间部诠胜两位老中以上使身份抵达水户。

“诏书不应向众大名出示。”二人对当家庆笃下达严命，不仅如此，为了不让赞同诏书的老臣们继续留在庆笃身边，他们还罢免了家老安岛带刀等五人。

如此一来，水户藩士们岂能继续沉默，他们纷纷聚集在下总的小金驿，激愤之情如火山喷涌，一触即发。他们高呼“立刻出示诏书”的口号，要求幕政停止接二连三的强硬干涉。

水户藩迎来了大动乱的危机。究竟是听从幕府命令，还是听从诏书命令？

8月27日，重新就任所司代的酒井若狭守忠义抵达位于名古屋附近桑名的驿站旅店——大冢与六郎的店中。一路之上，他考虑最多的便是尾张藩的动向，因为被迫隐居的庆恕将率领两千余人军队进京的谣言已经在京都传开。

然而，据他调查，事实并非如此。他抵达驿站旅店后正要命人将此事报告江户，长野主膳却出人意料地来访。为了见忠义，长野主膳从京都出发，足足走了三十里路。

“有事必须告知与您。”他一边请忠义遣开旁人，一边用清澈的声音展开雄辩，并将如今的京都形容成动乱的阴谋家（志士和学者们在他口中的称呼）的老巢。

他的声音之洪亮，即使隔着拉门也能听得一清二楚。

（这人究竟在想什么？）

忠义好歹也是俸禄十万三千五百石的大名，而主膳滔滔不绝的态度似乎完全不将其身份放在眼里。

“你到底想让我酒井忠义做什么？”已经到了吃晚饭的时间，主膳却全然没有停嘴的意思，忠义忍不住开始催促。

“在密诏问题上，阴谋家们干得实在漂亮，连我也被他们抢先了一步。因此，我后来拼命搜集情报，但按照目前的情况来看，所司代和间部老中即便进京，恐怕也无人可以依靠。”

“什么？无人可以依靠……”

“我是指九条关白。”

“关白大人生病了吗？”

主膳缓缓摇了摇头：“他被迫将要辞职。”

“什么？辞职？这究竟是谁……”

“首当其冲的便是近卫公，此外还有鹰司父子和三条公。这全都是阴谋家在暗中操控！”

“唔……”

“天皇心意已决，近卫公或许将于近期被任命为内览。如今，朝中四面八方都是敌人，关白大人也几乎很少上朝了。而且，朝廷之中还有一个谋略家不可小视。”

“你是说青莲院宫？”

“没错，天皇经常找他商量……此人可不是什么善主。”长野主膳顿了顿，充分确认了忠义苦涩的表情，然后直截了当地说道，“您还记得梅田源次郎这个人吗？号云浜。”

“梅田源次郎怎么了？”

“他以前的确是您的家臣，但实际上，他与青莲院宫最为亲近，是极尽阴谋的罪魁祸首。但虽说如此，我仍不希望眼见他被人杀死。”

他若无其事地说着，目光突然变得十分锐利。

十

酒井忠义感到十分不解。他根本不打算杀死梅田源次郎，虽说梅田是自家的旧藩士，但现在不过是个浪人。酒井忠义听说他在江户师从崎门学派的山口管山，过激行为颇多，但除此以外，他从未将梅田放在心上。

但长野主膳竟然叫自己不要杀死他。

“你何出此言？我自然并未打算杀死梅田源次郎，是否家臣之中有人提出此意见？”

“不，若杀了他，会很麻烦。”主膳仍旧不管不顾地说道，“梅田源次郎经常出入于青莲院亲王府，通过青莲院宫操控天皇身边的公卿，正是关白之敌。但若轻易杀死他，事后会很麻烦。所以一定要所司代亲手捉拿此人，否则连贵藩恐怕也会引火上身。”

这是主膳巧妙的威胁和对酒井忠义责任感的诱发，酒井忠义的表情顿时变得僵硬。

“你叫我不要杀死梅田源次郎，本意是让我活捉他？”

“没错。”主膳冷冷地点了点头，“倘若杀死他，天皇身边的阴谋就会变得更加扑朔迷离，倒不如由所司代亲手活捉此人，就能死死抓住那些阴谋家们的把柄。因此，希望您能活捉此人而不要杀掉他。”

“唔，没想到这个梅田竟是这种人……”

“是的。梅田源次郎煽动亲王、学者及诸藩之人，正是京都的阴谋四天王之首。”

“难以置信！”酒井忠义气势受挫，又感到十分不解，“你所说的阴谋四天王都是什么人？”

“诗人梁川星严，此人以梅田源次郎为联络人，经常在自家中与众人谋议；山阳的小儿子赖三树三郎；另外一人则是池内大学，此人担任知恩院宫、青莲院宫等人的伴读，出入于多位亲王之家，教授皇室子弟。这四人便是阴谋四天王。此外，还有很多人也请您务必捉拿，如安藤石见介、奥村春平和入江伊织等人。”

“你打算将这些人都抓起来？”

“倘若不捉，间部老中进京将变得毫无意义。当然，大老是知道这件事的。若对此事置之不理，九条关白将辞职，届时天皇周围全是近卫、鹰司、三条之辈，我们将无法施展拳脚。因此，请您命町奉行即刻捉拿梅田源次郎，为阁老进京做好准备。”

酒井忠义望着长野主膳，哑口无言。

（这番话哪里是他个人的意思……）

酒井忠义认为，这根本就是代表了大老井伊直弼的意愿。

“倘若我不捉人……又将如何？”

“那恐怕就来不及从江户召集人手捉拿，只能召集彦根的人来捉拿了。”

“这件事大老也知道吗？”

“当然，必须先捉拿梅田，得到证据，然后立刻捉拿多位公卿中的相关之人。若不如此，关白就会被罢免，届时间部老中自不必说，您此番进京恐怕也会同堀田正睦大人一样，变得毫无意义。”

“这……”

“您意下如何？若是您不同意，我就必须在回程中去彦根做第二手准备了。”

主膳已经开始不容分说地逼迫酒井忠义同意。

“我明白了，就按你说的去准备。”

酒井忠义只能如此回答。事到如今，他无法违抗大老的意愿，令唯一可以依赖的九条关白遭到罢免。当然，他未曾想到，直至后世，这件事仍被认为是引发幕末最大执政错误的“安政大狱”的导火索。

十一

历史微妙之处往往潜藏于令人意想不到的地方，岛津齐彬之死便是其一。后来这种微妙又转移到向水户下达的天皇诏书中，这份诏书的秘密被井伊直弼完好地保守住，并直接成为其谍报人员长野主膳不容分说地发动了“安政大狱”事件的根源。

对主膳而言，纵然是意气用事，他也一定要找到他口中所谓“阴谋家们”的阴谋存在的证据。因此，他固执地告诉自己，一定要查明那份幕府和自己都毫不知情且令自己颜面扫地的密诏是谁的主张、怎样下达，又是如何抵达江户的。

他已无暇考虑这份固执已经堕落成了怎样的感情用事，而此事对井伊直弼而言也是一样。

“逆我者亡！”虽然井伊直弼的决心十分强硬，但他绝没有想过，自己的镇压行动将会成为可以称做是幕末史上最残酷无情的一大污点。他被长野主膳的感情左右，对其信赖有加，导致事态变得越发严重，最终深深陷入险恶政治的陷阱，无法自拔。

长野主膳决定强硬到底。他打算首先检举梅田源次郎等学者，从这些最好攻克的煽动家那里搜集证据。当然，还要找到能够检举与这些人素有往来的公卿和亲王家诸大夫的证据。只要找出经常出入于公卿家的学者和诸大夫的罪证，反对幕府的公卿们也会被迫保持沉默。然后，劝说九条关白放弃辞职念头，暂且重整阵容，迎接间部诠胜的到来。这便是他的计划。

只要间部诠胜进京，自己的责任就可以减半。而在此之前，他必须做好主角的工作。

主膳已经做出了如此坚定的觉悟，在他眼中，即将赴任的所司代酒井忠义也好，皇宫付[1]大久保忠良也好，东町奉行冈部丰常也好，西町奉行小笠原长常也好，伏见奉行内藤正绳也好，实在都是不值得信赖的圆滑人物，令他恨得牙痒却又无可奈何。

酒井忠义在桑名的驿站旅店里口口声声地应承下缉拿梅田源次郎一事，但到了9月，梅田却仍平安无事。根据调查，接受了逮捕命令的东町奉行冈部丰常，在从朝廷官员那里听说“近日将由近卫公代替九条关白担任内览一职”后，便停止了抓捕行动。梅田源次郎深得近卫公垂青，倘若将他抓起来，事情恐怕会不好收场。当得知冈部丰常的顾虑后，主膳不禁恨得咬牙切齿。

他之所以说要捉拿梅田源次郎，正是为了排挤近卫公，确保九条关白地位的稳固，却没想到对方连这个意思都未能理解。于是他立刻将酒井家的管家三浦七兵卫唤至酒馆，继续恳切地劝说。

“一天都不能犹豫了！”主膳气愤地表示，倘若酒井忠义不抓人，他就要叫彦根藩的人来捉拿。近卫忠熙一旦成为内览，就相当于成为半个关白。如此一来，幕府在朝廷要依靠谁来举事？难道这些人都看不见迫在眉睫的天下大乱吗？

说此番话的长野主膳显得苍白而疯狂，但这绝不是因为他醉心于幕府政治，或者是受大老之命所致。实际上，他已完全被自己感情中的憎恨冲昏了头脑。

于是，酒井忠义尚未有所行动，长野主膳就已说服伏见奉行内藤正绳，决定展开梅田源次郎的捉拿计划。

9月7日夜半，京都大地骤然进入了新的鸣动期……

（未完待续）

[1] 皇宫付，受京都所司代指挥，负责守卫皇宫，监督朝廷官员行动。

德川庆喜年谱（1837—1860）

1837年，天保八年。2月，大盐平八郎之乱。4月，家齐让位与家庆。6月，美国船舰莫里森号驶入浦贺港。9月29日，在江户小石川的水户藩邸；德川齐昭与自有栖川亲王家下嫁的正室登美宫吉子的第七个儿子——庆喜诞生，幼名七郎麿，后名昭致。

※维多利亚女王即位（英国）。

1838年，天保九年。3月，江户城西之丸失火烧毁。

※宪章运动（英国）；林则徐上奏鸦片之害，被任命为钦差大臣（中国）。（庆喜一岁）

1839年，天保十年。5月，渡边华山等人因蛮社之狱被幕府逮捕。（二岁）

1840年，天保十一年。

※鸦片战争（中国）。（三岁）

1841年，天保十二年。1月，德川家齐去世。3月，德川齐昭铸造大炮。

※对英和议失败，厦门、上海、宁波被英国占领（中国）。（四岁）

1842年，天保十三年。

※鸦片战争结束，《南京条约签订》（中国）。（五岁）

1843年，天保十四年。9月，老中水野忠邦下台，阿部正弘继任。（六岁）

1844年，弘化元年。5月，德川齐昭被幕府勒令闭门反省。（七岁）

1845年，弘化二年。3月，美国船舰驶到浦贺。（八岁）

1846年，弘化三年。5月，美国使节比德尔驶到浦贺。7月，法国船舰驶到长崎。8月，英国船舰来航。（九岁）

1847年，弘化四年。3月，信浓与越后发生大地震。9月，庆喜成为一桥家的养子，继承一桥家。12月，庆喜接受成人冠礼仪式，改称刑部卿。（十岁）

1848年，嘉永元年。12月，佐久间象山铸造大炮。

※法国发生革命。（十一岁）

1849年，嘉永二年。3月，美国船舰驶入长崎。4月，英国船舰驶入浦贺。（十二岁）

1850年，嘉永三年。6月，荷兰船舰驶到长崎，英美两国要求通商。

※太平天国之乱（中国）。（十三岁）

1851年，嘉永四年。8月，岛津齐彬在鹿儿岛设立冶炼厂。

※《伊犁通商条约》签订（中国）。（十四岁）

1853年，嘉永六年。6月，佩里驶到浦贺；德川家庆去世。

※太平军在中国占领南京。克里米亚战争。(十六岁)

1854年，安政元年。1月，佩里再次驶来浦贺。12月，鉴定《日俄和亲条约》。

※义勇军击败太平军（中国）。（十七岁）

1855年，安政二年。10月，江户大地震，藤田东湖在地震中去世；堀田正睦就任老中。12月，庆喜与一条忠香养女美贺完婚，被任命为参议。（十八岁）

1856年，安政三年。7月，美国总领事哈里斯在下田上任；荷兰要求长崎奉行修改条约。8月，英国船舰驶来长崎，要求修改条约；哈里斯提出以外国通用货币兑换日本三分之一的货币，幕府同意；幕府向朝廷汇报哈里斯暂住下田。10月，堀田正睦担任外交专任。

※克里米亚战争结束。太平天国发生内乱（中国）。（十九岁）

1857年，安政四年。4月，幕府向松山藩派遣警卫。5月，哈里斯与下田町奉行签订《下田条约》。6月，阿部正弘去世。7月，幕府拒绝水户德川齐昭出席海防会议。8月，普提雅廷再次来到长崎。9月，松平庆永等人就将军世子问题上奏；松平忠固重新担任老中。10月，将军接见哈里斯，哈里斯向老中堀田正睦提出通商交易的要求。11月，幕府针对美国通商交易的要求征询众大名意见。12月，堀田正睦对美国的要求做出回复，允许其在江户驻扎；幕府向朝廷禀报，认为应该与美国签订通商条约，同时又向众大名征询意见。

※爆发全球经济恐慌。士兵叛乱（印度）。（二十岁）

1858年，安政五年。1月，堀田正睦进京，奏请日美通商条约敕许。3月，朝廷驳回条约签订请求。4月，井伊直弼就任大老。6月，井上清直、岩濑忠震等人签订《日美修好通商条约》；德川齐昭、一桥庆喜、松平庆永等人登城，提出不可签订条约；幕府决定立纪伊的庆福（后来的家茂）为将军世子。7月，德川家定去世；幕府禁止庆喜登城，命令德川齐昭、松平庆永等人反省；岛津齐彬去世。9月，梁川星严去世；梅田源次郎等倒幕人士入狱。10月，家茂成为第十四代将军；老中间部诠胜上朝解释条约签订事宜。11月，僧人月照投水自尽。12月，西乡隆盛被流放。这一时期称做安政大狱。

※《天津条约》签订（中国）。（二十一岁）

1859年，安正六年。2月，根据幕府命令，攘夷兼倒幕的青莲院宫尊融亲王、内大臣一条忠香、鹰司辅熙、三条实万等人禁闭反省。5月，幕府开放神奈川、长崎、箱馆港口，允许五国贸易。7月，三名俄国人在横滨被杀。8月，根据幕府命令，德川齐昭永久隐居、一桥庆喜隐居反省、水户藩士安岛带刀死刑、川路圣谟隐居反省、岩濑忠震和永井尚志停职候审。9月，梅田源次郎死于狱中。10月，三条实万去世；幕府判处桥本左内和赖三树三郎死刑；江户城本丸起火；吉田松阴死刑。12月，封闭下田港。（二十二岁）

1860年，万延元年。1月，安藤信正就任老中；木村喜毅和胜麟太郎等人乘坐咸临丸驶出品川港。2月，外国人在横滨被杀。3月，井伊直弼在樱田门外之变中被杀。8月，德川齐昭去世。9月，庆喜因父亲齐昭之死而解除反省，但仍被禁止待客、通信。11月，家茂宣布迎娶皇女和宫。12月，幕府与普鲁士签订条约。

※英法联军进攻天津和北京，导致《北京条约》签订（中国）。林肯当选总统（美国）。（二十三岁）